Un destin sauvage, si sauvage

INGA VESPER

Un destin sauvage, si sauvage

Traduit de l'anglais par Marc Sigala

Éditions
de La Martinière

Titre original : *This Wild, Wild Country*

ISBN : 979-1-0401-1539-7

Une marque de la société EDLM

Une mine d'or est un trou dans le sol appartenant à un menteur.

Attribué à Mark Twain

À ma mère, l'audacieuse

Chapitre 1
Cornelia

Nouveau-Mexique, 1934

Tous les habitants de Boldville[1] me haïssent. Je peux le lire dans leurs yeux, le sentir dans leur haleine fétide. Cette affreuse petite ville déteste tout de moi : pas seulement ma personnalité et ma façon de penser, mais aussi les vêtements que je porte.

Les choses que je sais.

Je suis partie longtemps avant l'aube et je n'ai cessé de grimper vers le sommet le long de sentiers dont je ne me souviens qu'à moitié. Je m'arrête un moment pour regarder le soleil se lever. Malgré mon souffle irrégulier et mon cœur qui bat à toute vitesse, je frissonne dans l'aube glacée. Les premières lueurs du jour atteignent les hauteurs d'Escondido, au pied desquelles Boldville n'est encore qu'une masse d'ombres. Au-delà, le désert se colore d'un rose éclatant. Il s'étend à perte de vue et de ma position, à mi-chemin de Black Bull Peak, je peux imaginer les prairies ondulant dans le vent et, à des milliers et des milliers de kilomètres de là, la lointaine silhouette des buildings de Chicago.

Comme j'aimerais être là-bas et non ici, cramponnée au flanc d'une montagne pendant que les bonnes gens de Boldville dorment du sommeil du juste. Les imbéciles. Quand ils apprendront que je suis partie, les langues se délieront pour de bon. *Les montagnes l'ont rendue folle. Folle comme une casserole de pop-corn sur le feu.*

---

1. Lit. : « Ville des audacieux/intrépides ». *(Toutes les notes sont du traducteur.)*

Je me retourne et je titube, la mule s'ébroue tandis que je tire sur sa longe. Mes joues sont humides. Tu transpires à cause de l'effort, me dis-je. Tu vieillis, Cornelia. Tu n'es plus toute jeune, loin de là.

Mais il ne s'agit pas de ça, et je le sais.

Une fois de plus, je marque un arrêt et j'observe la ville en contrebas, tentant de distinguer le Stover's Hotel au milieu du fouillis des maisons. Tout au long de la longue ascension de cette nuit, j'ai réussi à ne pas penser à Geraldine. Mais désormais, l'inquiétude m'envahit. Dort-elle encore ? Combien d'heures et de minutes de paix lui reste-t-il avant de se réveiller pour découvrir que sa mère l'a abandonnée, une fois de plus ?

Assez. Je me suis peut-être sauvée sans demander mon reste, mais je reviendrai plus forte. Je leur ferai ravaler leurs sermons. Je leur montrerai de quoi une femme déterminée est capable quand elle s'en donne les moyens.

Et ils paieront pour ce qu'ils ont fait.

À nouveau, je retiens ma respiration et tends l'oreille afin de vérifier que je suis bien seule. Je n'entends que mon sang qui cogne contre mes tempes.

Le sang. Il y avait tellement de sang. Et des brûlures, aussi.

Les braises qui se consumaient sous le ciel béant. Ils disent qu'il a tenté de s'échapper en rampant…

Je tourne le dos à Boldville pour la dernière fois. Je ne sais pas pourquoi je suis aussi terrifiée. Il n'y a pourtant aucune raison d'avoir peur, ici. Aucune raison, comparé à ce qui se cache là-bas, dans cette ville. À ce qui se tapit dans leurs esprits et dans leurs cœurs sombres.

Et dans le mien ?

J'ai cherché à écrire une confession complète dans les dernières pages de mon journal. J'espérais que cela me laverait, comme le feu de Dieu purifie ses enfants Mais je n'ai pas réussi. Je n'ai pas pu coucher la vérité sur le papier. Elle continue à vivre uniquement dans ma tête.

C'est pourquoi je dois continuer à grimper. Pour me racheter, à défaut de pouvoir défaire ce qui a été fait.

Il n'y a que de la nature sauvage devant moi. Seulement le ciel, l'armoise et la majesté muette, terrible des montagnes. Leurs sommets sont surmontés d'un glaçage rose. L'aube se lève et la fraîcheur de la nuit va bientôt se changer en fournaise. Le vieux Tomkin dirait que j'ai tout perdu, mais je peux encore me racheter, j'en suis sûre.

Alors je me secoue de l'angoisse qui m'étreint et je recommence à marcher.

Chapitre 2
Glitter

Boldville, 1970

Descendre d'un trip sous acide, c'est un peu comme mourir. Il y a quelques heures de néant total, après quoi vous renaissez dans un monde plus terne, plus gris. Une partie de votre cerveau, la plus sensée, sait que l'effet de la drogue est en train de s'estomper, que vous êtes simplement en train de revenir dans le monde réel. Mais une autre partie se demande où sont passées toutes les couleurs.

Lentement, le sommeil libère les membres de Glitter. Elle remue ses pieds glacés et tend le bras à la recherche d'une couverture, mais sa main ne rencontre rien à part des canettes de bière vides et des détritus. À côté d'elle, un ronflement bruyant provoque une onde de choc dans sa poitrine.

Dutch…

Son cœur s'emballe. Elle passe ses mains le long de ses hanches. Pas de sous-vêtements. L'espace entre ses cuisses est collant et douloureux. Elle déglutit.

Ce qui doit arriver arrive.

Ses souvenirs de la nuit dernière sont flous. Elle tente de les reconstituer. Les Blood Brothers, les amis motards de Dutch, sont arrivés de l'autre bout de l'État avec un stock de bonne came. Ils ont organisé une fête, du genre à scandaliser le voisinage. Elle a pris un comprimé d'acide. Seulement un. Ou peut-être deux ?

C'était peut-être deux, après tout. Un sentiment de malaise persistant la travaille. Quelque chose a mis Mike en colère hier soir, et il lui a fait passer un sale quart d'heure. De quel droit s'en est-il pris à elle ? C'est son petit cousin, et il n'est arrivé à San Francisco que l'année dernière. Il n'était pas là au début, il a rejoint le Mouvement plus tard, quand elle le lui a proposé, alors qui est-il pour juger ?

Il s'est acharné sur elle toute la soirée, comme l'auraient fait oncle Irving et tante Mae, ses parents. Le genre de personnes qui croient être les seuls à savoir ce qui est juste et ce qui ne l'est pas.

Elle rampe silencieusement vers l'entrée de la tente et trouve son jean et son T-shirt. Elle ouvre la fermeture Éclair et l'air froid s'engouffre à l'intérieur, la fait frissonner. Elle enfile ses vêtements et quitte la tente en prenant soin de ne pas réveiller Dutch.

Le ciel, d'un bleu encore timide, révèle une zone sinistrée. Des canettes et des bouteilles vides sont éparpillées un peu partout. Des emballages plastiques voltigent dans les arbustes comme des papillons. Des pains à hamburger à moitié mangés se décomposent près du barbecue. Turbo est affalé dans une chaise de jardin, emmitouflé dans son manteau. Une forte odeur flotte dans l'air : urine et cendres froides.

La puanteur ne fait qu'empirer sa sensation de malaise. Elle ramasse une brassée de boîtes de conserve et de papiers détrempés et jette le tout dans le feu éteint. Turbo remue, mais ne se réveille pas. Elle le laisse près du feu de camp et part à la recherche de Ziggy, son amant principal.

Quand l'a-t-elle vu pour la dernière fois au cours de la soirée ? Quand il traînait avec les jeunes de Boldville ? Quand il dansait autour du feu de camp ?

Elle se dirige vers son camping-car. Les rideaux sont tirés et elle s'arrête juste avant d'ouvrir la porte. Si Ziggy est là, que va-t-elle lui dire à propos de la nuit dernière ? Et pourquoi s'en inquiète-t-elle, elle qui a toujours rejeté la monogamie, cet outil patriarcal qui étouffe la libération sexuelle des femmes ?

Transie de froid, elle ramasse un vieux drap au sol et s'emmitoufle dedans. Le soleil gagne en force. Autant se diriger vers les hauteurs, où ses rayons redonneront vie à ses membres engourdis. La terre est douce sous ses pieds. Pendant une minute, elle aimerait être un serpent, lisse, chaud et propre. Elle pourrait se blottir sous un rocher et oublier la sale odeur de Dutch qui lui colle à la peau.

Sur un affleurement qui surplombe le Stover's Hotel, elle trouve Mike, allongé sous une armoise. Ses jambes sont étendues, sa tête tournée sur le côté. Les rayons du soleil font scintiller les gouttes de rosée venues se nicher dans sa longue chevelure.

— Hé, Mike, dit-elle en poussant sa jambe du pied. Salut.

Son cousin ne bouge pas. *Bah, laisse-le dormir.*

Elle s'assied et se frictionne les pieds tout en contemplant les ombres soyeuses que le soleil projette à travers le désert. La terre respire profondément. Soudain, elle sent une larme rouler sur sa joue. *Bizarre.* N'est-elle pas une hippie, après tout, belle et libre ? Ce qui doit arriver arrive.

Mais que se passe-t-il quand quelque chose arrive et que ça ne vous plaît pas ? On fait quoi, à ce moment-là ?

Elle essuie rapidement la larme et jette un regard en direction de Mike.

Il a l'air d'un pantin inanimé, sous cet arbuste. La rosée brille dans ses cheveux, et même sa peau et ses bras luisent.

Une minute.

Son estomac se noue.

Elle réussit à se lever et à le rejoindre.

— Mike ? l'appelle-t-elle d'une voix sourde.

Elle pousse le pied de son cousin du bout de l'orteil. Sa peau est froide. Elle pose sa main sur son épaule et le secoue. Ses membres s'agitent, mais avec raideur, comme pétrifiés. Son corps est rigide. Et froid.

— M…

Mike.

Un gros scarabée noir grimpe le long de son bras.

Mike n'est pas vivant. Il est… il…

Elle aperçoit une auréole rouge sombre sous sa tête. Ses cheveux sont recouverts de sable, de poussière et de sang.

Elle se retourne et se met à courir, aussi vite qu'elle peut, vers l'endroit qu'elle a tenté de fuir toute sa vie.

Vers la maison.

***

Les ambulanciers arrivent d'abord, puis le shérif Nickel, accompagné de quatre adjoints venus de l'extérieur de la ville, et l'ambiance devient tout à coup frénétique. Assise derrière le bureau de la réception, Maman pleure et appelle toutes les personnes qu'elle connaît. Elle a déjà mis oncle Irving et tante Mae au courant. Ils sont en route depuis Albuquerque. Marguerite Neto, qui travaille à la mairie, vient d'apprendre ce qui s'est passé et a accouru pour préparer du café pour les secouristes et le servir dans la salle à manger vide, tout en recueillant le plus de ragots possible. À un moment, elle essaie de tapoter la tête de Glitter comme si elle avait onze ans et qu'elle venait de faire tomber son cornet de glace.

— Pauvre chérie. Tout ira bien, tu verras.

Les adjoints fouillent la communauté de fond en comble. Glitter entend le claquement lointain des portières, les éclats de fortes voix masculines. Puis le cri d'une femme. *Je connais cette voix. Autumn.*

Glitter bondit de sa chaise, sort en courant et remonte la colline, évitant les voitures de police dont les feux clignotent et un jeune officier dont elle reconnaît vaguement le visage – ça date de l'époque du lycée, Jimmie, Jamie ? Aucune importance. Ce qui importe, c'est la colère et le tremblement qu'elle a entendus dans le cri d'Autumn : « Il reste avec moi ! »

Le shérif Nickel et deux de ses adjoints se tiennent devant la petite cabane autour de laquelle la communauté s'est peu à peu développée. Maman et Papa l'ont construite il y a une dizaine d'années, avec l'idée de proposer une expérience plus authentique à d'éventuels voyageurs intrépides. En vain : aucun d'entre eux ne s'est jamais présenté, et aujourd'hui Autumn et Turbo sont installés là, avec le petit garçon d'Autumn.

Le shérif a les deux mains levées, ses gros doigts écartés en guise d'apaisement.

— Jeanelle, dit-il, tu ne crois pas qu'il vaut mieux que le gamin reste chez sa grand-mère pendant quelques jours ?

Autumn le regarde fixement et serre son fils, Sunhawk Shiva, contre sa poitrine.

— Va te faire voir, répond-elle. Il reste avec moi.

Le shérif fronce les sourcils.

— Mais cet endroit est… Ce n'est pas sûr ici, pour un enfant. Tu le vois bien, non ? Viens, je vais vous conduire en ville.

— J'ai dit non. L'endroit le plus sûr pour lui est ici, avec sa mère.

— Et son père, ajoute l'un des adjoints. Quel est votre nom, monsieur ?

Turbo se tortille.

— David Hancks, répond-il, et, euh… Je ne suis pas le père.

Autumn fait volte-face et retourne à grands pas dans la cabane. Le shérif secoue la tête et murmure quelque chose. Glitter n'a aucune peine à deviner ses pensées. *Toute cette histoire d'amour libre. Dégoûtant.*

À n'importe quel autre moment, elle lui aurait dit ses quatre vérités. Que les seules personnes dégoûtées par l'amour libre sont celles que l'amour a désertées. Mais elle est distraite par une femme à l'air épuisé qui traverse cette scène de chaos chargée d'ustensiles de cuisine. Ziggy court après elle les bras tendus en avant et lui crie :

— Ne pars pas ! Je vais tout arranger !

La femme – Sunny – jette son chargement sur le siège arrière d'une Ford orange.

— Cette histoire est en train de mal tourner, Ziggy. Je me tire, lance-t-elle par-dessus son épaule.

Ziggy se retourne vers Glitter et gémit.

— Bon sang. Quel bordel !

— Je sais.

Glitter a envie de passer les deux bras autour du cou de son amant et d'enfouir la tête dans son épaule. Mais quelque chose l'en empêche. Le souvenir de Dutch lui colle encore à la peau et elle se sent comme vidée.

— Mike est mort, murmure-t-elle.

— Je sais, bébé. Ça craint.

— Je n'arrive même pas à y croire.

Elle éclate en sanglots, de gros sanglots qui viennent du plus profond d'elle-même.

— Ça… fait tellement mal.

Il passe ses bras autour d'elle.

— Je sais. Je suis vraiment désolé, *chica*.

— Comment ça a pu arriver ? Il n'était même pas… Il allait bien la nuit dernière. Je… Je ne comprends pas.

La voix de Glitter s'est brisée. Ziggy la serre plus fort et lui murmure à l'oreille :

— Ce n'est pas moi. Tu le sais, pas vrai ?

— Ce n'est pas toi, quoi ?

— Ce n'est pas moi qui lui ai donné ce truc. Je ne sais pas où il l'a eu, mais ça ne venait pas de l'un d'entre nous.

Elle se dégage de son étreinte.

— De quoi tu parles ?

Ziggy jette un coup d'œil en direction des officiers.

— Les Quaalude. Les flics vont t'interroger là-dessus, c'est sûr.

— Mais Mike ne prenait pas de Quaalude. Il n'a jamais pris ce genre de truc.

— Je sais, acquiesce Ziggy. C'est bien ce que je dis.

Glitter cherche à répondre quelque chose, mais son esprit est embrumé par le chagrin et l'acide de la nuit dernière. Elle ne parvient à se souvenir que de la colère et de la déception qui émanaient du visage de Mike, du feu dansant dans ses yeux.

— Bien. Lauren, je vais essayer d'être bref.

Le shérif Nickel enlève son chapeau et le pose sur la table.

— Parle-moi de Mike.

Entendre prononcer son nom tire de nouvelles larmes à Glitter. Mikey, le garçon de la ville, envoyé chaque année chez sa tante et sa cousine pour les grandes vacances. Elle repense à ces interminables journées d'été pendant lesquelles elle lui montrait où trouver des mille-pattes et les meilleurs coins pour récolter le gingembre sauvage. Seule, elle n'était que Lauren, la folle du haut des collines. Mais ensemble, ils formaient une bande. Ils se cachaient dans les armoises et jouaient aux gendarmes et aux voleurs. Ils mendiaient de la limonade à la mère d'Autumn et partaient à la recherche des arroseurs automatiques que certains habitants de Boldville laissaient tourner à la nuit tombée – et sans lesquels leur pelouse succombait rapidement aux rigueurs de l'aridité locale.

— Quand as-tu vu Mike vivant pour la dernière fois ?

— Je ne m'en souviens pas, répond-elle en avançant légèrement le menton.

— Mais il était bien à la fête, non ?

— Tout le monde était à la fête. C'était le délire total.

L'œil droit du shérif est agité par un spasme.

— Tu veux dire que vous étiez tous complètement saouls et défoncés.

— On est dans un pays libre. C'est pas interdit de faire la fête.

— Mais c'est interdit de prendre des stupéfiants. Tu savais que de la drogue avait été consommée à votre petite fête ?

— Non, dit Glitter en contenant un nouveau sanglot. Je n'en ai pas vu.

— Mes hommes fouillent votre camp en ce moment même.

— Ce n'est pas un camp, c'est une communauté.

— Quoi qu'il en soit, je suis sûr qu'on va trouver de la drogue.

— Je croyais que vous aviez dit qu'elle avait été consommée.

— Quoi ?

Glitter croise les bras.

— Vous avez le droit de fouiller cet endroit, au moins ? Vous avez un mandat ?

— Je suis le shérif, répond Nickel dont le visage commence à s'empourprer. Je n'ai pas besoin de mandat.

— Ça m'étonnerait.

— Lauren, ça suffit. Dis-moi juste ce qui s'est passé, et on n'aura pas besoin de faire appel aux fédéraux.

— Dites d'abord à vos gars d'arrêter de fouiller notre communauté.

Nickel attrape son chapeau, en écrasant le bord dans son poing.

— Tu n'es pas très coopérative.

— Vous ne m'avez même pas dit que j'avais droit à un avocat.

— Tu es un témoin, pas un suspect.

— Un… un suspect ? s'exclame Glitter, le souffle coupé. Suspect de quoi ?

Le shérif soupire.

— Écoute, d'après ce que je sais, Mike est mort d'une chute après avoir fait une overdose. Sa tête semble avoir cogné un rocher.

— C'est n'importe quoi.

— On a trouvé un flacon de Quaalude dans sa poche.

Les poumons de Glitter se vident subitement de leur air.

— Impossible. Mike…

Elle se mord la lèvre. *C'est donc de ça que parlait Ziggy.*

— J'essaie juste de comprendre ce qui s'est passé, dit Nickel. Pour qu'on puisse faire notre rapport et classer cette affaire. Et apporter un peu d'apaisement à ses parents.

Elle serre les genoux.

— Je comprends.

— Alors tu vas être une bonne fille et me dire ce que tu sais, d'accord ? Et je te promets de vous laisser tranquilles. Pour l'instant.

— D'accord.

Glitter ravale de nouvelles larmes. Ça ne colle pas. L'explication la plus simple serait en effet que Mikey ait expérimenté de nouvelles choses, et qu'il ait fini par en prendre un peu trop. Mais elle repense à Ziggy. *Ça ne venait pas de l'un d'entre nous.*

Que lui cache-t-il ?

Chapitre 3
Glitter

Le shérif Nickel porte la main à son chapeau et quitte les lieux. Mme Neto, en revanche, semble s'être incrustée pour de bon. Assise avec Maman dans un coin de la salle à manger, elle cherche à la réconforter en diluant de grandes cuillerées de sucre dans son café. « Oh, Geraldine, répète-t-elle, quelle tragédie. Que vont dire ses pauvres parents ? »

Glitter encaisse le regard assassin que Maman lui jette. Qu'est-ce qu'ils vont dire ? Que c'est sa faute, bien sûr. Qu'elle a détourné le pauvre et innocent Mikey de ses études avec des promesses de drogues et de sexe. Qu'il était un bon garçon, si intelligent et équilibré, avant de s'enfuir à San Francisco. Voilà ce qu'ils diront.

Mais ils ne parleront pas de la fois où son père a dû conduire Mike aux urgences parce que tante Mae lui avait plongé les mains dans la glace pour l'empêcher d'« explorer son corps ». Elle les avait laissées là tellement longtemps que ses doigts étaient devenus gris. Ils ne mentionneront pas non plus ce jour d'Halloween où oncle Irving a déraillé en voyant Mike déguisé en sorcière, avec robe et perruque. Et ils ne songeront même pas un instant à leur dernière grande dispute, quand oncle Irving a menacé Mike de l'envoyer au centre de recrutement de l'armée de Santa Fe à coups de pied au cul s'il entendait encore une fois ces « foutues idées communistes dans *ma* maison ».

Cette nuit-là, Mike a appelé Glitter là où elle créchait, à Haight-Ashbury. « Je suis à bout, Lauren, a-t-il sangloté. Si je reste ici, je vais mourir. Ils ne me laissent pas vivre. » Elle a demandé de l'aide à ses amis et ils ont rassemblé treize dollars pour payer à Mike un aller simple en bus vers San Francisco. Trois jours plus tard, elle lui a fait fumer son premier joint. Il s'est débarrassé de ses chaussures, a cessé de se raser et n'en est devenu que plus beau. Il a commencé à lire *Le Capital* de Marx, mais au lieu de le terminer, il a découvert le peyotl et la mythologie amérindienne et a commencé à entrevoir la grande vérité cosmique. Sous l'œil bienveillant de la communauté, il a cessé d'être ce bon vieux Mike pour devenir un esprit en quête de ses propres réponses.

Et maintenant… Glitter enfouit sa tête dans ses bras. Oncle Irving et tante Mae diront que Mike est mort à cause d'elle. Mais ils ont tort. Ces deux dernières années, elle et les siens ont permis à Mike de se sentir plus vivant qu'il ne l'avait jamais été.

Des coups frappés à la porte la tirent de ses pensées. Une grande ombre surmontée d'un Stetson se profile derrière les rideaux de dentelle. Mais la voix qui en émane est douce et pleine de sollicitude.

— Geraldine ? Comment va ? J'ai pensé que je pourrais passer et déposer quelques courses.

Maman se tamponne les yeux à la hâte et laisse Mme Neto à son café. Elle ouvre la porte et Eugene Parker, propriétaire du Grand Bonanza Hotel, sur Main Street, entre dans la pièce avec dans les mains un sac en papier rempli de provisions d'où dépassent une botte de céleri et une conserve d'ananas.

Maman s'essuie les mains sur son tablier.

— Eugene. C'est si gentil de ta part.

— Mes plus sincères condoléances.

Parker retire son chapeau, gratifie Mme Neto d'un signe de tête, puis se tourne vers Glitter.

— Content de te revoir, petite. Je suis désolé d'apprendre ce qui est arrivé à… c'était ton cousin, c'est ça ?

— Ouais.

La voix de Glitter est faible et incertaine.

— Pauvre gosse. Quand je pense qu'il faisait encore la fête hier soir.

Maman fusille Glitter du regard.

— Je savais que vous laisser organiser une fête ici était une mauvaise idée. J'aurais dû appeler le shérif tout de suite.

Glitter fronce les sourcils.

— On est dans un pays libre.

— Mais c'est ma propriété, Lauren. Et quand j'ai dit que tu pouvais inviter des amis, je n'ai jamais…

Elle s'arrête et sa voix se brise :

— Je me sentirai coupable pour le restant de mes jours.

Parker remet son chapeau et jette un regard impuissant à Mme Neto.

— Ne t'accable pas, Geraldine. Si tu es coupable, je le suis dix fois plus que toi. Je n'aurais jamais apporté de bière à ces jeunes si j'avais su qu'il y avait de la drogue sur place.

Un souvenir flou émerge dans l'esprit de Glitter. Parker et un autre homme déchargeant un fût de Falstaff Tapper devant un Dutch hilare. « Notre putain de sauveur ! » s'était-il exclamé, et Parker, qui était adjoint à ses heures perdues et avait probablement utilisé cette histoire de bière comme excuse pour venir fouiner, avait pris un air sérieux et répondu : « Tant que vous n'en abusez pas, hein, les gars ? »

Mme Neto, pas du genre à rester sur la touche, délaisse son café et s'approche en se dandinant.

— Cette histoire est une véritable honte, dit-elle à l'attention de Parker. Ces marginaux finissent toujours par créer des problèmes. Et vous avez vu les motards ? J'espère que le shérif mettra un terme à tout ça.

— Ça ne doit pas aider les affaires, pour sûr, dit Parker. Je ne sais pas comment les choses se passent pour toi, Geraldine, mais j'aurais bien besoin de quelques clients supplémentaires.

— Le Bonanza est donc à court de cow-boys en herbe ?

Glitter aime bien Parker, mais elle ne peut s'empêcher de le chercher. La compétition entre le Stover's et le Grand Bonanza est inscrite dans ses gènes.

— Les temps sont durs pour tout le monde, à moins de savoir se renouveler, dit Parker en souriant, puis il ajoute, reprenant son air sérieux : Geraldine, si je peux faire quoi que ce soit, n'hésite pas à me le faire savoir. Je peux envoyer Sandy pour t'aider au service, si tu en as besoin. À mes frais, bien sûr.

— Merci, répond Maman avec un geste de la main. Je crois que ça va aller comme ça.

L'euphémisme du siècle. Depuis trois semaines que la communauté s'est installée à l'arrière du Stover's, il n'y a eu qu'un seul client, un vendeur de fromage en tube qui a mangé en ville et n'a pas laissé de pourboire.

Parker s'en va et Maman a soudain l'air extrêmement fatiguée. Mme Neto, de son côté, continue à fixer la porte par laquelle l'homme a disparu.

— N'est-il pas tout à fait adorable ?

Glitter lève les yeux au ciel.

— Bon, j'y vais. Je dois aller voir comment va la famille.

Le visage de Maman se fige.

— Quelle famille ?

— Ziggy, Autumn et Turbo. Et les autres. La famille, quoi.

— Mais tu t'es entendue ? dit-elle à voix basse, alors que Mme Neto tend une oreille indiscrète. La famille ? Votre communauté ressemble à celle de Manson. Une mort suffit amplement. Dis à tes amis de faire leurs bagages et d'emporter toutes leurs drogues avec eux.

Glitter se lève d'un bond.

— Pas moyen. Tu nous as dit qu'on pouvait rester aussi longtemps qu'on voulait.

— Je parlais de *toi*, Lauren. Et de Jeanelle, si elle n'a pas d'autre solution. Mais pas cette bande de… de marginaux meurtriers et de dealers de drogue. Tu crois que je ne lis pas le journal ? Je ne vous laisserai pas transformer le Stover's en un nouveau Spahn Ranch.

— Et moi, je ne te laisserai pas mettre mes amis à la porte alors qu'on est tous en deuil. On a besoin de paix. De traverser cette épreuve ensemble.

Glitter pose sa main sur son ventre, où de nouveaux sanglots s'accumulent.

— Et en faisant quoi ? En prenant de la drogue et en fumant des joints ? répond Maman, blanche comme un linge. Je pense qu'une mort est bien suffisante.

Les larmes montent. Glitter a du mal à respirer. La douleur… si puissante. Elle bredouille :

— Laisse-moi tranquille. Je dois être avec ma famille.

La voix de Maman se brise.

— Tu vas rester ici. Irving et Mae sont en chemin. Une cérémonie aura lieu à l'église demain. Je veux que nous soyons tous ensemble dans ce moment d'affliction.

— Et tu t'es entendue, *toi* ? On se croirait dans un feuilleton télé, Geraldine.

— Cesse de m'appeler comme ça. Je suis ta mère.

Glitter ouvre la porte et, à travers un voile de larmes, jette un regard à Mme Neto dont les yeux pétillent d'intérêt.

— La maternité est un concept social, rien d'autre, crache-t-elle. Et comme tous les autres, on peut s'en passer.

Puis elle claque violemment la porte, dont le vitrage continue de trembler pendant quelques secondes.

Glitter court à perdre haleine à travers les collines, des mèches de cheveux se collent à son visage baigné de larmes. C'est Maman qui ne sait pas ce qu'est une vraie famille. Pas celle qui vous est imposée par la naissance et la société. La *vraie* famille, unie par ce genre d'amour qui ne naît que quand les gens se réunissent librement pour créer quelque chose de plus grand qu'eux.

La communauté ressemble à une zone bombardée. Il y a des tas d'ordures dans les buissons et des traces de pneus sur la pelouse. La plupart des voitures et des caravanes sont parties. Seule la Chevrolet cabossée de Turbo est encore là, garée à côté du bus de Glitter.

Elle se frotte les yeux et rejoint la cabane, où Ziggy et Autumn sont assis sur le sol en silence, pendant que Sunhawk joue à la voiture avec un paquet de cigarettes vide. Tout le monde est parti sauf eux, constat qui frappe Glitter comme un coup de poignard.

— Marcia est partie, dit Autumn en guise de confirmation. Et Dippy et Jazz. Et ceux de Sedona. Turbo dit qu'on devrait partir aussi.

— Et… vous allez le faire ?

Autumn désigne Sunhawk Shiva de la tête.

— Non. Pas envie de le remettre sur la route.

Glitter passe un bras autour de son amie.

— On s'est peut-être trompées en revenant à Boldville.

— Tu crois ?

— L'ambiance est bizarre. Comme si tout le monde nous surveillait et passait son temps à dire du mal de nous.

— Comme partout ailleurs, alors.

— Oui, mais c'est différent ici. Peut-être parce qu'ils nous connaissent tous. L'ancien nous, je veux dire. Le nous d'avant.

— Ça a peut-être été notre chance, répond Autumn. Je suis à peu près sûre que Nickel nous aurait tous coffrés s'il ne s'était pas souvenu de nous quand on était gosses.

— Pas faux.

— Et vous, vous allez partir ?

Glitter hausse les épaules. Ils pourraient, mais où iraient-ils ? Ils ont enfin trouvé un point de chute ici, après de longs mois de voyage. La Californie a fini par les décevoir et le Nevada compte trop de détraqués. L'Utah s'est avéré ennuyeux et l'Arizona leur a plu, mais les communautés y fleurissent en trop grand nombre, alimentées par l'afflux des désabusés de San Francisco.

Ziggy se porte à son secours.

— Je crois qu'on devrait rester, dit-il. C'est ce que Mike aurait voulu.

— Tu as raison, répond Glitter, la voix enrouée. Il a toujours été tellement heureux à Boldville ! Bizarre, hein ? Autumn, tu te souviens ? On a détesté grandir dans ce trou, mais Mike… il aimait cet endroit, même avec toutes les histoires flippantes qu'on lui racontait.

— Quelles histoires ? demande Ziggy.

Autumn sourit et ses yeux se remplissent de larmes.

— On avait l'habitude de le taquiner. On lui disait qu'un fantôme indien vivait dans les collines. Un fantôme qui n'apparaît que les nuits de pleine lune, c'est ce qu'on lui racontait. Et gare à toi si tu croises son regard, car tu mourras avant le lever du soleil.

Elle met une main sur sa bouche et reprend :

— On dirait presque que le fantôme l'a eu, non ? Cette histoire de Quaalude… ça ne lui ressemble vraiment pas.

À côté d'elle, Ziggy se tortille, mal à l'aise.

— Le simple fait qu'il ait pu en avoir est tellement bizarre, dit Glitter. Qui a apporté des Quaalude ici ?

— Qu'est-ce que ça change ? coupe Ziggy. Si Mike a fait une overdose, on ne peut pas mettre ça sur le dos d'un autre.

— Quand même, j'aimerais bien savoir, dit-elle en se tournant vers Autumn. Quelque chose cloche. Ziggy, tu as vu Dutch ?

Ziggy secoue la tête. Les Blood Brothers ont filé dès que les flics sont arrivés.

— Les lâches, dit Automne. On est une communauté. On doit se serrer les coudes.

— Pas quand les flics s'en mêlent.

— Surtout quand les flics s'en mêlent ! réplique Glitter.

Ziggy sort un joint cabossé de sa poche.

— C'est bon, lâchez-les. Ça aurait été pire s'ils étaient restés, on le sait tous. Les flics nous détestent, mais ils détestent encore plus les motards.

Et ils n'ont sans doute pas tort. Glitter enfouit son visage dans ses mains. *Non.* Le mouvement accueille tout le monde, peu importe les croyances ou la couleur de peau.

Mais quand même… Bien pratique pour Dutch et Zeke, le copain miteux de Dutch, de filer à ce moment-là. D'habitude, Dutch aime tenir tête aux flics, surtout aux petits shérifs de comté hargneux comme Nickel.

Une pensée s'insinue dans l'esprit de Glitter. Et si Dutch avait mis les voiles parce que les Quaalude étaient à lui ? Il en avait à Altamo, et il lui en a même peut-être donné à l'époque, elle n'arrive pas à s'en souvenir. En tout cas, une chose est sûre : contrairement à Mike, Dutch et les Blood Brothers se défoncent avec tout ce qu'ils trouvent. Le speed, pour pouvoir traverser plusieurs États en une seule nuit. La cocaïne pour l'excitation, l'acide pour les visions. Le Quaalude pour une descente en douceur et pour dériver paisiblement pendant quelques heures, en attendant la prochaine grande virée.

Elle voudrait le dire, l'affirmer tout haut. Quelqu'un a joué un rôle dans la mort de Mike. Mais elle ne dispose d'aucune preuve ou indice, seulement de ce sentiment étrange qui continue de lui faire monter les larmes aux yeux.

— C'est juste que..., commence-t-elle, mais les mots meurent sur sa langue. Quelque chose cloche dans cette histoire, je le sens.

— Relax, bébé, dit Ziggy. Tu veux fumer un peu ?

— Non. Oui. Peut-être.

Elle prend le joint et tire une profonde bouffée. Lentement, elle vient appuyer sa tête contre son épaule.

Quelques instants plus tard, Turbo arrive avec un pack de Dr Pepper. Sunhawk aperçoit son beau-père et lève les deux mains au ciel :

— Papa ira pas Vietnam.

Turbo sourit.

— Tout juste, mon garçon. Parce qu'on n'en a rien à foutre de l'oncle Sam.

Autumn glousse. Le soleil qui filtre à travers les vieux rideaux orange de la cabane enflamme sa chevelure auburn. Aussitôt, Glitter se met à rire elle aussi. Ils s'enlacent tous les quatre et rient et fument et pleurent, unis dans l'épreuve. Comme une famille devrait l'être.

Chapitre 4
Joanna

Albuquerque, 1970

La porte d'entrée se ferme en claquant. Immobile, Joanna écoute le bruit des pas qui s'éloignent sur le gravier. Le rugissement de la voiture résonne comme une tronçonneuse dans sa poitrine. De la douleur, partout. Des voiles rouges qui l'enveloppent comme une pluie.

Est-ce que c'est grave, cette fois ?

Les pires fois sont celles où elle reprend conscience dans la chambre d'amis des parents de Dwayne. Aujourd'hui elle est à peu près lucide. Il l'a laissée sur le sol du salon, c'est donc grave, mais ça pourrait être pire. Il lui laisse le soin de se remettre sur pied toute seule – comme une ultime dignité concédée.

Elle ferme les yeux et fait le point. Douleur, nausée et peau engourdie. Un engourdissement qui s'épanouira bientôt en bleus, d'abord violacés puis brun sale. Elle passe lentement sa langue le long de ses dents. Elles sont toutes là. Il y a du sang sur le tapis, mais il partira au lavage. Demain, elle devra le faire tremper et le frotter jusqu'à ce que les stigmates de son mariage se perdent dans les profondeurs de la fibre…

Son bras ne répond pas comme il le devrait, cependant. La douleur irradie en profondeur au niveau de l'os et se diffuse jusqu'au coude et au poignet. Elle remue les doigts, qui répondent mollement. Et s'il était cassé ?

Non, pas ça. Ça le mettrait dans tous ses états. Elle devrait aller à l'hôpital, et que dirait-elle au médecin ? Elle se lève avec précaution, tente de faire quelques pas, titube. La position debout intensifie la nausée. Elle s'appuie contre le mur et prend plusieurs inspirations douloureuses avant de se lancer dans la longue marche vers la salle de bains.

Sur le lavabo, les savons décoratifs en forme de cygne sont flous. Dans le miroir, elle se rend compte qu'une coupure assez profonde barre son front. Probablement causée par le coin de la table basse en verre, ou par la poignée en cristal de la porte de la chambre. Difficile de savoir, puisqu'elle a percuté les deux. Le sang s'est infiltré dans ses cheveux et les a collés contre ses joues et sur son cou. On dirait une figurante pour un film de zombie. *Ce qui est approprié, en réalité.*

Son rire, rauque, émerge comme une toux. Elle fait couler un bain, s'y allonge et regarde l'eau rosir lentement, pleine de honte.

Où est-il allé ? Dans un club de strip-tease, certainement. Le Gold Digger ou le Knockout. Buvant avec ses amis. Se vantant devant eux ? Non, il n'oserait pas. Chacun sait que Dwayne Riley est un chic type, bien trop respectable pour frapper une femme.

Elle se frotte avec une serviette et tamponne ses cheveux pour en retirer les dernières traces de sang. *Enfile un pyjama, Joanna. Bois un verre d'eau. Prends deux Valium. Va te coucher et ferme les yeux. Il rentrera à 5 heures du matin. Il apportera des fleurs de la station-service.* « Je suis désolé. C'est seulement parce que je t'aime trop. »

Puis il la baisera à la hâte, empestant l'alcool. Ce sera douloureux, à cause des bleus. Mais elle le supportera, car ils sont un ménage heureux, Joanna et Dwayne Riley,

117 Walnut River Drive, Albuquerque. Ils iront au barbecue du chef Carver ce week-end, et les gars du commissariat gratifieront Dwayne d'une tape dans le dos pour avoir réussi l'examen d'entrée de la police. Leurs femmes se rassembleront autour de Joanna et souriront comme des rates. *Tu dois être si fière de lui. Tu as bien fait de te mettre en retrait. Deux flics dans la famille, ça aurait été un de trop, et puis, qui se serait occupé du bébé ?* Clin d'œil. *Non, sérieusement, ce n'est pas le moment pour vous d'en avoir un ?*

L'inspectrice Sheila Yates pourrait y être, elle aussi. Elle garderait le silence, mais son regard n'en dirait pas moins.

Elle fixe à nouveau le miroir. La coupure sur son front ne s'est toujours pas refermée et une goutte de sang perle le long de sa tempe, parcourant les sillons de sa peau pour venir strier sa joue, comme une larme.

Va te faire foutre, Dwayne. La phrase émerge du plus profond de son estomac, là où la nausée prend sa source.

— Va te faire foutre.

Elle le murmure, goûte ces mots sur sa langue. Elle a voulu le dire toute la journée, même avant que Dwayne ne rentre à la maison et qu'elle doive lui avouer que sa chemise préférée avait rétréci au lavage. Il avait dit que ça n'avait pas d'importance, mais bien sûr *ça en avait*, car à la fin tout s'additionne. Toutes les petites erreurs. *Joanie, espèce de sale idiote stupide. Pas foutue de faire correctement quoi que ce soit. Viens ici, salope. Je vais te donner une leçon dont tu vas te souvenir.*

Tant de leçons, et elle n'a toujours rien appris. Jusqu'à ce matin-là, quand elle est allée chez le médecin.

Ce qu'elle a appris là-bas a tout changé.

Elle colle un pansement sur la coupure et noue un foulard rouge autour de son front. Dans la chambre, elle enfile un jean, une chemise et passe sa veste. Elle attrape quelques vêtements au hasard et les fourre dans un cabas bleu et orange. Les clés de la Datsun sont dans son sac à main, qu'elle ramasse sur une chaise.

Quoi d'autre ? Le foulard violet acheté à Las Vegas. Les albums photo de son enfance. Deux cents dollars du tiroir de la cuisine. Sa trousse de toilette et ses bigoudis. Les cuillères à café en porcelaine avec des miniatures de villes européennes enchâssées dans leurs manches, cadeaux de parents incompétents, mais bienveillants, livrés chaque année à son anniversaire. Voilà des années qu'elle a l'intention de les jeter, mais elles peuvent avoir une certaine valeur, et elle aura besoin de chaque dollar qu'elle pourra obtenir. *Prague* tombe de la boîte et elle la fourre dans son sac.

Quand elle sort, un vent sec venu du désert balaie la rue. Au-dessus des maisons obscures, le firmament brille comme un diamant, malgré l'éclat parasite des lampadaires. Elle actionne la porte du garage et jette le sac dans le coffre de la Datsun, tandis que la boîte avec les cuillères à café va rejoindre le siège arrière. Elle ouvre la portière d'un coup sec et une douleur lui tord le bras. Elle engage la clé.

Va te faire foutre, Dwayne.

La Datsun se met en branle dans un glapissement. Elle enclenche la marche arrière, appuie sur l'accélérateur et s'éloigne.

Albuquerque passe comme dans un rêve. Des maisons aux pelouses hérissées de yuccas. Les néons des centres commerciaux allumés jour et nuit. Des feux de signalisation et des panneaux de motel disparaissant aussitôt qu'aperçus.

Elle bifurque sur la Route 66, la douleur perçant sous chaque respiration. Le désert s'étend autour d'elle, encore invisible. Elle s'y enfonce, pied au plancher, en direction de l'ouest. Parce que c'est ce qu'on fait toujours dans ce pays. On prend son courage à deux mains et on se dirige vers l'ouest en espérant, contre toute attente, que la fortune voudra bien nous sourire là-bas.

La route est comme un ruban enveloppant un présent qui jamais ne s'offre. Un million d'étoiles scintillent au-dessus de sa tête. La poussière vient emplir sa bouche et ses poumons, remplaçant bientôt le goût du sang. Les phares de la Datsun illuminent les fantômes des cactus et les couronnes d'agaves. Elle a lu quelque part que les Amérindiens utilisent la sève d'agave comme onguent, mais elle ne peut se résoudre à s'arrêter pour en faire l'essai sur son bras.

L'aiguille atteint les cent trente kilomètres à l'heure. Elle ne mettra jamais assez de distance entre elle et lui. Il la retrouvera toujours. Il la poursuivra jusqu'au Canada, s'il le faut. Et le réservoir est déjà presque à sec.

Le retrait progressif des étoiles annonce l'approche du massif des Gila. Étonnant qu'une chose si dominante le jour devienne ainsi un vide la nuit. Puis une première touche d'argent frappe le sommet le plus élevé, et le ciel passe progressivement du noir au bleu.

Elle quitte l'autoroute et lance la Datsun vers les hauteurs. La route sinueuse fait resurgir la nausée, qui devient de plus en plus forte à mesure que la jauge d'essence descend.

Alors que l'aube apparaît dans toute sa gloire, elle s'arrête et vomit sur le bas-côté. Elle lève ensuite les yeux et tombe nez à nez avec un panneau métallique recouvert de rosée.

BIENVENUE A BOLDVILLE, NOUVEAU-MEXIQUE
POPULATION : 1 130
LA FORTUNE SOURIT AUX AUDACIEUX

Joanna se réveille quatre heures plus tard, encore engourdie par la douleur. Un klaxon retentit dans la cour de l'hôtel et pendant deux minutes interminables, elle imagine Dwayne défonçant la porte et la traînant dehors par les cheveux. Mais personne ne vient.

La lumière filtre à travers les stores décatis qu'elle n'a qu'à moitié fermés ce matin, avant de se glisser dans son lit. Elle a mal à la tête et son poignet est toujours douloureux – un élancement sourd et constant. Elle le soulève et son bras obéit à contrecœur. La chair de son avant-bras s'est épaissie et a pris une couleur violacée.

La soif la pousse finalement à sortir du lit. La salle de bains est équipée d'un lavabo en laiton et d'un robinet unique dont la tuyauterie est grossièrement fixée au carrelage. Tout en se maquillant, elle réfléchit à son point de chute. D'après ce qu'elle a vu ce matin, Boldville est une ville délabrée dont la grand-rue semble tout droit sortie d'un western. Quelques bars, un magasin général et un grand hôtel orné de drapeaux américains. Elle ne s'est arrêtée que quelques minutes pour décider de la marche à suivre, reprenant rapidement la route jusqu'à tomber sur le Stover's Hotel.

L'établissement est installé un peu en retrait de la ville, adossé aux collines. Le cuir vert des fauteuils de sa chambre est craquelé et le tapis arbore quelques taches profondément incrustées. Le lit est en contreplaqué bon marché, mais elle y a dormi d'un sommeil profond et sans rêves. Pour vingt dollars la nuit, petit déjeuner compris, peut-on espérer mieux ?

Elle descend à la recherche de la salle à manger et la trouve encombrée de toute une collection de tapisseries mexicaines et de chaises de saloon à large dossier. Un couple d'âge mûr, assis dans le coin le plus éloigné de la pièce, transpire la misère conjugale. Le mari, dos à la fenêtre, pique sa fourchette dans un amas d'œufs mal cuits. La femme est assise dans une posture rigide, un voile noir et sévère prolongeant les bords de son petit chapeau de feutre.

Joanna effectue un vague signe de tête qui ne provoque aucune réaction. Elle s'assied aussi loin d'eux que possible et attend.

L'hôtel est étrangement calme. Elle soulève le rideau en dentelle afin de vérifier que sa voiture est toujours dans la cour et aperçoit deux jeunes aux cheveux ébouriffés descendre de la colline. La fille est pieds nus et porte un T-shirt violet, et la frange de l'homme lui barre les yeux.

Des hippies. Elle laisse retomber le rideau. Leurs communautés fleurissent dans tout le Nouveau-Mexique, retombées de trois ans de chaos californien.

— Bien le bonjour.

La propriétaire, Mme Weiland, une femme d'une cinquantaine d'années à la permanente défraîchie, émerge des portes battantes qui mènent vraisemblablement à la cuisine.

— Heureuse que vous soyez enfin réveillée, Mme Riley. Puis-je… Puis-je vous proposer un petit déjeuner ?

Joanna fixe le visage pâle et bouffi de la femme.

— Je suis vraiment désolée de vous avoir réveillée à l'aube, mais j'étais presque en panne d'essence et…

— Ne vous en faites pas pour ça, répond Mme Weiland en tentant un sourire. Je ne dormais pas, de toute façon. Cependant, j'ai bien peur de devoir partir dans une vingtaine de minutes. J'ai déposé un bidon d'essence pour vous sous le porche. Et si vous avez faim, je peux vous préparer quelque chose d'abord.

Joanna pense aux œufs luisants dans l'assiette de l'homme.

— Je vais prendre des toasts et du beurre, s'il vous plaît. Et du café.

— Je vous prépare ça tout de suite.

Joanna la regarde disparaître à travers les portes de la cuisine. Une atmosphère étrange flotte dans la pièce. Au fond, le couple ne semble plus exister que par la force de l'habitude. Et Mme Weiland a pleuré très récemment.

Ses sens de flic se mettent en éveil. Comme la fois où elle et l'officier Hansen avaient été appelés pour un vol à la pharmacie Walgreens de Cottonwood. Le gérant les avait conduits jusqu'à une jeune vagabonde hébétée et en sang qu'il avait enfermée dans l'arrière-boutique. Il leur avait demandé d'appeler une ambulance et avait expliqué qu'il l'avait surprise en train d'essayer de forcer le coffre. Joanna avait immédiatement su qu'il mentait. La même ambiance flotte dans la salle à manger à cet instant, cette même détermination à dissimuler un fait affreux.

Elle avait accompagné la jeune fille aux urgences et appelé l'inspectrice Sheila Yates, qui avait passé un savon au médecin et finalement obtenu un examen médical complet. Victime de viol, la fille n'avait jamais porté plainte. Juste un malheur de plus dans sa vie, sans doute.

La porte d'entrée s'ouvre, laissant apparaître les deux jeunes hippies. L'homme, longiligne et voûté, s'attarde sur le seuil, tandis que la fille pénètre dans la pièce.

— Bonjour, marmonne-t-elle en direction du couple. Où… où est Maman ?

La pièce semble soudain plus froide que la face cachée de la lune. Les lèvres de la femme se resserrent.

— C'est à cette heure-ci que tu arrives, Lauren ?

— La cérémonie n'est qu'à midi, c'est ça ?

— Tu n'as plus que dix minutes pour te préparer.

— Mais je *suis* prête, répond-elle en avançant légèrement le menton. Je me demandais si… si vous vouliez que j'apporte quelque chose qui appartenait à Mike. Comme son livre préféré, un de ses colliers ou…

— Lauren Phyllis Weiland, tu ne vas pas entrer dans la demeure du Seigneur dans cet accoutrement.

— Mais c'est comme ça que je m'habille.

Mme Weiland sort en trombe de la cuisine.

— Elle va se changer, dit-elle au couple d'une voix haletante. Lauren, chérie, va mettre quelque chose de noir et brosse un peu tes cheveux. Dépêche-toi, s'il te plaît.

Les yeux de la fille sont luisants de larmes contenues.

— Je suis habillée comme il faut, Maman. Mike aurait voulu…

Le mari se lève si vite que sa chaise se renverse.

— Comment *oses-tu* ? Sale petite morveuse ! Après tout le mal que tu as fait, comment oses-tu prononcer le nom de mon fils en ma présence ?

La voix de Mme Weiland se fait implorante :

— Lauren, sois gentille et fais ce qu'oncle Irving te dit.

Mais Lauren ignore les supplications de sa mère.

— Vous n'avez toujours pas pigé qui était Mike, crie-t-elle. On devrait tous célébrer sa vie, pas sa… sa…

Le visage du mari a viré au cramoisi. Une veine est apparue sur son front et ses poings sont serrés.

— Ça suffit, rugit-il. Tu ne viendras pas ! Ni à l'église aujourd'hui, ni à l'enterrement ! Maintenant, disparais de ma vue ou je… – *ou je te donne une bonne leçon.*

Joanna se lève brusquement de sa chaise et se hâte vers sa chambre. Elle y arrive de justesse, avant de vomir à nouveau.

Chapitre 5
Joanna

Joanna attend le grincement des pas dans l'escalier, les coups à la porte. Mais personne ne vient. *Tant mieux.* Elle a intérêt à faire profil bas. Dwayne a sûrement déjà compris que cette fois elle n'est pas terrée chez ses parents ou chez son amie Lacy. Il a dû appeler tout le monde, et même le Dr Weston, pour avoir des conseils, jouer le rôle du mari inquiet. *Oui, docteur, elle s'est vraiment enfuie. Je jure que cette femme n'est pas saine d'esprit. Qu'est-ce qu'un homme peut faire dans ces cas-là, hein ?*

— Va te faire foutre, Dwayne, chuchote-t-elle.

Son bras lui fait mal. La peau de son coude, tendue et gonflée, l'empêche de plier son bras à fond. Elle fouille dans sa trousse de toilette pour y trouver un antalgique, mais elle les a oubliés à la maison. Elle n'a que quelques vêtements de rechange et la boîte de cuillères en argent, maintenant rangée au fond de l'armoire. Pas brillant pour une fugitive, elle doit bien l'admettre.

Elle baisse délicatement les manches de son chemisier et tend l'oreille. Une voiture démarre, puis s'éloigne sur la route.

Elle attend jusqu'à ne plus pouvoir ignorer les appels répétés de son estomac, puis descend les escaliers avec précaution. Dans la salle à manger déserte, elle appelle à mi-voix, mais aucune réponse ne lui parvient, aussi elle entre dans la cuisine et commence à fouiller les placards. Le premier contient une douzaine de tubes de cheddar à tartiner. *Aussi bon que du fromage frais*, avertit l'étiquette. Elle referme rapidement le placard et continue à fouiner.

Il n'y a rien d'autre à manger que des toasts, des œufs et de la viande en conserve. Et maintenant qu'il s'est vidé deux fois, son estomac réclame un bon plat cuisiné, riche en féculents.

Bon sang. La situation est intenable. Elle doit trouver un endroit où se réfugier et un moyen de subvenir à ses besoins. Les deux cents dollars lui permettront de passer dix nuits au Stover's, quelques-unes de moins si on compte les repas, l'essence et les produits de première nécessité. Elle peut toujours mettre en gage le jeu de cuillères, mais elle n'a aucune idée du prix qu'elle pourrait en tirer. Quant à son argent en banque, il lui faudrait la signature de Dwayne pour y avoir accès. Et appeler ses parents ou même son amie Lacy serait prendre un risque. Face au charme persuasif de Dwayne, ils laisseront forcément échapper quelque chose.

Une pointe de douleur électrise son bras, comme un avertissement. *Reste au lit, Joanna. Mets la couverture sur ta tête et prie pour que tout aille pour le mieux. Si tu restes vraiment, vraiment très discrète, peut-être qu'il ne te retrouvera pas. Pas tout de suite, en tout cas.*

Mais les choses ne vont pas se faire toutes seules. Elle va devoir trouver un plan. Et pour ça, elle a besoin d'un repas et d'un café serré. Et puis Dwayne ne pensera sans doute pas à la chercher du côté de Boldville.

Alors elle se maquille, fait le plein d'essence et rejoint le centre.

Boldville, un mardi matin, a tous les airs de la vieille fille qui commence à se faire une raison. Certaines devantures de magasins sont ornées de drapeaux américains, la plupart fatigués, leurs bandes blanches brunies par la poussière. Les bâtiments eux-mêmes, jadis peints en vert menthe et rouge vif, se dressent d'un air maussade, attendant que leur dernière couche de peinture s'écaille pour enfin fonder la ville fantôme à laquelle ils aspirent depuis toujours. La rue principale se termine sur une petite place, dominée par le Grand Bonanza Hotel. Juste à côté s'élance la statue d'un homme moustachu se tenant debout, les bras croisés. Un fusil est déposé à ses pieds et il scrute les collines d'un air renfrogné.

Joanna gare la voiture et s'approche pour étudier la plaque.

À NOTRE FONDATEUR JAMES HENRY CARLETON,
1814-1873

Sur le trottoir qui rejoint le Grand Bonanza, elle aperçoit un panneau annonçant café frais, pain frit et crêpes au maïs. Aimantée par la promesse d'un petit déjeuner digne de ce nom, elle rabat ses manches et entre dans l'hôtel.

Le Grand Bonanza ressemble à ces vieilles dames, à l'église, dont le rouge à lèvres dépasse toujours un peu sur les côtés – d'une coquetterie maladroite, mais digne.

Joanna entre dans une grande salle à manger qui sert également de bar. Des miroirs courent sur toute la longueur du mur du fond, dédoublant les bouteilles disposées sur les étagères. Une adolescente se prélasse derrière le comptoir. Les tables, recouvertes de nappes à carreaux rouges et surmontées de bols remplis d'allumettes, sont toutes inoccupées, à l'exception de l'une d'entre elles où une vieille femme aux cheveux blancs et hirsutes sirote un café dans une tasse en porcelaine.

Joanna s'assied près de la fenêtre et essaie de se rappeler la dernière fois où elle s'est sentie aussi affamée. Juste après son premier service de nuit, peut-être, quand elle avait dévoré trois beignets à la crème dans son petit appartement de Quaker Heights, alors que l'aube s'installait dans le ciel.

— Je prendrai un café, s'il vous plaît, demande-t-elle à l'adolescente qui lui a apporté le menu. Et le pain frit avec des haricots. Oh, et pourriez-vous rajouter des frites au fromage ?

Pour patienter, elle étudie une coupure de presse encadrée et accrochée au mur. *Quatre-vingt-dix ans et des poussières : le Grand Bonanza de Boldville fête son anniversaire*. On y voit une photo de deux hommes – un père et un fils, semble-t-il – posant devant la façade de l'hôtel, leurs visages fendus par de grands sourires carnassiers.

— C'est mon fils, dit la vieille dame, et mon mari Emory, ajoute-t-elle en fronçant les sourcils. Oh, je n'aime pas ça, quand il sort si tard la nuit.

— Ah.

Joanna prend une boîte d'allumettes et la fait distraitement tourner dans sa main.

— Où est-il allé ?

La vieille dame met son doigt sur ses lèvres.

— Chut, Mike. Ça suffit, maintenant.

Derrière le bar, la serveuse roule des yeux.

— Seigneur, madame Parker !

— Mon nom est Mary McAtts, répond la femme. Qui êtes-vous, mon enfant ?

Joanna s'aperçoit que la pauvre vieille femme n'a plus toute sa tête. Mary McAtts, ou Mme Parker, repousse sa chaise et s'approche. Tout en douceur, elle prend la boîte d'allumettes des mains de Joanna.

— Tu ferais mieux d'arrêter de poser des questions et de rentrer chez toi avant la nuit. J'ai vu les lumières s'allumer dans la montagne.

— Vous voulez parler des jeunes du Stover's Hotel ?

Le nom semble la figer sur place. Elle halète et agrippe sa robe.

— Cornelia ?

À ce moment précis, la porte de service s'ouvre et un homme de grande taille en costume bleu et chapeau de cow-boy immaculé entre à pas pressés. Il s'arrête net en la voyant et esquisse un sourire.

— Bonjour, madame. Bienvenue au Grand Bonanza. Est-ce qu'on s'occupe de vous ?

— Oui.

Joanna jette un coup d'œil à la vieille femme et reprend :

— Je parlais juste à madame… et…

— C'est ma mère. Mme Parker de son nom, et ce depuis plus de soixante ans. Pas vrai, M'man ?

La vieille femme se rassied.

— J'espère qu'elle ne vous a pas dérangée. Mais Seigneur, j'oublie mes bonnes manières. Mon nom est Eugene Parker, l'imbécile qui possède cet endroit. Enchanté de vous recevoir.

— Mme Riley. Tout le plaisir est pour moi.

Elle tente un sourire destiné à couper la conversation, mais Parker semble avoir envie de bavarder.

— Vous venez de loin ?

— Albuquerque.

— Magnifique. Vous êtes là pour longtemps ?

— Une semaine, peut-être.

— Vous cherchez une chambre ? Nous proposons une offre spéciale : pour trois nuits, vingt pour cent de remise. Et pour cinq nuits, disons…

— Je suis navrée, mais j'ai déjà un logement.

Pendant un bref instant, son visage se décompose.

— Pas au Stover's ? Ça doit être… Oh, eh bien, j'espère que Geraldine n'est pas trop préoccupée. Il y a une cérémonie à l'église, aujourd'hui. Une terrible tragédie.

Elle s'efforce de réprimer sa curiosité. Elle n'est plus flic, aujourd'hui. Tout ce qu'elle doit faire, c'est rester discrète et élaborer un plan pour mettre le plus de distance possible entre elle et Dwayne. Mais impossible de se retenir.

— Vous voulez parler de Mike ?

— Ouaip.

Parker n'est pas le genre d'homme qu'on a besoin de pousser à la confidence.

— Les gosses de la communauté ont organisé une sorte de fête dimanche soir. De la musique planante et du riz au ketchup pour le dîner, enfin vous voyez l'ambiance.

Il semble vouloir rire, se ravise et poursuit :

— Mike a été retrouvé mort le jour suivant.

— Oh, mon Dieu. Je comprends pourquoi Mme Weiland avait l'air si bouleversée ce matin.

— C'est compréhensible. Mike était le neveu de Geraldine, pas moins. Ses parents avaient l'habitude de l'envoyer ici de temps en temps pendant l'été. Il passait ses journées dehors avec sa cousine Lauren, la fille de Geraldine. Ces deux-là étaient toujours prêts à faire les quatre cents coups, précise-t-il en soupirant. J'imagine qu'en grandissant, les coups sont devenus plus gros, eux aussi. J'ai parlé au shérif. Une histoire de drogue, d'après lui. Je n'aurais jamais pensé ça. Je veux dire, Boldville n'est pas ce genre de ville, pas vrai ?

— Je n'en doute pas une seconde, répond Joanna.

Soit Eugene Parker ne sort pas beaucoup de Boldville, soit il craint simplement d'effrayer les touristes. Tout le monde sait que la drogue suit les hippies, où qu'ils aillent.

La serveuse apporte le repas. Eugene Parker lui prend l'assiette des mains et la dépose cérémonieusement sur la table, renversant un peu de sauce aux haricots sur la nappe au passage. Il tire une chaise et s'assied.

— En tout cas, si les jeunes du Stover's vous importunent, n'hésitez pas à revenir nous voir. Nous pourrons sans doute vous trouver une place.

Joanna jette un coup d'œil à la salle à manger déserte.

— Vous êtes trop aimable.

— Le plat vous plaît-il ?

Elle n'en a pas encore pris une seule bouchée.

— C'est délicieux.

— La meilleure cuisine de l'État, si vous voulez mon avis. Les gens viennent de loin pour se régaler à la table du Bonanza. Pas vrai, M'man ?

La vieille dame fixe son fils.

— Emory, dit-elle, je t'ai demandé de faire cesser cela.

Eugene Parker se retourne vers Joanna et se met à murmurer.

— Vous devez excuser ma mère. Elle devient un peu sénile, ces dernières années.

Joanna prend une bouchée du pain frit. Il est délicieux. À la fois tendre et parfaitement relevé.

— Ne vous en faites pas, dit-elle.

— J'essaie de la faire venir de la maison de repos toutes les deux semaines. Elle aime être ici. Ça lui rappelle le passé.

— Oui. Votre mère me parlait justement de cet article affiché au mur.

Un sourire illumine le visage de Parker.

— Oh, oui. C'est moi et mon père. Le quatre-vingt-dixième anniversaire du Bonanza. Une sacrée fête, surtout pour mon vieux. Papa est né quelques années après la fondation de Boldville. J'espérais qu'il passerait le cap des cent ans ici, mais il n'est pas arrivé jusque-là.

— Navrée de l'apprendre.

Eugene Parker semble sincèrement touché.

— C'était un grand homme. Dans un sens, il a de la chance de ne plus être là aujourd'hui. Ma mère…

Il reprend en baissant à nouveau la voix :

— … Eh bien, vous comprendriez pourquoi elle préfère vivre dans le passé.

— Pourquoi cela ?

Il se rassied au fond de sa chaise.

— C'est une sacrée histoire. Boldville a été fondée en 1870. Ça faisait deux ans que James Henry Carleton avait soumis les Apaches. Les choses ont vraiment commencé à bouger pendant la ruée vers l'or. Mon grand-père a ouvert l'hôtel pour loger les nombreux chercheurs d'or venus dans le coin pour faire fortune. Bien sûr, la plupart d'entre eux n'ont jamais eu cette chance et ont fini par reprendre la route. Mais certains… certains ont touché le jackpot et sont ressortis couverts d'or des collines, ajoute-t-il en souriant. Mon grand-père me parlait d'un prospecteur de la première heure qui avait trouvé un filon d'or quelque part dans les Gila. Ebenezer Tomkin. C'est une sorte de légende dans le coin.

— Jamais entendu parler de lui.

— Vous n'en entendrez pas parler là où vous êtes descendue. Il vivait au Stover's à l'époque, mais Geraldine n'aime pas parler du passé. Pourtant, les légendes du Far West attirent toujours les clients. Mon avis, c'est qu'elle aurait tout intérêt à tirer quelque chose de cette histoire. Une batée gratuite pour cinq nuits réservées, ce genre de chose.

— Quelle histoire ?

Mais Eugene Parker est en roue libre.

— J'ai un projet similaire, pour ma part. Ce n'est qu'une idée, mais si je parviens à la réaliser, nous pourrons faire revivre le vieil Ouest ici même, à Boldville. Revenez dans un an ou deux, madame, et cet endroit sera plein à craquer de touristes prêts à dépenser sans compter pour s'amuser en famille.

Joanna prend une frite.

— Je croyais que le Far West était un endroit sans foi ni loi.

Eugene Parker secoue la tête.

— Pas si vous avez un bon shérif dans le coin. Et je suis bien placé pour le savoir. Mon propre père était membre de la brigade du shérif. Vous savez ce qu'on appelle une brigade ?

— Une bande de hors-la-loi ?

— Non, répond-il en penchant la tête. À l'époque, la brigade du shérif était un groupe de durs à cuire chargés de faire respecter la loi. Ici, à Boldville, il s'agissait de mon père, du vieux shérif Nickel et de Jack Fenn, le meilleur porte-flingue de ce côté-ci d'Escondido. Bob Nickel et moi, on a marché dans les traces de nos pères. Bob s'est présenté aux élections quand Josiah Nickel s'est retiré, et il les a remportées haut la main. Et moi, je suis devenu adjoint, comme mon père. C'est pas joli ?

— Ça l'est.

Joanna mâche la dernière bouchée de pain frit. Dwayne aurait adoré cette histoire. Un fils qui suit la carrière de son vieux père. *Tu es mon idole, Papa. Je veux être comme toi.*

Elle repousse l'assiette. La nausée commence à l'envahir à nouveau.

Chapitre 6
Cornelia

30 avril 1933

Reçu une lettre de la banque aujourd'hui. Ils ne me prêteront plus rien. La faute à l'économie en berne, à Wall Street et aux terribles tempêtes de sable, disent-ils. La situation est désastreuse partout. Les routes sont chargées de vagabonds et de bons à rien. Les honnêtes gens n'ont plus d'argent et le Stover's est vide la plupart du temps, donc sans aucune valeur pour ces vampires de Manhattan.

J'ai reporté le salaire de Lonan à la fin du mois de juin. Il l'a bien pris, mais difficile de savoir ce qu'il en pense vraiment. Il a une famille à faire vivre à la réserve de White Mountain. Il y a des emplois mieux payés à Silver City ou dans les mines de cuivre. S'il s'en va, comment vais-je pouvoir m'en sortir ?

— C'est affreux, Nellie.

Mary repose le journal et continue en me regardant, cherchant à capter mon assentiment :

— Ce gang est armé et prêt à tout. Et maintenant, deux femmes les ont rejoints. On n'est plus en sécurité nulle part.

Je prends une gorgée de café et retourne le journal. Une grande photo de Blanche Barrow orne la première page, avec en dessous une plus petite de Bonnie et Clyde, deux gosses aux yeux de biche. La légende, à côté de la photo de Bonnie, fait dans le sensationnel : « Bonnie écrit un poème suicidaire, texte complet page 5 ».

— Ils n'ont pas encore attaqué d'hôtels, fais-je remarquer. Et l'article dit qu'ils sont à trois États d'ici. Je suis sûre que nous sommes en sécurité.

— Toutes ces histoires vont relancer mes douleurs au foie, dit-elle en posant une main bien trop haut, au niveau de son sternum. J'ai supplié Emory de fermer l'hôtel jusqu'à ce que ce gang soit arrêté, mais il ne veut rien entendre. Que ferons-nous quand la porte s'ouvrira et qu'une bande de hors-la-loi fera irruption dans la pièce ?

— Dites-leur simplement que vous êtes complets.

— Nellie…

J'ouvre le journal à la page cinq.

— Tu te fais du souci pour rien. Le gang Barrow ne sera pas assez stupide pour descendre à l'hôtel. Le shérif les arrêterait aussitôt.

— Oui, tu as raison. Nickel réunirait la brigade en un rien de temps.

Mary pousse un soupir de soulagement. Ses yeux brillent tandis qu'elle me coupe une deuxième tranche de cake aux fruits. Par politesse, je devrais refuser. Mais j'ai encore dû renoncer au petit déjeuner ce matin, et mon estomac a faim de sucre et de graisse.

Pendant que Mary verse le café, je lis le poème de Bonnie Parker, retrouvé dans leur planque du Missouri.

« Vous avez entendu parler de la gloire d'une femme / Perdue en « pure malédiction » / Mais vous ne pouvez pas juger l'histoire / Comme vraie, même racontée par elle. »

— Le poème n'est pas mauvais, dis-je.

— Oh, je t'en prie. Ce sont des choses si horribles venant de la bouche d'une jeune fille.

— Tu l'as lu ?

— Seulement la moitié. Je préfère ne pas me souiller l'esprit avec de telles sottises, dit Mary en fixant la photo de Blanche Barrow, souriante sur la couverture. Je ne comprendrai jamais pourquoi celle-là les a rejoints, belle comme elle est.

— La beauté n'a rien à voir avec ça.

— Quand je pense à cette histoire, je suis soulagée de n'avoir que des fils.

Mary me sourit, et je sais déjà ce qu'elle va me dire.

— Ta Geraldine s'est bien… épanouie, n'est-ce pas ?

Je pose doucement ma tasse de café, me retenant de ne pas l'écraser sur la nappe. Je ne m'habituerai jamais à certains aspects de la vie dans les petites villes. Par exemple, cette lubie de se chamailler pour savoir qui se teint les cheveux ou pas, qui a retrouvé son tour de taille ou qui dispose d'une fille dont les seins poussent – de préférence lourds et plantureux dans cette partie du pays, à la différence de Chicago où la ligne d'une femme se doit d'être svelte et élancée.

— Elle n'a que quatorze ans.

— Bonnie Parker s'est mariée à quinze ans.

— Qu'essaies-tu de me dire, Mary ?

Elle pose sa main sur la mienne.

— Tu dois être vigilante, Geraldine. Les filles ne sont jamais en sécurité nulle part. Surtout…

Elle laisse sa phrase en suspens, mais ses lèvres pincées m'indisposent encore davantage. Je sais ce qu'elle veut insinuer.

Je prends une bouchée de gâteau aux fruits et, sachant qu'elle déteste ça, je parle la bouche pleine.

— Tu veux dire, surtout quand un Indien rôde dans les parages ?

L'œil gauche de Mary est agité par un tic nerveux.

— Je t'ai déjà dit ce que je pensais de ce Lonan.

— C'est un homme respectable.

— Aucun Peau-Rouge n'est respectable. Crois-moi, il finira par s'en prendre à ta fille. Tu devrais t'en débarrasser, ajoute-t-elle en ouvrant grand les yeux. Il n'aura aucun mal à trouver un emploi ailleurs.

— Tu es sérieuse, Mary ? On dirait presque que le Bonanza est à la recherche de personnel bon marché, dis-je pour me moquer.

Mary renifle.

— Emory n'a pas besoin d'engager des Indiens, et heureusement ! Mais sérieusement, Nellie, tu ne penses pas que c'est dangereux ?

— Lonan dort au-dessus du garage et je ferme toujours à clé.

— Emory peut peut-être t'envoyer quelques hommes, si tu en as besoin. Depuis que ces tempêtes de sable ont ravagé la majeure partie du Texas, les cow-boys qui cherchent à s'employer sont nombreux.

Je grogne.

— Jusqu'à ce qu'ils apprennent qu'ils travailleront pour une femme.

Mary acquiesce.

— Mais tu dois les comprendre. Ce sont des hommes, ils ont leur fierté.

Eh bien, moi aussi. Et je n'irai pas supplier un gardien de troupeau ivre et puant de venir sous mon toit, tout ça pour qu'il reluque ma fille et m'insulte dans mon dos.

Bien sûr, Lonan n'est pas parfait non plus. Il a ses humeurs, prend des jours de congé comme bon lui semble et n'est pas très à cheval sur les horaires. Mais c'est un vrai gentleman en présence de Geraldine, et il ne laisse jamais une tâche inachevée.

— Tout va bien pour moi, ne t'en fais pas, dis-je. Je devrais rentrer, de toute façon. L'après-midi avance et je dois ouvrir le bar à 17 heures.

Mary a l'air consternée.

— Cornelia, nous sommes… nous sommes dimanche.

— Et les hommes ont soif, comme tous les autres jours, dis-je avec un soupir. Écoute, je… je ne peux pas me permettre de fermer le bar, même pour une soirée.

Son visage se décompose.

— La banque t'a répondu ?

— Non. Pas de nouvelle, bonne nouvelle, pas vrai ?

C'est un mensonge et je déteste mentir à mon amie, mais la vérité m'est insupportable.

— Bon, très bien. Bon courage, alors.

Elle me prend dans les bras, et la pression de son corps bien corseté affaiblit quelque chose en moi. J'ai eu si peu de réconfort, depuis la mort de George. Quel soulagement ce serait de rester un moment de plus et de raconter à mon amie la menace de la banqueroute, les placards vides et le regard de Geraldine quand je lui ai dit qu'elle n'aurait pas de nouvelles sandales pour le lycée.

Mais non, je dois être forte. Je dois porter les fardeaux que le Seigneur m'a confiés.

L'un de mes fardeaux s'appelle la Caldwell & Company, la banque où George avait mis ses économies pour la retraite, et où j'avais déposé les quelque mille dollars qui restaient de mon apport pour le mariage, après l'achat de l'hôtel. Je les appelais nos économies pour les jours de pluie. Seulement, il s'est avéré que le problème a plutôt été l'absence de pluie – la sécheresse totale, impensable, qui a ruiné les agriculteurs d'abord, puis les entreprises qui les approvisionnaient, et enfin tout Wall Street.

J'ai écrit à plusieurs reprises à New York et Chicago, avec une insistance toujours plus grande. Mais aucune nouvelle de nos dépôts. Tout ce que je peux faire, c'est croiser les doigts, les jambes et tout le reste pour que Roosevelt demande des comptes à ces voleurs et me permette au moins de toucher ma pension de veuve.

Comme c'est mon jour de chance, je tombe sur le shérif au détour d'une rue. Josiah Nickel incline son chapeau et sourit sinistrement.

— Bonjour, m'dame.

— Bonjour, shérif.

Je poursuis ma route, mais le vieux Nickel cherche un os à ronger et ne compte pas me laisser m'échapper à si bon compte.

— Tu ouvres le bar ce soir, Nellie ?

Le shérif déteste les femmes de caractère, alors j'opte pour ma voix la plus traînante.

— Aucune loi ne l'interdit, n'est-ce pas ?

Son regard se rétrécit.

— Plus aujourd'hui. Mais ton débit de boissons attire des gens peu fréquentables.

— Vous voulez dire M. Dykes et le vieux Tomkin ? Ceux-là ne vont peut-être pas à l'église, mais ils n'en craignent pas moins Dieu pour autant.

— Surtout quand ils ont abusé de la bouteille, répond Nickel en me dévisageant, puis il hausse les épaules. Cet imbécile de Tomkin est une vraie calamité. Dis-moi, comment il fait pour vivre à l'hôtel à l'année ?

— Je ne lui demande rien. Il balaie la cour l'été et allume les lanternes l'hiver en échange de mon hospitalité.

— Il abuse de ta gentillesse, Nellie. Si je m'écoutais, je le chasserais de cette ville. Tu n'as qu'un mot à dire, tu le sais.

— Et alors il deviendrait un vagabond, quelqu'un le prendrait en train de voler et il serait de retour dans votre cellule avant même que vous ayez eu le temps de dire ouf.

Un nouveau regard inquisiteur.

— Qui d'autre loge au Stover's en ce moment ?

Ça ne le regarde pas, mais le vieux Nickel à l'habitude de fourrer son nez partout. Je me demande si je peux tenter un mensonge, mais je sais qu'il ne me le pardonnerait pas.

— Un vendeur du Nebraska, M. Kleber. C'est tout.

— Bon, ça va. Mais je te préviens, si Dykes renverse encore sa Ford, je ferme ton bar pour de bon.

Son visage prend cet air bienveillant que j'ai appris à détester.

— Je sais que la vie est dure pour toi, Nellie. Un hôtel entier, c'est trop pour une femme seule.

— Je ne suis pas seule.

Il tourne la tête et un éclat pernicieux passe dans son regard.

— Bien sûr que non. Il y a Tomkin et ce Peau-Rouge. Celui-là te tient bonne compagnie, pas vrai ?

Je sens le rouge me monter aux joues.

— Désolée, shérif, mais je suis en retard.

Nickel me retient par le bras.

— Il n'y a rien de mal dans le fond, Nellie. Ça fait un moment qu'on a enterré George. Deux ans, c'est ça ? Assez longtemps pour faire un deuil honorable. Mais avec un Indien, c'est pas des choses à faire, tu sais ?

— Non, *je ne sais pas*, dis-je, mon accent local totalement effacé par un retour en force des bonnes manières du pensionnat pour jeunes filles de Westchester. Que voulez-vous insinuer, exactement ?

— Insinuer ? répète Nickel en poussant son Stetson vers l'avant, faisant passer son regard dans l'ombre. Je n'insinue rien du tout, Nellie. Je dis juste que j'ai un œil sur toi et sur cet endroit. Personne ne veut que ce qui se passe au Stover's nuise à la réputation de la ville.

Ainsi les masques tombent. Je pose mes mains sur mes hanches et laisse jaillir mon menton.

— Est-ce qu'Emory s'est plaint auprès de vous de son manque de clients ? Eh bien, venir pleurer, ça n'arrangera en rien ses affaires. Tout ce qu'il a à faire, c'est servir de bons plats revigorants et de la bière en quantité suffisante. Personne ne descendra au Bonanza s'il ne fait pas un petit effort. Bonne journée, shérif.

En grimpant le chemin de terre qui mène à l'hôtel, je commence à transpirer, et pas seulement à cause de l'effort. Faire du shérif Nickel un ennemi est très certainement une mauvaise idée. L'homme pique autant qu'un buisson d'acacia sur un chemin muletier.

Si seulement George était encore en vie. Si seulement il n'avait pas manqué ce stop sur la route de Santa Fe. Le médecin légiste avait trouvé la demande de prêt dans sa poche. Le prêt qui devait nous permettre de paver le chemin de terre sur lequel je suis en train de marcher.

Mais seule, je n'obtiendrai jamais les fonds pour le faire. Les banques ne me feront jamais confiance, et les comptes du Stover's sont dans le rouge. Le chemin de terre restera dans cet état un moment, et le joli panneau à la sortie de la Route 60, que George a peint lui-même, craquelle déjà au soleil.

Je devrais demander à Lonan de le repeindre. La peinture et le vernis sont bon marché. Je le ferai pour George et pour Geraldine. Le Stover's est le fruit de notre travail, mais c'est son héritage. Je ne peux pas défaire le passé, mais je peux m'assurer que le futur de ma fille sera moins sombre que le mien.

Chapitre 7
Glitter

Alors qu'elle remonte la colline à pied, Glitter essaie de se défaire de ses remords. Elle n'aurait sans doute pas dû crier sur oncle Irving et tante Mae ce matin, mais au fond, ils le méritent. Quelle importance peuvent avoir les vêtements que l'on porte à un enterrement ? L'important est d'être sincère dans son cœur, pas d'être accoutré de telle ou telle manière. Le noir est tellement déprimant. Et Mike a toujours détesté l'église. Ses parents, pressés de lui faire suivre le droit chemin, le forçaient à assister à la messe tous les dimanches.

Pour une réussite... Elle marque une pause pour reprendre son souffle. Oncle Irving ne comprend rien à ce qui se passe. C'est sa faute, et celle de toute sa génération, si les jeunes d'aujourd'hui veulent changer le monde. Il n'y a qu'à ouvrir les yeux, tout est là. Le Vietnam. L'État fasciste. La violence policière et les balles qui volent sur les campus. Le sexe hétéro, ennuyeux et culpabilisateur. La planète qui meurt sous nos pieds.

Elle sent les larmes monter et se dirige vers la tente de son cousin. Mike lui manque tellement. Quel besoin d'un office funèbre ? Elle se souviendra de lui à sa façon.

Doucement, elle ouvre la fermeture Éclair de la tente. Une vague d'air captif s'en échappe – l'odeur de Mike. Elle jette un coup d'œil à ses affaires. Mike n'a jamais possédé grand-chose. Quelques T-shirts soigneusement pliés et rangés en pile. Deux colliers de perles colorées. Un exemplaire des *Portes de la perception*, à la couverture tachée de café. Elle secoue son sac de couchage et y trouve une pochette contenant des boutons de peyotl séchés et un joint. Elle empoche le joint et retourne l'oreiller.

Là, elle tombe sur un jean, celui que portait Mike pendant ces jours merveilleux à Haight-Ashbury, quand tout était si intense et que l'été semblait ne jamais devoir finir. À San Francisco, beaucoup de gens aimaient parler de la vie simple, tant que leur garde-robe avait de l'allure. Mike, lui, était resté authentique.

Remarquant un renflement sur la poche arrière, elle y passe deux doigts et en sort une pochette d'allumettes. On y voit une photo ancienne d'un prospecteur agitant sa batée, avec inscrit en caractères gras et sinueux : « Grand Bonanza Hotel ».

Elle s'arrête, songeuse. Mike n'a-t-il pas dit quelque chose à ce sujet, la nuit de sa mort ? Il était furieux. Elle se souvient de la colère qui consumait son visage. *Cette ville, c'est du poison pur, meuf...* Il ne cessait de lui parler d'un truc qu'il avait découvert. Quelque chose qui l'avait vraiment mis en rage.

Elle ouvre la pochette d'allumettes. Elles sont toutes là sauf une, et les bords en carton sont encore luisants. Mike ne devait pas l'avoir sur lui depuis longtemps. Mais quand serait-il passé au Bonanza ?

Des éclats de voix lui parviennent depuis la cabane. Glitter met la pochette d'allumettes dans sa poche et grimpe face au soleil de l'après-midi. Autumn et Turbo ont l'air en pleine dispute. Elle aperçoit Sunhawk Shiva accroupi sur le sol. Son visage est couvert de larmes et son T-shirt trempé sur le devant. Sa couche, lourde et froissée, est probablement la même que celle qu'il portait ce matin. Elle s'assied à côté de lui.

— Salut, chef. Comment ça va, aujourd'hui ?

— Maman ?

Il se pelotonne contre elle.

— Autumn parle à Papa Turbo.

— Papa colère.

— Quoi ?

Il lève les yeux vers elle d'un air inquiet.

— Papa colère.

— Non, il n'est pas en colère.

L'estomac de Glitter se serre tandis que les voix, dans la cabane, montent en puissance.

— Papa Turbo est juste embêté à cause de ce qui est arrivé à oncle Mike, reprend-elle.

— Mike est mort.

C'est une phrase complète. Probablement la première qu'il n'ait jamais prononcée, et cela la fait fondre en larmes. Autumn est pour qu'on dise tout aux enfants – d'où viennent les bébés et ce qu'il y a entre les jambes des gens, les drogues et la mort. Ça semble la bonne chose à faire.

Pourtant, Glitter aurait vraiment souhaité que Sunhawk n'ait pas à apprendre la vérité si tôt.

Elle essuie ses larmes et prend son petit menton dans sa main.

— On dit que les gens sont partis, Sunhawk. C'est mieux que de dire qu'ils sont morts.

Quelque chose vole en éclats à l'intérieur de la cabane. Sunhawk sursaute et Glitter le prend sur ses genoux.

— Tout va bien. Ils sont juste en train de se disputer. Tu vas…

La porte de la cabane s'ouvre à la volée et Turbo sort en trombe.

— T'es juste impossible à supporter, meuf, hurle-t-il par-dessus son épaule. Tu pourris toute ma vibe !

— Ah ouais ? intervient la voix d'Autumn. Et si tu te sortais les doigts de ta putain de vibe pour m'aider un peu plus, espèce de sale porc sexiste !

— Pourquoi tu demandes pas au père ? répond Turbo avec un sourire en coin ignoble. Oh, attends, il t'a larguée, c'est ça ? Je commence à comprendre son point de vue, bébé.

Il claque la portière de sa Buick et fait rugir le moteur. Glitter tente de retenir Sunhawk Shiva, mais il lui échappe et s'assied un peu plus loin dans le sable, tournant le dos à la voiture qui s'éloigne.

Assise par terre dans la cabane, Autumn sanglote. L'espace d'un instant, Glitter est frappée par l'état des lieux. Des mégots de joints et de la cendre jonchent le tapis. La poubelle déborde de couches souillées. Les draps de lit ont disparu et casseroles et poêles sales s'entassent dans l'évier. Le fauteuil inclinable électrique que Maman a dû payer à crédit est coloré d'une grande tache sombre. Maman déraillerait complètement si elle voyait ça.

Glitter s'accroupit près de son amie.

— Autumn. Hé, ma belle. Qu'est-ce qui se passe ?

Autumn la regarde à travers ses paupières gonflées.

— Cet enfoiré. Ils sont tous pareils.

— Pourquoi il était en colère comme ça ?

— Je suis enceinte.

Glitter déglutit.

— Oh. Eh bien… félicitations. Mais Turbo n'est pas content ?

— Ce n'est pas le sien. J'en suis à trois mois.

— Oh.

— Pu… putain de Ranch Synergia.

Une sueur froide passe dans le dos de Glitter.

— Quoi ?

La réponse d'Autumn n'est qu'un long râle désespéré.

— Je ne me rappelle même pas comment c'est arrivé. J'ai pris ce mauvais acide. J'ai plané pendant trois jours. C'était… Je ne sais plus. Je me suis réveillée sur un canapé et il y avait ce mec en train de me monter dessus.

— Merde.

— Je me suis dit, qu'est-ce que ça change, maintenant ? Enfin, tu vois le tableau.

— Ce qui doit arriver arrive.

Glitter essaie de rire, mais cela sonne faux. Autumn secoue à nouveau la tête.

— Vous étiez censés me retrouver là-bas, dit-elle misérablement. Je comptais repartir avec vous.

— Je te l'ai dit. Les flics étaient après Ziggy à cause de ses chèques sans provision, et on a dû quitter l'État en catastrophe.

Autumn renifle et s'essuie le nez.

— Il ne va pas rester. Je le sais.

— Turbo ?

— Qu'ils aillent tous se faire foutre. Ça ne pense qu'au sexe, et quand il faut prendre ses responsabilités, il n'y a plus personne.

Vrai. Et pour Autumn, ça va vite devenir un problème. C'est une mère géniale. Libre, amusante et aimante. Mais Glitter est presque sûre que Sunhawk n'a pas eu de petit déjeuner ce matin. Ses petites dents sont brunes parce qu'il est censé décider lui-même s'il doit se les brosser ou non. Une fois, quand il avait huit mois, Ziggy l'a tiré in extremis de la banquette arrière du camion d'un étranger. Martian, le petit ami d'Autumn à l'époque, l'avait laissé là pour aller fumer et Autumn n'avait même pas remarqué.

— Tu sais, dit Glitter doucement, tu pourrais prendre la pilule. C'est ce que je fais, moi. Ce n'est pas si…

— C'est une violation fasciste, grogne Autumn. Notre fertilité est notre pouvoir. Nous ne devrions pas avoir à soumettre notre nature à des produits chimiques juste pour que les hommes… puissent…

Son argument se noie dans les larmes.

Glitter enroule ses bras autour de sa meilleure amie et la serre contre elle. Après un moment, Autumn lui rend son étreinte. Comme quand elles avaient dix ans et qu'elles regardaient des films d'horreur pendant que leurs parents dînaient à Silver City, et que la baby-sitter téléphonait à son petit ami à l'étage.

— Autumn, dit-elle doucement. On doit faire quelque chose pour Mike. Ils ne me laisseront pas aller à l'enterrement.

— C'est quand ?

— Vendredi, je crois.

— Meuf, nos parents sont des putains de fascistes, dit Autumn qui sourit à travers ses larmes. Je ne dirai jamais non à mes bébés, jamais.

Glitter la serre fort dans ses bras.

— Tu seras bien avec un autre enfant. On t'aidera.

— On n'est pas beaucoup à être restés.

— Je vais passer des coups de fil ce soir, répond Glitter en esquissant un sourire. Je vais appeler la communauté d'Arcosanti. Et ce motel de Pasadena où on a rencontré Moonbeam, tu te souviens ? Peut-être qu'ils peuvent tous passer le mot. Dire qu'une nouvelle communauté se développe ici. Le Tipi Flapi Hippie Group.

Autumn éclate de rire.

— T'es sérieuse ? On devrait trouver quelque chose de plus spirituel.

— Comme quoi ?

— Pourquoi pas le Puits de Printemps Éternel ?

— On dirait une marque de fond de teint. Il nous faut quelque chose de plus drôle et de plus percutant.

— D'accord. Alors l'Anar Impec Cake.

— Naaan. Le Théâtre de la Folle Panique Organique.

Elles gloussent toutes les deux. Glitter veut faire une autre suggestion, mais Autumn pose un doigt sur ses lèvres.

— Hé, tu as entendu ça ?

Leurs têtes se tournent : des motos, dont le rugissement semble se rapprocher. Dutch et deux de ses copains s'engagent dans l'allée de l'hôtel et commencent à gravir la colline.

Glitter serre ses mains autour de ses poignets. *Dutch amené un autre ami.*

Autumn rayonne :

— Enfin ! La dope a dû arriver.

Elle s'élance hors de la cabane et se met à courir le long du chemin, des tourbillons de poussière aspirés par l'ourlet de sa jupe.

Glitter suit Autumn à distance. Ziggy est déjà en train de bavarder avec Dutch et les deux autres motards. De loin, elle reconnaît Zeke. L'autre, un homme mince aux orbites enfoncées et à la lèvre fraîchement fendue, est avachi sur sa moto et observe l'hôtel.

— On dirait que les choses se sont tassées ici, dit Dutch. Quel abruti ce shérif.

— La prochaine fois, dit Zeke, on lui en met une entre les deux yeux, pas vrai, Dutch ?

— Ouais, confirme Dutch en remontant sa veste, révélant l'éclat métallique d'un pistolet passé dans sa ceinture. On va appeler les potes et jouer au foot avec sa tête de porc.

Ils ricanent. Autumn aussi. Glitter essaie de se joindre à eux, mais sa gorge est serrée. Une arme ? Le mouvement rejette l'usage des armes. *On est des pacifistes*, veut-elle lui dire, *pas d'armes chez nous*. Mais sa petite voix intérieure lui intime de se taire.

Comme toujours, Ziggy va droit au but :

— T'as apporté des trips ? On est à sec.

— Bien sûr, mon beau, répond Dutch avec un ricanement sinistre. Roscoe a tout ce qu'il faut. Mais n'oublie pas, mon pote, rien n'est gratuit dans la vie.

— Pas besoin de me le rappeler. Tout se passe bien de notre côté, en tout cas.

Ziggy jette un bref coup d'œil à Glitter, qui se plante devant eux.

— Qu'est-ce qui se passe bien, exactement ?

Dutch émet un rot sonore.

— Tout ce que tu veux, chérie.

— Vous étiez où ?

Les lèvres boursouflées de Roscoe se tordent en un grognement.

— Ferme-la, toi. J'peux pas saquer les pouffiasses qui la ramènent.

— Hé ! lance Autumn en relevant Sunhawk, qui a enfoui sa tête dans ses cuisses. Garde tes saloperies sexistes pour ta mère, mec.

— Relax, dit Ziggy. Pas besoin de s'énerver. Les filles, laissez les gars décompresser. Glitter, je vais prendre le camion pour faire un tour, d'accord ? Je vais rentrer tard, bébé, alors ne m'attends pas.

— Et je vais dormir où ?

— Il y a de la place dans la cabane, répond-il avec un regard d'excuse à Autumn. Ou bien ta mère peut te laisser dormir chez elle ?

— Ou je te fais une place dans mon lit, ma belle, s'esclaffe Dutch.

Ziggy reste imperturbable.

— Comme tu vois, tu as pas mal d'options.

Glitter se dirige vers le camion et se met en boule sur le siège passager. Elle essaie de respirer comme un yogi, ses efforts interrompus par des éclats de rire. En regardant par la fenêtre arrière, elle aperçoit Dutch et ses copains allumer un feu de camp.

Si seulement il pouvait se tirer. Elle a pourtant répété de nombreuses fois à Ziggy que Dutch devait partir. Ce n'est pas l'un d'entre nous. C'est un motard. Un Hells Angel.

Mais il fait la route avec eux jusqu'au festival d'Altamont. Sa moto tombée en panne, ils s'étaient arrêtés pour le prendre en stop. Glitter s'y était opposée, mais Ziggy n'en avait fait qu'à sa tête. « Paix et amour pour tous ceux qui le demandent », avait-il dit. Et les autres membres de la communauté avaient acquiescé. Ils formaient un véritable groupe alors, et leurs noms à tous lui reviennent en mémoire comme un chapelet de guirlandes lumineuses. Breezy, Tonker et Moonbeam. Idaho de l'Idaho. Leech et Becky et Pfeiffer. Et Mike.

Leurs derniers jours heureux. Elle essaie d'arrêter son souvenir juste là, mais son esprit continue à dérouler les faits. Ziggy et Tonker étaient partis chercher de la drogue dès le bus garé, tandis qu'elle préparait le camp avec Autumn et Breezy. Quand ils étaient revenus, à la nuit tombée, Ziggy avait pris un mauvais acide et était devenu aussi inutile qu'un crayon blanc. Elle l'avait laissé dans le camion, tout recroquevillé, et était allée voir le concert d'Ace of Cups, parce que Mary et Denise étaient de vieilles amies de Haight-Ashbury, et parce qu'elle avait toujours aimé leur musique, même si Ziggy la qualifiait de « rock pour fillettes ».

À l'époque, les Blood Brothers étaient partout, et l'un d'entre eux avait lancé une canette de bière qui avait frappé Denise en pleine tête. Denise, qui était enceinte. Elle s'était effondrée sur le sol, saignant abondamment. Et personne n'avait appelé à l'aide. Tout le monde était complètement stone et plus rien n'avait vraiment de sens.

Puis la situation avait empiré. La nuit était tombée et un froid féroce avait pris possession des lieux. Les Stones étaient arrivés et les gens avaient commencé à se bousculer. La foule s'était densifiée et les vestes en cuir étaient apparues un peu partout, comme autant de carapaces. Des gros coléoptères noirs. Des peaux de rapaces hérissées de clous.

Un frisson lui parcourt l'échine. Breezy s'était enfermée dans sa voiture, tentant désespérément de lisser son afro. « Quelqu'un a été tué, avait-elle dit à Glitter, l'un d'entre nous, chérie. Je ne sortirai pas d'ici avant que le jour soit levé. »

Glitter se pince le poignet jusqu'à y laisser une marque rouge, empêchant ses souvenirs d'aller plus loin.

Au matin, ils avaient appris que les Blood Brothers avaient poignardé un jeune Noir à mort. Juste parce qu'ils pouvaient le faire.

Ils avaient tous levé le camp et s'étaient enfoncés dans le désert, mais le mal était fait. Breezy était resté en Arizona et Tonker au Ranch Synergia, tandis qu'Idaho et Becky avaient filé en pleine nuit en emportant le seul réchaud de la communauté. Boldville devait être un nouveau départ.

La porte du bus s'ouvre et Glitter aperçoit Autumn, ses yeux alourdis par la marijuana. Elle lui tend un joint en guise de salut.

— Tu viens ?

Glitter hoche la tête et la suit.

Chapitre 8
Joanna

Quand Joanna arrive au Stover's, la voiture de Mme Weiland est rangée si près de l'hôtel qu'elle semble faire corps avec le bâtiment. Un peu plus loin dans l'allée sont garées trois Harley-Davidson noires cloutées et ornées de lanières en cuir. Quelqu'un a allumé un feu de joie dans les collines, derrière l'hôtel. Une colonne de fumée noire s'élève vers le ciel, étrangement rectiligne dans l'air calme de l'après-midi. Des rires bruyants proviennent de la communauté, où un poste radio diffuse les Stones. Les paroles acerbes assaillent Joanna tandis qu'elle verrouille la Datsun et se dirige vers l'hôtel. « J'ai couché avec une divorcée à New York / On s'est battus tous les deux »…

Le divorce… Pas comme si elle n'y avait pas déjà pensé. Mais la chose a toujours eu quelque chose d'abstrait. Un mot trop énorme. Trop définitif. La promesse qu'elle lui a faite…

Mais il a fait des promesses, lui aussi. Sa main passe le long de son bras. *Je jure d'aimer et de chérir*…

Son estomac se contracte. Dwayne travaille tard aujourd'hui. A-t-il dit à quelqu'un qu'elle est partie ? A-t-il contacté ses collègues en patrouille, par radio ? Déclaré sa disparition ? Pas encore, probablement. Il ne veut pas que les autres sachent qu'ils se sont disputés, une fois de plus. *Ça ne regarde personne.*

Si elle pouvait appeler quelqu'un de confiance – *Sheila Yates ?* –, elle pourrait découvrir ce qui se dit au commissariat, et en déduire ce que Dwayne a laissé filtrer. Mais elle a besoin d'une raison pour appeler. D'une ruse.

Elle jette un nouveau coup d'œil aux Harley. Juste avant qu'elle ne quitte son poste pour un congé marital à durée indéterminée, la police d'Albuquerque avait été intégrée à l'opération Sandstone, une enquête fédérale réunissant cinq États menée sur les activités criminelles des Blood Brothers – trafic de drogue, principalement. Une opération secrète, très dangereuse, et tellement étanche que Joanna n'en avait entendu parler qu'au cours de conversations à voix basse, près de la machine à café.

Mais Sheila Yates est l'un des inspecteurs travaillant sur cette mission. Si des Blood Brothers se sont infiltrés dans une communauté locale, l'information devrait sans doute l'intéresser.

Assise derrière le comptoir de la réception, Mme Weiland note des chiffres dans un livre de comptes. Elle porte un voile noir épinglé à son chapeau, et ses gants sont posés à côté de la sonnette du comptoir. Elle aperçoit Joanna et se force à lui sourire.

— Vous êtes de retour. Je m'inquiétais un peu. Vous ne sembliez pas dans votre assiette, ce matin.

Joanna s'accoude au comptoir.

— Oh oui, j'étais assez fatigué de la route et je n'ai pas bien dormi. Est-ce que la cérémonie s'est bien déroulée ? Je suis passée en ville pour le déjeuner, et j'ai entendu… J'espère que je ne suis pas indiscrète. Je vous présente mes plus sincères condoléances.

Mme Weiland lève les yeux, et lui adresse un sourire, authentique cette fois, quoique marqué par la douleur.

— Merci, vous êtes trop aimable. Ne soyez pas désolée. Les choses ne restent jamais secrètes bien longtemps, à Boldville. Mike était mon neveu. Il est mort d'une overdose.

— C'est terrible.

— Ces enfants..., dit Mme Weiland en jetant un coup d'œil en direction des fenêtres. J'avais dit à Lauren qu'il finirait par y avoir des problèmes. J'aurais voulu que Mike ne mette jamais les pieds dans cet endroit. Je ne sais pas comment ses parents vont continuer à vivre après ça. Mais c'est ainsi. Peu importe ce que vous faites pour votre enfant... Peu importe les sacrifices auxquels vous consentez... Je m'excuse, ajoute-t-elle d'une voix brisée. Tout ça est si brutal.

— Je suis sûre que vous n'y êtes pour rien, ni vous ni votre fille.

L'empathie. Joanna entend encore Sheila Yates lui marteler ces mots. *C'est par l'empathie qu'on obtient les informations les plus fiables.*

Une méthode qui a fait ses preuves. Mme Weiland se tamponne les yeux et soupire.

— Oh, je connais ma fille. Lauren et Mike étaient inséparables depuis l'enfance. Ils faisaient toujours un peu les fous quand ils étaient ensemble. Lauren a fini par partir à l'université et je pensais qu'elle s'était enfin calmée. Mais elle a abandonné ses études pour rejoindre la contre-culture.

— Comme ça, d'un seul coup ?

— J'ai appelé l'université des centaines de fois, mais la secrétaire m'a dit qu'il n'y avait rien à faire. Lauren a imité la signature de son père décédé et a encaissé le reliquat de ses frais de scolarité. Je n'ai pas eu de ses nouvelles pendant plus d'un an. Et un jour, elle m'a appelée de San Francisco. *San Francisco*, répète Mme Weiland, levant les mains au ciel dans un geste de désespoir. Elle a dit que Mike était avec elle et qu'ils commençaient une nouvelle vie. C'est la dernière fois que j'ai entendu parler d'eux, jusqu'à ce qu'ils débarquent ici il y a quelques semaines avec tous leurs amis. J'espère sincèrement qu'ils ne vous importunent pas trop.

Joanna saisit l'occasion.

— Les jeunes hippies ? Non, pas du tout. Mais je n'en dirais pas autant des motards. Je…

Son cœur bat un peu plus vite tandis que les mots passent silencieusement sur sa langue. *Je suis officier de police. Enfin, je l'étais. J'ai besoin de vous poser quelques questions.*

— Je les trouve assez inquiétants, finit-elle par dire, sans conviction.

— Je sais, répond Mme Weiland. J'ai dit à ma fille qu'ils ne pouvaient pas rester, mais je doute qu'elle fasse quoi que ce soit pour les faire partir. J'ai aussi informé le shérif. Il a promis de venir jeter un coup d'œil.

— Depuis combien de temps sont-ils ici ?

— Oh, ils vont et viennent. Au départ, il n'y avait qu'un motard. Un certain Dutch. Il est arrivé avec ma fille et ses amis.

— Quand est-ce que les autres l'ont rejoint ?

— L'un d'entre eux est arrivé aujourd'hui. L'autre… Je pense qu'il est peut-être arrivé le jour où ma fille a organisé cette horrible fête. J'étais contre. Je lui ai dit qu'on avait bien assez d'ennuis comme ça.

— Y avait-il quelqu'un d'autre à la fête, que vous n'aviez jamais vu auparavant ?

Mme Weiland fronce légèrement les sourcils.

— Vous semblez très intéressée par cette histoire.

— C'est que…

J'étais flic, avant.

— … mon mari est policier.

Joanna se redresse et poursuit :

— La police d'Albuquerque enquête sur un réseau de drogue d'envergure internationale. Et je sais que les Blood Brothers utilisent souvent les routes qui sillonnent les montagnes pour ne pas se faire prendre, alors…

Mme Weiland pâlit.

— Les Blood Brothers ? Vous pensez que ces motards sont…

— Eh bien, je ne suis sûre de rien. Comme je vous l'ai dit, il s'agit de l'enquête de mon mari, et…

— Je dois appeler le shérif. Il doit expulser ces hommes de ma propriété.

— Non ! Je veux dire, pas encore. Je…

Joanna croise ses mains sur le comptoir et reprend :

— Il serait peut-être plus utile de recueillir quelques informations d'abord. Par exemple, savoir si cet autre homme est vraiment arrivé la nuit où Mike est mort. Il a peut-être fourni la drogue.

Mme Weiland la regarde, les larmes aux yeux.

— Je ne pourrais pas vous le dire. Pour ça, votre mari devrait appeler M. Parker.

— L'homme qui dirige le Grand Bonanza ?

— Oui.

Il y a une pointe d'anxiété dans sa voix.

— Pourquoi pensez-vous que M. Parker sait qui était à la fête ?

— Parce qu'il y est passé ce soir-là pour leur donner un fût de bière. Lauren et ses amis sont très attachés au démantèlement du capitalisme et refusent tout rapport à l'argent…, commence Mme Weiland dont la voix se fait amère, mais ils se le permettent en vivant aux crochets de la société. Ce matin-là, ils ont fait le tour de Boldville pour demander des dons. Eugene Parker a gentiment offert un fût de bière et l'a apporté avec l'aide d'un ami.

— C'est très gentil de sa part.

Mme Weiland soupire.

— Il a dit que nous devions tous faire preuve de bonne volonté. Eh bien, j'imagine que cela vaut surtout quand on a un peu d'argent devant soi…

Joanna sourit.

— Il semble avoir de grands projets pour son hôtel.

— Oh, Eugene a toujours quelque chose à raconter.

Joanna rit légèrement.

— En effet. Il m'a conseillé de vous interroger à propos d'un chercheur d'or qui vivait ici. Thomsen, ou quelque chose comme ça. Il a dit que c'était une sacrée histoire.

Mme Weiland se fige. Ça ne dure qu'une fraction de seconde, mais quelque chose dans ses yeux vides, dans sa mâchoire serrée, déclenche une émotion profondément ancrée dans le cerveau de Joanna. Son instinct de flic. Il est toujours là.

— Un conte tout juste bon à effrayer les gosses, répond Mme Weiland.

Joanna reste silencieuse. Comme le dit Sheila Yates, les histoires ont besoin d'espace pour se déployer.

Mais Mme Weiland n'a rien à ajouter.

— Voudrez-vous dîner ce soir ? demande-t-elle, reprenant son rôle d'hôtesse. J'ai un excellent plat au réfrigérateur qui ne demande qu'à être réchauffé.

— Avec grand plaisir, répond Joanna en ouvrant les mains. Je vais monter me rafraîchir. Oh, encore une chose. Qui était l'ami de M. Parker, dont vous parliez tout à l'heure ?

Mme Weiland s'apprête à répondre, mais un cri se fait entendre à l'extérieur, accompagné d'un grand fracas, comme si un objet en bois très lourd venait de s'écraser au sol.

Joanna jette un coup d'œil à travers la fenêtre et aperçoit plusieurs jeunes gens gesticulant au-dessus d'un tas de contreplaqué.

— On dirait que la communauté s'agrandit.

— Communauté. Quelle niaiserie ! lance Mme Weiland en souriant. On dit que tous les jeunes passent par là de nos jours. Que c'est juste une phase.

Juste une phase. Les pensées de Joanna continuent de fuser tandis qu'elle monte les escaliers. Son père avait déclaré exactement la même chose en voyant les Beatles secouer leurs cheveux défaits dans l'émission d'Ed Sullivan. Et le chef Jackson n'avait pas dit autre chose, au cours de cette patrouille de nuit, en 1967, quand ils avaient arrêté six voitures déglinguées remplies de jeunes en gilets à franges qui se disaient tous membres d'une même tribu. *Juste une phase,* avait fulminé Dwayne lors de leur barbecue de fiançailles, *attends seulement qu'ils n'aient plus rien à bouffer et ce sera* peace and love *mon cul. Ils ne défendent rien. Je te les entasserais tous dans un bateau et hop, direction le Vietnam.*

Une fois dans sa chambre, elle s'asperge le visage d'eau et retire son foulard pour se brosser les cheveux. La coupure sur son front s'est couverte d'une croûte et la peau qui l'entoure est sombre et craquelée. Elle se déshabille et se lave rapidement au gant de toilette. Ce n'est que lorsqu'elle commence à fouiller dans son sac qu'elle se rend compte qu'elle n'a plus de sous-vêtements.

Elle remet sa vieille culotte à contrecœur et enfile le reste de ses vêtements. Il est temps d'appeler Sheila Yates et d'essayer de savoir ce que Dwayne manigance.

Son cœur bat la chamade alors qu'elle décroche le combiné en Bakélite fissuré qui trône sur la table de chevet. Deux fois, elle compose un mauvais numéro. Une partie d'elle espère que personne ne décrochera. Que l'inspectrice aura écourté sa journée pour rentrer chez elle plus tôt.

Conneries. Sheila Yates ne rentre jamais chez elle plus tôt.

Quelqu'un décroche et on entend un bruit de fond. Un juron étouffé, puis la voix de l'inspectrice, profonde, gutturale et écumante d'une juste colère.

— Qu'est-ce que vous voulez, chef ?

— Oh, euh… Joanna Riley à l'appareil.

— Qui ?

— Joanna Riley.

La voix de Sheila Yates s'adoucit.

— Ah. La décrocheuse.

— Euh, oui… je…

— Crache le morceau, Riley, j'ai pas toute la journée.

— Je… Je suis à Boldville, dans le comté de Catron.

Il y a une pause. Le commissariat ronronne en arrière-plan. Des machines à écrire cliquettent et des hommes parlent sur un ton tranchant. Un téléphone sonne. Quelqu'un crie pour avoir du café. Le cœur de Joanna enfle avec tant d'intensité qu'elle doit presser une main contre sa poitrine.

Elle entend un bruit de briquet à l'autre bout du fil.

— Tu as trente secondes, Riley.

— Euh… il y a une nouvelle communauté hippie qui s'est installée ici. Et ils semblent avoir attiré quelques motards. Alors…

— Alors ?

— Alors j'ai pensé que vous voudriez être au courant.

— Quelle taille, cette communauté ?

— Assez petite. Je… je crois qu'il y a peut-être quatre ou cinq jeunes drogués et…

— Riley, bon sang, tes trente secondes sont écoulées. Allez, à plus.

— Et l'un d'entre eux est mort.

Un silence à l'autre bout de la ligne, pendant que Sheila Yates tire une grande bouffée sur sa cigarette.

— Comment ?

— Le shérif pense qu'il est mort après avoir fait une overdose de Quaalude. Je me demandais… Il y a trois motards qui traînent avec les hippies. Ils ont peut-être fourni la drogue ? J'ai pensé que ça pourrait être une piste pour l'opération vous-savez-quoi.

— Arrête de parler comme si tu étais dans un mauvais film, Riley.

Joanna s'éclaircit la gorge.

— L'opération Sandstone.

Le soupir à l'autre bout de la ligne fait vibrer le combiné.

— Dois-je te rappeler que tu n'es plus flic ?

— Je… Je sais.

— L'opération Sandstone ne te regarde pas, citoyen. Dis à ton mari de ne pas parler du boulot à la maison.

— Il ne le fait pas, balbutie-t-elle. Dwayne ne me parle jamais de rien.

Sheila Yates grogne.

— Vraiment ? Alors je suppose qu'il ne t'a pas dit que ta voiture était recherchée ?

— Euh… non.

— Il a demandé à Debbie, du standard, de vérifier si ton véhicule n'avait pas été contrôlé par une patrouille récemment. Mais il n'a pas voulu faire de déclaration de vol.

— Bizarre, répond Joanna en espérant que sa voix ne se brise pas. Parce que j'ai ma voiture juste là.

— Dans le comté de Catron.

— Oui.

Un autre bruit de briquet.

— Je vois. Écoute, Riley, Debbie n'a peut-être pas la moindre idée de ce qui se passe, mais je suis sacrément plus maligne qu'elle. Dwayne te cherche. La bonne nouvelle, c'est qu'il est encore loin du compte. Alors, la prochaine fois que tu veux savoir ce que ton gros con de mari est en train de faire, ne tourne pas autour du pot et demande-le-moi directement. Tu sais que tu peux me faire confiance.

— Merci.

— Si tu veux te rendre utile, essaie de trouver d'autres pistes sur cette communauté et d'en apprendre plus sur les motards. Ils doivent trafiquer quelque chose, à traîner dans une si petite ville. Qui est le shérif local ?

— Son nom est Bob Nickel.

Sheila Yates murmure le nom de Nickel, la voix enrouée par la fumée.

— Reste discrète, d'accord ? Ce shérif a sûrement quelques relations haut placées. S'il se plaint que tu fourres ton nez partout en tant que simple citoyenne, mon petit cul sera en première ligne.

— Compris, murmure Joanna en ravalant la boule qui lui serre la gorge. Mais, je… Je sais ce que je fais.

— Tu ne sais rien du tout. Tu n'as même pas terminé le cours d'introduction.

— J'étais au point sur la théorie.

— Et tu es partie.

— Oui.

— Riley… tu pleures ?

— Oui.

— Putain, lance l'inspectrice en prenant une autre longue bouffée. Écoute, tiens-moi au courant. Sur tout, d'accord ?

Joanna hoche la tête.

— Oui, m'dame.

Mais Sheila Yates a déjà raccroché.

Chapitre 9
Glitter

Glitter prend son courage à deux mains et décide de dormir à la maison. Choisir la seule alternative – la cabane où Sunhawk Shiva se réveillera toutes les heures en hurlant – est tout simplement au-dessus de ses forces.

Mais la chambre de son enfance abrite son propre type d'horreur. L'odeur de ses draps la plonge dans des rêves remplis d'examens de mathématiques et d'échecs sportifs. Elle se réveille en sursaut, nez à nez avec les Fab Four, accrochés depuis 1965 au papier peint à motifs de marguerites. Leurs coiffures en forme de champignon, autrefois source d'indignation, paraissent aujourd'hui plus embarrassantes qu'autre chose.

Elle reste sous les couvertures, se tournant et se retournant jusqu'à ce que l'odeur du café se dissipe et qu'elle entende oncle Irving et tante Mae partir, suivis de Maman. Elle est seule, enfin.

L'hôtel semble encore plus calme que d'habitude. Glitter déteste parler d'argent – la racine de tous les maux – mais elle devrait peut-être demander à Maman comment vont les affaires. Le Stover's a connu des jours meilleurs, c'est certain.

La communauté pourrait peut-être aider. Ils pourraient fabriquer de la peinture et mettre de la couleur sur les murs ternes. Ils pourraient lancer une entreprise sociale. Les riches paient, les pauvres restent gratuitement. Ou alors tout le monde peut rester gratuitement et les invités contribuent d'une autre manière. *Faire la lessive*, pense-t-elle en traversant la salle à manger, *ou s'occuper du standard, ou nettoyer le jardin.* Elle ouvre la porte de la cuisine. *Ou cuisiner –*

— Mon Dieu !

La cliente laisse tomber un pot de fromage à tartiner sur le sol.

Glitter se fige. Aucun client dans les cuisines ou derrière la réception. C'est la règle. Puis elle balaie les excuses de la femme d'un revers de main.

— Ce n'est pas un problème pour moi. J'allais juste me faire des pancakes.

— Je ne voulais vraiment pas entrer ici. Je viens de me réveiller et j'ai raté le petit déjeuner. Alors j'ai pensé que je…

— Je vous ai dit de ne pas vous en faire. Vous vous appelez comment ?

— Mme Riley. Joanna Riley.

— Cool. Moi, c'est Glitter. Bienvenue au Stover's.

Glitter prépare de la pâte à pancake pendant que la cliente nettoie le fromage tombé sur le carrelage. Est-ce qu'elle aussi a attendu que Maman et les parents de Mike partent ?

— Votre mère est partie en ville ? demande Joanna en regardant Glitter verser une louche de pâte dans la poêle.

— Oui. Elle a des trucs à acheter pour l'enterrement de vendredi.

— Je suis vraiment désolée pour la mort de votre cousin.

— Comment vous êtes au courant, pour Mike ? demande Glitter en décollant les pancakes du fond de la poêle. Oh, je me souviens. Vous étiez dans la salle à manger quand mon oncle m'a interdit de venir à l'enterrement.

— Oui, répond Joanna en baissant les yeux. Je ne voulais pas être indiscrète.

— Il était difficile d'éviter de l'entendre. Oncle Irving a pour habitude de hurler comme une sirène. Et il est complètement à côté de ses pompes en ce moment. Il pense que c'est ma faute si…

Elle se tait, et les larmes lui montent aux yeux.

Joanna lui prend doucement le manche des mains, ajoute un peu de crème à la pâte et dépose trois cercles parfaits dans la poêle.

— Ça a dû être une épreuve terrible.

— Oui. Et en plus, ça n'a aucun sens. Mike ne prenait même pas de Lude. De Quaalude, je veux dire.

— Oui, j'avais compris.

— Il était tellement bizarre ce jour-là. Il ne m'a pas lâchée de la soirée, genre bla-bla-bla. Je ne sais même pas pourquoi il était dans une telle colère… Désolée de vous embêter avec ça. C'est juste que là, je sens qu'il y a un malaise.

Elle déglutit avec difficulté. Joanna retourne les pancakes, et l'odeur lui met l'eau à la bouche.

— Ça va aller, répond Joanna. Vous pouvez m'apporter deux assiettes ? Vous avez dit que Mike était en colère ?

— Oui, il était furieux. Il s'est même disputé avec quelqu'un.

— Avec qui ?

Glitter marque une pause.

— Vous posez beaucoup de questions.

— Vous avez l'air inquiète.

— Je le suis.

Le cœur de Glitter se met à battre plus vite. Elle l'a dit et répété des milliers de fois, et cette femme propre sur elle est la première à l'écouter sérieusement.

— Quelque chose cloche. Bien sûr, Mike est mort, et c'est terrible pour nous tous. Mais je suis sûre qu'il y a autre chose.

— Qui l'a retrouvé ?

— Moi, répond Glitter, sentant son appétit s'envoler à l'évocation du souvenir. Il était sur la colline. Je pensais qu'il dormait, juste comme ça, allongé sur le sol. Mais il y avait de la rosée partout sur… sur son…

Elle éclate en sanglots et Joanna lui laisse un peu de temps pour se reprendre.

— Comment était-il allongé ?

— Comme s'il dormait. Un bras sur sa poitrine et l'autre posé le long du corps. Et ses jambes étaient étendues… et ça… ça n'avait pas l'air d'être une chute, conclut-elle alors que son estomac se tord.

— J'ai entendu dire qu'il était mort parce qu'il s'était cogné la tête, dit Joanna sur un ton neutre.

— Il y avait du sang, reprend Glitter dont la voix se fait rauque. Je l'ai vu. Il y en avait partout sur le sable.

— Je vois.

Joanna fait délicatement glisser une deuxième fournée de crêpes dans l'assiette et la dépose sur la table de la cuisine. Glitter s'assied et, après un moment, ouvre le journal. Elle essaie de lire un article sur le rassemblement antiguerre de Washington, mais elle n'arrive pas à se concentrer sur les mots.

— Donc, dit Joanna, la théorie du shérif est que Mike a fait une overdose de tranquillisants, a perdu connaissance et s'est mortellement blessé à la tête. Mais d'après ce que vous décrivez, on dirait…

— … qu'on l'a couché là. Exactement.

— C'est…, commence Glitter en fixant d'un regard trouble les pancakes sur la table. C'est complètement fou.

— Ça expliquerait votre sentiment de malaise.

Une sorte de clarté envahit l'esprit de Glitter. *C'est ça.*

— Vous le sentez aussi, pas vrai ? C'est l'intuition féminine. Notre magie à nous.

— Je ne sais pas si…

Elle s'essuie les yeux.

— Si, si, c'est exactement ça. Mon ami Moonbeam pourrait vous expliquer. Des trucs comme protéger nos enfants et être en phase avec les girations cosmiques.

Joanna fait la grimace, comme si elle venait de mordre dans un citron.

— Je penche plutôt pour le simple bon sens.

Glitter prend le beurre et en étale une généreuse cuillerée sur sa pile de crêpes.

— J'ai essayé d'en parler aux autres, mais il y a tellement de choses à faire avec la communauté, la ville et tout le reste.

— La ville, dit Joanna.

Ce n'est pas une question, plutôt une affirmation. Glitter lève les yeux au ciel.

— Ouais. Tout le monde nous déteste, à Boldville. Même ma mère, ajoute-t-elle en reniflant. Je ne sais même pas pourquoi on est revenus. À cause de Mike, je pense. Il aimait cet endroit. Mais maintenant…

Joanna penche la tête.

— J'étais au Grand Bonanza hier pour le déjeuner. J'ai rencontré la mère de M. Parker.

— Sainte Mary.

— Je vous demande pardon ?

— C'est comme ça qu'on l'appelle. Elle nous faisait le catéchisme, le dimanche, mais je crois qu'aujourd'hui elle n'a plus toute sa tête.

— Elle a mentionné le nom de Mike. On aurait dit qu'il lui avait parlé, ou qu'il lui avait posé des questions.

— Hé, mais c'est vrai. Il est bien allé au Grand Bonanza. J'ai trouvé une pochette d'allumettes dans sa poche.

Joanna sourit de toutes ses dents.

— Eh bien, voilà qui est intéressant. Au fait, Mme Parker a mentionné un autre nom. Une femme appelée Cornelia.

La bouchée de pancake de Glitter reste suspendue à sa lèvre comme un poisson mort. Elle revoit le visage de Mike, puis l'éclat du feu dans l'obscurité. Ses yeux brûlants, la colère qui palpite dans sa voix. *Cette ville, c'est du poison pur.*

— C'est… c'est ma grand-mère, dit-elle, baissant la voix sans trop savoir pourquoi. Grand-mère Cornelia. Elle a disparu avant ma naissance.

Joanna penche la tête.

— Vous voulez dire qu'elle est morte ?

— Non. Elle a disparu.

— Quand ?

Glitter hausse les épaules.

— Au début des années trente ? Je ne sais pas vraiment. Ma mère n'aime pas en parler.

Elle repousse son assiette et conclut :

— Bon, je dois y aller. Merci pour le petit déjeuner.

Grand-mère Cornelia. Ce nom a allumé un feu dans la poitrine de Glitter. C'est à cause d'elle que Mike était dans cet état pendant la fête.

Elle inspire profondément. Il a bien dit quelque chose à propos de grand-mère Cornelia. Et que tout ce que Glitter lui avait raconté sur Boldville était faux.

Mais de quoi parlait-il exactement ? Elle fouille son esprit, mais rien ne lui vient. Maudit soit cet acide. Des serpents et des arcs-en-ciel, c'est tout ce qui lui reste de cette soirée.

Dans tous les cas, il est étrange qu'il lui ait parlé d'elle. Personne ne parle de grand-mère Cornelia dans la famille. Comme si Maman avait honte d'elle. Oncle Irving et tante Mae l'évoquent parfois, mais seulement pour souligner que la bizarrerie de Glitter – *cette folle de Lauren* – ne vient pas de *leur* famille. Le personnage avait éveillé la curiosité de Papa, cependant. Quand elle était petite, il passait beaucoup de temps à parcourir des cartes et des vieux papiers, paraissant faire de grands projets autour de tout ça. Mais après son cancer et son décès, Cornelia Stover semble avoir définitivement sombré dans l'oubli.

Du moins, c'est comme ça que les choses se sont passées dans sa famille. Les gens de Boldville, en revanche, adorent jacasser. Et il n'y a pas de plus grande pipelette de ce côté-ci de l'Arizona que Lorita, la mère d'Autumn.

Après la disparition de grand-mère, Maman a emménagé avec Lorita et sa famille. Elles étaient les meilleures amies du monde jusqu'à ce qu'elles se brouillent il y a quelques années. Aujourd'hui, tante Lorita tient le magasin général.

Glitter essaie de faire du stop, sans succès. Elle se résout donc à marcher jusqu'à Boldville. À mi-chemin, une pensée jaillit dans son esprit. Joanna semblait bien connaître le milieu de la drogue. Mais comment une femme au foyer peut-elle connaître le surnom du Quaalude ?

Et pourquoi posait-elle autant de questions ?

***

Le soleil est haut dans le ciel quand elle entre dans le magasin de Lorita. En une décennie, l'odeur de l'endroit n'a pas changé. Engrais, beignets à réchauffer et savon Dime. Sa mémoire y ajoute l'odeur des cheveux d'Autumn. Elle se rappelle quand elles étaient enfants, faisant leurs devoirs sur la chaise en osier derrière le comptoir, leurs frêles silhouettes serrées l'une contre l'autre.

Avec ses lunettes papillon et son manteau à motif floral, Lorita n'a pas changé du tout. Elle a recouvert ses longs cheveux d'un foulard à pois – des cheveux qui n'ont sans doute pas vu la lumière du jour depuis près de trente ans. Quand elle voit Glitter, un moment d'hésitation passe dans son regard avant qu'elle ne laisse un sourire soigneusement mesuré se glisser sur son visage.

— Lauren, quelle surprise de te voir !

— Salut, répond prudemment Glitter. J'ai pensé que je pourrais passer faire un petit coucou.

Pendant une seconde, les lunettes de Lorita semblent frémir.

— Eh bien, bonjour. Comment va Jeanelle ? Et comment va… le petit ?

— Il s'appelle Sunhawk Shiva. *Et tu le sais très bien.* C'est un chouette gosse. Tu devrais venir le voir.

Deux stries sombres apparaissent de chaque côté de la bouche de tante Lorita.

— Pas avant qu'elle m'ait fait des excuses.

— Pour quoi ?

— Tu sais pour quoi. Je ne comprends pas comment Jeanelle a pu nous faire ça. Ed et moi l'avons élevée mieux que ça.

Glitter met ses mains dans ses poches. *Élevée mieux que ça ?* Vous l'avez bousillée, oui.

Mais elle n'est pas venue là pour se disputer. Elle change donc de tactique.

— Tante Lorita, je peux te demander quelque chose ?

— Bien sûr. Tu veux un soda, chérie ?

Glitter se blottit dans le fauteuil en osier – il est incroyable que deux petites filles aient pu y tenir en même temps – et choisit un Seven Up. Elle fait sauter la capsule avec son pouce.

— Dis-moi, dit-elle sur un ton léger, quand Maman et toi étiez petites, tu te souviens comment elle est venue vivre avec vous ?

Lorita fronce les sourcils.

— C'est une bien triste histoire.

— S'il te plaît. J'en parlais avec Autumn l'autre jour, et en fait on ne sait rien à ce sujet.

Lorita acquiesce.

— Eh bien, laisse-moi réfléchir. Après le… départ de ta grand-mère, mon père a accepté de prendre Geraldine chez nous jusqu'à son retour. Au début, ça ne devait être que pour quelques nuits. Mais une semaine a passé, et puis une autre, et encore une autre. Finalement, la police est venue, accompagnée d'une dame des services sociaux. Il y a eu de longues discussions. Geraldine était trop jeune pour vivre seule et elle devait aller dans un pensionnat d'État, à moins que mes parents n'acceptent de la prendre chez eux.

Glitter étudie mentalement ses options. Poser des questions directes lui paraît étrangement difficile. Une sorte de barrière invisible, à laquelle elle ne cesse de se heurter, semble entourer Cornelia Stover.

— Ont-ils… Ont-ils dit ce qui était arrivé à ma grand-mère ?

— Tout ce dont je me souviens, c'est qu'un jour, ma mère nous a pris à part, mes frères et moi, et nous a expliqué que la situation était traumatisante pour Geraldine, et que nous ne devions pas lui en parler.

Glitter se mord la lèvre.

— Et c'est tout ? Vous n'avez jamais demandé ce qui s'était passé ?

— Lauren, ta grand-mère était… comment dire ? Elle était très éduquée pour l'époque, et elle dirigeait elle-même ses affaires. C'était bien plus que ce qu'une femme était censée prendre en charge. Certains mettaient en doute ses facultés. Et puis il y a eu cette histoire avec… bref, c'est sans importance.

Bien au contraire. Glitter a vécu assez longtemps à Boldville pour savoir que les gens d'ici disent la plupart du temps le contraire de ce qu'ils pensent vraiment. Ce que Lorita refuse de lui raconter est précisément ce qui doit compter le plus.

Elle gratifie Lorita d'un regard suppliant.

— Je veux juste connaître un peu mieux ma grand-mère. De quelle *histoire* parles-tu ?

Tante Lorita soupire.

— Chérie, les femmes veuves n'étaient pas censées diriger leurs propres affaires et fréquenter… eh bien, des Indiens. Mais que pouvait-elle faire ? Les cow-boys ne voulaient pas travailler pour elle, car ils ne supportaient pas de recevoir leurs ordres d'une femme.

— Tu veux dire qu'elle traînait avec les Amérindiens ?

— Je ne dirais pas ça, répond Lorita en baissant la voix, bien qu'elles soient seules dans le magasin. Toute la ville est restée sous le choc quand ils sont partis ensemble. Cornelia était une veuve et une mère déjà d'un certain âge, et Lonan avait tout au plus une vingtaine d'années. Je me souviens de ses épaules larges et de ses cheveux longs… On dirait une histoire de roman, pas vrai ?

En tout cas, pas le genre de roman que Glitter se risquerait à lire.

— Lonan ? demande-t-elle aussi innocemment que possible.

— Il travaillait pour elle. Mon père m'interdisait d'aller au Stover's quand il y était. Ensuite, tout ce que je sais, c'est que ta grand-mère et lui sont partis dans les collines.

— Dingue. Tu crois qu'ils étaient…

Tante Lorita pince les lèvres.

— Sûrement pas. En tout cas, il a disparu, lui aussi. À ce moment-là, il y a eu une courte enquête, mais ta grand-mère n'avait rien à se reprocher. Le shérif l'a relâchée presque immédiatement.

Glitter avale de travers et le soda lui brûle les poumons. Elle tousse en en recrachant une partie.

— Attends, grand-mère Cornelia s'est fait arrêter ?

— Chérie, tout va bien ?

— Dis-moi exactement ce qui s'est passé.

Quelque chose passe dans les yeux de Lorita.

— Oh, rien de particulier. Les Indiens ont déposé une plainte, je crois. Le vieux Josiah Nickel a dû mettre ta grand-mère en détention, mais il l'a relâchée un jour ou deux plus tard. Elle a passé quelque temps à s'occuper de l'hôtel, mais je suppose que ça n'a pas marché. L'année suivante, elle a fermé le Stover's, emprunté une mule à Mme Parker, s'est enfoncée dans les montagnes et a laissé la pauvre Geraldine sans une explication.

— Et ensuite ?

— Je ne sais pas.

Tante Lorita regarde en direction des grandes vitres du magasin, à travers lesquelles on aperçoit un tourbillon de poussière qui danse sur le trottoir.

— C'est la dernière fois qu'on a entendu parler d'elle.

Chapitre 10
Joanna

Joanna lave les assiettes et débarrasse la table du petit déjeuner. Dans cette grande cuisine silencieuse, elle se sent vulnérable. Comme une intruse s'apprêtant à être chassée.

Il y avait quelque chose d'étrange dans l'urgence avec laquelle Lauren – elle ne peut se résoudre à utiliser le surnom stupide de la jeune fille – a quitté la maison. Son esprit revient à ce que M. Parker lui a confié de l'histoire des Stover. *Geraldine n'aime pas parler du passé.* Et Lauren avait confirmé. *Ma mère n'aime pas en parler.* Et quand la conversation avait tourné autour de sa grand-mère, elle avait changé de sujet et s'était éclipsée.

Rien d'étonnant. Les disparitions sont profondément traumatisantes pour les familles, souvent davantage qu'une mort violente. On n'obtient jamais de réponse, c'est sans fin. Les lambeaux d'une vie continueront de flotter autour de ceux qui restent, leurs fils douloureux se mêlant aux fibres de chaque Noël, de chaque anniversaire, de chaque remise de diplôme. C'est pourquoi certaines familles sont prêtes à fournir des efforts extraordinaires pour obtenir une réponse, se battant pendant des décennies pour que les dossiers soient réexaminés, les corps exhumés et les témoins interrogés à nouveau. Elles enquêteront elles-mêmes partout, collant des prospectus à travers tout l'État, parlant excessivement, compulsivement à chaque journaliste, chaque promeneur de chien et chaque collègue jusqu'à ce que leurs amis prennent leurs distances et que les voisins bloquent leur numéro. *Oui, inspectrice Yates. Ce n'est pas parce que je n'ai jamais passé l'examen d'entrée que la formation ne m'a pas servie.*

Mais ce n'est pas le cas, ici. Chez les Stover, nul ne parle du passé.

Joanna entre dans la salle à manger et réfléchit à un plan. Elle a besoin d'obtenir des informations sur les motards, et pour ça, elle doit entrer en contact avec la communauté. Faire une faveur à Lauren serait donc judicieux. Et elle dispose justement des compétences dont Lauren semble avoir besoin en ce moment.

L'une des tâches les plus détestées des policiers débutants est le travail d'investigation. C'est pourquoi les travaux de recherche sont souvent confiés aux femmes. Elles sont plus sûres, dirait le chef Carver, et mieux organisées. *Vous ferez un travail essentiel, officier. Je suis persuadé que vous y serez excellente.*

Bien que cela lui coûte de le dire, Carver avait raison. Elle *était* douée pour ça. Trier les informations, les classer dans différentes catégories, chercher les liens manquants, les occurrences inhabituelles. Elle trouvait des pistes de recherche en plein brouillard, comme des veines sous la peau. Pour sa première affaire, elle avait marqué chaque indice avec un surligneur et travaillé toute la nuit pour fournir un rapport de synthèse au sergent Stimmel, le coordinateur de l'affaire, en soulignant les pistes les plus prometteuses.

Elle avait trouvé le rapport sur son bureau le lendemain, déchiré en une douzaine de morceaux. Ils l'avaient appelée « gratte-papier » tout le reste de l'année.

La mairie de Boldville possède nécessairement des archives. Journaux, actes de naissance et de mariage, ce genre de choses. Elle pourrait jeter un coup d'œil rapide.

Rien de très approfondi, mais Lauren lui serait reconnaissante pour toute information utile – et cela mènerait peut-être à d'autres confidences.

Elle jette un dernier regard à la salle à manger. Tout, ici, parle d'une lutte pour la survie. La peinture des murs est craquelée là où l'humidité s'est immiscée depuis l'extérieur, surtout au niveau des fenêtres. Les meubles sont ternes et les coussins des chaises délavés. Même les tapis mexicains accrochés au mur ne parviennent pas à relever l'ambiance maussade des lieux.

Parker est peut-être vraiment sur un bon coup. Dans le massif des Gila, les gens ne vivent que de l'argent des touristes. On croise des grottes indiennes le long de chaque route, des falaises pittoresques à chaque carrefour. Toutes les villes ont leur musée local chargé de poteries Navajo, de selles mexicaines et d'un morceau de la corde qui a servi à pendre Black Jack Ketchum. *Là où le vieil Ouest revit.*

Alors pourquoi le passé semble-t-il effrayer autant les Stover ? Bien sûr, Mme Weiland ne veut pas exploiter une tragédie personnelle. Mais toutes ces histoires de chercheurs d'or ? Les gens affluent vers n'importe quelle légende, vraie ou fausse, pour le simple frisson de l'histoire.

Et il y a bien une histoire ici. Qu'elle va se charger de débusquer.

Le soleil brille, impitoyable, et la vue de l'autoroute menant à Albuquerque, au loin, fait naître une boule d'anxiété dans sa poitrine. Elle cherche une station de radio passant de la musique, mais il est midi et sur toutes les fréquences, c'est l'heure des informations. L'annonceur confirme que l'opération « Victoire totale » progresse avec succès vers Kampong. Puis

Nixon intervient et annonce que l'Amérique n'a pas d'autre choix que de pacifier le Cambodge si elle veut gagner au Vietnam. « Si les États-Unis agissent comme un géant impuissant et pitoyable, dit-il, les forces du totalitarisme et de l'anarchie menaceront les nations libres du monde entier. » Joanna se gare devant la mairie, à côté d'un pick-up Ford Ranger flambant neuf. Le bâtiment, construit dans la tradition mexicaine avec un clocher blanc et d'épais murs de pierre, jure avec le style du reste de Boldville.

Elle pousse la porte et entre dans une pièce sombre qui sent l'encaustique. Une femme forte en robe à manches bouffantes occupe le bureau de l'accueil. Ses cheveux noirs, striés de gris, sont attachés ensemble en un chignon serré. Elle parle à voix basse à un homme de grande taille dont le costume bleu ciel et le Stetson immaculé semblent occuper toute la pièce. M. Parker.

La femme tamponne une pile de papiers.

— Merci, Eugene, dit-elle avec enthousiasme. On en a fini avec cette paperasse. J'enverrai le tout au service de l'urbanisme dès ce soir.

Il soulève son chapeau.

— Merci à toi, Marge. Croise les doigts pour moi. J'espère que samedi sera une journée réussie, en tout cas.

— Je suis sur le point de transcrire le discours du maire, dit Marge en se saisissant d'une pile de feuilles dont elle aligne les bords en les tapotant sur le bureau. Nous avons besoin de quelques réjouissances après tout ce qui s'est passé.

— Bien dit. Allez, à plus tard, Margey.

Eugene Parker se dirige vers la sortie et Joanna s'arrange pour garder le dos tourné. Il ouvre la porte et sort d'un pas vif. Par la fenêtre, elle le voit regarder les deux voitures, sa Datsun et la Ford. Puis il disparaît.

Elle s'approche du bureau, où Marge range les papiers dans une chemise.

— Bonjour, commence-t-elle, je me demandais…

— Un instant, je vous prie.

La femme attache fastidieusement le dossier et écrit quelque chose sur le dessus : S*ervices de l'urbanisme de Catron, juge Jeffrey Billings*. Puis elle le dépose dans un bac et retourne un panneau métallique en direction de Joanna : *Réception – Marguerite Neto.*

— Madame Neto ?

— Oui, que puis-je faire pour vous ?

— Je suis… Je m'intéresse à l'histoire de Boldville.

Le visage de Mme Neto se détend un peu.

— Ah. Vous êtes ici pour l'anniversaire, alors ?

— L'anniversaire ?

— Boldville va fêter ses cent ans. Un grand festival est organisé ce samedi.

Joanna arbore un sourire forcé. Une journée de discours, de nœuds papillon et de beignets de maïs provenant d'étals dont la certification de sécurité alimentaire a expiré sous Eisenhower. *Grandiose.*

— Eh bien, dit-elle d'un ton incertain, je me demandais si vous aviez des archives de journaux ou de documents municipaux que je pourrais consulter.

— Ça, c'est drôle, N'est-ce pas étrange ? répond Mme Neto. On dirait que pas mal de monde s'intéresse aux recherches généalogiques, en ce moment.

— Recherches généalogiques ?

— J'imagine que c'est pour ça que le pauvre Mike est venu ici, dit-elle avec un soupir. Une telle tragédie.

Joanna fronce les sourcils.

— Mike était ici ? Le… le jeune qui est mort ? Quand ?

— Lundi, je crois. Je lui ai dit qu'on fermait à midi.

Lundi. *Le jour de sa mort.*

— Le pauvre, pauvre garçon, continue Mme Neto. Il voulait voir nos archives du *Boldville Bullet*.

— Pardon ?

— Notre journal local. Il a mis la clé sous la porte… Je pense que ça devait être à la fin des années quarante.

— Oh. Eh bien, figurez-vous que c'est justement ce que je voulais voir, moi aussi.

Mme Neto ouvre un bloc de formulaires roses perforés.

— Veuillez remplir ces formulaires et les signer.

Joanna prend le stylo et le tient en suspens au-dessus de la page. Elle devrait peut-être reprendre son nom de jeune fille. Après tout, elle a quitté son mari.

— Tout va bien, madame ?

— Oui.

Elle déglutit et écrit « Joanna Riley » dans l'espace vide, ajoute l'heure et la date. Mme Neto détache la feuille de papier rose et la met de côté.

— Nous fermons entre midi et 14 heures. Suivez-moi, je vous prie.

Dans les archives, Mme Neto l'installe à une longue table métallique séparée en deux par un écran en bois. Une seule autre personne est présente dans la salle, un homme au teint mat et aux cheveux noirs. Il porte une chemise élégante et est penché sur un dossier rouge, un bloc-notes à portée de main. Il tourne la tête au grincement de la porte et l'espace d'un instant, son visage se fige. Puis il leur sourit.

— Madame Neto. C'est déjà l'heure ?

— Oh non, monsieur Borrego, ne faites pas attention à nous, je vous en prie.

Mais M. Borrego semble impatient de partir. Il repousse sa chaise, faisant crisser le linoléum.

— J'avais fini, de toute façon.

Joanna se serre contre le mur alors qu'il passe devant elle.

— Désolée de vous avoir dérangé, monsieur.

— Ce n'est pas le cas, madame. Bonne journée.

Il empoche son bloc-notes et quitte la salle. La façon dont il se déplace, hâtivement mais avec détermination, fait revenir cette alerte qui bourdonne à la base de son crâne. Elle regarde le dossier laissé sur la table. Il contient une carte dessinée à la main, au bas de laquelle quelqu'un a griffonné une note en lettres tourbillonnantes. *Département de l'Intérieur, Bureau général du cadastre, 2 octobre 1866.*

Elle pose ses deux mains sur la table. La carte montre cette partie du Nouveau-Mexique, mais ce n'est pas le Nouveau-Mexique qu'elle connaît. Ni les Gila ni la Route 180 n'y apparaissent. Reserve n'est pas présente, ni Silver City. Pinos Altos existe, mais la ville s'appelle Pino Alto. Il y a un petit carré marqué Fort Rodman et au-dessus, en écriture cursive, les mots *Mine du cuivre Apache.* Et puis, un espace blanc. Au milieu de celui-ci, juste en face de l'endroit où devrait se trouver Boldville, deux mots gravés en lettres fines. *Territoire inexploré.*

— Voici les numéros que vous avez demandés.

Mme Neto jette un regard par-dessus le rebord de ses lunettes et émet un bruit désapprobateur.

— Désolée, madame. Je vais ranger tout ça.

— Oh, je vous remercie. En fait, pourriez-vous m'en faire une photocopie ?

— Bien sûr. C'est cinq cents la page.

Joanna regarde Mme Neto mettre les cartes sur un chariot et les emmener. Les trois dossiers qu'elle a déposés sur la table sont lourds et poussiéreux et des pages jaunies dépassent légèrement de leurs tranches.

Elle en retourne un et observe l'étiquette qui y est apposée. *Boldville Bullet, 1925-35.* Les deux autres dossiers couvrent la décennie suivante.

Une fois de plus, Sheila Yates lui revient à l'esprit. Le ton de sa voix quand elle a hurlé sur Baterman, penché sur son bureau dans la salle des recrues. *Reprends-toi, bouton d'or, t'es pas dans un putain de film d'action. Le travail de détective est ennuyeux. Il est même parfois chiant comme l'enfer. C'est pour ça que la gratte-papier ici présente ira au paradis. Parce qu'elle a fait son catéchisme et bouffé la paperasse qu'il faut.*

Elle ouvre le premier dossier et commence à en feuilleter les pages.

Joanna émerge deux heures plus tard dans le soleil du plein midi, clignant des yeux. Son esprit est embrumé et sa gorge chargée de l'air sec et poussiéreux des décennies passées. Elle devrait retourner au Stover's et parler à Lauren de ce qu'elle a découvert. Cependant, elle a du mal à en dénouer les fils. De plus, elle est affamée et a besoin de sous-vêtements propres. Une promenade en voiture à travers les montagnes – calme, relaxante et loin des routes principales – lui apparaît comme la solution idéale.

La journée est chaude, mais l'air devient frais et doux, imprégné de l'odeur des pins, tandis que la Datsun grimpe dans les Gila. Une étonnante différence avec Albuquerque, où l'approche de l'été a déjà commencé à brunir les pelouses.

Au sortir d'un virage, son regard est attiré par une montagne dont le flanc est étrangement déformé, comme si une explosion en avait arraché tout un pan. La blessure est cautérisée par une masse d'arbres, puis réapparaît plus loin, brune et terrible. Dwayne lui a dit une fois que la bombe A avait été testée au Nouveau-Mexique, mais c'était plus au sud, non ? Près de Los Alamos.

Elle ralentit avant d'entamer le virage suivant tout en plissant les yeux pour mieux voir. Au loin, de minuscules camions rampent autour du trou béant comme de petits scarabées jaunes. Sans doute une carrière de sable.

Elle passe devant une aire de pique-nique et entre dans la ville suivante. Reserve semble à peu près deux fois plus grande que Boldville. Son emplacement sur la Highway 12 lui a manifestement profité. Elle fait le plein et achète des sous-vêtements et des chaussettes à la boutique de la station-service.

Alors qu'elle fait la queue à la caisse, elle passe devant une publicité pour des cigarettes Virginia Slim. On y voit une femme élégante vêtue d'une robe rouge, le genre que Joanna achèterait sur l'instant pour ne jamais oser la porter. Le slogan, en grosses lettres capitales noires, semble supporter les pieds de la femme. *Ça faisait longtemps, chéri.*

La publicité déloge quelque chose au fond de son cerveau. Une envie. Un souvenir depuis longtemps enfoui et évoquant la salle de repos enfumée aux petites heures, l'amorce d'une discussion sur un prétendu manque d'allumettes, et plus tard, d'un témoin apaisé à l'aide d'une boîte blanche, offerte d'une main amicale. Elle a arrêté de fumer à son deuxième rendez-vous avec Dwayne, après qu'il lui a fait comprendre qu'il n'aimait pas ça.

Mais aujourd'hui Dwayne n'est pas là.

Elle prend deux paquets de cigarettes sur les étagères. Sur un coup de tête, elle ajoute une barre au beurre de cacahuète et une bouteille de Seven Up.

Dix minutes plus tard, elle entre sur l'aire de pique-nique. Elle se penche au-dessus de la clôture, attrape les Virginia Slim dans son sac et en allume une, éprouvant un soupçon de culpabilité en prenant la première bouffée. Mais le ciel est merveilleusement bleu et, alors qu'elle recrache la fumée, toute culpabilité se dissipe.

Ça faisait longtemps, chérie. Pour sûr.

Chapitre 11
Cornelia

30 avril 1933

La situation est désastreuse. Il me faut des fonds. Les sangsues de Washington ont augmenté les taux d'intérêt, et les remboursements de nos prêts crèvent le plafond. Wells Fargo m'a écrit de Silver City. La saisie est l'une des options envisagées.

Ne voient-ils pas que je fais de mon mieux ? L'argent manque partout et les nouvelles de la plaine sont terribles. Poussière et sécheresse, photos du bétail décimé par les tempêtes. Des familles entières arrachées à leur terre, des enfants affamés, des nourrissons mourant de maladie et d'épuisement.

Je pourrais tout vendre et retourner à Chicago, mais je n'ai aucune famille là-bas. Juste deux ou trois amis qui ont eu la patience de m'écrire pendant quelques années, me demandant pourquoi j'étais partie me perdre dans cette contrée sauvage. Pour être libre, leur ai-je répondu. Pour être ma propre maîtresse.

Bientôt, le flux de leurs lettres s'est tari.

Déjà 17 heures. Il vaut mieux que je m'arrête ici pour ouvrir le bar.

— Un jour, Sherlene, je ferai de toi la femme la plus riche de ce foutu pays.

Ebenezer Tomkin se penche en avant et jette un regard concupiscent à la femme. Une fine traînée de bave coule de sa bouche le long de sa barbe jaunie. C'est suffisant pour faire tressaillir Sherlene, bien qu'il n'y ait pas grand-chose qui puisse faire tressaillir une dame de sa profession.

Je prends ma voix sévère :

— Tomkin, ce n'est pas comme ça qu'on regarde une dame. Nous sommes une maison respectable.

— Pouah, Ce n'était pas le cas de mon temps, bordel de Dieu, glousse-t-il.

— Et surveille ton langage !

— Carol… Cornell… Nellie, ma chérie, lance-t-il, avant d'émettre un rot sonore. Que le ciel me pardonne, mais j'ai vécu assez longtemps pour avoir le droit à quelques jurons, tu ne crois pas ? Ne prends pas tes granz… tes grands airs avec moi. Si c'est une maison si respectable, qu'est-ce que le Peau-Rouge et cette jolie dame font ici ?

Je fronce les sourcils.

— Tu sais aussi bien que moi que cet endroit ne pourrait pas tourner sans Lonan.

— Pouah.

— Quant à Sherlene, c'est une cliente, et elle paie ses consommations.

Et l'origine de son argent n'est pas un secret, bien que je ne veuille pas connaître les détails. Une femme doit savoir se débrouiller, et Sherlene n'utilise jamais l'hôtel pour conduire ses affaires.

Tomkin sirote son whisky, le moins cher, allongé d'un peu d'eau et d'absinthe. Il a cette lueur dans les yeux, et je sais ce qu'il s'apprête à faire. Il va se mettre à chanter.

— Sherlene, tu seras ma dame, braille-t-il en posant une main sur sa jambe. Heureux comme des amants, nous serons. Yep. Adieu problèmes, adieu tristesse…

Je jette un regard anxieux à M. Kleber, de la chambre 23, le seul autre client.

— Monsieur Tomkin, je vous en prie. Ça suffit !

Mais Tomkin continue, imperturbable.

— Dans cette vieille petite bicoque sur ma concessiooon.

— Je suis désolée, monsieur Kleber.

Je sors le bourbon de sous le bar. Un verre aux frais de la maison le convaincra peut-être de ne pas payer un dollar en plus pour s'installer au Grand Bonanza.

Mais M. Kleber semble intrigué. Il s'assoit à côté de Tomkin.

— C'est quoi l'histoire, mon vieux ? Vous avez une concession dans ces collines ?

— Yep.

Le regard de Tomkin échoue à établir la connexion avec le gentleman assis juste devant lui.

— Et vous, quel genre d'homme êtes-vous ?

— Ferdinand Kleber, North Platte, Nebraska, répond M. Kleber en serrant la main de Tomkin. Je suis dans la vente. La margarine Crisco, vous connaissez ? « Meilleure au goût, meilleure pour la santé ! »

— Pouah ! Un bandit de grand chemin, oui !

— Monsieur Tomkin !

M. Kleber sourit, l'éclat des lampes fait luire son crâne chauve.

— Ce n'est rien, madame Stover. Voulez-vous bien servir un autre verre à M. Tomkin ?

Bien sûr, monsieur. C'est le même spectacle à chaque fois. Quand Tomkin veut avoir plus de tord-boyaux que je ne le lui permets, il commence à faire ses petites allusions et attend de voir qui va mordre à l'hameçon. Il y a toujours quelqu'un. Des fermiers chassés de leurs terres par les tempêtes de poussière. Des vendeurs à la sauvette comme M. Kleber. Des vagabonds et des escrocs désespérés et crasseux, obligés de dormir recroquevillés dans leurs voitures. Le vieux Ebenezer Tomkin connaît les affres de leur cœur, et les pille jusqu'à la dernière goutte de whisky.

M. Kleber déglutit douloureusement.

— Vous avez déjà trouvé quelque chose là-haut ?

— Oh, oui, mon garçon. Un trésor. Et en monnaies sonnantes. Les larmes du soleil, comme disent les Peaux-Rouges. De l'or, beaucoup d'or. On l'a trouvé en 1881, mon partenaire et moi. On a même été poursuivis par les hommes de Billy.

Les yeux de M. Kleber s'agrandissent.

— Billy… Billy the Kid ?

— Oui. Ce pauvre vieux Prosperity Rogers s'est disputé avec un des membres du gang du Kid. Il pensait pouvoir battre Charles Bowdry aux cartes. Quel imbécile. Ils étaient tous après nous, le Kid et ses hommes, prêts à nous truffer de plomb. Alors j'ai dit à Prosperity, on ferait mieux de se cacher dans les collines. C'était une contrée sauvage, à l'époque. Rien que des arbres et des Indiens. On a marché pendant cinq jours sous un soleil de plomb. Ma peau pelait comme le corset d'une pute française un soir de cabaret.

Je frappe vigoureusement mes deux mains l'une contre l'autre.

— Monsieur Tomkin.

— Désolé, Nellie, mais c'est la vérité. On a trouvé à se cacher dans cette satanée vieille grotte. Prosperity, il rampe à l'intérieur et craque une allumette. Et c'était là. De l'or partout, étincelant comme le soleil lui-même. On en a chargé autant qu'on pouvait et quand le Kid est mort, j'ai mis ce que j'avais à la Wells Fargo. Mais le gros de l'or est toujours là-haut, à dormir dans les montagnes.

Je lui retire son verre, secouant la tête devant son regard suppliant.

— Arrêtez de bourrer le crâne de M. Kleber avec vos sornettes.

Il esquisse une moue qui finit en ricanement.

— Je suis un Rockefeller. Je pourrais acheter tout ce foutu pays.

— Eh bien, pourquoi ne le faites-vous pas, vieil homme ? lui réponds-je.

L'humeur du vieux Tomkin peut changer d'une seconde à l'autre. L'âge, sans doute – ou la boisson. Le rictus disparaît de son visage et il baisse la tête.

— Tout est tombé à l'eau, c'est vrai, murmure-t-il, une larme unique roulant sur sa barbe. Prosperity… a rejoint les braves. C'était un homme bon. Une âme honnête. Un véritable ami. Cet endroit a fini par l'avoir, à la fin. Plus tard, le gouverneur a fait zoner les collines pour les donner aux Peaux-Rouges, et j'ai mis ce qu'il me restait dans les chemins de fer. Je pensais pouvoir vivre une vie de gentleman, mais les marchés ont fait ce qu'ils avaient à faire et j'ai tout perdu. Tout.

— Vous êtes sûr que l'or est toujours là ? demande M. Kleber. Quelqu'un d'autre a pu le trouver.

Les larmes se tarissent et quelque chose de nouveau se glisse dans le regard du vieil homme.

— Non. Je suis le seul à connaître l'endroit. Et je ne vais pas vendre la mèche à un foutu vautour comme toi. Margarine Crisco mon cul !

— Je voulais juste…

— Je vois clair dans ton jeu. C'est ce que tu veux, hein ? Tu veux que le vieux Tomkin te dise où creuser ?

— Oui, répond M. Kleber d'une voix rauque.

— Là où l'eau fait marche arrière et où la flèche frappe l'œil du taureau. Mais je te préviens. Un esprit sombre rôde en ces lieux.

Les yeux de Tomkin se mettent à briller. M. Kleber serre son gobelet si fort que, pendant un moment, je crains qu'il ne se brise. Mais il finit par le vider d'un trait et le repose en soupirant. Sherlene glisse du tabouret de bar et s'approche de lui.

— Ne vous mettez pas dans cet état, monsieur, dit-elle doucement. Pourquoi n'irions-nous pas nous promener ? Je vais vous aider à apaiser vos maux.

Je vais à la cuisine pour laver les verres. Quand je reviens, Sherlene et M. Kleber ont disparu. Le vieux Tomkin est assis seul, son visage pâle à la lumière de l'unique bougie de la table. Je lui donne un petit coup de coude dans l'épaule.

— Venez, mon vieux. Vous avez assez bu pour ce soir.

— Nellie, dit-il en s'accrochant à mon bras alors que je l'aide à se relever. Nellie, c'est… c'est toujours là-haut.

— Bien entendu.

— Je n'ai jamais… jamais voulu…

— Tout va bien, monsieur Tomkin.

— Vous êtes une femme bien, Nellie. Aussi douce qu'une sauce à la crème. Un jour…

— Doucement dans l'escalier.

— Un jour, je ferai de vous la femme la plus riche de ce foutu pays.

Geraldine dort profondément sous ses deux couvertures et, comme toujours, la regarder me déchire le cœur. Elle a le visage de George, quand elle dort. Ce même menton sévère. Le soupçon d'un froncement de sourcils.

J'arrange les couvertures de ma fille et je maudis ces temps sombres. Tout coûte si cher, même l'électricité et le carburant. Et pourtant, nous faisons partie des mieux lotis. Ces histoires terribles venant des plaines… les mauvaises récoltes et les enfants affamés.

J'éteins la bougie et je m'allonge seule. Le sommeil me gagne peu à peu, puis…

Un bruit sourd et régulier se fait entendre quelque part dans la maison. Il s'arrête un moment, puis reprend. Le son est étrangement étouffé, mais il s'insinue dans mon oreille avec insistance.

Je suis soudain complètement réveillée. Je sens mes joues s'empourprer et une vague de chaleur envahit mon visage. Sherlene et M. Kleber. *Oh, Seigneur, non.* Je ne tolérerai pas de tels agissements dans mon établissement.

Au sortir du lit, le froid me fait immédiatement frissonner. J'enfile mon manteau de fourrure et ouvre discrètement la porte. Dans le couloir, j'allume la lampe électrique, même si une partie de moi s'inquiète de cette dépense. Je me précipite dans l'escalier et frappe à la porte de la chambre 23.

Aucune réponse. Tout est silencieux. Mais le bruit sourd recommence. Il vient de plus loin dans le couloir.

Je me dirige à grands pas vers le numéro 25, la chambre d'angle, trop exposée aux courants d'air pour être louée à des clients. C'est la chambre du vieux Tomkin. Un gémissement est perceptible à l'intérieur.

La panique m'envahit. J'appelle Lonan, mais il dort au-dessus du garage et ne peut pas m'entendre.

Je pousse la porte de l'épaule – deux fois, trois fois – et je parviens à faire sauter la serrure. La fenêtre est ouverte et un courant d'air froid s'échappe dans le couloir. Le vieil homme est en chemise de nuit, allongé sur le sol, son corps tordu par la douleur. Il frappe le cadre du lit avec sa jambe, encore et encore. Je m'agenouille à ses côtés.

— Monsieur Tomkin, que se passe-t-il ?

Il ne répond pas. Un côté de son visage est figé comme un masque. Ses membres sont raides et glacés, mais il y a encore de la vie en lui. Il tourne la tête et agrippe sa poitrine.

— Ne… Nellie…

— Ne bougez pas. Lonan va aller chercher le médecin.

Il gémit à nouveau.

— Je l'ai vu… Tout disparu… Tombé à l'eau, Nellie.

— J'en ai pour une minute.

Il attrape mon bras et sa poigne est étonnamment puissante.

— Écoutez… l'… l'…

— Qu'est-ce que vous dites ?

— L'or.

Son autre main vient se fermer sur la première. Il continue.

— Traverser Gann Waters. Passer le mont Apache. Cabane à… Owl Creek.

— Monsieur Tomkin, que…

— Là où… l'eau fait marche arrière. La flèche courbée. Là où elle frappe l'œil du taureau.

— S'il vous plaît, calmez-vous. Les secours arrivent.

Il se griffe la poitrine.

— Tombé… à l'eau…

Un long frisson parcourt son corps. Ses yeux se retournent dans leurs orbites et une forte odeur d'urine s'échappe de son entrejambe.

Je l'attrape par les épaules.

— Oh, Seigneur, je vous en prie. Monsieur Tomkin.

Mais il est trop tard. Il est parti rejoindre les braves.

Je ferme la fenêtre et vais réveiller Lonan pour qu'il aille chercher le médecin. Puis je retourne dans la chambre pour attendre. Le vieux Tomkin a la tête tournée sur le côté. Ses yeux sont encore ouverts, et repenser à la manière avec laquelle ils ont roulé en arrière me donne des frissons. Je me penche en avant pour fermer ses paupières en pensant aux trois fois où j'ai déjà accompli ce geste. Pour Maman, pour Papa et pour George.

Pauvre homme. Mourir seul dans la chambre la plus froide que le Stover's ait à offrir, un plafond délabré pour dernière vision de ce monde. Sa main est toujours plaquée sur sa poitrine comme une griffe, comme s'il avait essayé de retenir son âme alors qu'elle s'échappait de son corps.

En regardant de plus près, je vois quelque chose de bizarre. Le tissu de sa chemise semble plus épais à cet endroit, comme s'il dissimulait un petit objet.

Je tends l'oreille, mais l'hôtel est totalement silencieux. Je repousse les doigts de Tomkin avec précaution. Ils se desserrent assez facilement, bien que sa peau soit déjà devenue froide.

Une vague de dégoût m'envahit, et pourtant, je passe la main sous sa chemise. Mes doigts rencontrent quelque chose de dur et d'épais. Je sors l'objet, le souffle court. C'est une petite pochette en cuir brodée de perles indiennes, manifestement usée par le temps.

La pochette est lourde et son cordon si solidement noué que je n'arrive pas à l'arracher de son cou. J'attrape finalement le couteau à raser de M. Tomkin, dont je me sers pour couper la ficelle et ouvrir la pochette. La retournant, j'en vide le contenu dans ma paume.

C'est de l'or. Une pépite entière.

Mon esprit a d'abord du mal à comprendre. Je suis peut-être en train de rêver. Mais cela ne fait aucun doute. Ce poids rassurant. Cette lueur si douce.

La pépite est froide au toucher, mais elle brûle comme du feu. Elle m'hypnotise, et mes yeux n'arrivent pas à s'en détacher.

La sonnette retentit avec une telle férocité que mon cœur s'arrête de battre un instant. *Le médecin. C'est juste Lonan et le médecin.*

Je fourre hâtivement la pépite dans la poche de mon manteau et pose la pochette sur le lavabo. En me dirigeant vers la porte, je m'emmitoufle dans ma fourrure. Un courant d'air glacé s'échappe de la chambre de M. Tomkin, bien que la fenêtre soit maintenant fermée.

Chapitre 12
Joanna

La nicotine la tient entièrement captive. Elle avait oublié à quel point c'était bon, à quel point c'était relaxant. Le tabac apaise ses nerfs et met son sang en effervescence.

Elle finit sa première cigarette et a immédiatement envie d'en allumer une autre, quand son attention est attirée par un pick-up Ford qui rejoint l'aire de pique-nique. Le conducteur se gare et éteint le moteur, mais ne sort pas tout de suite. Elle lui tourne le dos, prend une bouchée de sa barre chocolatée et observe le chantier.

Les camions de transport, qui semblaient tout à l'heure si petits, sont en réalité gigantesques. Leurs rugissements résonnent jusqu'au sommet des montagnes. Un gros véhicule blanc monté sur chenilles et équipé d'un tapis roulant se met en retrait et donne un coup de klaxon. Une sirène retentit. Une puissante détonation se fait soudain entendre et une nouvelle partie de la montagne explose, projetant une importante quantité de sable, de terre et de roche dans les airs.

— C'est quelque chose, hein ?

Le conducteur du pick-up l'a rejointe. Le visage rond, la peau mate, il porte un chapeau de cow-boy blanc. Elle met un moment à faire le lien. Les archives de la mairie. Son pick-up était garé à l'extérieur. L'homme qui étudiait les vieilles cartes.

— Incroyable, répond-elle, la bouche pleine de caramel.

— Je crois que nous nous sommes déjà rencontrés, lance-t-il avec un sourire. À la mairie, ce matin.

— Oui, j'étais juste… je faisais quelques recherches.

— Nous avons quelque chose en commun, alors, dit-il en tendant la main. Danny Borrego, ravi de vous rencontrer. De nouveau.

Elle lui serre la main, espérant ne pas avoir trop de caramel sur les doigts.

— Joanna Riley.

Un silence gênant s'ensuit, le genre qu'elle déteste. Elle fait semblant de s'intéresser aux hommes qui travaillent en bas.

— Je me demande combien de tonnes de sable ils tirent de cet endroit, dit-elle.

— Du sable ? Il lève un sourcil. C'est une mine de placers.

— Oh.

— Et même l'une des plus grandes de l'État. De nos jours, la plupart des mines ont été déplacées plus au sud, mais celle-là existe depuis 1900.

— Vous en connaissez un rayon sur les mines.

— Ça vaut mieux pour moi. Je suis ingénieur géotechnique chez Breakwater.

— Ah… d'accord. C'est quoi, Breakwater ?

— La compagnie minière. Ce sont mes gars qui travaillent là-bas.

Il la regarde comme s'il attendait d'elle une réaction particulière.

— Intéressant, hasarde-t-elle.

Il acquiesce.

Joanna mord à nouveau dans sa barre chocolatée. La voyant peiner à ouvrir le Seven Up avec son mauvais bras, il sort un décapsuleur de sa poche et s'en charge pour elle.

Sa présence la dérange. Elle veut le soleil pour elle seule, et les camions, et le doux crépitement du soda sur sa langue. Mais Danny Borrego n'a pas l'air de vouloir la laisser en paix. Ses yeux sombres, fixés sur les sommets des montagnes, semblent voir quelque chose qu'elle ne peut distinguer.

Vingt-huit ans de bonne éducation la poussent à poursuivre la conversation.

— Alors, qu'est-ce que vous exploitez, ici ?

Il inspire brusquement, comme s'il venait de sortir d'un rêve.

— Du cuivre. Ces montagnes en sont pleines.

— Dommage.

Il tourne la tête.

— Je vous demande pardon, madame ?

— Oh, je veux dire, c'est dommage de devoir creuser si profondément. C'est assez… destructeur, n'est-ce pas ? Je veux dire, ça gâche quand même un peu le paysage.

— Oui, répond-il, riant doucement. Et pourtant, vous vous êtes arrêtée ici, et pas devant un des nombreux panoramas du coin.

— C'est vrai.

— D'où venez-vous, alors ?

— Albuquerque.

— Duke City, sympa. Vous êtes ici en vacances ?

— Oui, dit-elle en hochant la tête.

— Vous passez un bon séjour ?

— Eh bien, c'était le cas, mais une tragédie est survenue près de l'hôtel où je loge, il y a quelques jours de ça. Un jeune homme a fait une overdose et est décédé.

— Oui, j'en ai entendu parler, répond-il en soulevant son chapeau, puis le remet en place. Une terrible histoire. Vraiment triste. Mais les jeunes, de nos jours, qu'est-ce qu'on peut encore leur dire ? J'imagine qu'on est tous des vieux réactionnaires, à leurs yeux.

— Vous connaissiez ce garçon ? demande-t-elle.

Danny Borrego lui jette un regard en coin.

— Non. Pourquoi l'aurais-je connu ?

— Je pensais que vous étiez du coin.

Il hausse les épaules.

— Je ne suis pas de Boldville. Alors, non, je ne le connaissais pas.

Une sirène retentit en contrebas. Deux pelleteuses se déplacent sur le sable en formation, puis tournent l'une autour de l'autre comme des patineurs artistiques paresseux. Joanna pense à Mme Weiland et au Stover's Hotel, tous deux en perdition, faute de clients.

— Vous devriez en faire une attraction.

— Le cuivre n'attire pas les foules. Les touristes veulent voir une mine d'or.

— Il n'y a pas d'or dans ces montagnes ?

Il lui lance un regard qui la met sur ses gardes, qui lui rappelle les fois où elle ne savait pas dire, après une remarque désinvolte faite à Dwayne, si elle avait dit quelque chose d'insignifiant ou d'extrêmement grave.

— Pas d'or, dit-il enfin. Rien du tout.

Son instinct de flic cherche à prendre le dessus. *Demande-lui ce qu'il cache. Que cherchait-il sur ces cartes, l'autre jour ?*

Mais c'est impossible. Elle n'est qu'une femme au foyer avec un bras salement blessé, tenant une barre chocolatée à moitié mangée qui semble avoir définitivement fusionné avec ses doigts.

Il tire son chapeau.

— Je dois retourner au travail. C'était un plaisir, madame.

— Pareillement, répond-elle, mais il s'éloigne déjà vers son pick-up.

Revenue à l'hôtel, Joanna grimpe jusqu'au camp de la communauté. Elle tombe sur le petit ami de Lauren, appuyé contre un amas de contreplaqué et de palettes désossées. Il tient un marteau dans la main et suce son pouce.

— Hé, dit-il, grimaçant sous l'effet de la douleur. Regardez qui vient prendre le thé.

— Ziggy, c'est bien ça ?

— En direct et en couleur, bébé.

— Vous êtes blessé ?

— Mme Valium veut jouer à l'infirmière ?

L'estomac de Joanna se fige, soudain glacé.

— Je… Je préférerais que vous ne m'appeliez pas comme ça.

— Je peux t'appeler comme je veux, mais, hé, tu peux faire pareil pour moi. Sale hippie puant me va très bien aussi.

Il sourit et soulève fièrement ses bras, exhibant les poils hirsutes sous ses aisselles. Elle rougit et il hausse les épaules, avant d'abaisser les bras.

— Ma nana dit qu'elle t'aime bien, dit-il. Et les amis de Glitter sont mes amis. Alors je te propose un marché. Appelle-moi Ziggy et je t'appelle…

— Joanna.

— Yoyo. C'est plus groovy.

— Est-ce que Lauren est là ?

Il lui fait signe de le suivre.

— Allons voir.

Les autres membres de la communauté sont accroupis près du foyer, dont se dégage une odeur de fumée et de plastique brûlé. Lauren se prélasse dans une chaise de jardin branlante et lit un magazine intitulé *Fontaine de lumière*. Une femme en robe à fleurs, un enfant en bas âge accroché à sa jupe, retire une grande cafetière d'un réchaud posé en équilibre précaire sur un ensemble de dalles de récupération. Toutes les têtes se tournent vers eux lorsque Ziggy pousse Joanna dans le cercle.

— Je vous présente Yoyo, dit-il. Yoyo, dis bonjour à la famille.

— Bonjour.

Lauren offre un siège à Joanna, et la femme près du poêle prend l'enfant et le dépose sur ses genoux.

— Occupe-toi de lui une seconde.

Le garçon est pieds nus et seulement vêtu d'un short. Il tient un faisceau de plumes serré dans son poing. Elles sont sales et semblent avoir été abondamment mâchouillées.

Joanna, crispée, tient maladroitement le petit corps. Elle n'a jamais été douée avec les enfants. Dwayne dit qu'elle devrait s'entraîner un peu, mais elle trouve toujours des excuses, même avec son neveu et les enfants des collègues de Dwayne.

— Aigle, dit le garçon en guise de salutation, puis il se met à battre des bras. Voler.

— Tu ne peux pas voler, dit-elle en retirant les plumes sales de son poing et en les laissant tomber au sol. Tu es un garçon, pas un oiseau.

Sa mère, qui passe alors derrière eux la cafetière à la main, se penche pour déposer un baiser sur son front.

— N'écoute pas les briseurs de rêves, dit-elle avec douceur. Vole, chéri. Vole aussi loin que tu veux.

Le petit garçon s'échappe du giron cartésien de Joanna et reprend son jeu. La femme se présente – elle s'appelle Autumn – et distribue à tous des gobelets de café fumant. Ces derniers proviennent d'un distributeur et semblent avoir été utilisés de nombreuses fois. Joanna tourne le sien du côté le moins sale et boit une petite gorgée.

Ziggy s'assied près de Lauren et elle pose ses pieds poussiéreux sur ses genoux. Un geste presque anodin, mais vibrant d'intimité.

— C'est à propos de Mike, dit Joanna avec précaution. La réceptionniste de la mairie, Mme Neto…

Lauren fait la grimace.

— Quelle raclure, celle-là. Elle était là toute la journée quand Mike est mort. Cette femme se nourrit du malheur des autres. Comme un genre de vampire.

— Ouais, dit Autumn. Elle passe son temps à s'occuper de ce qui ne la regarde pas. À peu près sûre qu'elle a couru chez mes parents pour leur dire, dès qu'elle a su pour Sunhawk.

— Elle m'a dit que Mike était passé aux archives lundi.

Les trois jeunes tournent la tête en même temps. Le visage de Lauren exprime une profonde surprise.

— Quoi ?

— Il fouillait dans les archives. Je… Je me demande s'il ne faisait pas des recherches sur la disparition de ta grand-mère.

— Mais pourquoi ? demande Lauren en secouant la tête. Ça n'a aucun sens.

Autumn a l'air de vouloir dire quelque chose, mais semble se raviser.

— Je me demande pourquoi Mike est allé là-bas, puis au Grand Bonanza pour parler à Mary Parker, dit Joanna, incertaine.

— Mike était pour la paix, répond Lauren. Il n'arrêtait pas de dire que nous devions fraterniser avec les habitants de l'endroit où nous voulions nous installer. Il…

Sa voix se brise.

— Il voulait se rapprocher des gens de Boldville, dit lentement Autumn. Le Mouvement accueille tout le monde.

— Est-ce que tu crois que Mme Parker aurait pu parler de ta grand-mère à Mike ?

Lauren essuie ses larmes.

— Peut-être. Je ne sais pas.

Joanna boit une gorgée de café, lequel est étonnamment bon.

— Qu'est-ce que tu sais d'elle ?

— Grand-mère Cornelia était une sorte d'exploratrice. Elle est partie en voyage dans les montagnes avec son ami amérindien. Tante Lorita, la mère d'Autumn, dit qu'ils ont eu une aventure, ajoute-t-elle en souriant tristement. Ma grand-mère était pour l'amour libre, elle aussi. Et elle s'est même fait coffrer par le vieux Nickel. C'était une rebelle avant l'heure.

— Sais-tu pourquoi elle est allée explorer les montagnes ?

Lauren secoue la tête.

— En réalité, elle avait une bonne raison. Mais on devrait peut-être en discuter… en privé ?

Lauren secoue lentement la tête.

— On est une famille, ici, dit-elle. On n'a pas de secrets les uns pour les autres.

Joanna resserre sa prise autour de son gobelet.

— Très bien. J'ai consulté les archives de la mairie concernant la disparition de ta grand-mère, et il y a certaines choses que tu ignores sans doute sur elle. Cornelia a effectué une première expédition en 1933. Quand elle est revenue, après plusieurs semaines passées dans les montagnes, elle a été célébrée comme une femme exploratrice. On disait qu'elle avait découvert une mine d'or légendaire. Des journalistes sont même venus de Silver City et de Springerville pour l'interviewer.

— Trop cool, lance Lauren, le poing en l'air. Je te l'avais dit, elle était géniale.

— Une mine d'or ? demande Ziggy. Où ?

— Je ne sais pas.

Lauren retire ses pieds des genoux de Ziggy et se penche en avant.

— Les journaux disent quelque chose sur Lonan ? C'est l'Amérindien qui travaillait pour ma grand-mère. La mère d'Autumn m'a dit qu'ils étaient partis ensemble.

— C'est étrange : les archives ne le mentionnent nulle part.

En tout cas…, commence Ziggy avant de sortir un paquet de cigarettes de sa poche et d'en allumer une. Tout ça n'a rien à voir avec ce qui est arrivé à Mike.

Joanna marque une pause. Il a raison. Cornelia Stover a disparu il y a presque quarante ans. L'affaire est aussi froide qu'un camion frigorifique.

Mais un mystère plane ici. Elle le sent dans sa chair. La petite alarme qui se déclenchait parfois, quand elle était en patrouille. Qui avait retenti toutes les fois où elle apercevait Ed Rieger traîner près de l'école primaire de Rover, ou qu'elle trouvait une autre benne à ordures en flammes à Vanderbilt. Cette voix si insistante qui la poussait à s'arrêter et à aller voir de plus près.

Mais elle ne devrait pas l'écouter. Elle ne devrait plus ressentir ce frisson. Plus jamais. Rieger a pris sept ans pour pédophilie et le pyromane de Vanderbilt a été arrêté par l'inspecteur Chavez. Puis elle s'est mariée et a quitté la police. Fin de l'histoire.

Mais cette sensation… impossible de s'en défaire.

— L'histoire de Cornelia Stover doit être une piste, dit-elle. On sait que Mike est allé interroger Mme Parker et qu'il s'est rendu aux archives. Et si… et s'il avait découvert quelque chose que personne n'était censé savoir ?

Autumn et Lauren échangent un regard qui n'échappe pas à Joanna. Il y a tout de même quelques secrets dans ce cercle d'amis.

— Je ne sais pas, dit Ziggy dans un bâillement. Peut-être que c'est pour ça qu'il se disputait avec ce type.

Joanna sent son cœur s'emballer.

— Quel type ?

— Ce type qui est passé à la fête.

Lauren fronce les sourcils.

— Oh oui, je m'en souviens maintenant. Celui qui est venu avec M. Parker quand il a livré la bière, dit-elle.

Les yeux de Ziggy pétillent.

— Un type en or, ce Parker.

— Mais l'autre gars était louche, dit Autumn. Il m'a foutu les jetons.

— Moi, je le trouvais assez cool.

Joanna regarde Autumn avec intensité.

— C'était qui, ce type ?

— Je ne me souviens plus de son nom, dit Ziggy.

— Danny, dit Lauren.

— Non, Lenny, corrige Autumn.

La tasse de café tremble dans la main de Joanna.

— Vous pourriez me le décrire ?

— Ouais, dit Ziggy. Enfin, pas vraiment. Cheveux bruns, avec un chapeau. Habillé en jean. Une sorte… d'Indien.

— Un Amérindien, le reprend Autumn.

— Lui et Mike ont discuté toute la soirée.

— De quoi ?

Haussement d'épaules général.

— De quoi ils avaient l'air ? demande Joanna en essayant de ne pas poser de questions trop directes. Tu as dit qu'ils se disputaient.

— Eh bien, ça n'avait pas l'air d'être le grand amour, en tout cas, dit Ziggy en s'esclaffant.

— La discussion semblait sérieuse, dit Autumn. Ils parlaient de très près, et Danny avait l'air plutôt en colère.

Lauren l'interrompt.

— Je croyais que tu avais dit qu'il s'appelait Lenny.

Le gobelet en plastique finit par se fendre, et du café s'en écoule pour atterrir sur le jean de Joanna.

— Je pense qu'on devrait aller parler à Mary Parker, dit-elle enfin. On pourrait aller à Silver City demain.

— Qui ça, on ?

— Toi et moi, Lauren. Elle te connaît. Ta présence pourrait raviver ses souvenirs.

Lauren fait la grimace.

— Pas moyen. Aller écouter les bondieuseries de cette vieille folle, très peu pour moi.

— Promets-moi que tu vas y réfléchir, dit Joanna, qui se lève en faisant grincer sa chaise. Maintenant, si vous voulez bien m'excuser, je vais aller prendre une douche et manger quelque chose.

Chapitre 13
Glitter

Glitter se réveille sur le plancher du bus, le corps courbaturé. Elle cherche Ziggy à tâtons, mais ne trouve qu'un tas de couvertures repoussé contre les placards. Elle frissonne et se demande une nouvelle fois où est passé le matelas. Quelqu'un a dû le prendre pendant la fête, elle ne le reverra sans doute jamais.

Elle repense à ce que leur a dit Joanna, la nuit dernière. Mike est allé voir Mary Parker, puis il est mort. Elle a senti Autumn se crisper à côté d'elle, lors de cette discussion. Elles devaient penser à la même chose, Glitter en est certaine. Le fantôme des collines. L'esprit qui enlève les enfants qui s'aventurent trop loin dans la montagne…

Ridicule. Ce n'était qu'une histoire pour effrayer Mike, le petit citadin impressionnable. Elle ne se souvient même plus si elle a entendu cette légende ou si elle l'a inventée elle-même. Probablement un peu des deux.

Elle sort du bus et se dirige vers le Stover's. L'hôtel semble inoccupé. Elle prend quelques biscuits dans la cuisine et, pour éviter tout risque de tomber sur oncle Irving et tante Mae, se faufile silencieusement dans l'escalier, jusqu'à sa chambre.

Elle observe les photos encadrées disposées sur l'étagère au-dessus de son ancien bureau d'écolière. Son premier jour d'école primaire, sa mère et son père lui tenant la main. Elle doit avoir neuf ans et est habillée d'une robe cousue par sa mère avec des chutes de tissu, comme une Geraldine miniature. Le concert de la chorale. La remise des diplômes. Un long réquisitoire gravé en Kodachrome.

Elle ne peut s'empêcher de sourire. Comme elle a changé, depuis. Fini les queues de cheval et les cols amidonnés. Ses cheveux sont maintenant sauvages et ses jeans déchirés. Sunhawk les a décorés au marqueur et ils n'en sont que plus beaux.

Son regard se pose sur l'album photo rangé bien droit sur l'étagère, à côté de la série complète des romans « Alice Détective » et de cartes topographiques achetées en début d'année universitaire. L'album contient des photos de Maman quand elle était petite, et aussi de grand-mère. Elle le tire de l'étagère et s'assied sur le lit.

Elle apparaît alors. Grand-mère Cornelia. Elle observe Glitter depuis un vieux cliché sépia tout droit sorti d'un livre d'histoire. Maman est une petite fille de six ou sept ans, assise sur une chaise rehaussée, ses cheveux attachés et surmontés de rubans noirs. Grand-mère Cornelia se tient derrière elle, les mains posées sur le dossier. Son visage est figé dans un demi-sourire, confiant quoique légèrement tendu. Son regard est sévère. Elle porte une robe qui lui descend jusqu'aux genoux et des chaussures à talon bas.

Que lui est-il arrivé ? Qu'une telle personne puisse disparaître sans laisser de traces est difficile à imaginer. Il est également étrange que Glitter ne se soit jamais intéressée à elle. Elle avait ses autres grands-parents, du côté de Papa. Leur goût immodéré pour les chaussettes immaculées et un maintien convenable s'était avéré suffisamment pénible pour la tenir à distance de tout aïeul, quel qu'il soit.

Mais maintenant…

Elle retire la photo de Cornelia de la page avec le plus grand soin et la glisse dans la poche de son jean. Puis elle replace l'album sur l'étagère et réarrange les cartes qui ont glissé sur le côté. Elles sont si neuves, leurs couvertures et leurs arêtes si fraîches et si nettes. L'université. Elle sourit. Un diplôme de premier cycle en géo-ingénierie. Une aventure qui aura tourné court, c'est le moins qu'on puisse dire.

Elle passe sa main sur les romans d'Alice. L'un d'eux s'intitule *Alice et le diadème*. La couverture représente Alice en robe bleu marial et cheveux permanentés. Elle suit un type blanc accoutré comme un Amérindien en direction de la forêt. En haut d'une crête, une silhouette noire les observe.

Sans doute l'origine de cette histoire de fantôme[2]. Rien à voir avec grand-mère Cornelia et Mary Parker, ou les rumeurs qu'Autumn lui racontait à propos de Fort Rodman.

Glitter range le livre. Que ferait Alice ? Elle enquêterait sur le mystère avec ses amis, bien sûr, et appellerait le shérif pour mettre le méchant sous les verrous. *Mais voilà le hic, Alice.* Dans la vraie vie, vos amis ont leurs propres problèmes à régler, les méchants sont aux commandes et le shérif est corrompu comme les autres. Il préférera vous dénoncer pour vos activités antipatriotiques plutôt que d'enquêter sur la mort de votre cousin.

Elle redescend au rez-de-chaussée. Toujours aucun signe d'oncle Irving et de tante Mae, mais Maman est là, occupée à faire du chocolat chaud.

— Je peux en avoir aussi ?

Maman sourit et verse davantage de cacao dans la casserole.

---

[2] Le titre original de ce roman de la série Alice détective (Nancy Drew aux États-Unis) est *The Phantom of Pine Hill* (« le fantôme de Pine Hill »).

Alors que le lait s'apprête à bouillir, Glitter s'appuie nonchalamment contre la porte de la cuisine.

— Tu sais où vit Mme Parker maintenant ?

— À la maison de repos de Silver City, pourquoi ?

— Je voulais peut-être passer la voir. Mme Riley m'a proposé de m'emmener.

Maman sert une tasse de chocolat d'un geste lent.

— Tu veux rendre visite à Mme Parker ? Ça ne te ressemble pas.

— J'essaie juste d'être une bonne chrétienne. *Arrange-toi avec ça, Maman*. N'est-ce pas ce que font les filles comme il faut ? Rendre visite à leur ancien professeur ?

Maman lance à Glitter un regard en coin.

— N'essaie pas de m'embobiner. Tu as toujours détesté le catéchisme.

— C'est vrai, mais…

Elle s'arrête, essayant de trouver une explication convaincante :

— Ça fait partie de notre mouvement. L'importance de la communauté. On doit répandre l'amour partout, c'est notre mission.

— Lauren. Je ne sais pas exactement ce que toi et tes amis répandez, mais je te demande de bien vouloir laisser Mme Parker en dehors de ça.

Glitter manque de s'étouffer avec son chocolat. Ce dernier lui jaillit des narines et elle commence à tousser, cherchant un mouchoir de sa main libre. Maman a un sens de l'humour pour le moins audacieux. On le voit rarement à l'œuvre, mais quand c'est le cas, il ne manque pas de piquant. Pendant un instant, elle se demande comment les choses auraient pu être, si leurs générations respectives n'étaient pas devenues si distantes…

Maman met un coup d'arrêt à sa réflexion.

— En parlant de tes amis, j'aimerais que tu fasses quelque chose pour ces routards.

— Ces quoi ?

— Ceux… ceux qui ont des motos. Un autre est encore arrivé ce matin. Je ne les aime pas. Je préférerais qu'ils partent.

— Mais ils ne font rien de mal.

— Lauren, ils ne peuvent pas rester là.

Au fond, Glitter est d'accord. Mais si Maman veut les chasser, c'est surtout par conformisme.

— Tu t'es fait laver le cerveau, Geraldine, dit-elle. Tous les motards ne sont pas des hors-la-loi. Sid Thorsten a une moto, et c'est un adjoint du shérif.

— Sid Thorsten va à l'église. À mon avis, aucun de ces hommes n'a jamais mis les pieds dans la maison du Seigneur.

Et c'est reparti. Glitter prend une très grosse bouchée de pancake et fait exprès de la mâcher bruyamment.

— Ils n'embêtent personne, Maman.

Geraldine soupire et il est clair qu'elle s'efforce de garder son calme.

— Lauren. Je ne veux pas me lancer dans un débat politique. Je veux que ces gens quittent ma propriété. Je n'ai rien à ajouter à ce sujet.

Joanna arrive dans la salle à manger, visiblement pâle et épuisée. Elle refuse le petit déjeuner proposé et presse Glitter de prendre la route.

— Où est-ce qu'on va, alors ? demande-t-elle à Glitter alors que celle-ci grimpe à l'avant de la Datsun.

— La maison de repos de Silver City. Tout va bien ?

Joanna tressaille.

— Pas bien dormi, se contente-t-elle de répondre.

Elles font une halte à la station-service pour acheter deux gobelets de café fumant et deux parts de tarte aux pommes que la serveuse réchauffe au micro-ondes. Joanna mange la sienne en conduisant, levant son petit doigt et léchant la compote qui dégouline sur son poignet, le tout sans ralentir.

Au sortir des montagnes, des panneaux publicitaires commencent à apparaître le long de la route, annonçant armureries, tacos à prix réduits et essence bon marché en suivant la prochaine à gauche. L'autoroute bifurque à l'ouest et passe devant la grande mine de Freeport, dont les collines de sable blanc projettent un éclat aveuglant.

Silver City s'étend contre les Gila comme une broche épinglant le désert aux collines. Glitter a toujours aimé cet endroit ; les toits rouges des bâtiments de l'université, l'aire de stationnement pour les caravanes, la rue principale avec ses interminables rangées de maisons à deux étages, chacune peinte d'une couleur différente. On y trouve aussi des échoppes de potiers vendant des céramiques indiennes et des saloons reprenant les codes de l'Ouest américain, sans oublier le parc de Big Ditch, où l'on peut trouver de l'ombre même au plus fort de l'été.

La maison de repos est installée le long d'une route secondaire. Une haie d'arbustes borde le bâtiment, lui-même peint en gris terne. Un vieil homme occupe un banc installé devant l'entrée. Au moment de garer la voiture, Glitter aperçoit un long fil de bave qui s'échappe du coin de sa bouche.

Joanna entre, sourit et s'annonce à la réceptionniste comme une cousine éloignée des Parker. En route pour El Paso, elles passaient justement par ici – serait-il possible de faire une exception pour elle et Lauren, et d'autoriser une courte visite ?

La réceptionniste appelle une infirmière, laquelle fixe les pieds nus de Glitter d'un regard qui se passe d'explications. Elle leur demande de se laver les mains et les guide jusqu'à un salon rempli de canapés à franges et de rideaux roses. Des pensionnaires les regardent avec intérêt et, pour certains, une désapprobation manifeste. La plupart, cependant, restent absorbés par l'écran de télévision.

Puis Sainte Mary apparaît. La gorge de Glitter se serre en la voyant. Comment une personne peut-elle changer à ce point en l'espace d'une décennie ? Dans son souvenir, sa professeure était une grande femme aux bras forts et à la taille épaisse, toujours enveloppée dans des robes boutonnées et des chemises à col.

La silhouette de Mary Parker est aujourd'hui informe, sa chair affaissée sous les boutons de son chemisier froissé. Ses cheveux, autrefois soudés à sa tête comme un casque, sont devenus des mèches grises qui flottent autour d'elle comme des fumerolles.

Elle s'assied à côté de Joanna, qui continue à lui sourire.

— Mme Parker, dit-elle doucement. Regardez qui est venue vous voir. Lauren Weiland, votre ancienne élève. C'est une amie de Mike.

Mme Parker regarde dans leur direction, semblant ne pas les voir.

— Jeremy vient aussi ?

Sa voix, qui sonnait jadis comme une cloche d'église, est fluette et nasillarde.

— Non, il ne viendra pas, dit Joanna sur un ton sérieux. Mais vous vous souvenez sans doute d'un jeune homme nommé Mike qui…

— Lauren Weiland ! Tenez-vous droite, je vous prie.

Glitter tressaille.

— Oui, madame Parker.

Joanna sourit.

— Lauren aimerait en savoir plus sur sa grand-mère. Je crois que vous étiez bonnes amies ?

Le regard de Mme Parker papillonne dans la pièce, puis se pose sur Lauren.

— Tu es la petite Geraldine ?

— Non, Geraldine est ma mère, dit Glitter en sortant la photo, qu'elle lui tend. Vous vous souvenez de ma grand-mère ? Cornelia Stover ?

— Cornelia…

Mme Parker fixe la photo, mais ne semble se souvenir de rien.

— Du Stover's Hotel.

— Oh, oui. Ce George Stover, quel blanc-bec. « Stover's un jour, Stover's toujours », c'est ce qu'il avait écrit sur son panneau publicitaire. Emory a fait un barouf de tous les diables quand il l'a vu, accroché au passage à niveau.

— Quand était-ce ? demande Joanna.

— La malheureuse le faisait repeindre chaque année. Pauvre Cornelia, veuve à quarante ans. Et avec un enfant, en plus. Elle a fait ce qu'elle a pu, vous savez.

Glitter se penche en avant.

— Que voulez-vous dire par là ?

— Des gens louches dans son entourage. Des femmes de mauvaise vie, des Indiens. Je lui conseillais de ne pas exposer sa fille à ce genre de personnes.

Les yeux de Mme Parker se mettent à briller et sa voix devient un murmure :

— Emory l'a chassé du Bonanza, tu sais ? Si j'étais toi, j'éviterais de lui servir de l'alcool fort. Cet homme, quel malappris !

— Qui ça ?

— Tomkin, dit la vieille femme en esquissant un sourire. Ebenezer Tomkin.

Glitter ravale un cri de surprise. *Ce nom…* Ce n'est pas la première fois qu'elle l'entend. Mais c'est une légende. *Juste une légende.*

— Je me demandais…, commence-t-elle lentement. Vous vous souvenez de l'expédition de ma grand-mère dans les montagnes ?

Une grimace déforme le visage de Mme Parker.

— Chuuut. C'est un secret. Quelqu'un pourrait lui voler sa mine.

— Ne vous en faites pas, la rassure Joanna. Nous sommes de son côté.

— L'or l'a rendue folle. Les gens vont croire que tu as perdu l'esprit, si tu fais ça, c'est ce que je lui ai dit. Et avec un Indien, en plus. C'est trop dangereux. Emory a piqué une sacrée crise quand il a su que je l'avais laissée prendre la mule. Toute la ville était en émoi.

— Vous parlez de Lonan ? demande Glitter.

Joanna lui lance un regard perçant.

— Un voleur et un profiteur, dit Mme Parker. Impossible de lui faire confiance dès qu'il s'agit d'argent.

— Que lui est-il arrivé ?

— Dites, où est Eugene ? dit Mary Parker en regardant autour d'elle, un plissement d'inquiétude barrant son front. Où sommes-nous ?

— À Silver City, dit Joanna en tapotant la main de la vieille femme. Lauren Weiland est venue vous rendre visite.

Mme Parker sourit.

— Oh, oui. La petite fille de Nellie. Mon Dieu, comme tu as grandi. Qu'est-ce que tu voulais, encore ?

Glitter passe ses mains entre ses genoux.

— Vous alliez nous parler de ma grand-mère. Cornelia Stover.

— Cornelia est une femme secrète, ça oui. Les hommes disent que les femmes ne savent pas garder un secret, mais nous le savons, chérie. Nous avons gardé ce secret. Je me suis toujours demandé si…

— Si quoi ? demande Glitter.

— Chuuut, Geraldine. Ta mère aurait dû être plus prudente.

Joanna se penche en avant.

— Cornelia a disparu, c'est bien ça ?

— Elle s'est glissée dans la nuit comme une voleuse. Elle est folle. Revendiquer la concession du vieux Tomkin… Elle reviendra riche ou ne reviendra pas du tout. C'est ce qu'Emory a dit.

Sa voix s'évanouit dans un murmure.

— C'est de ça que vous avez parlé avec Mike ? Vous vous souvenez qu'il est venu vous rendre visite…

Mme Parker détourne le regard.

— Pourriez-vous être gentille et dire à mon fils de rentrer ? Il est resté dehors assez longtemps.

— Mais, est-ce que Mike…

— Je suis fatiguée. Je crois qu'il est temps que vous rentriez chez vous, jeune fille.

Joanna soupire et se tourne vers la porte, mais Glitter ne peut se résoudre à abandonner aussi facilement.

— Vous ne nous avez pas dit ce qui était arrivé à Lonan.

La vieille femme touche la nappe de ses doigts. Ses mains tremblent. Son regard se perd au loin, vers la fenêtre et les arbres.

— Il a dit que ce n'était pas un meurtre, chuchote-t-elle. Mais je n'ai jamais cru un seul des mots qui sortaient de cette bouche.

— Qui ? demande Glitter, la gorge sèche. Qui a dit ça ?

Mme Parker reste silencieuse. Ses ongles s'enfoncent dans la frange de dentelle de la nappe, en déformant la fragile architecture.

— Emory, appelle-t-elle. Emory, s'il te plaît, mets un terme à tout ça.

— Tout va bien, s'empresse de dire Joanna. Tout va bien.

Mais la voix de Sainte Mary s'élève jusqu'à se muer en hurlement.

— Le Seigneur a dit que le méchant ne connaîtra pas la paix.

Un hurlement qui se poursuit alors que l'infirmière arrive en courant.

Chapitre 14
Glitter

Elles traversent les montagnes dans l'autre sens. Glitter pose ses pieds nus sur le tableau de bord et regarde la poussière du désert céder la place aux herbes touffues. Elle sort une tablette de chewing-gum froissée de sa poche et la fourre dans sa bouche.

— Excellent, dit-elle tout en mâchant. Ma grand-mère était vraiment sensas.

— Comment ça ? demande Joanna.

— Tu n'as pas entendu ce que Sainte Mary a dit ? Grand-mère Cornelia a dû s'associer avec des gens louches pour s'en sortir. Des femmes faciles et des escrocs. Elle avait une communauté à elle, tous réunis pour prendre le taureau par les cornes. Ma grand-mère était une hippie de la première heure. Maintenant, je sais d'où je tiens ça.

— D'où tu tiens quoi ?

— Ce besoin de faire communauté. On est des pionnières, elle et moi.

Elle mâche énergiquement son chewing-gum. Joanna soupire.

— N'oublie pas que cette histoire a l'air de s'être mal terminée. Mme Parker a parlé d'un meurtre.

— Non, elle a dit que ce n'était *pas* un meurtre. Et de toute façon, elle a perdu la boule.

— Elle semblait plutôt bien se souvenir du passé. Quel est le nom qu'elle a mentionné ? Thomas ?

— Je ne me souviens pas.

— Tomkin, c'est ça. Ebenezer Tomkin. C'est drôle, j'ai déjà entendu ce nom quelque part. Je crois que M. Parker m'en a parlé.

Elles montent encore et la pente se fait plus raide. Glitter retire ses pieds du tableau de bord.

— De vieilles légendes stupides, dit-elle. Comme celle du fantôme.

— Le quoi ?

— Juste une histoire avec laquelle on faisait peur à Mike. Si tu t'enfonces trop profondément dans les collines, le fantôme te trouvera et t'enlèvera.

Joanna tapote le volant de ses doigts.

— Mary Parker a dit que ta grand-mère voulait revendiquer la concession du vieux Tomkin, qu'elle aurait retrouvée. Et elle aussi mentionné l'or. « L'or l'a rendu folle », c'est ce qu'elle a dit.

— C'est Mme Parker qui est folle.

— Oui, mais…

Joanna s tait un instant, puis négocie prudemment la suite :

— J'ai parlé à quelqu'un l'autre jour qui tenait manifestement à ce que je sache qu'il n'y avait pas d'or dans ces montagnes, malgré ce qu'en disent les gens de Boldville.

— Tu vois, c'est juste une légende, dit Glitter en levant les yeux au ciel. Bon sang, je perds le fil. Est-ce qu'on a appris quelque chose de nouveau sur Mike ?

— Mme Parker ne semblait pas se souvenir de lui. Ou peut-être ne voulait-elle pas s'en souvenir.

L'excitation s'échappe de Glitter comme de l'eau de pluie s'écoulant d'une rigole.

— Donc on est revenues à la case départ.

— Je me demande si Mike a découvert…, commence Joanna.

Elle s'arrête en fronçant les sourcils, semble essayer de dénouer le fil de ses pensées, puis reprend :

— Il serait intéressant de savoir quel rôle ce Lonan a joué dans la vie de ta grand-mère.

— Il la rend encore plus géniale ! Elle ne se souciait pas des questions de race ou de croyance. Rien à voir avec tous ces fascistes de Boldville.

— Je ne suis pas sûre que ta grand-mère ait embauché Lonan par seul souci de justice sociale. C'était la Grande Dépression, à l'époque. D'après ce que Mme Parker a dit, le Stover's avait de gros soucis financiers. J'imagine qu'un Amérindien demandait un salaire en dessous de la moyenne.

— Pfff, toujours l'argent. La racine de tous les maux. Dieu merci, le Mouvement s'en est affranchi.

Joanna lui jette un regard en coin.

— Vraiment ? Tu penses réellement pouvoir vivre sans argent ?

— Bien sûr, dit-elle en désignant le ciel et les montagnes d'un geste de la main. Il n'y a qu'à voir ce monde, meuf. L'argent n'apporte rien de bon. La guerre non plus. Les carrières, les emplois, l'économie, ça ne vaut plus rien. Se marier, gagner des dollars et les économiser pour se payer la dernière berline. Tout ça est si… artificiel. Un mensonge de plus. Ce pays s'est construit sur les mensonges du capitalisme.

— Le capitalisme a fait de notre pays la nation la plus riche et la plus libérale du monde, répond Joanna. La liberté qu'il apporte… est une des valeurs américaines les plus précieuses.

— Tu dis ça parce que Nixon, Ford et tous ces connards de bourgeois d'Hollywood t'ont lavé le cerveau. Les soi-disant valeurs américaines, c'est rien que de la propagande. Et maintenant, cette guerre inutile qui tue des millions de personnes. Une génération entière assassinée par notre gouvernement au nom du consumérisme.

— Ce n'est pas vrai, Lauren. Le gouvernement ne tue pas les gens.

Glitter se redresse, indignée.

— Oh, vraiment ? Et il s'est passé quoi, la semaine dernière, alors ? La garde nationale qui fait irruption à l'université d'État de Kent et qui tire sur la foule. Quatre étudiants sont morts, Joanna. Quatre jeunes comme nous. Juste parce qu'ils manifestaient pour la paix. Nous voulons tous la paix, mais eux nous déclarent la guerre.

Joanna se mord la lèvre.

— Écoute, dit-elle doucement. Ce qui s'est passé à l'université de Kent… On ne connaît pas encore toute l'histoire. Je suis sûre qu'il y aura une enquête approfondie.

— Pas dans un pays fasciste.

— Lauren, l'Amérique est une démocratie.

— Quelle sorte de démocratie assassine ceux qui osent la critiquer ? C'est du fascisme. C'est pour ça que moi et les autres, on veut laisser tomber tout ça. Au lieu d'être des moutons du gouvernement, on travaille les uns pour les autres. Plus de possessions, plus d'esprit de compétition, plus de domination verticale. Seulement l'amour, le bonheur et la paix.

— On dirait une communiste.

— Personnellement, je n'ai rien contre le communisme.

La bouche de Joanna s'ouvre en grand.

— Pardon ? Le communisme menace tout ce en quoi nous croyons, débite-t-elle à toute vitesse.

Glitter lève les yeux au ciel et l'interrompt.

— Écoute, Yoyo. Tu crois que le capitalisme vaut mieux ? Ce pays est en déficit massif. La guerre nous a coûté cent soixante-huit milliards de dollars rien que l'année dernière. Cent soixante-huit milliards, gémit-elle. Tu imagines combien d'arbres on pourrait planter avec cet argent ?

Comme pour illustrer ses propos, la mine de Breakwater apparaît devant elles, le trou béant qu'elle creuse dans le flanc de la montagne aussi terrible qu'une mutilation de guerre.

— On devrait vraiment faire une manifestation là-bas, dit-elle en faisant un geste en direction de la mine. Un sit-in pour les forcer à arrêter ce massacre.

— Ils ne vous laisseraient même pas entrer dans le parking.

— On est dans un pays libre. On peut aller où on veut.

— Peut-être, répond Joanna en prenant une profonde inspiration. Et parfois, les gens se font enlever par un fantôme.

— Ridicule, répond Glitter en reposant les pieds sur le tableau de bord. Cette histoire de Tomkin, c'est juste une légende.

Elles arrivent à l'hôtel juste à temps pour voir une voiture tirant une caravane négocier prudemment la montée vers les collines. Le cœur de Glitter bondit à la vue de la roulotte peinte en orange et couverte de spirales bleues. *Ils ont reçu notre appel. Ils sont là !* Elle saute de la Datsun avant que Joanna l'ait complètement arrêtée et rejoint la communauté au pas de course. La voiture et la remorque s'arrêtent dans un tremblement. La porte s'ouvre et Moonbeam apparaît, vêtue d'une robe verte et violette.

Glitter se jette dans ses bras ouverts.

— Ma belle, souffle Moonbeam de sa voix douce comme celle d'une mère. Merci de nous accueillir chez toi.

— Merci à vous d'être venus. Beaucoup sont partis depuis que Mike…, balbutie Glitter, puis elle ravale ses larmes et ajoute : Ça a plombé l'ambiance.

Moonbeam joint les paumes de ses mains.

— Je sais, chérie. Tu dois être en deuil. Est-ce qu'il va y avoir une cérémonie ?

— Oui, vendredi. Mais mon oncle ne veut pas que j'y aille.

— Qu'allons-nous faire pour honorer sa mémoire ?

L'âme de Glitter s'illumine.

— Super idée ! On devrait faire une fête pour lui. Mike mérite une fête. On va faire notre truc de notre côté, meuf.

Leon, à qui doit appartenir la caravane, les rejoint.

— Notre truc ? Non, ce serait trop égoïste. On devrait faire quelque chose pour tout le monde.

— Comme un sit-in, propose Moonbeam. Ou un happening.

L'excitation bouillonne sur les lèvres de Glitter.

— Oh oui, un happening ! Vous savez quoi ? Il y a ce stupide festival en ville, samedi. On devrait en profiter pour organiser quelque chose.

— Hé, ça, c'est une chouette idée. On pourrait préparer des banderoles et écrire un discours. Les gens là-bas ne vont pas comprendre ce qui leur arrive.

— Ça pourrait être comme la Marche de Washington, dit Glitter en essayant de se rappeler l'article qui en parlait dans le journal. Cent mille personnes sont venues à leur rassemblement antiguerre la semaine dernière. On devrait faire passer le mot dans tout Boldville. Tu imagines ?

— Il n'y a même pas autant de personnes dans tout le comté, tempère Moonbeam.

— Non, mais si on montre l'exemple, d'autres suivront. Au moins certains d'entre eux, les plus jeunes. Ceux qui ne se sont pas encore fait laver le cerveau.

Leon acquiesce.

— Quel serait le message ?

— Paix, harmonie cosmique et justice pour Mike.

Moonbeam sourit tristement.

— Compris.

Leon fait reculer la caravane près du feu de camp. Glitter attend qu'il ait abaissé les stabilisateurs, puis ils s'étreignent. Les bras de Leon sont durs comme de la pierre. À la différence de la plupart des gars du Mouvement, il déteste la malbouffe et fait de la musculation. Il sait comment fabriquer des chaises et souder des tuyaux. Il est capable de travailler comme une bête de somme sur les projets auxquels il croit et ne se défile jamais devant les corvées. Avec Leon à bord, la communauté va enfin pouvoir avancer.

— Je suis vraiment désolé pour Mike, dit-il doucement après qu'elle a desserré son étreinte. Un très mauvais trip, pour sûr.

— Je mène ma petite enquête.

Elle les fait asseoir près du feu et leur raconte ce que Joanna a découvert.

— Elle pense aussi que c'est bizarre qu'il soit mort d'une overdose, conclut-elle.

— Ça a l'air louche, en effet.

Leon, qui connaît les pilules mieux que personne, jette un coup d'œil à Dutch et à ses amis, qui se détendent avec un pack de bières en haut de la colline.

— Mais c'est pas impossible, finit-il par dire. Tu penses que l'un d'eux a apporté cette dope ?

Le regard de Moonbeam se rétrécit.

— Ouais, c'est quoi le problème avec ces gars ?

Glitter hausse les épaules.

— Je ne sais pas. Ils vont et viennent.

— Qu'est-ce qu'ils font ici ?

— Ils font leurs trucs. Tu sais comment ils sont. Tout ce qu'ils parviennent à grappiller, ils le gardent pour eux.

— Pourquoi vous les laissez traîner avec vous ?

— Parce que…

Aucune réponse ne lui vient. Parce que Ziggy pense que c'est bien. Parce que Dutch fait ce qu'il veut, et qu'il est plus facile de le laisser faire que de s'opposer à lui. Parce que quelque chose dans son for intérieur lui dit qu'elle ferait mieux de se taire, sinon…

Elle se sent un peu étourdie.

— J'aimerais qu'ils nous aident un peu plus, c'est sûr. Mais qui sommes-nous pour les juger ?

Le regard de Moonbeam reste sombre.

— Ce n'est pas le genre d'endroit où les Blood Brothers ont l'habitude de traîner. Il n'y a même pas de bar dans cette ville, non ?

— Seulement au Grand Bonanza Hotel, mais le shérif ne les laisse pas entrer.

— Alors pourquoi est-ce qu'ils restent ici ?

Dutch est trop loin pour les avoir entendus, pourtant il s'appuie sur un bras et examine les nouveaux arrivants, son expression indéchiffrable derrière ses lunettes de soleil.

— Peu importe, lance Leon en haussant les épaules. Je vais préparer la roulotte. Moonbeam, tu dors avec moi ?

— Autumn est dans la cabane, suggère Glitter. Il y a sûrement une place pour toi.

— J'ai ma tente, répond Moonbeam.

Elle se dirige vers la voiture, en sort le tapis de yoga brodé qu'elle a ramené d'Inde et ajoute :

— Maintenant, excusez-moi, mais j'ai besoin de me délasser un peu. À plus tard, les enfants.

L'arrivée de renforts donne un coup de fouet à Glitter. Elle ramasse et jette tout un tas de canettes de bière, puis essaie de redresser le cadre du tipi en bois qu'ils sont en train de construire. Elle n'y parvient pas, mais Leon et Moonbeam sont là, maintenant. Ils y travailleront tous ensemble demain.

Puis elle se souvient. Demain, c'est vendredi. L'enterrement de Mike.

Et le lendemain, samedi. Le centenaire de Boldville.

La pensée de la fête à venir l'électrise. Ils vont faire naître quelque chose. Ils initieront un changement. Depuis Altamont, elle n'a pas été capable de retrouver l'énergie pour s'intéresser vraiment à quoi que ce soit. Mais maintenant…

Elle scrute les collines et aperçoit les Blood Brothers se diriger vers leurs Harley. Ils se crient quelque chose, mais elle est trop loin pour les entendre clairement. Le rugissement de leurs moteurs résonne dans les collines, vibrant au plus profond des entrailles de Glitter. Pourquoi ces maudits engins doivent-ils être si bruyants ?

Dutch et ses amis s'éloignent sur la route. À en juger par le nombre de canettes vides éparpillées sur la colline, ils sont probablement partis en chercher de nouvelles. Elle espère qu'ils passeront la nuit autre part. Cela lui donnerait l'occasion de passer du temps avec Ziggy. Où est-il, d'ailleurs ?

Elle le trouve à l'arrière du bus en train de fumer un joint. La fatigue de la journée s'abat tout à coup sur ses épaules, et elle s'allonge à côté de lui.

— Tu veux une taffe, bébé ?

Il lui tend le joint et elle tire une profonde bouffée. Le monde autour d'elle s'irise légèrement. Elle pose sa tête contre son épaule et ferme les yeux.

— Tout va bien, bébé ? demande Ziggy d'un air rêveur.

— Ouais, mec. Leon et Moonbeam sont là.

— Je sais. Vraiment groovy. Je suis si fier de toi, *chica*.

— Pourquoi ?

Il lui reprend le joint.

— Pour tout ce que tu fais ici. Comme rassembler tout le monde et prendre soin de la communauté. Tu es une fille intelligente.

Le cœur de Glitter se réchauffe.

— Tu vas bien, toi ? Tu es resté dehors toute la nuit, non ? Je ne t'ai pas vu dans le bus ce matin.

— Un copain avait besoin que je lui rende service.

— Dutch ?

— Ouaip. Un coup de main rapide, pas de quoi s'inquiéter.

Elle s'allonge sur le ventre et reprend le joint.

— Ziggy, tu pourrais parler à Dutch ? Lui et les autres doivent faire plus de choses pour la communauté. Ils ne peuvent pas se contenter de traîner là à ne rien faire.

— Pourquoi tu ne leur dis pas toi-même ?

Elle prend une taffe.

— Tu sais comment ils sont.

— Tu parles comme ta mère.

— Et toi t'as l'air stone, susurre-t-elle en riant doucement. Tu as fumé toute la journée ?

— J'ai surtout dormi toute la journée.

— Vraiment ? Et tu étais où ce matin ?

— Je pourrais te demander la même chose.

— Dans mon ancienne chambre. J'avais rencart avec George Harrison.

— Et alors ? Il a été bon ?

Elle rit plus fort.

— Difficile d'assurer quand on est en papier.

— Ah, je vois ton problème.

Il passe un bras autour d'elle et elle ferme les yeux. Elle veut se perdre dans l'amour comme avant. Quand c'était nouveau et palpitant.

Mais, comme souvent ces derniers temps, elle a soudain une conscience aiguë de tout ce qui l'entoure. La porte entrouverte du bus. Le sol dur sous la mince couverture. Les ongles de pied de Ziggy, coupants et rugueux, qui lui griffent les tibias. *Cette sensation étrange.* Pas moyen qu'une fille se mette en condition dans cette ambiance.

Elle écarte ses jambes des siennes.

— Bref, marmonne-t-elle. Parle à Dutch, d'accord ?

Il secoue la tête.

— Bébé, je pense que tu devrais être un peu plus gentille avec lui.

Elle se fige.

— Comment ça ?

— Sois juste toi-même. Ne sois pas si bornée.

— De quoi tu parles ?

— Tu sais bien, dit-il en rouvrant les yeux. Détends-toi. Sois libre. Amuse-toi un peu avec eux, un soir.

— Mais, je… C'est avec toi que j'ai envie de m'amuser, bébé.

— Pas ce soir, j'ai besoin du bus.

Un léger pincement remue son estomac. *Encore ?*

— Pour quoi faire ?

— Des trucs.

— Quel genre ?

Il lève les yeux au ciel, l'air agacé.

— Je dois aider Dutch et ses copains. Travail de livraison, tu vois le genre ?

Ses entrailles se glacent.

— C'est mon bus, dit-elle doucement.

Il se retourne et l'embrasse sur la bouche. Son haleine empeste l'herbe et la fumée.

— J'aime quand tu fais ta petite-bourgeoise, bébé. Écoute, fais pas d'histoires, d'accord ?

— D'accord.

— T'es la meilleure, ma belle.

Elle s'allonge à nouveau et enroule la couverture autour d'elle. *Sa belle.* Si Moonbeam savait à quel point ces mots la rendent heureuse, elle lui ferait la leçon en lui répétant qu'elle n'appartient à personne, et qu'elle ferait mieux de se méfier des hommes qui lui disent autre chose.

Pourtant, elle préfère appartenir à quelqu'un qu'à personne. Parce que c'est peut-être ça, qui n'allait pas. N'être la belle de personne et rester toute seule dans son coin.

Elle se rapproche du corps de Ziggy et tire la couverture sur elle pour qu'il ne la voie pas pleurer.

Chapitre 15
Joanna

Une fois dans sa chambre, Joanna s'allonge sur le lit et allume une cigarette. La nicotine vient lentement irriguer son sang, détendant les muscles de son cou.

Elle a été nerveuse comme un serpent acculé toute la journée. Une tension s'est insinuée en elle, un sentiment de crainte, depuis qu'elle a revu Mme Parker.

Quelque chose ne tourne pas rond dans cette ville, mais elle n'arrive pas à mettre le doigt dessus. Ça ne vient pas des motards, même si d'autres ont récemment rejoint la communauté – leurs engins sont visibles au loin, à mi-chemin du haut de la colline. Et il ne s'agit pas non plus de l'angoissant dénouement de leur entrevue avec Mme Parker. Ce qui cloche, c'est la tristesse qui émane de Geraldine Weiland. Les zones d'ombre qui entourent les articles de presse sur Cornelia Stover. Et c'est Lauren, si impliquée et si enthousiaste à un moment, et si fuyante l'instant d'après.

La sonnerie du téléphone la fait sursauter. Elle recule et le regarde fixement. *Dwayne.* Son souvenir, comme un coup de poing au plexus. *Salut, petite souris. Je t'ai enfin trouvée. Je t'ai manqué ?*

Elle prend le récepteur avec précaution et le porte à son oreille. Elle entend un grésillement, puis une voix familière.

— Allô ? Allô ! Bon sang, Riley, apprends à te servir d'un téléphone.

Elle presse le récepteur contre son oreille.

— Inspectrice Yates.

— Qu'est-ce que tu fous, Riley ? Toujours dans ce trou à rats ?

— Oui.

— Et pas du genre à te tenir tranquille, pas vrai ?

— Pardon ?

— Un certain shérif Nickel, de Boldville, a appelé ce matin. Il t'a décrite comme ayant un comportement suspect.

— Quoi ? Dans quel sens ? questionne Joanna, resserrant instinctivement ses genoux l'un contre l'autre.

— Apparemment, tu fouines dans les archives de la ville. Et on t'aurait vu en voiture avec des hippies.

— Je ne fouine pas, ce sont des archives publiques.

Elle serre les poings et un frisson glacé parcourt son dos. Le shérif devait être sur sa piste, et elle ne l'a même pas remarqué.

— Co… comment a-t-il su qu'il devait vous appeler ?

— Il a vérifié ta plaque d'immatriculation. Les gars du registre lui ont dit que ton mari était de la police.

— Je… je vois.

— Riley, dis-moi franchement. Tu t'es tirée, pas vrai ?

Les larmes lui serrent la gorge.

— Uh-huh.

— Et tu ne veux pas que ton mari te retrouve.

— Oui.

— Alors pourquoi tu traînes avec cette bande de hippies ? Une technique pour braquer les projecteurs sur toi ?

— J'essaie de comprendre ce que trafiquent les motards, dit-elle d'une voix éteinte. Ils sont de plus en plus nombreux. J'ai pensé que si je rendais un ou deux services à ces jeunes, ils pourraient peut-être…

— Bon sang, Riley, grogne Sheila Yates.

Elle actionne son briquet, puis reprend :

— Des nouvelles de ce garçon qui est mort ?

— Mike.

— C'est ça. Le shérif Nickel a pris soin de me faire remarquer que sa mort était purement accidentelle.

— Je pense qu'elle ne l'était pas, lâche Joanna, comme par réflexe.

Silence au bout de la ligne. En pensée, Joanna voit le sourire gourmand de l'inspectrice se dessiner sur son visage.

— Exactement, dit Sheila Yates.

— Qu'est-ce que vous voulez dire ?

— Riley, écoute-moi. Ce shérif n'est pas clair, je le sens. Alors j'ai fait un tour aux archives. Bob Nickel a le cul aussi propre qu'un bébé de slogan publicitaire. Ce qui veut dire qu'il est probablement surchargé de merde, mais enveloppé dans tellement de couches de coton que personne ne veut vraiment savoir ce qu'il y a à l'intérieur. Mais pour ce qui est de son père, c'est une autre histoire.

Joanna déglutit.

— Son père ?

— Le shérif Josiah Nickel. Retraité en 1956. Jamais contesté à aucune élection. Un dossier impeccable, les félicitations du commissaire de district, etc., etc. Mais une plainte a été déposée contre le vieux Nickel, le 4 août 1944. Pour avoir omis d'enquêter sur une mort suspecte.

— Oh.

On entend un bruissement de papier, puis l'inspectrice reprend :

— Et je suis la putain de mère Noël aujourd'hui parce que j'ai la déposition juste là, sous les yeux. La plainte a été déposée par un certain Herb Eckerman de Rexburg,

Idaho, au nom de ses fils, Shane et Wally. Satanés prénoms de sitcoms qu'ils ont là-bas.

— À quel sujet ?

— Quelques années plus tôt, les garçons ont fait une randonnée dans les Gila et ont trouvé un crâne dans un endroit appelé Fort Rodman.

— Fort Rodman ?

— Riley, ça irait beaucoup plus vite si tu ne m'interrompais pas toutes les deux secondes. Les gosses ont signalé leur découverte au shérif, qui a trouvé d'autres ossements et les a identifiés comme étant ceux d'un jeune homme. Cependant, aucune enquête criminelle n'a été menée.

— C'était peut-être une mort natur…

— Ce n'est pas tout, reprit l'inspectrice en remuant à nouveau des papiers. En 1944 donc, Herb Eckerman a demandé le rapport de police original de Josiah Nickel, mais… abracadabra, le dossier entier avait disparu. Eckerman a déposé une plainte officielle concernant la gestion de l'enquête. Il a accusé le shérif d'avoir couvert un meurtre.

Joanna ferme les yeux en se souvenant des mots de Mme Parker. *Il a dit que ce n'était pas un meurtre…*

— Avant que tu demandes, poursuit Sheila Yates, la plainte n'a jamais abouti. Notre département a contacté Eckerman pour avoir davantage d'informations, mais on n'a jamais obtenu aucune réponse de sa part. Après dix-huit mois, la plainte a été classée.

— Juste comme ça ?

— Tu connais la musique. Les shérifs sont en dehors de notre juridiction. C'est tout ce que j'ai pu trouver.

— Mais qu'est-ce que ça veut dire ?

— Peut-être rien, répond l'inspectrice, puis elle ajoute, en baissant la voix : Mais il semble que quand on est shérif de Boldville, un certain manque d'intérêt pour les jeunes hommes morts fait partie de l'attirail. Alors si tu dois essayer de découvrir ce qui est arrivé à Mike, je te conseille de ne pas trop te fier à notre estimé collègue Bob Nickel. En fait, je pense que tu ferais mieux de mener ton enquête en l'évitant aussi soigneusement que possible.

Enquête. Joanna presse le récepteur contre son oreille.

— Reçu, chef.

— Bien. Écoute, Riley. Je vais parler au commissaire pour qu'il passe ton mari en équipe de nuit, mais c'est tout ce que je peux faire. L'information va finir par arriver à ses oreilles, tu t'en doutes.

— Oui. Merci beaucoup.

Sheila Yates grogne :

— C'est donnant-donnant. Garde un œil sur ces motards. Il n'arrive jamais rien de bon quand ils sont dans les parages.

Joanna repose le combiné et se frotte les tempes. Fort Rodman. *Comme par hasard.*

Elle allume une autre Virginia Slim et sort les photocopies de la carte que Danny Borrego étudiait à la mairie. Fort Rodman. Le petit carré se détache nettement sur l'étendue vierge qui l'entoure. Elle replie soigneusement la carte et la pose sur la table de chevet, à côté de ses clés de voiture. Un nouveau tour dans les montagnes s'impose. Et le plus tôt sera le mieux.

Le lendemain, aux premières lueurs de l'aube, elle grimpe dans la Datsun et feuillette l'atlas routier jusqu'à trouver la direction des Gila. Comparer la vieille carte avec la nouvelle s'avère difficile. Elle trouve très peu de détails auxquels s'accrocher, mais elle distingue le mont Escondido, à l'ouest, et aussi les méandres de la rivière

San Francisco. Fort Rodman ne doit pas être loin de Reserve, quelque part autour de la Route 180.

Conduire ne l'apaise pas, cette fois. Elle se surprend à jeter un coup d'œil dans le rétroviseur, s'attendant presque à voir la voiture du shérif surgir au loin. Il a peut-être veillé toute la nuit pour la prendre en filature. Il va l'arrêter et prévenir Dwayne. Et que fera-t-elle, alors ?

À l'époque où elle était flic, elle se souvient que les shérifs avaient un statut quasi mythique auprès des jeunes recrues. Leur image de derniers rangers solitaires d'Amérique leur donnait une aura de mystère avec laquelle aucun policier ne pourrait jamais rivaliser. Aucun procureur de district, aucun service de police ne les surveille. Ce sont des légendes vivantes qui tiennent haut l'étendard de la justice dans les coins les plus reculés de cet immense pays. Et ils sont élus par la population du comté. Un jour, elle avait demandé à Dwayne si donner autant de pouvoir à un seul homme était une bonne idée. Elle se souvient encore de sa réponse – et sans s'en rendre compte pose sa main sur son bras. *Mais qu'est-ce que tu peux être conne, Joanna. La démocratie, c'est forcément ce qu'il y a de mieux.*

En quittant la route principale, elle réalise peu à peu à quel point les Gila sont extraordinairement isolées. Dwayne n'aime pas la campagne et ses parents ne passaient leurs vacances que là où télévision et air conditionné faisaient partie de l'équipement de base. Elle rejoint la Route 180, qui serpente à travers les montagnes – à gauche, à droite puis à gauche encore, sur des kilomètres et des kilomètres.

Ici et là, de petits chemins quittent la route principale. Elle consulte son atlas routier, mais aucun n'y est signalé. Ceux qui partent vers l'ouest rejoignent sans doute l'Arizona, par-delà les crêtes. Peut-être une porte de sortie, si Dwayne découvre où elle se cache. Mais elle pourrait tout aussi bien faire une mauvaise rencontre ou, pire, mal prendre un virage et faire basculer la voiture dans une gorge.

Elle s'engage sur une place de parking surplombant la rivière San Francisco pour faire demi-tour et rebrousse chemin. Elle traverse Alma, un hameau dont les habitants disposent seulement d'une quincaillerie, d'une église et, curieusement, d'un magasin de sacs à main et de chaussures. Au-delà s'étend un plateau parsemé d'armoises. Comme elle le traverse, son attention est attirée par une tache de couleur. Elle plisse les yeux et freine brusquement.

Est-ce que c'est... le bus de Lauren ?

Elle quitte la route avec précaution et s'engage sur un chemin saturé d'ornières. Le bus est arrêté au milieu de nulle part. Une petite voix lui murmure de s'éloigner, mais elle ne l'écoute pas. Ce n'est pas comme si elle était dans le désert à proprement parler. Ce n'est qu'une étendue de sable, d'ailleurs entourée de collines toujours vertes et luxuriantes.

Tandis qu'elle s'approche, Ziggy apparaît à l'arrière. Elle arrête la voiture et descend.

Ziggy tombe à genoux en la voyant.

— Alléluia, dit-il en guise de salut. Ma sauveuse en personne.

— Ziggy. Tout va bien ?

— Ce tas de ferraille ne veut plus démarrer.

— Qu'est-ce qu'il a ?

— Le moteur. J'en sais rien. Il m'a complètement lâché, meuf. Glitter va me tuer.

— Qu'est-ce que tu fais ici ?

Un moment d'hésitation.

— Je me balade.

— Si tôt le matin ?

Ziggy regarde ses orteils sales qui dépassent de ses sandales, l'air sincèrement déçu.

— Je devais rejoindre des amis. Un trip scénique. Mais ça m'est tombé dessus comme ça. J'ai passé toute la nuit ici. J'ai bien cru que j'allais mourir de froid.

— Tu t'en es pas trop mal sorti, on dirait. Passe-moi les clés.

Il la regarde fixement.

— Pour quoi faire ?

— Juste vérifier le moteur.

Elle allume le contact et le bus émet un gémissement fatigué. La batterie est à plat, c'est sûr, mais il y a autre chose. Elle prend le kit de réparation dans le coffre de la Datsun et, sous le regard médusé de Ziggy, soulève le capot et vérifie huile et bougies. Elles ont l'air dans un état acceptable, mais le filtre à carburant est si crasseux qu'elle peut à peine en distinguer les stries.

— Le voilà, ton problème.

— Hein ?

— Le filtre est complètement encrassé. Quand est-ce qu'un garagiste a vu ce véhicule pour la dernière fois ?

Ziggy la regarde comme si elle lui demandait d'entrer en lévitation.

— Aucune idée.

Il fourre ses mains dans ses poches et reprend :

— C'est le bus de Glitter. Comment ça se fait que tu saches tout ça ?

— Mon père avait un garage, répond-elle en soupirant. Tu as une serviette ou autre chose ?

Il lui tend un vieux T-shirt. Elle l'utilise pour enlever le plus gros des saletés qui bouchent le filtre qu'elle revisse ensuite. Ses mains sont colorées d'huile noircie et d'écailles de rouille dont elle va avoir un mal fou à se débarrasser, surtout sous les ongles. Pourtant, elle ne peut s'empêcher de sourire en remettant en place les câbles de démarrage. Le moteur du bus s'ébroue au deuxième tour de clé et commence à ronronner joyeusement sous le soleil du matin.

Ziggy essaie de passer une main dans ses cheveux, mais elle s'y emmêle.

— Extra, meuf. Merci à toi.

Elle lui tend le T-shirt.

— Il faudrait que tu le fasses rouler un moment. La batterie a bien besoin d'être rechargée.

Elle reprend le volant tandis qu'il lui fait un signe de la main dépourvu d'enthousiasme. Dans le rétroviseur, elle le voit se mettre à la place du conducteur. Mais il ne démarre pas. Il reste là, moteur au ralenti, jusqu'à ce qu'elle rejoigne la Route 180 et le perde de vue.

Quelques virages avant Reserve, elle repère un autre chemin de terre qui s'écarte de la route. Elle s'arrête et consulte l'atlas routier. Ce… ce pourrait être l'endroit. Jetant un nouveau coup d'œil dans le rétroviseur, elle emprunte cette route secondaire qui s'écarte en direction des collines.

Le chemin est étroit et cahoteux. Après un kilomètre environ, elle se gare au niveau d'une clairière poussiéreuse et continue à pied. La piste monte en direction de la crête, serpentant entre les pins. Elle débouche finalement sur un plateau recouvert de sable fin où sommeillent quelques fondations en pierre. Fort Rodman. C'est peut-être ça.

Elle marche le long des fondations et mesure leur longueur en pas – trois espaces carrés de deux mètres de côté. La disposition lui semble familière, ce qui est étrange pour un bâtiment aussi vieux. L'ensemble lui rappelle le commissariat de Bernalillo, les petits couloirs et le bruit des menottes qui s'entrechoquent. Ces espaces ont exactement de la même taille que… *des cellules de détention.*

Elle peine à reconstituer les pièces du puzzle. C'est ici que les fils Eckerman ont retrouvé le crâne. Ce pourrait être un ancien cimetière, bien sûr. Mais les soldats de James Carleton, l'éminent fondateur de Boldville, auraient alors trouvé d'autres ossements en creusant les fondations du fort.

Un mouvement à la limite des arbres attire son attention. Son sang se fige dans ses veines. Le soleil est haut dans le ciel, les ombres épaisses et impénétrables. Elle scrute fixement l'endroit tout en retenant son souffle. Mais il n'y a rien.

Merde. Peut-être le spectre de Dwayne qui s'accroche à son esprit. L'endroit commence à la mettre mal à l'aise.

Elle inspecte les fondations. Là où les murs sont le plus épais, deux anneaux métalliques ont été arrimés à la roche. À côté des anneaux se trouve une profonde crevasse, qui semble avoir été scellée avec du mortier. Quelque chose est coincé là-dessous. Elle aperçoit un soupçon de rouge délavé, puis un léger éclat doré…

Une chaleur lui monte au visage. À mains nues, elle griffe le mortier qui s'effrite légèrement. Mais les hommes de Carleton ont fait du bon travail. Le mortier est dur comme de la pierre et bien trop épais pour être creusé à coups d'ongles.

La cuillère. Elle se remémore le moment où elle a fait ses valises, déposant la boîte souvenir sur le siège arrière. Elle ouvre son sac à main et en sort la cuillère marquée « Prague ». Finalement, celle-là aura trouvé son utilité. Elle recommence à gratter le mortier, produisant de minuscules nuages de poussière. L'objet, enfin libéré de la crevasse, roule sur le sable.

Elle se baisse et le ramasse. C'est une cartouche de fusil de chasse de calibre 12, mais elle ne ressemble à aucune de celles qu'elle a vues. Le carton est cassant et cireux. Une large marque de brûlure court le long du culot cabossé de la balle.

Les garçons sont partis en randonnée dans les Gila et ont trouvé un crâne…

Herb Eckerman et Mme Parker ont peut-être raison. Il y a peut-être vraiment eu un meurtre ici.

Elle sent la présence juste un peu trop tard. Elle se retourne et pousse un cri, manquant de faire tomber la cartouche. Un homme aux épaules larges se tient à l'orée de la clairière, dos au soleil, les pouces passés dans sa ceinture. Son visage est dans l'ombre, mais son rictus expose ses dents comme un os dans une blessure ouverte.

— Mme Riley, si je ne m'abuse. Vous n'auriez pas dû prendre ce virage à gauche à Albuquerque.

Il éclate de rire, puis ajoute :

— Vous l'avez ? C'est dans Bugs Bunny.

Joanna a du mal à respirer. C'est censé être drôle ?

L'homme avance de deux pas dans sa direction, son badge en forme d'étoile miroitant au soleil.

— Bob Nickel, dit-il. Shérif. Qu'est-ce que vous faites ici ?

Elle réfléchit un moment.

— Je fais juste… un peu de tourisme, répond-elle faiblement.

— Alors vous avez été drôlement futée pour trouver cet endroit. Pas comme si on en faisait la publicité, dans le coin.

Elle acquiesce.

— Vous devriez en faire quelque chose. Une aire de pique-nique, peut-être, ou un…

Il s’approche d’elle jusqu’à être assez près pour qu’elle sente l’odeur de sa sueur.

— Qu’est-ce que vous avez dans la main ?

— Oh, ça ? dit-elle en ouvrant sa paume, les doigts tremblants, à nouveau consciente du terrible isolement des lieux. Je viens de le trouver là.

— Vous feriez mieux de me donner ça, dit-il en lui arrachant la cartouche des mains. Maudits gosses, toujours à laisser traîner leurs déchets partout. Et vous, Mme Riley, je vous conseille de rester sur les routes principales. C’est une contrée sauvage, ici. Il ne faudrait pas qu’il vous arrive quelque chose.

Chapitre 16
Cornelia

3 mai 1933

Suis allée aux funérailles de Tomkin hier soir, enterré avec autant de bénédictions que le prêtre était disposé à offrir. Le shérif est passé pour tirer son chapeau. « La dernière des vieilles légendes », a-t-il dit.

J'ai dû me mordre la langue pour ne pas sourire. La légende de Tomkin cache bien plus de secrets que ce qu'ils imaginent.

Cela fait trois nuits que j'y réfléchis. Je pourrais suivre ses instructions, traverser Gann Waters et passer le mont Apache. Mais comment vais-je trouver mon chemin toute seule dans ces montagnes ?

J'inviterai Mary à boire le thé pour en discuter. Elle voudra m'en dissuader. Mais si je peux la convaincre, je pourrai aussi convaincre Lonan et Geraldine.

Et me convaincre moi-même.

Une lettre est arrivée pour Lonan. Il est rare qu'il reçoive du courrier – il ne sait pas lire, après tout. Mais il déclare au gouvernement qu'il habite ici, ce qui est normal, je suppose, puisque c'est là qu'il travaille et dort toute la semaine.

Je pose la lettre sur mon bureau et essaie d'en deviner le contenu à travers la fine enveloppe. Pas que je sois particulièrement curieuse, mais une femme d'affaires a le droit de savoir si ses employés sont honnêtes.

À ce moment-là, Lonan entre par la porte de service, un seau de charbon à la main. Il me salue d'un signe de tête. Me sentant vaguement coupable, j'attrape la lettre et le suis dans la cuisine.

— Il y a du courrier pour toi, lui dis-je.

Il fronce les sourcils, déchire l'enveloppe et en tire le contenu. C'est une mince brochure gouvernementale. *Venez en Oklahoma !* Au recto, une illustration montre un fermier juché sur un tracteur et traversant un champ de blé aux dimensions extravagantes. Il contemple l'horizon, une tige de paille coincée entre les dents.

Lonan examine la photo, puis me tend la brochure.

— Qu'est-ce que ça dit ?

J'examine rapidement le fascicule. « Indien, viens dans les plaines ! L'agriculture moderne va changer ta vie ! Retrouve fierté et prospérité là où les grands bisons paissaient jadis ! »

— Ils disent qu'ils donnent des terres gratuites à tout Indien qui voudrait s'installer dans l'Oklahoma. Le gouvernement paie les semences de blé et de luzerne et offre des subventions.

— Jetez-le.

J'hésite.

— Pourquoi ?

— Ce sont des mensonges, dit Lonan.

— Qu'est-ce que tu veux dire ? Il était grand temps que le gouvernement fasse quelque chose pour vous. La situation dans les réserves est désastreuse. Il y a eu une épidémie de choléra à Mescalero cet hiver et des dizaines d'enfants sont morts. Tu sais que je n'ai plus beaucoup d'argent moi-même. Tu devrais y réfléchir.

— C'est une terre morte, là-bas, madame Stover.

— Je suis sûre qu'il finira par pleuvoir.

— C'est une terre comanche.

— Les Comanches ne l'habitent plus.

Il hausse les épaules et commence à s'occuper de recharger le fourneau.

— Nous savons pourquoi ils font ça.

— Pardon ?

— La loi Wheeler-Howard. Ils ont peur que nous réclamions nos terres, alors ils essaient de nous disperser. Dresser les Indiens les uns contre les autres. Les gens contre les gens.

Son visage est indéchiffrable. Je ne connais pas les dessous de l'affaire, mais je suppose qu'il a raison. Je mets du café à chauffer. Il fixe la brochure.

— Je n'ai pas besoin de subventions, dit-il. J'ai besoin d'un salaire honnête.

Nul reproche dans ses mots, mais ils me blessent quand même.

Je réfléchis un instant et repêche la pépite d'or dans la poche de mon chemisier, la soupesant dans ma paume. La pépite brille dans la lumière tamisée de la cuisine. Les yeux de Lonan sont captés par son éclat et son regard s'agrandit.

— J'ai trouvé ça dans la chambre de Tomkin, dis-je doucement. Je crois qu'il disait vrai, pour son or.

— La mine de Tomkin ?

— Je crois qu'elle existe, dis-je en hochant la tête.

— Mais c'est… Vous savez où… ?

Il s'arrête brusquement, mais c'est suffisant. Je vois cet éclat dans ses yeux. L'étincelle des possibles. Ma paume devient moite.

— Oui. Quelque part vers Whiterocks. Près de la frontière avec l'Arizona. Mais je ne pense pas que je pourrais la trouver toute seule. Veux-tu… veux-tu m'accompagner ?

Il réfléchit un instant, puis secoue la tête.

— Ça ne peut pas être vrai. C'est impossible.

— Je ne sais pas. Tomkin était peut-être un vieux fou, mais un menteur, je ne crois pas.

— Vous en êtes sûre ?

Je sens mon ventre se crisper.

— Non, je ne suis sûre de rien. Mais qui n'est jamais sûr de quoi que ce soit de nos jours ? La banque m'a mis le couteau sous la gorge, le prix de la farine a triplé, la Caldwell & Company s'est effondrée et Roosevelt dit que nous ne récupérerions pas nos dépôts, dis-je, et ma voix commence à vaciller. Ils ont joué la pension de George en Bourse, et maintenant, ils veulent me prendre ma maison. La seule chose dont je suis sûre, c'est que je n'ai plus grand-chose à perdre.

Lonan reste silencieux. Il tend la main. Je dépose la pépite dans sa paume et il la soupèse soigneusement, puis mord dans le métal. Il la regarde pendant un long moment avant de me la rendre.

— C'est de la folie, dit-il. S'il y avait de l'or dans ces collines, nous le saurions.

— Peut-être l'avez-vous oublié ?

Il grommelle en guise de réponse.

— On partagera, bien sûr. On peut arranger quelque chose, dis-je d'une voix qui semble désespérée, mais c'est parce que je le suis. J'ai étudié les cartes. Ça ne prendra que quelques semaines. Un aller-retour rapide, et tous nos problèmes seront résolus.

— Mais vous êtes…

Il ne dit pas *vieille*, car il sait que je ne le supporterais pas.

— … Vous avez tort. C'est dangereux. L'or crée plus de problèmes qu'il n'en résout.

— Réfléchis-y, s'il te plaît.

Ses yeux glissent vers la brochure que l'encre macule d'une fausse promesse.

— Si tu ne viens pas, dis-je, j'irai seule.

Lonan hausse les épaules puis ramasse le seau à charbon et sort en me lançant un regard indéchiffrable.

***

Au Grand Bonanza, Mary me fait entrer dans la salle à manger et place une nappe blanche sur la meilleure table, près de la fenêtre. C'est l'heure du déjeuner, mais il n'y a personne. J'en ressens une sorte de soulagement, suivi d'un sentiment de culpabilité. Les difficultés du Bonanza ne font pas mes affaires non plus. Les temps sont difficiles pour tous. Je lui pardonne donc aussitôt lorsqu'elle s'excuse de ne pas être venue me rendre visite au Stover's.

— Emory ne veut pas que j'y mette les pieds, dit-elle. Il est pour la prohibition et ne laissera pas sa femme entrer dans un établissement où on sert de l'alcool.

Je le soutiens d'ailleurs de tout mon cœur dans ses convictions, puisqu'elles conduisent tous les buveurs à ma porte.

Je parle de mon plan à Mary.

— Tu dois garder le secret, lui dis-je sur un ton implorant. Je vais être la risée de la ville si je reviens les mains vides.

— Mais si tu as raison…, commence-t-elle, et ses yeux s'écarquillent. Oh, Nellie, tu crois vraiment que c'est possible ?

— J'ai une preuve.

— Une… une preuve ?

Mary aime les romans policiers, les vertueux, ceux dans lesquels le shérif met le coupable hors d'état de nuire avec l'aide de Dieu. Je m'apprête à lui parler des instructions de Tomkin, mais je m'arrête aussitôt. Il vaut peut-être mieux qu'elle ne sache rien, juste au cas où...

Au cas où quoi ?

— Tiens, regarde, lui dis-je en sortant la pépite de mon sac. Elle n'est pas énorme, mais je suppose qu'il y en a plus à l'endroit d'où elle vient.

Ses yeux brillent comme ceux d'un enfant. Elle se redresse sur sa chaise.

— Oh, Nellie. Nellie, tu ne dois pas partir. Dis-le aux hommes. Que l'un d'eux se rende là-bas.

— Et alors, il en aura la propriété. Une mine appartient à celui qui l'a revendiquée le premier.

— Mais comment vas-tu faire pour trouver ton chemin ? C'est une région sauvage.

— Je vais emmener Lonan avec moi.

Si Mary n'était pas si bien élevée, elle aurait sans doute recraché son café sur la table. Aussi se contente-t-elle de l'avaler de travers, s'étouffant à moitié.

— Tu ne peux pas faire ça, croasse-t-elle.

— C'est le seul moyen. Il connaît les montagnes mieux que personne.

— Mais c'est un Peau...

— Oui ?

Elle secoue la tête.

— Un Indien. Nellie, si tu fais ça, les gens vont penser que tu es devenue folle. Tu dois penser à ta réputation.

— Je dois penser à mes affaires, à mon travail, et aussi à Geraldine, j'ajoute, en essayant d'adoucir ma voix. Mary, j'ai pris ma décision. Mais... Je me demandais si tu pouvais m'aider.

Elle vérifie soigneusement que la salle à manger est toujours vide, puis se penche en avant.

— Comment ?

— J'ai besoin de certaines choses. Des bottes. Une pelle. Des bidons d'eau. Une mule, peut-être même deux. Le pauvre George était trop citadin pour avoir tout ça. De plus, je n'ai pas d'argent, et même si j'en avais, une telle commande au magasin général alerterait toute la ville. Tu pourrais me prêter des affaires d'Emory ? Je veux dire, sans lui en parler ?

— Je ne sais pas..., me répond-elle, la gorge serrée. Est-ce que je ne serais pas en train de mentir à mon mari ? C'est un péché.

— Ne pas en parler, ce n'est pas mentir. Je t'en prie. Je te le demande en tant qu'amie.

Mary penche la tête, puis me fait un clin d'œil.

— Je vais voir ce que je peux faire. Oh, Nellie, je dois admettre que c'est extrêmement excitant.

— Je sais.

Je m'adosse à ma chaise et j'essaie d'être excitée, moi aussi. Mais je n'y parviens pas.

Je rentre à l'hôtel beaucoup plus tard que prévu. Geraldine a commencé à préparer le dîner – soupe au blé et au chou, agrémentée d'un peu de bouillon de viande de la semaine dernière. Par pure routine, je lui demande si nous avons eu des clients.

Elle secoue la tête.

— Ça a été très calme, répond-elle, puis ses yeux s'illuminent soudain : Je peux aller au cinéma samedi soir ? Eugene Parker nous a invités.

— Nous ?

— Lorita, Tommy et moi.

— Qu'est-ce qu'ils passent ?

— *King Kong*. Tout le monde en parle à l'école.

— De quoi ça parle ?

Son regard fuyant me dit que je n'aurai pas toute la vérité à ce sujet.

— C'est l'histoire d'une expédition dans la jungle, et Fay Wray tient le rôle principal. S'il te plaît, Maman. Je paierai le billet.

Je fronce les sourcils. Le prix du billet n'est pas le problème. Le problème, c'est qu'il s'agit d'un trajet de cinquante kilomètres à travers la montagne et que ma fille est, comme Mary aime à le dire, plutôt épanouie.

Mais Eugene Parker est un jeune homme bien élevé. Et Geraldine a si peu d'amusements dans la vie. Je n'ai même pas pu lui acheter de nouvelles sandales, cette année…

— D'accord, dis-je. Tant que tu fermes les yeux s'il y a des baisers.

— Promis, M'man.

— Tu t'assiéras à l'arrière avec Lorita et tu ne boiras rien, sauf du soda.

— Promis.

Je la renvoie à l'étage pour qu'elle fasse ses devoirs et je continue la préparation du dîner.

Lonan entre et se lave les mains. Il évite mon regard, mais je ne suis pas du genre à abandonner facilement.

— Mary Parker est d'accord pour nous prêter une mule, lui dis-je. Et des bidons d'eau, et une pelle. De quoi d'autre aurions-nous besoin ?

Il se tourne vers moi, une ombre d'agacement passe sur son visage.

— Vous pensez vraiment qu'il y a de l'or là-haut ?

Je tente un sourire espiègle, tête penchée, comme celui que font les cow-boys qui tuent le temps sur Main Street.

— Ça vaut le coup d'aller voir, non ? On partage, moitié-moitié. Imagine tout ce que tu pourrais faire de bien.

Ses yeux s'attardent sur la brochure, toujours posée sur le comptoir. Après ce qui semble être une éternité, il la ramasse, la déchire en lanières et la jette dans le fourneau.

Enfin, il parle d'une voix rauque :

— Très bien. Quand partons-nous ?

Chapitre 17
Glitter

Leon la laisse dormir dans sa caravane et ne tente rien, ce dont Glitter lui est profondément reconnaissante. Il lui prépare ensuite des œufs. Ils sont un peu vieux, aussi les arrose-t-il d'une généreuse quantité de ketchup. Ils mangent en silence, mais une fois que Glitter a fini son assiette, Leon commence à lui poser des questions sur la communauté, puis sur Mike.

— C'est aujourd'hui son enterrement, c'est ça ?

— Ouais, dit Glitter, passant sa langue sur les coins de sa bouche pour en retirer les dernières traces de ketchup. Oncle Irving et tante Mae ne veulent pas me laisser y aller. Putains de fascistes.

— Bizarre que les flics vous aient lâchés aussi vite.

— Ils ont fouillé le campement et pris les coordonnées de tout le monde, mais depuis, plus rien. Ils s'en foutent, c'est tout.

Leon prend son assiette et la dépose dans l'évier.

—Quel est le plan pour demain ?

— On va faire un sit-in à la mairie. Avec des banderoles et des slogans.

— Les motards viennent aussi ?

— Je ne sais pas ce qu'ils comptent faire, dit-elle.

— Il vaudrait probablement mieux qu'ils se tiennent à l'écart. À part faire peur à tout le monde, ils ne vont pas servir à grand-chose.

— Oui, mais parfois, les gens ont besoin d'avoir peur. Sinon, ils ne changent pas.

— Je ne suis pas d'accord, dit Leon en penchant la tête. Quand ils ont peur, les gens s'accrochent à leurs vieilles habitudes. Pour être vraiment libéré, il faut abandonner toute peur.

Elle sourit. Elle aimerait bien débattre plus de tout ça avec Leon, mais Autumn frappe à la porte et le moment s'évanouit.

Glitter erre à travers le campement puis scrute la route à l'affût d'un signe de Ziggy et du bus. Mais rien en vue. Elle se retourne et voit Autumn qui se dirige vers elle, tirant Sunhawk par la main.

— Hé, appelle-t-elle. Comment va le tipi ?

Glitter donne un coup de pied dans le cadre gisant au sol.

— Pas terrible. Typique des hommes, ça. Jamais là quand on a besoin d'eux.

— Laisse tomber. Au moins tu as la chance d'en avoir un.

— Oui, faut croire.

Elle regarde son amie avec circonspection. Autumn est une féministe endurcie, prête à répéter à toutes les femmes qu'elle croise qu'aucune d'entre elles n'a véritablement besoin d'un homme pour être entière. Jusqu'à se retrouver seule elle-même. Alors, avec Sunhawk qui pleure toute la nuit et pas d'argent pour les couches, elle a cet air fatigué que Glitter n'aime pas voir. Quand elle en arrive là, n'importe quel hippie pouilleux fera l'affaire.

Autumn lâche la main de Sunhawk pour le laisser jouer dans le sable.

— Et sinon, cette Joanna… Tu es sûre que tu peux lui faire confiance ?

— Je ne fais confiance à aucune personne de plus de trente ans.

— Elle n'est même pas si vieille, à mon avis. Mais elle a l'air de vraiment vouloir s'impliquer dans cette histoire.

— Et tant mieux ! On doit découvrir ce qui est arrivé à Mike.

— Bien sûr, répond Autumn en jetant un coup d'œil par-dessus son épaule. Mais toutes ces choses qu'elle déterre à propos de ta grand-mère. Ça n'a rien à voir avec Mike.

— Tu as entendu ce qu'elle a dit. Mike est allé aux archives, et il a interrogé Mme Parker. Sainte Mary a mentionné Ebenezer Tomkin.

— Glitter, c'est juste une histoire pour les gosses.

— Oui, mais j'ai bien réfléchi. Mon père s'y intéressait aussi, avant qu'il ait son cancer. Je me souviens, un jour il a passé son bras autour des épaules de ma mère et a dit que si tout allait bien, nous serions bientôt riches au-delà de nos rêves les plus fous.

— Et qu'a dit ta mère ?

— Elle a dit qu'il ne fallait pas réveiller les fantômes du passé.

— Eh bien, je crois qu'elle avait raison.

— Mais si c'était vrai ? Si on pouvait trouver la mine de Tomkin nous-mêmes ? dit Glitter en ouvrant grand les bras.

— Ça n'arrivera jamais.

— Pourquoi ?

Autumn baisse la voix.

—Tu sais pourquoi. À cause du fantôme, justement.

Glitter éclate de rire, son premier vrai rire de la journée.

— T'es sous acide ou quoi ? C'est une légende stupide.

— Tu n'en as pas parlé à Mme Propre, au moins ?

— Non, mais qu'est-ce que ça aurait changé ? C'est une histoire inventée de toutes pièces.

— Ils ont trouvé des os, Glitter.

— Oui, mais c'était il y a des siècles.

— Peut-être. Mais quand même... Tu te rappelles comme ta mère a flippé quand elle a appris qu'on était allées à Fort Rodman ?

Le rire de Glitter se noue dans sa gorge. Elle n'a qu'un vague souvenir de ce jour-là. Tante Lorita les avait emmenées dans l'arrière-pays pour un pique-nique. Maman était furieuse quand elle l'a appris. Lorita et elle se sont hurlées dessus dans la rue. Maman a tiré Glitter par le bras hors du magasin et l'a poussée dans la voiture. Elle a ensuite conduit comme une démente et a puni Glitter pendant deux semaines, lui interdisant catégoriquement de revoir sa meilleure amie. *Ni demain. Ni jamais.*

Bien sûr, cette menace n'aurait jamais pu être mise à exécution. Autumn et elle se retrouvaient en cachette après l'école, et se voyaient au lac pendant les longues et chaudes journées d'été. Tante Lorita les faisait entrer dans le magasin par la porte de derrière et leur donnait des sodas en cachette. Mais Maman et Lorita ne se sont plus jamais parlé depuis ce jour.

Autumn mâchonne une mèche de cheveux. Elle jette un coup d'œil à Sunhawk, qui s'est aventuré vers une grande armoise. Un bruissement se fait entendre à l'intérieur et il s'arrête pour les regarder, en attente d'un signe de leur part, ses yeux débordant d'incertitude.

— Bref, conclut Autumn en recrachant la mèche de cheveux. Je pense que tu ne devrais pas dire à cette femme des choses qu'elle n'a pas besoin de savoir.

— Ne t'inquiète pas, dit Glitter en secouant la tête. Je sais garder un secret.

Mais au moment même où elle prononce ces mots, cet étrange sentiment revient. Elle tourne la tête vers le centre de Boldville et aperçoit la flèche de l'église, où les funérailles de Mike auront lieu dans une heure. Personne ne sera là pour témoigner de qui il était vraiment. Aucun de ses amis, aucun membre de sa famille de cœur.

Autumn pose une main sur son épaule.

— Hé, on fêtera Mike à notre manière, dit-elle doucement, puis elle sourit. Reste cool, sœurette. On va tout préparer pour demain.

Deux heures plus tard, Glitter a de la colle jusqu'aux coudes et de la peinture bleue dans les cheveux. La sensation étrange l'a quittée et le monde est de nouveau génial. Ils viennent de finir les pancartes. Sur la sienne, Autumn a dessiné un enfant avec du sang qui coule de la tête. En dessous, elle a écrit : *Soldats = Tueurs d'enfants*. Moonbeam, très douée pour les travaux pratiques, a cousu un énorme signe de paix violet sur un drapeau américain.

Les garçons ne se sont pas impliqués, comme souvent. Ziggy est de retour, mais il est allé se coucher pour récupérer de sa nuit. Leon lit un livre bien épais avec un code de bibliothèque universitaire collé au bas du dos. Dutch et Zeke sont partis. Seul leur ami Roscoe, le maigre, est encore là. Il prend le soleil sur la colline voisine, une main rentrée dans le pantalon.

— On a toujours besoin de trouver un nom pour cet endroit, dit Moonbeam. Je veux savoir d'où je viens.

— La communauté de la Montagne Folle, suggère Glitter. Qu'est-ce que vous en dites ?

Leon lève les yeux de son livre.

— J'aime bien la confrérie de Lothlorien.

— Une confrérie est un concept totalement bourgeois, répond Moonbeam. Que dis-tu de la famille de Lothlorien ?

— La mère de Glitter nous compare déjà à la famille Manson, dit Autumn en levant les yeux au ciel. Allez, on s'occupera de ça un autre jour. Je vais faire du café.

Moonbeam, qui a fini de coudre, sort le tapis de yoga de sa tente et le déroule sur une dalle de pierre. Elle s'étire les bras, fait un pas en arrière et, d'un seul mouvement fluide, s'agenouille de sorte que sa longue jupe remonte suffisamment pour exposer des mollets musclés, parsemés de fins poils dorés.

— Oh, je m'excuse. Je ne voulais pas vous interrompre.

Toutes les personnes présentes se retournent vers cette voix au ton pincé, inhabituel en ces lieux. Joanna est apparue sur le chemin. Elle fixe Moonbeam avec un mélange de gêne et de fascination.

Moonbeam lui sourit.

— Ça s'appelle du yoga. C'est une forme de méditation orientale, dit-elle en tournant lentement sur elle-même et en levant ses bras en direction du ciel.

— Assieds-toi, lui dit Glitter. Viens nous rejoindre, Yoyo. Qu'est-ce qui se passe ?

Joanna se perche prudemment sur une chaise longue. Elle a l'air effrayée. Ses yeux sont cernés et ses aisselles tachées de sueur. Elle garde les manches longues de son chemisier baissées et boutonnées pour qu'elles ne remontent pas, même lorsqu'elle étend les bras pour accepter une tasse de café.

— J'ai découvert quelque chose de bizarre aujourd'hui, commence-t-elle. Dans les années quarante, deux gamins de l'Idaho ont trouvé des ossements humains à Fort Rodman. Le shérif n'a jamais vraiment mené d'enquête. Les deux garçons s'appelaient Shane et Wally Eckerman. Ça vous dit quelque chose ?

Eckerman. Le nom semble vaguement familier. *Ce jour-là, au fort, avec Autumn et tante Lorita.*

Glitter déglutit.

— Peut-être. Ces ossements, ils n'étaient pas du genre… anciens ?

— Je reviens tout juste de Fort Rodman, dit Joanna. Et devinez qui était là ? Le shérif.

— Bob Nickel ? Qu'est-ce qu'il faisait là-bas ?

— Je ne sais pas, il garde peut-être un œil sur les routes secondaires, répond Joanna, puis elle baisse la voix : Lauren, tu devrais dire à Ziggy de ne pas s'aventurer là-bas avec le bus.

Glitter fronce les sourcils.

— Ziggy est libre d'aller où il veut.

— Oui, mais ce shérif…

Joanna a l'air de vouloir en dire plus, mais elle se retient :

— Évitez de le contrarier, c'est tout.

La jeune fille s'offusque.

— On doit le contrarier autant que possible, au contraire.

— Mais pourquoi ?

— Parce qu'il fait partie du système, dit Moonbeam. De la machine infernale. De l'État fasciste.

Joanna ouvre la bouche, puis la referme à nouveau.

— L'État n'est pas fasciste, dit-elle. On a déjà eu cette conversation. C'est l'Amérique.

— C'est l'État le plus fasciste au monde. Et les flics sont ses sbires.

— N'importe quoi.

Le ton récalcitrant de Joanna met Glitter sur ses gardes. Elle l'observe réajuster ses manches avec un soin excessif.

— La police fait un travail important. Un travail essentiel, ajoute-t-elle.

— Qu'est-ce que tu en sais ? réplique Moonbeam qui, ayant passé plusieurs nuits en cellule et repoussé plus d'un officier lubrique, commence à s'échauffer. Toi, tu es une gentille petite femme au foyer bien proprette, tu n'auras jamais rien à craindre des flics, jamais. Ils sont de ton côté. Je ne crois pas que tu puisses avoir une opinion éclairée sur le sujet.

— Si, je peux.

Joanna jette un coup d'œil autour du cercle et se lance :

— Je… J'étais flic, avant.

Il y a un long silence. Moonbeam croise les bras et se tourne vers Glitter.

— Ça, pour une surprise… Glitter, tu étais au courant ?

— Je voulais te le dire, lance rapidement Joanna. Mais ça ne semblait pas pertinent et…

Glitter se lève d'un bond.

— C'est pour ça que tu connaissais les Lude. Hé, meuf, c'est pas cool de mentir.

— Je n'ai pas menti. J'ai juste… J'ai démissionné. C'est du passé, maintenant.

— Ce n'est jamais du passé. Flic un jour, flic toujours. Et on ne peut pas faire confiance à un flic.

— Lauren, supplie Joanna d'une voix rauque. Je ne suis pas… Je suis de ton côté.

La voix de Moonbeam s'élève, tranchante comme une lame :

— Vraiment ? Alors voici un défi pour la bonne petite ménagère. Demain, on a prévu d'organiser un happening pour le centenaire de la ville. Ça va faire du bruit, un truc dont on va se souvenir.

Glitter se mord la lèvre.

— Ne lui dis rien. Elle va filer droit chez le shérif.

Moonbeam sourit.

— Elle vient de dire qu'elle était de notre côté. C'est bien ça, Yoyo ?

— Vous prévoyez quoi, exactement ?

— Viens demain, et tu verras.

Joanna passa sa langue sur ses lèvres.

— Je… Je ne veux pas être impliquée.

— Et c'est ça, le problème, n'est-ce pas ? dit Moonbeam en se rapprochant d'elle. Tu penses que nous sommes des êtres stupides, hein ? Une bande de parasites, de marginaux et d'abrutis.

— En toute honnêteté, je n'irai pas jusque-là.

— Mais est-ce que tu t'es déjà demandé, au fond de ton petit cerveau carré, si nous pouvions avoir raison ? Essaie, Yoyo ! Jette la loi et ses règles à la poubelle, flicaillon, et tu seras libre !

Joanna avale sa salive.

— Les règles nous protègent. Sans lois, la société se désintégrerait.

— Elle se désintègre déjà. Regarde ce qui est arrivé à Martin Luther King Jr. et à Kennedy. Aux jeunes de Kent State. Les règles ne nous protègent pas, Joanna. Elles ne font que légaliser la violence d'État.

— Pour ce que ça vaut, je suis d'accord pour dire que Kent State a été une erreur monumentale.

— Alors, prouve-le, dit Moonbeam avec un sourire doux comme une barbe à papa. Tu devrais venir avec nous demain. Tu comprendras qui nous sommes.

Le nez de Glitter se fronce.

— Elle ne viendra pas. Flic un jour, flic toujours.

Joanna détourne le regard. Elle passe une main sur son bras et grimace. Derrière son regard se joue quelque chose d'imperceptible que Glitter ne parvient pas à capter.

— Je préfère rester en dehors de ça, dit-elle enfin.

Chapitre 18
Joanna

La chambre est glaciale. Joanna se réveille et sent un mince courant d'air se faufiler sous sa couverture, lui glaçant les orteils. Elle se lève pour enfiler un pull, puis passe la main sur les contours de la fenêtre. Mais les cadres sont modernes et bien posés. L'air frais de la nuit n'y passe pas.

Elle écarte les stores et regarde vers la communauté. La seule lumière visible est celle du feu de camp, sous le ciel rempli d'étoiles. Sans le flash lointain de la Route 66, on pourrait facilement s'imaginer à l'époque des cow-boys et des Indiens, quand Carleton et ses hommes, terrés à Fort Rodman et probablement ivres de whisky bon marché, comptaient et recomptaient les feux de Geronimo dans les collines lointaines.

Les montagnes se fondent dans l'ombre, mais elle peut distinguer la corniche où Mike est mort. Un endroit bien isolé pour perdre la vie.

Elle se remet au lit et remonte la couverture sur sa tête, comme elle le fait parfois à la maison pour que Dwayne pense qu'elle est endormie. Non que ça ne l'ait jamais retenu.

Elle n'a pas pensé à lui autant que d'habitude, cette fois. Mais elle n'a toujours aucun plan pour la suite. Elle n'a pas pris la décision de rester ou de partir, de…

Non. Ne pense pas à ça. Ferme les yeux, Joanna, et dors un peu. Bois un verre d'eau. Prends deux Valium.

Mais elle n'a pas de Valium sous la main, et ses pensées continuent de tourner dans sa tête. Elles dérivent sans but vers l'enterrement de Mike, vers ses parents, puis vers Lauren, qui a des sentiments si profonds sur tant de choses et qui semble pourtant si merveilleusement, si dangereusement insouciante.

***

La mort d'un jeune est toujours inacceptable. Au chagrin se mêle la colère, et le deuil n'est jamais serein. On n'a pas seulement envie de pleurer, on a envie de brandir le poing et de hurler son désespoir, de maudire le ciel lui-même.

Mais le Seigneur reste sourd à ce type de supplique, et le service funèbre de Mike débute en ce jour plein de soleil et de chants d'oiseaux, dans un air ambiant chargé d'effluves de kérosène et de mariposa. Un jour où n'importe qui serait heureux d'être en vie.

Joanna prend un siège au fond de l'église Saint-Sauveur de Boldville. Elle essaie de se souvenir du dernier service funèbre auquel elle a assisté. C'était pour Harry, le fils des Johnson, leurs voisins d'à-côté. Celui-là était parti au Vietnam la poitrine gonflée de fierté, ses cheveux blonds coiffés en brosse. Il était revenu six mois plus tard, dans un cercueil scellé, élargi pour tenir compte du gonflement du corps. Le bruit courait en ville que la boue dans laquelle on l'avait laissé croupir pendant cinq jours avait teinté ses cheveux en noir.

Les invités affluent. Amis, voisins et connaissances. Des athlètes du chagrin ayant fait trois heures de route pour un garçon qu'ils connaissaient à peine et des paroissiens désœuvrés réunis là comme par obligation. Joanna reconnaît Mme Neto, de la mairie, toute sa famille tirée à quatre épingles. Elle pleure dans son poing et son mari regarde ailleurs, embarrassé. Eugene Parker et le shérif Nickel, manifestement en congé un vendredi à 11 heures, sont assis au cinquième rang dans des costumes sombres, chapeaux noirs sur les genoux.

Les parents de Mike arrivent en dernier, suivis de Mme Weiland. Ils marchent d'un pas raide, comme mus par une force étrangère – la société, Dieu ou la simple force de l'habitude – sans laquelle ils ne pourraient mettre un pied devant l'autre. Mme Weiland cache son visage sous un grand voile de deuil. Joanna essaie d'attirer son attention, mais la pauvre femme ne regarde personne, pas même Mme Neto qui la gratifie d'un petit signe de la main.

Une femme plutôt ronde avec des taches de sueur sous les bras commence à jouer de l'orgue. Quelques personnes en deuil se mettent à pleurer, mais les parents de Mike, eux, semblent être au-delà des larmes, avoir définitivement perdu toute émotion, toute *raison de vivre…*

Une raison de vivre. C'est bien ce qu'est un enfant, au fond. Une raison de se lever chaque jour et de continuer à aller de l'avant.

La nausée monte dans la gorge de Joanna. Elle presse un mouchoir sur son nez et respire profondément, imitant parfaitement les pleurs silencieux des autres femmes.

Le service est heureusement court. Elle prend le temps d'observer l'assemblée qui se retire. Certains serrent la main des parents de Mike, mais la plupart se contentent de quitter les lieux. Mike n'était pas un garçon du coin. Sa mort, pour la plupart de ces gens, est moins une tragédie qu'un divertissement.

Ce n'est que lorsque les parents de Mike sortent de l'église qu'elle trouve enfin le courage de les rattraper.

— Bonjour, Joanna Riley, dit-elle. Je suis désolée de ne pas avoir pris le temps de me présenter convenablement. Je loge aussi au Stover's.

La mère de Mike tente un sourire.

— Bien sûr. Nous ne vous avions pas vue depuis le petit déjeuner de… de ce jour terrible. Nous sommes les Weiland. Le frère de mon mari était le mari de Geraldine.

— Mes plus sincères condoléances, Mme Weiland.

La mère de Mike secoue la tête.

— Mike était un si bon garçon. Un *si* bon garçon, répète-t-elle, comme pour enfoncer le clou. Et si intelligent. Il aurait bien réussi à l'université.

— Je lui ai dit un million de fois de ne pas écouter sa cousine, ajoute le père de Mike. Mais il était trop tard. Tous ces maudits drogués, ajoute-t-il en lançant un regard à Geraldine Weiland. Ils sont en train de ruiner notre pays.

Sa femme pose une main sur son bras.

— S'il vous plaît, ne vous blâmez pas, dit Joanna. J'ai travaillé un peu dans la police et nous voyons ce genre de choses tout le temps. Des jeunes de tous horizons qui abandonnent leurs études et rejoignent le mouvement hippie. C'est une tragédie, mais vous n'y êtes pour rien.

— Merci, dit la mère de Mike. C'est juste que… c'est si dur… Nous n'avions pas de nouvelles de notre enfant depuis près d'un an quand il nous a appelés. Et juste quand nous espérions qu'il allait bientôt rentrer à la maison, il… Oh, c'est trop dur à supporter.

La mâchoire de son mari se serre.

— Ressaisis-toi, Mae, siffle-t-il. Mike a été très clair sur le fait qu'il ne rentrerait pas.

Joanna regarde la mère de Mike avec intérêt.

— Mike vous a appelée juste avant… avant sa mort ?

— Oui, répond-elle. Nous n'avons parlé que très brièvement. Il m'a dit qu'il était de retour à Boldville. Je le savais déjà, bien sûr. Geraldine nous a téléphoné dès que nos deux enfants sont arrivés. Je l'ai imploré de revenir à la maison, ou de nous laisser lui rendre visite. Et je lui ai demandé où il était allé, s'il allait retourner au collège et…

M. Weiland secoue la tête.

— J'ai dit à ce garçon qu'il n'aurait plus un seul centime de notre part. Il a eu sa chance et il l'a gâchée. Il aurait pu s'excuser du matin au soir, ça n'aurait rien changé. On a fait don de ses frais de scolarité à l'Armée du Salut.

— Oh, dit Joanna, pas sûre de savoir quoi répondre. Et… Mike s'est excusé ?

— Non. Il s'est contenté de continuer à me demander… Enfin, ça n'a plus aucune importance maintenant.

— On devrait y aller, dit Mme Weiland.

L'estomac de Joanna se noue. Il faut que les Weiland lui en disent plus. Sa bouche s'ouvre et les mots en sortent avant qu'elle ait eu le temps de vraiment y réfléchir.

— Vous avez raison, j'en suis sûre. Mike voulait probablement seulement de l'argent. C'était une overdose, après tout. L'addiction…, dit-elle, puis elle pousse un soupir convaincant. Comme je vous l'ai dit, on voit ces choses-là tout le temps.

Le visage de M. Weiland prend une teinte rose maladive.

— Excusez-moi, madame, mais mon fils n'était pas un drogué.

— C'est ce qu'il voulait vous faire croire. Mais les drogués sont tous les mêmes. La prochaine dose, c'est tout ce qu'ils ont en tête.

— Puisque vous tenez tant à le savoir, dit sa mère d'une voix cassée, Mike m'a appelée pour m'interroger sur l'histoire de notre famille. Il y a des années de ça, le père de Lauren a entendu parler d'une concession familiale dans les Gila.

Joanna jette un coup d'œil à Geraldine Weiland, qui a visiblement pâli.

— Une concession ?

— Bien sûr, ça n'a rien donné, dit M. Weiland. Joe était beaucoup trop enthousiaste à ce sujet. Il a même emprunté de l'argent pour effectuer une reconnaissance aérienne. Il a failli ruiner l'hôtel.

— Je vois, poursuit Joanna en essayant d'étouffer la culpabilité qui lui ronge l'estomac. Pourquoi Mike s'intéressait-il à cette histoire ?

— Il voulait savoir si elle était vraie, dit la mère de Mike. Il m'a dit qu'il avait trouvé de vieux articles dans les archives de la ville. Sur Cornelia Stover et ses, disons… aventures. Et toute cette histoire avec l'Indien. Il était très en colère à ce sujet. Il a dit qu'elle avait trahi…

M. Weiland tire sur le bras de sa femme.

— Ça suffit, Mae. Je suis sûr que Mme Riley va trouver d'autres personnes à importuner. Rentrons faire nos bagages. J'ai hâte de quitter cette ville de malheur.

Joanna fait démarrer la voiture, mal à l'aise. Les Weiland ont perdu un fils et la voilà, à peine sortie de l'enterrement, à rouvrir leurs plaies sans vergogne.

Mais c'est ainsi : le travail d'enquête est parfois pénible. Il faut avoir le cuir épais et apprendre à ne pas s'impliquer affectivement.

Elle passe distraitement une main sur son bras. Elle sait mieux que quiconque que le cuir ne s'épaissit qu'après avoir traversé beaucoup de douleur.

Elle décide d'éviter le Stover's jusqu'à ce que les parents de Mike soient partis. Elle tourne donc sur la Route 180 et, une demi-heure plus tard, s'arrête sur le parking de Breakwater Mining Ltd. Elle réajuste sa coiffure dans le rétroviseur. L'heure du déjeuner est déjà passée, mais avec un peu de chance, Danny Borrego ne sera pas encore parti pour le week-end.

Le manager du site va le chercher pour elle. Quand il la voit, il n'y a sur son visage aucune trace de cette jovialité qu'il arborait lors de leur dernière rencontre. Au contraire, ses yeux sont légèrement plissés. Il l'emmène à l'écart, à l'ombre d'un énorme hangar de stockage, et allume une cigarette.

— Qu'est-ce que vous voulez ? grogne-t-il. J'ai beaucoup à faire.

L'assurance de Joanna, si soigneusement construite au cours du trajet, fond sous son regard désapprobateur.

— Je… Je voulais juste vous poser quelques questions sur ce qui se passe.

— Il va falloir être un peu plus précise.

— Quand je vous ai croisé aux archives, vous étiez en train d'étudier des cartes.

— Oui, c'est ce que je faisais. Et en quoi ça vous regarde ?

Elle peine à trouver ses mots.

— Je suis de la police d'Albuquerque et je mène une enquête sous couverture.

Elle rougit et tente un coup au hasard :

— Ces cartes que vous regardiez, n'est-ce pas l'endroit où la famille Weiland revendique avoir une concession ?

— Je ne vois pas où vous voulez en venir, dit-il en regardant ailleurs. Vous avez un badge ou quelque chose comme ça ?

— Vous vous souvenez de notre dernière conversation ? Vous avez dit que vous n'aviez jamais rencontré Mike, le jeune hippie qui est mort lundi. Mais vous avez longuement parlé avec lui à la fête, ce soir-là. Vous m'avez menti.

Il hésite, juste un instant de trop.

— Je n'avais pas fait le lien.

— Comment l'avez-vous rencontré ?

— Il est venu à notre bureau le jour de la fête. Il a demandé à parler à un géologue, alors mon patron m'a envoyé voir ce qu'il voulait. Apparemment, il avait discuté avec des gens à Boldville, et quelqu'un lui avait parlé d'une légende locale qui fait mention d'une sorte de mine d'or dans les Gila.

— Et ? C'est vrai ? Parce que si je me souviens bien, vous m'avez dit l'autre jour qu'il n'y avait pas d'or par ici.

— En effet. Et je suis géologue, alors vous pouvez me faire confiance pour ça.

Elle penche légèrement la tête.

— Je suis sûre que vous avez entendu parler de la disparition de Cornelia Stover. Elle cherchait cette mine d'or, justement. Selon M. Parker, le propriétaire du Grand Bonanza, la mine avait été découverte par un prospecteur nommé Ebenezer Tomkin. Alors, franchement, je ne sais plus qui croire.

— Parker dirait n'importe quoi à un touriste pour qu'il reste à son hôtel. Les cow-boys par-ci, les prospecteurs par-là. Vous avez entendu parler de son projet de parc d'attractions ?

— Quel projet ?

Danny Borrego expire un mince filet de fumée.

— Il cherche à acquérir un vaste terrain à l'ouest d'Owl Creek. Il veut y construire une sorte de parc à thème. Il pense que ses projets sont secrets, mais il pourrait tout aussi bien poser un panneau publicitaire sur la Route 66.

— C'est pour ça que vous examiniez ces cartes ?

— En quelque sorte. Nous cherchons à stopper ce projet. En vertu de Wheeler-Howard.

— De quoi ?

— La loi Wheeler-Howard.

Elle hésite.

— Je ne pense pas en avoir déjà entendu parler.

Il lève les yeux au ciel.

— Vous la connaissez peut-être mieux sous le nom d'Indian Reorganization Act. C'est un texte de loi conçu par Franklin Roosevelt pour rendre leurs terres aux Indiens. Une manière de réparer certains des dommages causés par ce que le gouvernement américain a nommé les politiques d'assimilation. Cette étendue de terre, là-haut, ajoute-t-il en faisant un geste vers les sommets, était la terre des Tsokaende.

— Pourtant, vous m'avez dit que vous n'étiez pas du coin.

Il sourit.

— J'ai dit que je n'étais pas de Boldville. Les Tsokaende font partie de la tribu Chiricahua, de la nation apache. Vous comprenez, maintenant ?

Elle le fixe intensément. La mine de cuivre apache. C'est ce qui était écrit sur la carte, dont une photocopie se trouve toujours au fond de son armoire, dans la chambre d'hôtel.

— Donc, vous… vous voulez récupérer vos terres ?

Il a un petit rire moqueur.

— Non. Nous voulons les monétiser.

— Pardon ?

— D'après la loi Wheeler-Howard, la terre est placée sous la tutelle de la tribu. Elle quitte ainsi la juridiction américaine, ce qui l'ouvre à toutes sortes d'activités.

— Comme ?

— Comme les jeux d'argent. Oh, ne me regardez pas comme ça. On est dans un pays libre. Les gens devraient avoir le droit de jouer s'ils le veulent.

— Surtout si ça vous rapporte de l'argent.

— Surtout si on peut utiliser cet argent pour construire des écoles et des hôpitaux dans les réserves. Vous avez entendu parler du Navajo Community College ? Il vient d'ouvrir il y a quelques années en Arizona, mais il fait déjà des merveilles pour aider à préserver la culture et la langue, et…

Il s'interrompt avant de conclure :

— Mais je ne crois pas que tout ça vous intéresse beaucoup.

— Au contraire, dit-elle tout en essayant d'assembler les pièces du puzzle. Vous revendiquez donc le terrain pour gagner de l'argent et pouvoir construire des écoles ? Mais est-ce vraiment la seule raison ? Ou est-ce parce que vous savez qu'il y a une mine d'or là-haut ?

Danny Borrego tire une profonde bouffée sur sa cigarette. Quand il parle, sa voix est moqueuse, ses mots nimbés de fumée.

— Les mots ne valent rien, Mme Riley. Ne croyez pas tout ce que vous entendez.

— Je ne crois plus à rien, dit-elle en lui lançant un regard brûlant. Mike voulait savoir ce qu'il en est pour cette terre. Les Stover y ont revendiqué une concession. Vous pouvez me cacher la vérité aussi longtemps que vous voudrez, mais je vous jure que je finirai par la découvrir.

Il prend à nouveau un air moqueur et écrase sa cigarette dans la poussière.

— Vous devriez être prudente. La vérité se paie parfois très cher.

Puis, lui tournant le dos, il lance :

— Bonne journée, madame.

Chapitre 19
Glitter

— Incroyable.

Glitter examine le grenier où – elle l'espère – son père a conservé certains de ses vieux papiers. L'endroit est surchargé de piles de cartons, de meubles cassés et de vieux tapis enroulés sur eux-mêmes, leurs contours adoucis par la pénombre qui filtre à travers la fenêtre poussiéreuse. Les affaires de grand-mère Cornelia doivent être quelque part par là. Et les notes de Papa aussi. À moins que Maman n'ait tout jeté au feu.

Elle s'est faufilée dans l'hôtel avec Ziggy pour prendre un petit déjeuner et profiter de l'absence de Maman, d'oncle Irving et de tante Mae, tous allés aux funérailles. La voie est complètement libre – même Joanna est partie. Elle en est d'ailleurs soulagée. Savoir qu'elle a été flic change quelque chose entre elles, bien que Glitter ne puisse véritablement expliquer quoi. Un peu comme si Joanna avait enlevé un masque pour révéler son vrai visage.

Au fond du grenier, près de la fenêtre, elle tombe sur une pile de vieilles malles. Elle en ouvre une, en sort un manteau de fourrure et passe ses doigts entre les poils soyeux. Elle serre le manteau contre sa peau, puis l'enfile. Il sent la naphtaline et les parfums anciens.

Elle entend un bruit derrière elle, suivi du rire rauque de Ziggy. Il semble se débattre avec l'échelle. Ziggy a beaucoup fumé dans la cuisine, et ses mouvements sont vaporeux.

Il passe finalement sa tête hirsute par la trappe du grenier et la regarde en souriant.

— Ouah, meuf, sérieux. Bigfoot existait donc vraiment.

— C'est la grande classe, tu veux dire. C'est de la vraie fourrure.

Elle lisse le manteau. Ziggy grimpe et regarde autour de lui. Il ne peut pas se tenir debout sous les poutres basses du toit.

— Bon sang, ta grand-mère avait de la camelote à revendre.

— Sens ça, dit-elle en tendant un bras vers lui, faisant tinter ses bracelets en verre. Sens l'odeur de ma grand-mère.

La tête que fait Ziggy est hilarante et elle éclate de rire. Il renifle le manteau et fait semblant de trébucher en arrière, se rattrapant à une pile de valises.

— Merde, bébé, ça pue. C'est du parfum ?

— Une enfant de son temps.

Glitter prend une autre bouffée. L'odeur musquée lui picote le nez. Doux et capiteux. Fort comme de la dope. À l'époque, on ne pouvait pas laisser une dame affronter la société armée de sa seule odeur naturelle.

Mais Ziggy ne l'écoute pas. Il a ouvert une autre valise et en sort une vieille veste en cuir, encore souple et brillante. Avant qu'elle puisse l'arrêter, il l'a enfilé par-dessus son T-shirt.

— Regarde ça. Ça me tiendra chaud quand je conduis la nuit.

— Ça devait être à mon grand-père.

Étrangement, elle se sent irritée qu'il se serve comme si ces choses n'appartenaient à personne. Mais bon, il vaut sans doute mieux qu'elles soient utilisées plutôt que de rester enfermées dans un grenier. Aussi chasse-t-elle sa contrariété d'un haussement d'épaules. De plus, le cuir va bien à Ziggy.

Elle reporte son attention sur la valise dans laquelle elle a trouvé le manteau. Elle contient d'autres vêtements. Une robe à coupe droite. Une paire de chaussures vernies. Un tas de chemises blanches à cols hauts. Du lin, de la soie, de la laine. Des vêtements de grande qualité.

Ziggy déballe un tas d'objets enrobés dans du papier journal – un miroir à main, une broche papillon, une coupe de baptême décolorée.

— Pas de bijoux pour l'instant. Mince, je pensais qu'on trouverait de quoi se faire un peu d'argent de poche.

— Hé, si j'ai raison et qu'on retrouve les papiers de Papa, on sera littéralement assis sur une mine d'or. Ou quelque chose dans le genre.

Ziggy sourit.

— Autumn dit que tu es folle de croire à cette histoire de mine. Comme ta grand-mère.

Cette folle de Lauren. Glitter se mord la lèvre. Ils ne l'appelleront plus comme ça quand elle aura assez de dollars pour acheter tout Boldville. Et alors, elle fera tout raser *et transformera l'endroit en ferme biologique.*

— Mais il y a quelque chose que je ne comprends pas, dit lentement Ziggy. Si ta grand-mère avait une mine, comment ça se fait que vous soyez si pauvres ?

— On n'est pas pauvres, répond Glitter en croisant les bras. C'est juste qu'elle a disparu avant d'avoir pu faire enregistrer la concession. Et que mon père n'a jamais pu finir ses recherches, à cause de son cancer.

— Ça craint. Et ta mère ? Elle n'a pas continué les recherches ?

— Elle ne voulait pas. Elle disait que ça ne servait à rien.

Glitter ouvre d'autres valises et arrache le ruban adhésif d'autres vieux cartons, mais aucun papier ni document, pas même des notes griffonnées. Elle passe des affaires de grand-mère Cornelia aux quelques boîtes contenant les manteaux d'hiver de Papa et ses certificats d'études secondaires. Mais là encore, rien.

Frustrée, elle fourre ses mains dans les poches du manteau de fourrure. Au fond de l'une d'elles, elle sent quelque chose de dur et anguleux. Elle retire ses doigts, puis les replonge dans la poche.

C'est un petit carnet relié en carton marbré, dont les tourbillons verts, rouges et bleus s'estompent au toucher. Elle en feuillette avec précaution les pages brunies, recouvertes d'une écriture ramassée et précise, sans doute apprise auprès de professeurs qui ne transigeaient pas avec la discipline.

Son regard se pose sur une phrase. *Premier jour de voyage sans encombre, bien que quelque peu éprouvant. J'ai évité Fort Rodman par égard pour Lonan, et j'ai eu bien du mal à m'expliquer quand il m'a demandé les raisons…*

Lonan. Elle laisse échapper un cri de surprise. Est-ce que c'est… un journal intime ?

Elle le rouvre au début. La première entrée est datée du 3 janvier 1933. Elle mentionne Geraldine et parle d'elle comme d'une adolescente. Ce… *Ce doit être le journal de grand-mère Cornelia.*

Elle le feuillette plus avant, les doigts tremblants. Elle repère des noms d'endroits étranges. Gallo Peak, Apache Mountain. Ses yeux tombent sur un nom familier. *J'ai repensé aux paroles de Tomkin – tout est tombé à l'eau – et à ce qui est arrivé à Prosperity Rogers, quoi qu'il se soit réellement passé pour lui.*

Prosperity Rogers ? Bon sang, c'est qui celui-là ?

— On peut revendre cette veste, lance Ziggy alors qu'il fouille plus profondément dans la boîte de vêtements. Elle peut nous rapporter quelques dollars.

— Quoi ?

— Et les chaussures et l'imperméable. On peut les emmener à Springerville. Donne-moi aussi ce manteau. Une bonne femme paierait bien cent dollars pour ça.

Elle remet le livre dans sa poche.

— Pas le manteau. Je le garde.

— Mais Glitter, il pue.

— Pas autant que toi.

Ziggy sourit avec fierté.

— Musc masculin. Les filles ne peuvent pas y résister.

Il la tire contre lui et l'embrasse, affectant un air solennel. Elle l'embrasse en retour et se laisse aller tandis que sa main se promène dans son dos…

— Lauren ?

La voix de sa mère les arrête instantanément.

— Lauren ? Où es-tu ?

— C'est Maman, murmure Lauren en s'arrachant à l'étreinte de Ziggy. Merde, ils sont rentrés. Si elle nous trouve là, je vais avoir de gros problèmes.

La voix de Maman monte dans les escaliers.

— Lauren, viens ici tout de suite, s'il te plaît.

Ziggy gémit.

— Ça craint, meuf.

Glitter s'extirpe du manteau de fourrure et le passe sous son bras.

— Je vais voir ce qu'elle veut. Récupère tes affaires et file en t'arrangeant pour qu'elle ne te voie pas.

Maman veut que la famille soit unie en ces temps difficiles. Ce qui signifie rester debout, mal à l'aise, pendant qu'oncle Irving charge la voiture. Tante Mae est assise bien droite sur une chaise, sa tasse de café encore intacte. Ils se disent ensuite au revoir et sa tante se penche tout près de Glitter pour lui chuchoter quelque chose à l'oreille.

— Pense à ta vie, Lauren. Pour le bien de ta mère.

Maman pousse un soupir de soulagement quand leur voiture disparaît sur la route.

— Enfin, dit-elle.

Glitter se mord la lèvre et une profonde tristesse l'envahit.

— Comme tu dis. J'imagine qu'on ne les reverra pas de sitôt.

— C'est le frère de Joe. Je voudrais quand même qu'on se voie de temps en temps.

La voix de Maman est lourde de chagrin.

— Je suis désolée, Maman. Désolée que les choses soient si… difficiles dans notre famille.

Lauren ne sait pas pourquoi elle a dit cela, mais elle sentait que ça devait être dit.

— Ce n'est…

Ce n'est pas ta faute, dit presque Maman. Mais elle se reprend :

— Ce n'est pas grave. Le temps va arranger les choses. Enfin, j'espère.

Glitter prend une profonde inspiration.

— Tu sais, ce n'est pas ma faute si Mike est mort.

— Lauren, je t'ai déjà dit ce que je pensais de tout ça. Ce n'est pas ta faute, mais…

— Mais quoi ?

Maman soupire.

— Je veux juste que tous ces gens partent, Lauren. S'il te plaît, ne m'oblige pas à appeler le shérif pour expulser tes amis.

Glitter déglutit.

— Compris. Je vais leur dire de partir. Mais pas aujourd'hui. Après-demain. Et en échange, tu dois me dire quelque chose.

Un moment d'hésitation.

— Te dire quoi ?

— Je discutais avec Autumn l'autre fois, et on parlait du jour où tante Lorita nous a emmenées à Fort Rodman. Tu te souviens ?

Le visage de Maman se ferme.

— Pas vraiment.

Menteuse.

— Tu étais tellement en colère. On se demandait pourquoi tu t'étais brouillée avec tante Lorita pour une chose aussi stupide.

— Je ne me suis pas « brouillée » avec Lorita.

— Mais vous n'êtes plus amies.

— C'est sa faute.

— Peut-être que ce n'est la faute de personne. Tu devrais l'inviter à la maison, un jour. J'aimerais discuter de certaines choses avec elle.

— Comme quoi ?

— Fort Rodman. J'ai entendu dire que des jeunes venus d'un autre État avaient découvert des ossements là-bas, dans les années quarante. Tu t'en souviens ? C'est pour ça que tu étais tellement en colère après tante Lorita quand elle nous a emmenées là-bas ?

Maman s'appuie sur le bureau de la réception et passe sa main sur son visage.

— Eh bien… Je pensais seulement qu'il était très inapproprié d'emmener deux enfants dans un endroit hanté comme celui-là.

— Hanté ? Dans quel sens ?

— Lauren, je ne sais pas, je…

Glitter la fixe du regard.

— Si, tu le sais. Tu ne me dis pas la vérité.

— J'ai dit que je ne savais pas, répète-t-elle d'une voix forte en frappant le bureau du plat de la main.

Pendant un battement de cils, son regard s'embrase. De la peur, de la colère et une juste indignation. Puis le feu s'éteint.

— Cette discussion est terminée, finit-elle par murmurer sur un ton cassant. Quant à tes amis motards, j'exige qu'ils soient partis demain ou je ferai appel au shérif.

— Maman, je te l'ai dit, pourtant. Ils ne peuvent pas partir demain. C'est notre happening.

— Votre quoi ?

— Il y a le festival de la ville, explique Glitter en levant les yeux au ciel. Et on va organiser quelque chose. Ça va être planant. On a peint des banderoles et on va faire un discours, et…

— Lauren Phyllis Weiland, tu ne feras rien de tel !

— Si, je le ferai. Et tu n'as aucun droit de m'en empêcher.

Glitter croise les bras.

— Lauren, écoute-moi.

Glitter se dirige vers la porte.

— On se voit là-bas, lance-t-elle. Peut-être que si tu nous écoutes, cette fois, tu comprendras vraiment qui nous sommes.

De retour à la communauté, elle trouve Ziggy assis sur un rocher, en train de fumer un joint. Sa bonne humeur a disparu et il semble même assez tendu. Il scrute intensément la route d'Albuquerque, comme rendu paranoïaque par une mauvaise dope.

Glitter se rapproche de lui et passe une main dans son dos.

— Quelque chose ne va pas ? demande-t-elle prudemment.

— Ça va, bébé. Je travaille trop, c'est tout.

— Tu travailles sur quoi ?

— Juste… des trucs.

Les poils du cou de Glitter commencent à se dresser.

— Des choses pour lesquelles tu utilises mon bus.

— C'est le bus de la communauté.

Elle le fixe.

— Tu étais où, la nuit dernière ?

— Quelque part au-dessus de la 180. Il y a une route de montagne qui traverse les Gila jusqu'en Arizona.

— À côté de Fort Rodman ?

Il la regarde fixement.

— Fort quoi ?

— Je connais cette route. C'est près d'un ancien fort militaire. Yoyo a vu le shérif traîner par là ces derniers jours.

— Et alors ?

Elle le tire vers elle pour que personne ne puisse l'entendre.

— Ziggy, il y a quelque chose de louche dans tout ça. Pourquoi Nickel nous laisse tranquilles ? Et pourquoi il surveille les routes secondaires comme ça ?

Ziggy hausse les épaules.

— Ce gros porc de shérif se planque sûrement pour pas aller bosser.

— Ou peut-être qu'il rassemble des preuves. Sur nous. Sur… ce que tu fais pour Dutch.

— Naaan. Dutch dit que le shérif ne nous causera pas d'ennuis.

— Ziggy, Dutch a une arme. Je… Je n'aime pas ça. Je ne sais pas ce que tu fais pour lui, mais tu dois arrêter.

Ziggy devient nerveux.

— Écoute, c'est juste quelques paquets à livrer.

— Des paquets de quoi ?

Il lève les mains.

— Je n'en sais rien et je ne veux pas le savoir.

— Vous passez de la drogue.

— On est dans un pays libre.

Lauren sent les larmes lui serrer la gorge :

— Ne me raconte pas de conneries. C'est de la drogue, c'est ça ? Des pilules ? Du Quaalude ? Le shérif Nickel va avoir un…

— Bébé. Il l'embrasse, mais la force de son étreinte est plus une injonction au silence. Oublie le shérif. Si quelqu'un pose un problème ici, c'est cette femme flic avec qui vous traînez.

— Joanna ?

— Dutch veut qu'elle parte.

— Dutch peut aller se faire foutre.

Ziggy secoue la tête.

— Je n'ai pas confiance en cette bonne femme, bébé. Et tu ne devrais pas non plus.

— Et toi, tu devrais arrêter de me dire ce que je dois faire. On essaie de découvrir ce qui est arrivé à Mike.

— Il faut te détendre, Glitter. Tu es devenue obsédée par Mike. Tu dégages trop de mauvaises vibes, en ce moment.

Elle fronce les sourcils. *Qu'est-ce que ça veut dire ?*

Le rugissement de deux motos met fin à la dispute. Dutch et Zeke gravissent la colline, des nuages de poussière dans leur sillage. Un grand fût de bière est harnaché à l'arrière de la moto de Dutch.

Ziggy accourt pour les aider à décharger. Avec l'aide de Leon, ils transportent la bière jusqu'au feu de camp. Zeke détache deux cartons de pains à hamburger de son engin et les dépose au sol.

— Tombés du camion, dit-il en souriant. Allez, en cuisine, les filles ! C'est l'heure de faire la fête.

— En quel honneur ? demande Autumn.

— Pour Mike, répond Dutch en croisant les mains et en levant les yeux au ciel avec un sourire moqueur. Qui a été enseveli aujourd'hui dans une terre bénie par Dieu. Qu'il repose en paix.

— Oui, dit Glitter, et sa voix s'étrangle. Pour l'amitié de Mike et son éternel…

— Roscoe, espèce de sale feignasse ! Viens là et dépucelle-moi ce tonneau de bière !

Derrière les montagnes, le ciel se fond en de splendides teintes de pourpre. Glitter avale trois hamburgers et chante avec Leon, leurs voix luttant contre le rock trash diffusé par la radio de Dutch. La sensation étrange s'insinue à nouveau en elle. Elle pense à Mike, à son corps sous la terre, au regard de Maman, à la fêlure dans sa voix.

Et aux ossements.

Ziggy dépose quelque chose dans sa paume. Un comprimé d'acide. Elle sourit de soulagement. Elle a besoin d'être à nouveau elle-même. Ou peut-être plus qu'elle-même. La vraie Glitter, celle qui ne s'inquiète jamais de rien.

Elle glisse le comprimé sous sa langue et le laisse se dissoudre. Ziggy passe un bras autour d'elle et l'entraîne dans les collines. Ils contemplent la Route 66 et Glitter pense à grand-mère Cornelia et à ce que Mike a découvert à son sujet et qui l'a rendu si furieux. Mais elle ne parvient pas au bout de sa réflexion, car soudain la montée survient.

Un million de petites lucioles s'élèvent de la route et se dispersent dans le désert. Les collines commencent à s'étreindre comme des amants dans des draps d'armoise et de sable. Elle lève les yeux et voit Mike lui sourire depuis le ciel étoilé. Il fait partie de la giration universelle, désormais. Et tout est parfait.

En bas, la musique s'élève et les gens se déhanchent. Sur la grille du barbecue, les steaks implorent leur grâce. *Ne nous laissez pas brûler, par pitié.* Elle rit à gorge déployée et la lune rit en retour.

Plus tard, Dutch la place sur les genoux de Roscoe dans un but qui ne souffre aucun doute. La main de Roscoe commence à se faufiler sous son T-shirt. Ses doigts sont gras et rugueux. Elle le repousse, mais il a une poigne de fer.

— Hé bébé, murmure-t-il à son oreille. T'es partante ?

Non. Oui. Peut-être.

— Motards, murmure-t-elle. Pourquoi êtes-vous ici ?

Il grogne. Sa voix est sombre comme celle d'un démon.

— On est dans un pays libre.

Glitter regarde autour d'elle. Le feu, éteint, n'est plus qu'un amas toxique. Ziggy est allongé à côté, les membres d'Autumn enroulés autour de son corps. Ses cheveux se sont transformés en serpents qui sifflent dans son dos.

— Viens, dit Roscoe.

Il a une haleine de bière et ses mains la fouillent, empressées. Elle ricane et pense à Yoyo, la prude et coincée, avec ses cheveux bien coiffés et son chemisier boutonné jusqu'au col.

— Viens, dit encore le démon.

Il se lève et la tire par le bras, si brutalement qu'il lui semble qu'il pourrait lui arracher la peau.

Chapitre 20
Glitter

Glitter est réveillée par le bourdonnement des voitures qui empruntent la route de Boldville. *Ils arrivent.* Les patriarches et leurs dévotes épouses. Les jeunes étudiants aux cols repassés. Les gens bien et honnêtes, venus d'aussi loin que leur réservoir d'essence pouvait le permettre. Ils ont rempli leurs glacières et tressé les cheveux de leurs filles si serrés que les malheureuses en souffriront sans doute toute la journée. Tout ça pour Boldville, cette princesse des collines qui a cent ans aujourd'hui et qui tient à ce que ça se sache.

La communauté déjeune de Twinkies et de deux paquets de gaufres sous vide, tout ce qui reste de leur dernier voyage émancipateur. Puis ils se mettent en route, les bras chargés de pancartes et de drapeaux. L'air est froid et électrique. Glitter contemple sa famille et son cœur bondit de joie. Ils sont les enfants de l'arc-en-ciel. Pieds nus, cheveux longs et esprit ouvert. Ils sont une force de la nature, une vague d'amour déferlant des collines. *Rejoignez-nous. Laissez le soleil entrer dans vos cœurs.*

La réaction, quand ils arrivent en ville, semble tout droit sortie d'un western. Les femmes aux cheveux crêpés rapprochent leurs enfants de leur jupe. Les hommes aux chaussures cirées froncent les sourcils. Les nez se plissent, comme s'ils sentaient si mauvais qu'on pouvait le sentir de l'autre bout de la rue.

Glitter mène la troupe, l'asphalte érafle la plante de ses pieds. Elle repère quelques Harley garées près du magasin général. Dutch et ses amis sont là, appuyés contre leurs engins. Ils sont plus nombreux, des hommes avec des blousons en cuir et de grosses lunettes de soleil. Ziggy les salue, mais ils l'ignorent.

Quelqu'un a installé une petite scène avec un micro près de la statue de Carleton. Carleton lui-même a été orné de banderoles qui claquent au vent. Derrière, le clocher de l'hôtel de ville brille de tous ses feux dans le soleil du matin, comme un doigt d'honneur à la face de la liberté.

— Dispersez-vous sur les marches, dit Glitter. Tout le monde pourra nous voir d'ici.

Un groupe de musique s'installe sur la scène et joue quelques airs, jusqu'à ce qu'une foule dense se soit rassemblée sur la place. Eugene Parker apparaît, suivi du maire Sieves. Les musiciens les accueillent en fanfare. Parker salue, puis saisit le micro à deux mains. La fête est sur le point de commencer.

— Mes amis, tonne-t-il, ses mots résonnant à travers toute la place. Aujourd'hui, nous célébrons le centenaire de Boldville. C'est un grand événement. J'ai même repassé mon chapeau, précise-t-il en inclinant le bord de son Stetson, et la foule applaudit. Laissez-moi commencer par dire quelques mots sur notre père fondateur, le grand James Henry Carleton. Brave défenseur de la liberté américaine, Carleton a d'abord fondé dans ce joli petit coin un poste de ravitaillement pour ses hommes, poste qui est vite devenu un établissement permanent. Pendant la ruée vers l'or, Boldville est passée de ce petit avant-poste à la ville florissante et dynamique que nous connaissons aujourd'hui.

Quelques personnes ricanent, mais la plupart ont l'air déconcertées. Il est difficile de dire si Parker plaisante.

— Vous ne me contredirez pas si je dis que cette période fut… ah ah, l'âge d'or de Boldville. De nombreux commerces de la ville, y compris mon humble hôtel – chambres à partir de vingt dollars, *happy hour* à partir de 16 heures –, ont été fondés à cette époque. Cependant, deux guerres mondiales et plusieurs crises économiques ont complètement changé notre façon de vivre. Pour le dire avec les mots de nos jeunes, une ère nouvelle s'annonce.

Il se tourne vers les membres de la communauté et leur fait un clin d'œil. Moonbeam siffle entre ses dents et Leon effectue un salut militaire moqueur.

Glitter aperçoit un homme en jean et chapeau blanc à l'écart de la foule, adossé à l'hôtel de ville. Son regard est sombre et ses traits familiers, mais elle n'arrive pas à le situer. Qui que ce soit, toute son attention est fixée sur Eugene Parker.

— Boldville doit vivre avec son temps, poursuit Parker. Nous devons faire ce pour quoi nous sommes les meilleurs : l'aventure, le travail acharné et le bon temps passé ensemble. Je suis extrêmement heureux d'annoncer que le conseil municipal et mon grand ami le maire Terence Sieves ont approuvé mes plans pour construire un parc à thème ici : le Grand Bonanza Holiday and Amusement Park. Oui, vous avez bien entendu. J'achète trente hectares de terrain autour d'Owl Creek. Il y aura des sentiers de randonnée, une aire de pique-nique, et Terence, ici présent, dit-il en faisant un geste vers le maire Sieves, prévoit un budget pour un jardin historique. La mort de Billy the Kid, la défaite de Geronimo et, bien sûr, la glorieuse reconquête de notre État par James Henry Carleton seront recréées avec des mannequins étanches en plastique spécial, pour le plus grand plaisir des enfants et des adultes du monde entier.

Les femmes commencent à applaudir et les hommes se tapent sur l'épaule. Certains enfants se tournent vers leurs parents, une lueur d'excitation dans les yeux.

— Des Indiens en plastique, murmure Moonbeam. Du plastique. C'est ce que l'Amérique est devenue.

Le maire Sieves monte sur le podium et serre la main de Parker. L'orchestre joue *The Stars and Stripes Forever. Sing out for liberty and light, sing out for freedom and the right*[3].

Une sombre colère commence à gronder dans la poitrine de Glitter. De la colère contre ce pays de bas étage, ce pays déchiré. Contre le système capitaliste. Contre l'argent et l'hypocrisie.

Sans vraiment se rendre compte de ce qu'elle est en train de faire, elle se lève, les poings en l'air.

— On veut la paix, hurle-t-elle. On ne veut pas de vos merdes en plastique.

Ziggy et Leon déploient la bannière. Le signe de paix violet brille sur les rayures rouges et blanches. Moonbeam se dresse dans une vague émeraude et agite un tissu blanc, brodé du mot *Love*. Autumn met ses mains en porte-voix et hurle à son tour.

— On t'aime, Parker. On t'aime tous.

Le maire Sieves prend le micro.

— Je vois que nous avons quelques… invités spéciaux aujourd'hui. Merci, les enfants. Mais revenons à…

— N'essaie pas de nous faire taire, crie Glitter. On n'arrête pas l'amour.

Ziggy l'encourage.

---

3. *The Stars ans Stripes Forever* est une marche militaire patriotique américaine. Les paroles retranscrites ici peuvent se traduire ainsi : « Chantez pour la liberté et la lumière, chantez pour la liberté et le droit. »

— Pas l'amouuur, mec.

Le maire lève la main.

— S'il vous plaît. C'est un jour spécial pour Boldville. Vous ne voulez pas gâcher cette fête, n'est-ce pas ?

— Bien sûr que si, tonne Glitter en descendant les marches avant de grimper sur la scène.

Se sentant forte et pleine d'audace, elle prend le micro des mains du maire Sieves et s'approche de la foule. Les haut-parleurs émettent un sifflement aigu et ses premiers mots résonnent comme des coups de feu.

— Ceci est un happening, crie-t-elle. Nous sommes ici pour défendre les vraies valeurs de ce pays. Oui, James Henry Carleton mérite un parc à thème. Rassemblez vos enfants, mesdames et messieurs, afin qu'ils puissent assister au glorieux massacre d'innombrables familles lors du génocide des peuples autochtones. Le massacre comme ciment de la supériorité et du progrès américains, voilà la plus grande tradition de ce pays, aujourd'hui exposée au grand jour au Vietnam. On devrait en faire aussi des statues en plastique. Des viols et des meurtres en plastique.

Elle est surprise l'espace d'un instant en apercevant Joanna, qui se tient au fond de la foule. Les yeux grands ouverts, la bouche béante, elle fixe Glitter avec incrédulité.

— Foutus camés ! crie un homme en salopette. J't'enverrais tout ça dans la jungle !

Sa femme s'accroche à son sac à main comme si sa vie en dépendait et hoche vigoureusement la tête :

— Sales parasites ! hurle-t-elle.

Du coin de l'œil, Glitter aperçoit le shérif Nickel qui avance vers eux, entouré de sa brigade d'adjoints. Son cœur s'accélère. Il ne leur reste plus beaucoup de temps.

Le maire Sieves lui pose une main sur l'épaule et lui sourit jovialement.

— Je vous remercie, mademoiselle Weiland, dit-il, assez fort pour que tout le monde sache qui elle est. Je suis certain que nous comprenons tous vos préoccupations. Les temps sont durs, et nous sommes toujours heureux d'avoir une contrib…

Glitter place le micro si près de ses lèvres que sa voix couvre complètement celle du maire :

— Nous organisons ce happening aujourd'hui dresser notre amour contre votre haine. Nous apportons un message de paix et…

Le maire l'attrape par le bras et essaie de lui arracher le micro des mains.

— Taisez-vous, maintenant. Descendez de cette estrade.

— Nous avons un message ! lui répond-elle en criant. Laissez-moi parler.

Sieves la fixe. Quelque chose d'inquiétant luit dans son vieux regard boueux.

— Je me fous de votre message, dit-il plus bas. Foutez le camp de ma ville.

Un mouvement de foule se produit alors et l'air se charge d'une tension palpable. Un frisson parcourt l'échine de Glitter comme elle voit Dutch et ses amis approcher, leurs visages enroulés dans des écharpes, des chaînes de vélo pendant le long de leurs bras. Leurs vestes sombres envahissent les costumes du dimanche et les robes d'église tel un essaim.

— On veut la paix, hurle-t-elle, sentant la panique l'envahir. On veut la paix. On veut la paix !

— Allez au diable ! hurle l'homme en salopette.

Sans un mot, Dutch l'attrape par le col et le frappe à l'estomac. L'homme se plie en deux et s'effondre au sol.

Le geste, bref et brutal, est suffisant : l'Oncle Sam va pouvoir prendre sa revanche.

— Attrapez-les ! crie le shérif Nickel. Allez, les gars. Arrêtez ces salauds !

Les Blood Brothers poussent leur cri de guerre et commencent à distribuer coups de pied et coups de poing. Des cris s'élèvent de la foule qui se disperse. Un coup de feu retentit, puis un autre. Le shérif Nickel vide son chargeur en l'air, et Glitter croit voir quelque chose d'argenté passer dans la main de Dutch.

Elle descend de l'estrade et se met à courir en direction des marches de la mairie. Elle a besoin d'être avec sa famille. De retrouver la sécurité du groupe.

Leon se tient debout devant les membres de la communauté, les bras grands ouverts, comme Jésus sur la croix. Il fait face aux adjoints, qui jouent des coudes pour se frayer un chemin à travers la foule.

— Paix, crie-t-il. Paix et amour, mes amis.

Le premier adjoint le rejoint et lui assène un coup de poing en plein visage ; il s'effondre comme un sac de farine.

***

— Laissez-moi sortir tout de suite.

Glitter se jette contre les barreaux métalliques de la cellule. Le shérif Nickel se retourne, les joues ruisselantes de sueur.

— Ferme ta grande gueule, Lauren.

— J'ai besoin d'aller aux toilettes.

— Fallait y penser avant d'organiser ce gâchis.

— C'est inacceptable ! Vous violez mes droits fondamentaux !

Nickel ricane.

— C'est tout ce que tu mérites. Des gens ont été blessés. Maintenant, tu vas rester là et réfléchir à ce que tu as fait.

Il pousse un long soupir et retourne à son bureau.

Glitter s'affale contre les barreaux et ravale ses larmes. Ce n'est pas la première fois qu'elle se retrouve en cellule. Il y a eu le sit-in du Golden Gate Park, et l'arrestation pour possession de drogue quand elle et Ziggy avaient fait la route avec Lexi et Scat.

Mais cette fois, c'est différent. La haine a explosé autour d'eux comme une bombe, sur les visages de ces gens emplis de dégoût et d'un mépris intense. Et les Blood Brothers ? Des rapaces fondant sur la foule et la déchirant de leurs serres.

Elle s'inquiète pour les membres de la famille. Les adjoints ont attrapé Autumn, mais ils l'ont laissée partir parce qu'elle hurlait pour retrouver son petit. Elle n'a pas vu ce qui est arrivé aux autres.

— J'ai besoin d'aller aux toilettes, répète-t-elle, sa vessie maintenant prête à exploser. Nickel, espèce de sale fasciste, laissez-moi aller aux toilettes.

Le shérif grogne, puis se lève et verrouille la porte d'entrée du commissariat avant de se diriger vers la cellule. Il introduit la clé dans la serrure.

— Je ne suis pas un fasciste, maugrée-t-il. En fait, j'ai *combattu* les fascistes.

— On a au moins une chose en commun, alors.

— Lauren…, murmure-t-il avec un soupir, puis il pointe un pouce derrière lui : Les toilettes sont en bas. Désolé, mais il n'y a pas de toilettes pour dames.

— Le genre est un concept dépassé, dit-elle doucement en passant devant lui.

Il était temps. Elle descend dans les sous-sols du commissariat et sa mâchoire se serre. L'endroit sent les aisselles de Dutch. Il y a des cabines de douche qui ne semblent pas avoir été aérées depuis des années, au vu des amas de moisissure qui occupent leurs coins. Un mur de casiers recouverts de pin-up en petite tenue longe un côté du couloir. Moonbeam deviendrait dingue si elle voyait ça.

Les toilettes sont dans un état déplorable. Des gouttelettes d'urine ornent les parois des pissotières, et la cuvette de l'unique cabine fermée est constellée d'éclaboussures brunes, sans doute le dernier tacos du shérif Nickel.

Pas moyen. Elle retourne dans la salle des douches, s'accroupit au-dessus d'une des bondes et se soulage avec abandon.

En remontant son pantalon, elle entend des voix à l'étage. Étrange. Nickel a fermé la porte à clé, pourtant. Alors qui est là ? Elle se dirige vers les escaliers sur la pointe des pieds. De là où elle se trouve, elle peut entendre la voix du shérif.

— Tu n'aurais pas dû venir ici, dit-il.

L'autre personne lui répond. Il s'agit d'un homme, mais il parle trop bas pour qu'elle parvienne à capter ses paroles.

— Je veux ce que tu me dois pour avoir couvert tes arrières, dit le shérif. Je sais ce que tu fais dans ces collines.

L'autre personne marmonne quelque chose.

— Je le jure, reprend Nickel, et son ton monte d'un cran. Soit, tu me donnes ce que tu me dois, soit, je raconte ce qui est arrivé à ce gosse à la police d'État.

Soudain, deux coups de feu retentissent. Ils se succèdent si rapidement que Glitter tressaille à peine. Son corps se fige. Incapable de bouger ou même de respirer, elle entend un affreux gargouillement, suivi d'un bruit sourd et définitif, terrible.

Puis le silence.

Non, pas tout à fait. Elle entend des bruits de pas. Le son du métal grattant le métal…

Un instinct animal fait bouger ses jambes. Elle se réfugie dans les douches et se colle contre le mur le plus éloigné de l'escalier. Encore des bruits de pas, puis on entend le grincement de tiroirs rouillés. Une voix siffle :

— Vieux salopard.

Puis la porte se referme.

Chapitre 21
Cornelia

25 mai 1933

Je suis partie de Boldville comme une voleuse dans la nuit. Premier jour de voyage sans encombre, bien que quelque peu éprouvant. J'ai évité Fort Rodman par égard pour Lonan, et j'ai eu bien du mal à m'expliquer quand il m'a demandé les raisons de ce détour. J'ai bafouillé quelque chose à propos de la mule, qui rechignait à traverser les ruisseaux. La capacité de Lonan à l'amadouer est d'ailleurs une chance inespérée. Si j'avais été seule, j'aurais étranglé cette bête bornée avant même d'être arrivée à Gann Waters.

J'écris ces mots près du feu de camp pendant que Lonan prépare des crêpes de maïs. J'aimerais que Mary puisse me voir. Elle a pâli comme un lapin à la crème quand je lui ai dit que j'allais partir dans les montagnes avec un Indien pour seule compagnie. Je suis heureuse d'annoncer que Lonan garde toute ma confiance et que je suis bien nourrie et en forme.

26 mai 1933

Réveillée avant le lever du soleil. J'ai rêvé de Geraldine la nuit dernière. Elle était enfermée dans une pièce en feu, mais il m'était impossible de la faire sortir.

Plus tard, le même jour. Nous avons passé Gallo Peak et Apache Mountain. Pas d'Apaches là-bas, dit Lonan, ce qui devrait apaiser la pauvre Mary. J'ai repensé aux paroles de Tomkin – tout est tombé à l'eau – et à ce qui est arrivé à Prosperity Rogers, quoi qu'il se soit réellement passé pour lui. J'ai demandé à Lonan si les membres de sa tribu avaient rencontré les deux prospecteurs. Lonan a répondu qu'il n'était pas sûr, que les hommes blancs se ressemblaient beaucoup entre eux et qu'ils n'apportaient que des problèmes, raison pour laquelle on les évitait.

Je me suis sentie idiote ; il y avait bien sûr des centaines de prospecteurs dans ces montagnes à l'époque de la ruée vers l'or, les poches remplies d'alcool et leurs Winchester toujours chargées. On ne peut pas reprocher aux Indiens d'avoir préféré rester à distance.

27 mai 1933

Nous sommes arrivés ! Trop bouleversée pour écrire beaucoup, mais la région est telle que décrite. Le Bull's Eye doit être une grotte à l'ouest, en haut du Black Bull Peak.

Le sentiment d'isolement est fort, ici. Les pins sont vieux et robustes. L'endroit est sauvage et le ciel nocturne parsemé de millions d'étoiles. Je pense beaucoup à George. Pourquoi le destin a-t-il été aussi cruel envers lui ? Mais la volonté de Dieu ne peut…

Je viens d'entendre un hurlement au loin. Des coyotes. Lonan dit de ne pas s'inquiéter, que le feu les éloignera. Mais comment vais-je pouvoir trouver le sommeil ?

Des lambeaux de rêve flottent dans mon esprit et m'échappent avant que je puisse les saisir. Je me réveille en sursaut, glacée et terrifiée.

Après trois jours d'escalade constante, mes articulations me font souffrir. Mon esprit s'interroge sur les cow-boys d'antan, pour qui camper à même le sol avec le ciel pour couverture et les tarentules pour compagnie semblait un jeu d'enfant. Pour ma part, même si c'était ma dernière nuit à la belle étoile, ce serait encore une fois de trop.

Je jette un coup d'œil depuis ma couverture humide. Black Bull Peak s'élève contre le ciel rose et en un instant, la vie revient dans mes membres. Notre objectif nous attend là, quelque part. La mine de Tomkin. Peut-être allons-nous en gratter les premières paillettes aujourd'hui.

Une image d'Ebenezer Tomkin jeune homme me vient à l'esprit. Je peux le voir, marchant jusqu'à cet endroit, son meilleur ami à ses côtés. Combien de nuits s'est-il tourné et retourné sous les étoiles, écoutant le souffle de Prosperity Rogers tandis que les coyotes hurlaient dans les canyons et que les feux de Geronimo luisaient au sommet des crêtes toutes proches ? Ou peut-être Tomkin dormait-il profondément, rêvant de maisons de ville, de flûtes à champagne et de jolies filles de riches propriétaires de bétail, leurs cous délicats ornés de lourds colliers de diamants.

Au-dessus de moi, les cimes des arbres projettent leurs ombres contre le ciel du matin. Les bois se pressent autour de nous, sycomores et pins jaunes, leurs troncs immobiles comme des barreaux de prison. Plus je les fixe, plus leurs ombres se déplacent ; je me force donc à cesser de les regarder et à m'extirper de ma couverture.

Lonan a déjà préparé un petit déjeuner léger et mis la cafetière à bouillir. Nous mangeons en silence, mais il me désigne le nord après avoir terminé son pain frit.

— Il y a une rivière au-delà de cette pente. Owl Creek. Ça pourrait être celle qui est dessinée sur la carte.

Je lui ai dit que Tomkin m'avait indiqué le chemin de sa cabane, mais je n'ai donné aucun détail. Lonan est un ami, et je lui fais confiance – mais on n'est jamais trop prudent.

— Laissons la mule se reposer pour l'instant, poursuit Lonan. On va mettre quelques bûches de plus sur le feu et on repassera la voir plus tard.

Je resserre les lacets de mes bottes.

— Si tu le dis. Le vieux Tomkin a parlé d'une flèche courbée pointant vers l'œil du taureau. Ça pourrait être une gorge étroite creusée par le ruisseau, ou un rocher particulier ? Trouvons d'abord sa cabane et commençons à chercher à partir de là.

— D'accord.

Lonan prend la Winchester cabossée qu'il a apportée pour tenir les cougars et les ours à distance et se met en marche sans se retourner.

Après toutes ces semaines d'attente, la voilà enfin. La cabane de Tomkin. Nous la découvrons soudainement, et il me faut une seconde ou deux pour comprendre ce que je vois. La cabane se trouve dans une clairière proche du flanc de la montagne, à un jet de pierre de la rivière. Des trous parsèment son toit. Une vieille lampe-tempête pend au pignon de la façade. La porte, toujours fermée, est en partie dégondée.

Un peu plus loin, je repère une remise sans fenêtre, sécurisée par une chaîne et un verrou rouillés, protégée de la pluie par un affleurement rocheux.

L'obscurité de l'endroit me fait hésiter. Je secoue mon appréhension et j'avance.

— On a réussi.

Lonan me fait signe de reculer.

— Attention, il pourrait y avoir des animaux à l'intérieur, me prévient-il.

Je retiens mon souffle tandis qu'il marche vers la cabane. Il arme son fusil sans bruit, et pendant un instant terrible, il devient autre chose. Un Indien s'approchant furtivement du logis d'un colon sans méfiance.

Je frissonne. Je commence à devenir trop nerveuse ; ça doit être l'atmosphère étrange de cet endroit. Les ombres, ici, me perturbent vraiment.

Lonan pousse la porte du pied et saute en arrière. Mais rien n'émerge de l'obscurité. Je le dépasse et entre à l'intérieur. Mes yeux mettent un moment à s'adapter à la pénombre. L'air est vicié et sent la pourriture. Quelque chose palpite dans ma poitrine, comme un lointain souvenir des premiers Stover fraîchement arrivés dans ce pays, qui se sont sans doute blottis dans une cabane comme celle-ci pour parer aux nuits glaciales du Massachusetts. Leur terreur devant l'immensité des forêts, devant la grandeur de ce continent inconnu et indomptable, palpite encore dans la moelle de mes os.

— Rien ici, dit Lonan en sortant.

Mais la pièce n'est pas vide. Deux couchettes grossièrement taillées, remplies d'aiguilles de pin séchées et recouvertes de lambeaux de linge pourri, sont accrochées au mur. Deux assiettes en émail rouillées reposent sur une bûche sciée. Une boîte de conserve où traîne encore une fourchette, une bouilloire cabossée, deux poêles à frire et un livre bruni occupent une étagère installée contre le mur du fond. Je soulève le livre, libérant une pluie de miettes de papier. C'est une bible.

Cela leur a-t-il apporté du réconfort ?

— Madame Stover ?

La voix de Lonan me fait sursauter. Elle semble plus forte dans cet endroit silencieux.

— Oui, qu'y a-t-il ?

Lonan est debout au milieu de la clairière, le visage assombri par l'inquiétude.

— S'il vous plaît, ne vous approchez pas de la remise.

— Pourquoi ? Qu'as-tu trouvé ?

J'ignore l'avertissement et me précipite vers l'appentis. Lonan a cassé la chaîne rouillée. Il s'élance à ma poursuite, me saisit par l'épaule pour me retenir et la fermeté de sa prise provoque un frisson le long de mon échine.

— Il y a un homme mort à l'intérieur.

— Mon Dieu.

Je retire sa main de mon épaule.

— Ce n'est pas une chose qu'une dame devrait voir.

— Sottises ! Ce n'est pas la première fois que je vois un cadavre.

Il hausse les épaules. Je pousse la porte et révèle le secret qu'elle a gardé pendant un demi-siècle.

Mary Parker aurait eu besoin d'un divan pour s'évanouir, de sels et d'au moins deux ventilateurs. Mais nous, les Stover, sommes faits d'un bois plus solide. Je retiens mon souffle jusqu'à ce que mon esprit accepte la vue qui s'offre à mes yeux. Os gris, peau de papier. Deux orbites sombres qui me regardent comme les fenêtres d'une maison vide.

Le corps est vêtu d'un jean, d'une chemise rouge délavée, de bottes en cuir et d'un chapeau rond. Sa présence semble irréelle, la coupe de ses vêtements et les clous faits main de sa ceinture indiquant qu'il vient d'un autre temps. Un fantôme du passé, aussi étranger à l'ère moderne que les pistes de chariots et le rachitisme.

Sans pouvoir l'expliquer, je sais de qui il s'agit. Prosperity Rogers. Sa peau sombre et chiffonnée s'est étirée sur ses os, tirant ses lèvres en arrière et révélant une rangée de dents jaunies.

Tout est tombé à l'eau.

Je me retourne, assez fière de toujours tenir debout.

— Comment se fait-il qu'il soit si… bien conservé ?

— Pas de pluie, pas d'animaux, dit Lonan en croisant les bras, le fusil pendant à l'arrière de son coude. Air sec et hivers froids. Je suppose qu'il est devenu… comme les Égyptiens.

— Une momie.

Je tends les doigts en direction du corps, mais soudain la main de Lonan se referme sur mon épaule et me tire en arrière.

— Ne le touchez pas. Ça porte malheur.

— Pourquoi ?

— Les meurtres attirent les esprits malveillants.

— Oh, ne me dis pas que tu crois à ces choses. Qui dit qu'il s'agit d'un meurtre, d'ailleurs ? Le malheureux s'est peut-être seulement enfermé là pour être à l'abri des animaux, puis il est mort.

— Et il a verrouillé la porte de l'extérieur ?

— Eh bien, c'est un peu… Il avait peut-être une maladie. Ou une blessure qui s'est infectée. Tomkin l'a peut-être mis ici pour pouvoir l'enterrer convenablement à son retour.

Mais à peine ces mots prononcés, je me rends compte à quel point ils sont ridicules.

— Non, dit Lonan.

Il frappe le corps de la pointe de son fusil, faisant danser des flocons de peau poussiéreux dans la pénombre. Le chapeau glisse du crâne de l'homme, révélant un trou sombre là où devrait se trouver un os rond et intact.

— Une balle dans la tête, dit Lonan. À bout portant. Un sale coup.

Le vertige est instantané. Je titube et m'assois, le monde tourne autour de moi. Les pins, le ciel et les rochers défilent devant mes yeux. Quelque part dans mon esprit, j'entends la voix du vieux Tomkin. *Prosperity… a rejoint les braves.*

Pendant plusieurs années, j'ai hébergé un meurtrier sous mon toit. Je lui ai offert un abri et servi à boire. Et pendant tout ce temps, son meilleur ami est resté là, mort et oublié de tous.

Lonan sait que je ne veux pas qu'on me soutienne. Il ferme la porte et patiente, en retrait.

Je pourrais demander qui l'a tué, mais je connais la réponse. Alors, je demande autre chose.

— Pourquoi ?

— Je ne sais pas, répond Lonan.

Mais nous savons tous les deux pourquoi. Parce qu'ils étaient jeunes, impétueux et surtout cupides, Ebenezer Tomkin et Prosperity Rogers. Parce que dans ces montagnes pourraient se nicher des richesses inimaginables. Parce que personne ne veut partager une chance aussi terrible et aussi merveilleuse.

Et maintenant que nous savons cela tous les deux, nous ne serons plus jamais à l'aise l'un avec l'autre.

Chapitre 22
Joanna

Joanna se réfugie dans le magasin général et s'y recroqueville avec plusieurs familles jusqu'à ce que le rugissement des moteurs s'évanouisse dans les collines. S'ensuivent des échanges feutrés, une demi-heure environ d'incertitude, de sourires forcés et de murmures suggérant de s'aventurer dehors pour vérifier si la voie est libre. Mais avant qu'aucun des hommes présents n'ait eu le temps de se décider, la porte s'ouvre brusquement et un adjoint blanc comme un linge fait irruption dans le magasin. Paniqué, il bredouille et demande à utiliser le téléphone. Le shérif a été tué.

Dans la confusion qui s'ensuit, Joanna se glisse dehors. La rue principale est déserte. Des drapeaux américains pendent mollement sous le soleil de midi. Les stigmates de la bataille jonchent la chaussée : casquettes de base-ball, sandales et canettes de soda écrasées au sol.

Elle s'assied sur le trottoir et essaie de rassembler ses souvenirs. Lauren est montée sur la scène, son T-shirt flottant autour d'elle. Elle ressemblait à une amazone, une guerrière aux pieds nus directement jaillie du terreau américain. Les hippies avaient commencé à chanter. *On veut la paix, on veut la paix.* Le rythme du chant s'était immiscé en elle jusqu'à ce qu'elle finisse par se joindre à eux, les mots s'échappant de ses lèvres sans qu'elle s'en rende vraiment compte. *On veut la paix.*

Puis ça avait été la guerre. Les hurlements. Le chaos. Les motards avaient attaqué la police, leurs yeux brillants de haine. La foule s'était baissée comme un seul homme quand Nickel, le visage déformé par la peur, avait vidé son chargeur en l'air.

Quelques pâtés de maisons plus loin, les portes du Grand Bonanza s'ouvrent à toute volée. Eugene Parker sort en courant, suivi par l'adjoint venu plus tôt au magasin. Le visage de Parker est livide et ses traits tirés. Il tripote le revers de sa veste, s'efforçant d'y accrocher le badge à étoile argentée.

— Les fédéraux nous envoient un hélicoptère, crie-t-il par-dessus son épaule. Assurez-vous que personne ne touche à rien.

Puis il se rend au pas de course jusqu'au bureau du shérif, passe la tête à l'intérieur et referme la porte avant de vomir sur le trottoir.

Une heure plus tard, Boldville grouille de policiers en uniforme. L'opération Sandstone doit avoir le soutien du sénateur. Le budget semble en tout cas suffisant pour envoyer plusieurs patrouilles, un contingent de renfort d'Albuquerque et toute une équipe de détectives, arrivés sur place dans un hélicoptère noir flambant neuf. Sheila Yates est parmi eux et elle fixe Joanna par-dessus les fines montures de ses lunettes de soleil.

— Riley, siffle-t-elle. Tu cherches à flinguer ma carrière ou quoi ?

— Pourquoi ?

Derrière ses lunettes de soleil, le visage de l'inspectrice arbore cet air indéchiffrable.

— Parce que j'ai dit au chef qu'on avait un œil sur toutes les opérations des Blood Brothers dans cette partie du pays. Pourquoi n'a-t-on rien vu venir de ce massacre ?

— Parce que je n'ai rien vu venir non plus ! Ce n'est pas comme si j'avais pu aller leur parler pour leur demander quel était leur prochain coup.

— Mais tu étais censée me tenir informée.

— De quoi ? Ils n'étaient que trois au Stover's, et…

— Avec ces gars-là, trois, c'est déjà une bande. Pas besoin d'une armée pour mener une opération dans ce trou perdu. Donne-moi une poignée de motards et leurs bécanes, et je prendrai le contrôle de chaque chemin de terre entre McNary et Escondido.

L'inspectrice Yates soupire, puis elle reprend :

— C'est bon, laisse tomber. C'était le travail de Nickel de surveiller leurs mouvements, pas le tien. Il les a peut-être surveillés de trop près, d'ailleurs.

Une pensée commence à naître dans l'esprit de Joanna, mais elle ne parvient pas à la saisir à temps.

— Vous pensez que les Blood Brothers ont abattu le shérif parce qu'il gênait leur trafic ?

— C'est la théorie la plus probable, en tout cas. Plusieurs témoins ont vu au moins un motard avec une arme ce matin. De plus, le bureau de Nickel a été saccagé. Cooper est en train d'éplucher la zone.

— Excusez-moi, mais le shérif ne vous aurait-il pas prévenus s'il avait découvert quelque chose d'important ?

Sheila Yates lève ses lunettes de soleil et jette un regard brûlant à Joanna.

— Il semble que notre communication était plutôt à sens unique. Je sais que Nickel n'aimait pas devoir en référer à une femme, alors je suppose qu'il s'est simplement abstenu de le faire, dit-elle en haussant les épaules. Je ne suis pas du genre à dire du mal des morts, mais notre brave et vaillant shérif craignait manifestement pour sa virilité. Quoi qu'il en soit, as-tu d'autres éléments à me transmettre, à propos d'aujourd'hui ?

— Je crois que l'un des adjoints a tiré quelques coups de feu, répond-elle. Et…

Elle s'arrête, un souvenir lui revient en tête :

— Oui, un des Blood Brothers brandissait quelque chose. C'était argenté, mais je n'ai pas vraiment vu ce que c'était.

— Nom ? Description ?

— Il se fait appeler Dutch et il traîne autour de la communauté hippie depuis un moment. Grand, au moins un mètre quatre-vingts. De longs cheveux noirs, plutôt gras.

Sheila Yates soupire.

— Pas grand-chose, mais au moins ta déclaration corrobore ce que nous a dit la fille présente sur les lieux du meurtre, dit-elle en jetant un coup d'œil à son bloc-notes. Lauren Weiland.

Pauvre Lauren. Joanna l'a vue passer un peu plus tôt, escortée vers une ambulance. Elle pleurait et tremblait de tout son corps.

— Juste avant d'être arrêtée, Lauren dit avoir vu ce Dutch sortir une arme, poursuit l'inspectrice. Cependant, elle n'est pas sûre qu'il ait tiré.

— Alors tout ce qu'on a à faire, c'est retrouver Dutch.

Le visage de Sheila Yates reste parfaitement lisse.

— Premièrement, ce ne sera pas facile. Et deuxièmement, ça ne suffira pas.

— Pourquoi ?

— Le problème, c'est que Lauren dit avoir pris de l'acide hier soir, donc son témoignage ne tiendra pas devant une cour.

— Oh.

— Il nous faut des preuves tangibles. Empreintes digitales, traces de sang, témoins oculaires concordants. As-tu vu quelqu'un d'autre dont le comportement t'a paru suspect ? Je sais que tout a dû se passer très vite, mais quelqu'un d'autre a-t-il donné l'impression d'agir avec préméditation ?

Joanna ferme les yeux. Il y avait bien quelqu'un. Pendant un bref instant, un visage plane dans les tréfonds de sa mémoire, son regard sombre rencontre le sien. Elle essaie de réfléchir, de remonter dans ses souvenirs. Une fois que les Blood Brothers ont attaqué la foule, les bannières de la communauté sont tombées rapidement. Il y a eu des cris. L'un des adjoints a frappé un jeune hippie si fort qu'il est tombé au sol. L'adjoint l'a tiré par le revers et l'a frappé à nouveau, sans aucune hésitation.

Voir cela l'a fait basculer dans un monde de pure terreur. *La table basse en verre, les poignées de porte en cristal.* Elle s'est éloignée en titubant, les membres raidis, s'attendant à être soulevée et projetée à terre à tout moment…

Sheila Yates tourne une page de son carnet.

— Personne ?

Puis quelqu'un l'a attirée dans le magasin général et elle s'est retournée pour faire face à…

— Danny Borrego, dit-elle lentement.

— Qui ?

— Il… c'est un homme qui travaille pour Breakwater Mining Ltd. Ils exploitent une mine près de Reserve. Il traînait avec les hippies la nuit où le gamin dont je vous ai parlé est mort d'une overdose.

Pour la deuxième fois, Sheila Yates la fixe par-dessus ses lunettes.

— Ah, oui. Mike. Ça commence à devenir compliqué.

— Un homme présent sur deux scènes de crime. Ça paraît quand même étrange.

— Oui, mais aucun moyen de prouver quoi que ce soit pour l'instant. Ce qui me fait penser : je veux que tu passes me voir demain matin.

— Pourquoi ?

— Ton mari est en route. Le chef l'a transféré dans le contingent de renfort.

Sa vision s'embrouille. Le souffle coupé, Joanna ne sait que répondre. Dwayne. *Dwayne arrive.*

— Oh, dit-elle faiblement. Eh bien, je…

Sheila Yates remet ses lunettes. Elle semble vouloir ajouter quelque chose, mais finit par hausser les épaules.

— Écoute, Riley, ma liste de choses à faire est plus longue que la Constitution, alors parlons-en un autre jour. Prends soin de toi, d'accord ? Retourne à l'hôtel et fais profil bas. On se voit demain.

Joanna s'attarde, observant l'activité frénétique qui se déploie autour d'elle, complètement perdue.

Dwayne. Elle devrait suivre les conseils de l'inspectrice, mais son esprit est engourdi. À quoi bon ? Il va la trouver. Elle l'a toujours su.

Elle s'approche de la scène et jette un coup d'œil au visage poussiéreux de Carleton. La plaque fixée sur le piédestal fait référence à son « attitude héroïque » pendant la guerre de Sécession – sans autre explication. Sous le texte, la plaque cite une lettre de Carleton adressée aux hommes alors en train de combattre la bande de Mangas Coloradas, un chef apache local. *Si les Indiens envoient un drapeau de trêve, dites à son porteur que vous n'avez pas pour ordre de faire la paix, mais de les tuer partout où vous les trouverez.*

Boldville. Elle pouffe. Fondée par un héros de guerre, un pionnier – mais, surtout, un menteur. Cette ville entière avait été construite sur une promesse de paix. En réalité, il n'avait apporté que la mort.

Peut-être que Lauren a raison. Quand on y pense, le mensonge est partout. *L'Amérique est construite sur des mensonges.* Son mariage, par exemple, qui a été scellé autour de la promesse d'aimer et de chérir… et pourtant, elle ne peut toujours pas retirer son foulard, de peur que Sheila Yates aperçoive ses bleus.

— Va te faire foutre, Dwayne, murmure-t-elle.

Elle rejoint la Datsun d'un pas vif et retourne au Stover's.

Dans sa chambre, elle se prépare un café – noir et merveilleusement corsé –, prend le combiné et appelle les renseignements. Avec un nom comme Eckerman, on ne peut guère se cacher à Rexburg, Idaho, et il lui faut moins de cinq minutes pour obtenir le numéro de téléphone de Wally, un des fils de Herb Eckerman, l'homme qui, vingt-cinq ans auparavant, a porté plainte contre le père d'un shérif assassiné à Boldville, Nouveau-Mexique.

Wally Eckerman se présente par son prénom et elle fait de même.

— Monsieur Eckerman, je vous appelle au nom de la police d'Albuquerque, continue-t-elle, car parfois, un mensonge ne peut être combattu que par un autre mensonge. J'ai quelques questions à vous poser à propos de ce qui vous est arrivé à Boldville. Je crois qu'il y a quelques années, votre père a déposé une plainte contre le shérif local, Josiah Nickel.

Après un moment de silence, la voix de Wally Eckerman se fait à nouveau entendre sur la ligne.

— Je ne pensais pas entendre à nouveau ce nom un jour.

— Le successeur du shérif, Bob Nickel, a été tué par balles aujourd'hui. Il n'y a peut-être aucun lien, mais pourriez-vous s'il vous plaît me dire ce qui vous a amené à Boldville à l'époque, votre frère et vous ?

— Grands dieux, s'exclame M. Eckerman, la voix légèrement tremblante. Je ne vois pas comment il pourrait y avoir un lien. C'était il y a si longtemps.

— Voulez-vous bien m'en parler tout de même, monsieur Eckerman ? Nous rassemblons toutes les informations que nous pouvons.

— Très bien, dit-il en soupirant. Eh bien, tout a commencé quand Shane avait à peu près douze ans. Mon frère a lu cet article dans le magazine *Life* sur les légendaires trésors perdus d'Amérique. Alors on s'est lancé un défi. Je devais trouver la mine perdue d'Adam et il devait découvrir le gisement de Tomkin.

Joanna serre le câble du téléphone dans son poing.

— Je n'ai entendu parler d'aucun de ces endroits.

— Les deux sont des mines d'or perdues légendaires. Donc nous…

— Je m'excuse, mais comment peut-on perdre une mine d'or ?

— J'imagine que ça arrivait assez facilement, dans le temps, répond Wally Eckerman avec un petit rire nerveux. Les prospecteurs quittaient les montagnes en empruntant des chemins tortueux et ne retrouvaient parfois jamais le chemin de leur mine. Il arrivait qu'ils débarquent en ville chargés de sacs remplis d'or, sans jamais vouloir en révéler l'origine, bien sûr. Certains ont sans doute inventé l'existence de mines pour extorquer des prêts à la banque. La mine perdue de Boldville est appelée « le gisement de Tomkin ».

Joanna ferme les yeux. Ils lui ont menti. Danny Borrego, et Mme Weiland, et même Lauren. Il y a de l'or ici. Ou du moins, une rumeur persistante à ce sujet.

— Shane ne parvenait pas à se sortir cette idée de la tête, poursuit M. Eckerman, la voix un peu hésitante. Cette légende lui a rongé l'esprit. Il avait dessiné une carte des emplacements possibles et rassemblé toutes les informations qu'il avait pu trouver sur le sujet. À l'automne 1941, il a obtenu son diplôme de dentiste et a acheté sa première voiture. Nous avons fait la route jusqu'à Boldville et Shane m'a montré la montagne où la mine était censée se situer. Nous avons même repéré une piste prometteuse que nous avons suivie à pied sur quelques kilomètres. Là, nous sommes tombés sur ce vieux fort. On a creusé un peu, juste pour s'amuser. Et bon sang, Shane a trouvé une pépite. On a creusé plus profond, et on est tombés… eh bien, sur ce crâne.

— Et vous avez informé la police.

— Oui. Le shérif Josiah Nickel a pris nos dépositions et nous a demandé où nous avions creusé, puis il a confisqué notre carte avant de nous renvoyer chez nous.

— Vous n'avez pas essayé de trouver la mine ?

Wally Eckerman soupire.

— Découvrir ce crâne nous a vraiment terrorisés, vous savez. On voulait retenter notre chance, mais l'Amérique est entrée dans la Seconde Guerre mondiale, et nous avons laissé tomber.

Joanna essaie de se souvenir de sa conversation téléphonique avec Sheila Yates.

— Votre père a déposé une plainte parce que le rapport concernant cette affaire avait disparu. Pourquoi votre père s'intéressait-il autant à cette déclaration ?

— Parce qu'il avait terriblement besoin d'argent.

— Pourquoi ?

Wally Eckerman s'éclaircit la gorge.

— Eh bien… Shane a été mobilisé en décembre 1943 et envoyé en Birmanie. Il a été porté disparu au combat en mars 1944.

— Oh… Je suis désolée de l'apprendre.

Un soupir.

— Papa est devenu fou. Il était convaincu que Shane était vivant, qu'il avait été fait prisonnier quelque part en Mandchourie. Il pensait qu'on pourrait le retrouver si on avait assez d'argent. Il a donc demandé la déposition à Nickel pour pouvoir récupérer la carte de Shane et essayer de trouver le gisement de Tomkin lui-même. Shane s'était occupé tout seul de préparer notre expédition, donc de mon côté, je n'avais aucune idée de la localisation de l'endroit. Mais voilà, nos dépositions et notre carte avaient disparu.

— Dans sa plainte, votre père accuse le shérif d'avoir couvert un meurtre.

— Ah, oui, dit Wally Eckerman avec un petit rire gêné. Comme je vous l'ai dit, Papa n'avait pas toute sa tête, à l'époque. En réalité, ces os étaient anciens. C'est ce que le shérif a dit, en tout cas.

— Votre père n'a jamais donné suite à la plainte ?

— Bien sûr que non, répond-il sèchement, une note de colère perçant dans sa voix. Vous savez pourquoi, naturellement.

— Eh bien… non, je suis désolée.

— Il ne le pouvait pas, puisqu'il a disparu, grommelle-t-il. Vous devriez mieux travailler vos dossiers, madame.

Le récepteur manque de lui tomber des mains.

— Votre père a disparu ?

— Après que Josiah Nickel lui a annoncé que les dossiers avaient disparu, Papa est allé à Boldville, bien décidé à finir ce que Shane avait commencé. Il a écrit une lettre à ma mère depuis l'hôtel où il était descendu, répétant qu'il trouverait l'or et qu'ensuite, il ramènerait Shane à la maison, continue Wally Eckerman avec un rire amer. C'est la dernière fois qu'on a entendu parler de lui. Il est parti randonner dans les montagnes un matin et n'est jamais revenu.

— P… personne n'a essayé de le retrouver ?

— Oh, si. Nous nous sommes rendus à Boldville une demi-douzaine de fois pour mettre la pression à Nickel. Mais ce shérif… Sans vouloir offenser la police, j'ai eu l'impression qu'il n'en avait rien à faire.

Joanna respire difficilement.

— Où était descendu votre père avant sa disparition ?

— Un hôtel à flanc de colline. Shane et moi nous y étions aussi arrêtés pour boire une bière.

— Le Stover's.

— C'est ça. L'endroit était dirigé par une jeune femme, Mme Weimar ou quelque chose comme ça. Elle a dit à mon père de retourner auprès des siens et d'oublier cette histoire.

— Un conseil plutôt avisé.

— Bien sûr. Mais… ça fait réfléchir… J'ai vraiment eu l'impression que… non, ça semble tellement fou.

— Je vous en prie, monsieur Eckerman. Vos impressions sont très importantes.

Il s'éclaircit la gorge et se lance :

— J'ai eu l'impression que tous ces gens, à Boldville, *savaient* ce qui était arrivé à mon père, mais qu'ils ne voulaient pas me le dire.

Le cœur de Joanna cogne contre sa poitrine.

— C'est une petite communauté, dit-elle en laissant ses yeux errer sur le mur dont la peinture s'écaille, sur le plancher lourdement rayé. Un tel événement ne donne pas une bonne image de l'endroit. Les gens n'aiment pas en parler.

Wally Eckerman soupire.

— Non, ce n'était pas ça. Je jure que ces gens avaient l'air d'avoir peur de quelque chose. Comme si ce qui avait fait disparaître mon père pouvait les faire disparaître, eux aussi.

Chapitre 23
Glitter

L'étreinte de Maman est douce et chaude ; pendant un instant, Glitter ferme simplement les yeux, souhaitant pouvoir s'oublier tout entière, comme elle le faisait quand elle était petite fille. Quand elle pouvait se cacher dans les jupes de sa mère ou pleurer contre son épaule, réfugiée en ce lieu magique capable de soulager toute douleur, de réparer toute injustice.

Mais Maman la repousse et la fixe durement, le front plissé par l'inquiétude.

— Lauren Phyllis Weiland, dans quoi diable t'es-tu fourrée ?

— Je n'ai rien fait. J'étais en bas et j'ai entendu Nickel dire quelque chose à propos de Mike. Qu'il allait appeler la police et leur dire ce qui lui était vraiment arrivé. J'avais raison, Maman. Mike n'a pas fait d'overdose. Il a été tué.

Le visage de Maman devient grave.

— Tu en as parlé à la police ?

— Les flics sont des abrutis. Pour eux, tout est la faute des Blood Brothers.

— Et tu penses que c'était quelqu'un d'autre ?

— Je *sais* que c'était quelqu'un d'autre. J'ai tout entendu.

Le souvenir est vif et terrible, comme un cauchemar persistant à l'état de veille. Nickel a dit « Je sais ce que tu fais dans ces collines ». Elle déglutit, puis reprend :

— Il faut que j'y aille, maintenant.

La voix de Geraldine se fait sévère.

— Lauren, je… J'ai besoin de te parler.

— Pas maintenant, Maman, gémit Glitter. Je dois aller voir la famille.

— *Je* suis ta famille. Et je crois qu'il est temps que nous ayons une conversation sérieuse.

— Oui, mais je dois d'abord m'assurer que mes amis vont bien.

— Tes amis peuvent se débrouiller sans toi un petit moment.

— Nous avons traversé beaucoup de choses difficiles aujourd'hui. Je dois aller les voir.

— Lauren, écoute-moi, insiste Maman, sa voix soudain devenue stridente. J'ai besoin de te parler, tu comprends ?

Glitter fixe sa mère. Quelque chose s'est passé en elle. Elle a l'air différente. Il ne s'agit pas de sa permanente qui file ou des rides autour de sa bouche. Ce n'est pas non plus le fait qu'elle porte sa plus belle robe, son col jaune repassé à la perfection. C'est derrière tout ça. Dans les profondeurs. Une fissure dans le granit. Elle se rassied.

— Ce que tu as fait aujourd'hui…, commence Maman, très agitée. Tout ce que je veux, c'est vivre en paix. J'ai toujours essayé de faire ce qu'il y avait de mieux pour toi, et voilà comment tu me remercies. Je n'ai rien fait pour mériter ça.

— Tu as peut-être raison, cependant…, répond Glitter, mais le regard de sa mère la fait taire.

— Tu comprends que ce qui s'est passé aujourd'hui va avoir des conséquences pour nous, n'est-ce pas ?

— Qu'est-ce que tu veux dire ?

— Bob Nickel est mort, Lauren. Et ce que tu as entendu… tu ne dois en parler à personne, tu comprends ? Même pas à la police.

Pendant un moment, Glitter ne trouve plus ses mots.

— Q… qu’est-ce que tu racontes ?

— Crois-moi, dit Maman tout en inspectant ses manches froissées. C’est pour ton bien. Ça… ça n’apporterait rien de bon.

— Mais si Mike a été tué, on doit trouver le coupable.

— Et comment vas-tu faire ça ?

— En posant des questions. En trouvant avec qui il a discuté cette nuit-là. Avant de mourir, il m’a parlé de grand-mère Cornelia. Donc il doit y avoir…

Les mains de Maman tremblent.

— C’est exactement ce que je veux éviter. Inutile de déterrer ces vieilles histoires sur ma mère.

— Pourquoi ?

— Parce que ça va les faire jacasser jusqu’à Noël et même après. Ils diront que c’était de famille. Que les femmes Stover sont toutes folles.

— Je me moque de ce qu’ils pensent.

Des larmes luisent dans les yeux de Maman.

— Mais pas moi.

Glitter secoue la tête.

— Tu devrais, pourtant.

Elle ressent une pointe au cœur. *Cette folle de Lauren.*

— C’est vraiment ce que les gens pensent ? demande-t-elle. Que grand-mère était folle ?

— Je ne veux pas avoir cette conversation.

— Tu viens de dire qu’on avait besoin de parler.

— Oui, mais pas de ma mère.

La pointe au cœur disparaît.

— Tu ne veux jamais parler d’elle. Tu évites toujours mes questions. Pas étonnant que je sois à côté de mes pompes avec tous ces traumatismes que tu m’as imposés.

— Que *je* t’ai imposés…, répète Maman qui recule, titubant presque. Si quelqu’un ici doit être traumatisé, c’est bien moi. Ma mère, la seule famille qui me restait, a disparu du jour au lendemain. J'étais encore une enfant, Lauren, et j'ai dû assister à toute cette tragédie… les recherches abandonnées, les insinuations constantes, et…

Glitter croise les bras.

— Pardon, mais je viens quand même d'assister à un meurtre. Tu n'es pas la seule à avoir vécu des choses difficiles.

— C'était ma mère.

— Et tu es la mienne, répond Glitter en étouffant un sanglot. Tu es censée être de mon côté.

Geraldine la regarde fixement. Ses lèvres bougent, mais elle n'émet aucun son. Puis elle pose ses mains sur ses hanches.

— Lauren, dit-elle d'une voix cassée. Avant que tu montes voir tes amis, il y a autre chose que je dois te dire.

— D'accord, mais fais vite.

Elle acquiesce.

— Je veux que tu partes.

Heureusement, Glitter est bien assise sur sa chaise.

— Quoi ?

— Tu m'as bien entendue. Je veux que tu partes et que tu ne reviennes jamais. Où tu veux, peu importe, mais s'il te plaît, ne reviens jamais ici.

— Tu ne peux pas…

Le visage de Maman est maintenant presque aussi blanc que son tablier.

— Si, je le peux. Si tu penses qu'il y a trop de traumatismes par ici, peut-être que tu devrais laisser tout ça derrière toi. Pour toujours.

Avant que Glitter puisse répondre, sa mère se dirige vers la cuisine et claque la porte derrière elle.

Glitter secoue la tête. Ses mains tremblent. Maman est devenue folle, ou quoi ?

Cependant, elle a des questions plus urgentes à régler. Où est la famille ? Qu'est-il arrivé à Ziggy ? Elle grimpe sur la colline en courant et ouvre les portes de son bus. Il est vide. La caravane de Leon est vide aussi – en tout cas, personne n'ouvre quand elle frappe à la fenêtre. Les pans de la tente de Moonbeam claquent au vent. Il n'y a plus qu'un seul endroit où chercher : la cabane.

— Glitter, dit Ziggy en s'extirpant péniblement du canapé où il somnolait. Sale trip, meuf. Tu vas bien ?

— Vous êtes au courant de ce qui s'est passé ?

Elle les scrute un à un, peinant à déchiffrer l'expression de leurs visages.

— Nickel est mort, reprend-elle. On lui a tiré dessus. J'étais là. J'étais dans le sous-sol. C'était sauvage.

— Ces putains de porcs sont après nous, répond Ziggy. Ce qu'ils ont fait est une violence d'État. On devrait leur faire un procès.

— Tu as entendu ce que j'ai dit ? Nickel est mort.

Ziggy hausse les épaules et les autres la regardent, sans réaction particulière.

— Le shérif, dit-elle en mimant un revolver faisant feu. Quelqu'un l'a tué.

— Eh bien, ce n'est pas nous, dit Moonbeam.

Glitter soupire.

— Non, mais… Ziggy, tu savais que Dutch était armé ?

Les yeux de Ziggy ne s'ouvrent qu'à moitié.

— Oui, et alors ?

— Si Dutch a apporté une arme au happening…

— Une arme n'est qu'un objet physique imprégné d'un pouvoir métaphysique.

— Tu ne m'écoutes pas, répond-elle, lui attrapant le bras. Tu *savais* qu'il avait une arme et tu l'as laissé l'apporter. On est un mouvement pacifique, mec. On est… on est des enfants-fleurs.

— Écoute, je ne dis jamais aux gens ce qu'ils doivent faire ou ne pas faire.

Elle se renfrogne.

— Mais on est une famille. Et on est là pour la paix. Si Dutch et ses copains voulaient vraiment faire partie du Mouvement, ils n'auraient pas foutu la merde comme ça. Les membres d'une famille ne se laissent pas tomber, mec, conclut-elle, les larmes aux yeux.

Leon se balance d'un pied sur l'autre, mal à l'aise.

— En parlant de ça, je… Je crois que je vais me tailler. Cet endroit craint trop, les gars.

— Ouais, dit Moonbeam. Trop de mauvaises vibes ici.

— Mais vous venez juste d'arriver, gémit désespérément Glitter. On doit contrer tout ça avec notre amour, comme Mike l'a toujours dit. On doit réparer la société. On ne peut pas se contenter de fuir en permanence.

Puis une pensée la frappe, perçante et glaciale :

— Autumn n'est pas là ?

— Non.

— Elle est où ?

— Je ne sais pas.

Moonbeam soupire :

— Elle est partie récupérer Sunhawk.

— Le récupérer où ?

— Chez sa grand-mère. Elle l'a pris avec elle pendant le happening.

— Comment ça, pris ?

— Autumn se battait avec les adjoints, dit Leon. C'était sauvage. Ils ont eu besoin de s'y mettre à quatre pour la faire monter dans la voiture de police. Sa mère a vu Sunhawk en train de pleurer. Elle l'a attrapé par le bras et l'a emmené avec elle.

— Et ensuite ?

Moonbeam hausse les épaules.

— Autumn a pété les plombs. Les flics nous ont conduits ici, mais elle s'est enfuie dès qu'ils ont ouvert la porte de la voiture.

Glitter les regarde les uns après les autres.

— Et vous ne l'avez pas suivie ?

— Pour quoi faire ? dit Ziggy. Elle doit trouver son chemin toute seule.

Le jour n'est plus qu'une lueur rougeâtre sur l'horizon quand Glitter s'élance à travers les rues de la ville. L'asphalte est chaud sous ses pieds. Elle court à en perdre haleine, chaque nouvelle inspiration lui brûle les poumons.

Elle entend les cris en arrivant au bout de Hannett Road, où habitent tante Lorita et oncle Eddie. Des voix stridentes et éraillées. Elle tourne au coin de la rue et aperçoit Autumn qui tape du poing contre la porte d'entrée de ses parents.

— Rends-le-moi ! hurle Autumn, dont la voix s'emballe. Rends-le-moi, ou je mets le feu à cette foutue maison.

La tête de tante Lorita apparaît à la fenêtre de la cuisine. Ses tresses sont en désordre, ses cheveux se dressent tout autour de son visage.

— Jeanelle, s'il te plaît. Ma chérie, sois raisonnable, je t'en prie.

Puis on entend un autre cri, plus aigu et plus strident, venant cette fois de l'intérieur de la maison. C'est Sunhawk Shiva qui hurle pour retrouver sa mère.

Glitter éloigne Autumn de la porte.

— Qu'est-ce qui se passe, bon sang ?

— Elle me l'a *pris*, halète Autumn, les yeux presque révulsés. Cette putain de salope. Cette traînée. Maman ! Maman, ouvre cette porte !

— Pas tant que tu es dans cet état, ma chérie, répond Lorita, dont la voix vacille : Attends que ton père revienne avec le pasteur.

Autumn déraille encore un peu plus. Glitter doit user de toute sa force pour l'empêcher de s'ouvrir les poings contre le bois de la porte.

— Tante Lorita, ouvre, crie-t-elle. Sunhawk a besoin de sa mère.

— Simon a besoin d'un foyer stable, répond-elle. Il a besoin qu'on prenne soin de lui.

Simon ?

— Tu crois que je ne prends pas soin de lui ? hurle Autumn. C'est toi qui n'en as rien à foutre. Où tu étais, tout ce putain de temps où j'avais un bébé sur les bras. La vie a été si dure pour moi, et où tu étais ?

— Eh bien ma chérie, moi aussi j'ai une question pour toi : où est donc ton mari ?

— Maman ! hurle Autumn.

Le son produit est si déchirant que Lauren pose sa main sur son cœur. À la fenêtre, tante Lorita pleure aussi, son mascara bon marché s'étale partout sur son visage.

— C'est dans l'intérêt du petit, sanglote-t-elle. S'il te plaît, chérie. J'essaie de faire ce qui est le mieux pour lui.

— Tu ne peux pas faire ça, dit Glitter en s'approchant. Tu ne peux pas enlever un enfant à sa mère.

— Simon aura une meilleure vie avec nous. Une vie… plus décente.

— Il s'appelle Sunhawk Shiva.

— Mais ce n'est pas un nom, ça !

— C'est celui que sa mère lui a donné, dit Glitter en levant les bras en l'air, exaspérée. Imagine qu'on t'ait enlevé ton bébé. Imagine qu'on t'ait pris Autumn.

— Eh bien, j'ai parfois l'impression que c'est ce qui s'est passé, chérie.

Le visage de tante Lorita se crispe et une terrible expression de douleur danse dans son regard.

Autumn croise les bras.

— Je suis partie, dit-elle, calme et menaçante, parce que vous ne me laissiez pas vivre.

— Jeanelle, comment peux-tu dire une chose pareille ? Nous avons tout fait pour toi. Nous t'avons offert une belle vie.

— Vous ne m'avez jamais demandé ce que je voulais.

Lorita essuie les paquets de mascara accumulés sous ses yeux.

— Nous sommes tes parents. Nous savons ce qui est le mieux pour toi.

Glitter lève les yeux vers elle.

— Comment pourriez-vous le savoir ?

— Comment pourrait-on savoir quoi, Lauren ?

— Comment pourriez-vous savoir ce qui est le mieux pour elle ?

— Parce que…, commence tante Lorita en gonflant la poitrine comme si elle manquait d'air. Parce que c'est évident, non ? Toute mère veut que sa fille ait une belle maison. Un mari qui l'aime. Une place dans la société. Des choses qui la rendront heureuse.

— Heureuse ?

— Oui, Lauren. Heureuse.

— Et ? Est-ce que ça marche ?

— Comment ça ?

— Ça a marché pour toi ? Tu es heureuse ?

Lorita les regarde fixement et brusquement, Glitter voit tout clairement. Comme quand elle est sous acide, que les couleurs se mélangent et que les portes de l'univers s'ouvrent en grand, révélant toute la vérité.

Elle voit les gens de l'église médire sur la fois où Lorita a accidentellement mis du sel dans son kouglof. C'était il y a dix-sept ans, mais tout le monde à Boldville s'en souvient encore. Elle voit les cow-boys faire des remarques désobligeantes dans son magasin. *Cette Lorita, plus tout à fait de la première jeunesse, pas vrai ?* Elle voit l'oncle Eddie devant la télé, faisant taire sa femme d'un geste de la main.

Et puis elle voit la jeune Lorita aux yeux brillants, intelligente et enthousiaste. Elle voit les années passer, les chuchotements de l'église ternir son regard et les remarques désobligeantes lui faire perdre sa joie de vivre, toute son intelligence réduite au silence par les cris de la petite Jeanelle et les demandes de l'oncle Eddie pour une bière fraîche, et par l'alarme du four qui, aujourd'hui encore, annonce un gâteau salé que personne ne voudra manger.

— Tu es heureuse ? demande-t-elle encore.

Avant qu'elle n'obtienne une réponse, Sunhawk pousse un nouveau cri. Un long gémissement désespéré et suppliant. Lorita frissonne. Son corps entier tremble, comme agité par une force invisible. Elle se penche par la fenêtre et fixe sa fille du regard.

— J'ai fait de mon mieux avec toi, murmure-t-elle. Du mieux que j'ai pu.

— Je sais, Maman. Je sais.

La voix d'Autumn est rauque, mais ferme :

— Je fais de mon mieux, moi aussi.

Tante Lorita se retire à l'intérieur. Quelques instants passent, puis le verrou de la porte se fait entendre et Lorita sort, Sunhawk Shiva dans les bras. Autumn se jette sur elle comme une tigresse et lui arrache son fils des bras, le serrant ensuite contre sa peau comme si elle essayait de le faire fusionner avec elle.

Puis elle se tourne vers Glitter.

— Allons-y.

Elles s'éloignent toutes les deux dans l'allée, empruntant ensuite le chemin mal éclairé qui rejoint les collines, où le feu de camp de la communauté brûle déjà.

Chapitre 24
Joanna

Joanna jette son sac sur le lit et le fouille de fond en comble. Bon sang, elle n'a vraiment plus rien à se mettre. Chaque fois qu'elle dit ça à Dwayne, ce dernier rit bruyamment et lève son index, comme s'il reprenait une petite fille espiègle. *Je vois où tu veux en venir, chérie. Tiens, voilà vingt dollars. Achète-toi quelque chose de joli.*

Bien sûr, vingt dollars ne suffisent jamais. Mais il aime l'entendre dire « merci » et qu'elle lui montre ses nouvelles robes, achetées avec l'argent prélevé sur le budget du ménage. Et pour le reste du mois, le liquide vaisselle bon marché lui écorchera la peau des mains et elle en sera réduite à nettoyer les toilettes avec les torchons de cuisine.

Mais il sera satisfait. *Tu es ravissante, Joanie. Viens ici, laisse-moi en profiter un peu.*

En tout cas, elle n'a vraiment plus rien à se mettre, désormais. Le chemisier noir de l'enterrement est poussiéreux et taché de sueur. Son autre chemisier, le bleu à petites fleurs, a un chewing-gum rose collé sur l'ourlet, vestige du moment partagé autour du feu, à la communauté.

Étrange qu'elle n'ait pas remarqué plus tôt à quel point elle s'était laissé aller. Sans doute parce qu'à côté de Glitter et de ses amis, elle pourrait ne pas s'être lavée depuis trois jours et rester suffisamment présentable pour rencontrer la reine d'Angleterre.

Elle secoue le chemisier bleu et passe une bonne heure à gratter le chewing-gum et à arranger ses cheveux. Puis elle se maquille. Une bonne dose de laque et trois touches de parfum – deux derrière les oreilles, une au-dessus de la poitrine – complètent le rituel. Dans le miroir, Joanna se trouve soignée, lisse et fade. Le genre de femme qu'on croise et qu'on oublie aussitôt.

N'est-ce pas ce qu'elle désire, en réalité ? Recouvrir les imperfections de sa peau avec du fond de teint et dissimuler la blessure qui barre son front. Être lisse, soignée et insignifiante.

Soudain, elle ne supporte plus de se regarder. Alors elle range le maquillage et plie ses vêtements. Elle réarrange les couvertures du lit et réunit les papiers éparpillés sur le bureau. Elle essaie – essaie de toutes ses forces – de s'attacher à cet ordre, de s'y fondre.

Une fois à Boldville, elle se gare dans la rue principale et se dirige vers le poste de police. L'endroit est toujours circonscrit par du ruban adhésif et des officiers s'affairent à l'intérieur. Des piles de paperasse s'accumulent sur le bureau du shérif Nickel. Quand elle demande à voir Sheila Yates, on lui intime brusquement d'attendre.

Elle traîne dans la rue comme une âme en peine, craignant de tomber sur Dwayne à tout moment. Mais aucune trace de lui.

La faim lui tiraille l'estomac. Elle jette un coup d'œil au tableau des menus installé devant le Grand Bonanza et se met à saliver en repensant au pain de maïs et au café serré. Elle prend une profonde inspiration et entre à l'intérieur.

Elle traverse le bar et rejoint le hall, où elle sonne la cloche de la réception. Après la deuxième sonnerie, une porte de service s'ouvre en grinçant et la tête d'Eugene Parker apparaît. Il n'a pas de chapeau et semble sortir d'une nuit agitée. Quand il l'aperçoit, il passe rapidement ses doigts dans ses cheveux et redresse sa cravate froissée.

— Madame Riley, que me vaut le plaisir ?

— J'ai pensé que je pourrais peut-être prendre le petit déjeuner chez vous, répond-elle. Je ne voulais pas déranger les Weiland, la pauvre Lauren a eu un sacré choc.

— Comme nous tous.

Une ombre passe sur son visage, mais il se ressaisit rapidement :

— Pour le petit déjeuner, je ne peux malheureusement rien faire pour vous, mais je peux vous offrir un verre.

— Il est 10 heures du matin.

Il hausse les épaules.

— Je sais.

Elle s'assied au bar tandis qu'il lui prépare un stinger. Il sort ensuite un paquet de crackers d'un placard avant de se servir un whisky.

Joanna porte son verre à ses lèvres et boit à petites gorgées, essayant de garder son rouge à lèvres intact. Elle ne devrait pas – *vraiment pas* – boire d'alcool, mais la semaine a été difficile et maintenant que Dwayne est là, ça l'apaisera peut-être.

M. Parker fait tourner son whisky dans son verre. Elle jette un coup d'œil aux revers froissés de sa veste, maintenant débarrassés du badge étoilé.

— En tant que shérif adjoint, c'est vous qui prenez les rênes, non ?

— Oui… Oh, vous savez, c'est juste une formalité. Les fédéraux s'occupent de l'affaire, maintenant.

— Je suis vraiment désolée pour ce qui s'est passé.

Il grogne.

— Fichus motards. Je savais qu'ils causeraient des problèmes à l'instant où ils sont arrivés ici. Je l'ai dit au shérif. Bob, je lui ai dit, tu ferais mieux de jeter ces bons à rien hors de notre ville.

— De sages paroles.

— Mais il ne voulait rien entendre. Il disait qu'il avait contacté les fédéraux et qu'ils lui avaient dit de ne pas bouger. Observez-les, qu'ils ont dit. Surveillez-les, mais n'agissez pas. Pendant ce temps, ils parcouraient nos routes sur leurs machines infernales, terrorisant nos femmes et nos enfants.

— En tant qu'adjoint, dit-elle sur un ton léger, je suppose que vous auriez pu faire quelque chose, non ?

Il avale sa dernière gorgée de whisky et attrape la bouteille.

— Et on allait le faire. Croyez-moi, on allait le faire.

— Qui ça, on ?

— La brigade de Boldville. Moi et Bob, et peut-être le maire Sieves, dit-il en regardant les photos accrochées au mur d'un air nostalgique. Je ne pense pas que Fenn nous aurait rejoints, mais on lui aurait demandé.

— Rejoints pour faire quoi ?

Il ignore sa question.

— Je vais vous dire une chose, madame Riley. Je suis le genre d'homme qu'était mon père. Je ne voulais pas attendre que les fédéraux s'occupent de nos problèmes à notre place. Dans le temps, on se serait occupé de ce genre de chose nous-mêmes, et pronto.

Il penche la tête et fait mine de resserrer un nœud coulant autour de son cou. L'estomac de Joanna se rétracte.

— J'ai rencontré le shérif il y a deux jours, près de ce vieux fort sur la Route 180.

Parker laisse la bouteille de whisky planer au-dessus de son verre.

— Comment avez-vous trouvé cet endroit ? Plutôt étonnant pour une étrangère qui ne connaît pas le coin.

— J'ai entendu les jeunes en parler, au Stover's, et j'ai pensé que ce serait un endroit pittoresque à visiter.

— Il ne reste presque plus rien de Fort Rodman.

— C'est ce que le shérif m'a dit.

— Bob devait être là-bas pour surveiller les routes secondaires, répond Parker, puis son visage se décompose : Merde, il leur filait peut-être le train, et il en a payé le prix.

Ils boivent tous les deux en silence. Joanna repense à ce jour-là, à la silhouette du shérif Nickel se découpant à contre-jour. *C'est une contrée sauvage, ici. Il ne faudrait pas qu'il vous arrive quelque chose dans le coin.*

Il voulait parler des motards, sans doute.

— Vous avez l'intention de restaurer Fort Rodman pour votre parc à thème ? demande-t-elle.

— Non, dit lentement Parker. Ça ne vaut pas le coup. Trop délabré. J'ai déposé une demande de permis de construire pour raser l'endroit et l'utiliser comme parking. J'espère juste… J'espère que cette histoire avec Nickel ne va pas faire fuir la clientèle.

Il additionne son verre d'un doigt supplémentaire. Joanna jette un coup d'œil à la salle à manger vide. Difficile d'imaginer à quoi pourra ressembler l'hôtel une fois le parc à thèmes ouvert. Une multitude de braves gens *prenant du bon temps* et s'arrachant un artisanat *tra-di-tio-nnel* directement importé de Chine. Elle imagine le prospectus que Parker est probablement en train de composer dans sa tête. *Où le vieil Ouest revit.* Sécurisé, ludique et familial.

— Le fort ne devrait-il pas être un site historique protégé ? demande-t-elle innocemment. On m'a dit qu'on y avait trouvé des restes humains, il y a quelques années de ça. Une sépulture amérindienne.

Il lève les yeux au ciel.

— Oh, oui. Mon père a exposé ces ossements pendant un moment, mais les Indiens les ont réclamés. Comme ils en avaient le droit, j'imagine.

Elle réfléchit un moment.

— On m'a dit que les Apaches avaient déposé une requête en annulation contre votre parc.

Les traits de son visage se durcissent.

— Les nouvelles vont vite, hein ? Eh bien, ne vous en faites pas pour ça. Danny Borrego et les Apaches peuvent embaucher tous les avocats qu'ils veulent, cet endroit ne leur appartient pas.

— À qui appartient-il ?

— À personne, dit-il d'un ton sombre, puis il engloutit une généreuse gorgée. Mais si tout va bien, il m'appartiendra la semaine prochaine. Croisez les doigts pour moi.

— À moins que la requête de M. Borrego ne soit acceptée.

Parker ricane.

— Ça n'arrivera pas. Danny n'a que de vieilles cartes pour l'appuyer, dit-il en posant son verre. Ça ne prendra pas.

Les cartes. La terre qui était autrefois marquée *Mine de cuivre apache*. Et juste à côté, *Territoire inexploré*.

— Ne serait-il pas logique de créer une sorte de partenariat avec les Apaches ? Je repense à ce que ces jeunes hippies disaient, hier. L'histoire des Amérindiens fait autant partie de notre pays que celle du Far West.

Parker acquiesce.

— J'ai essayé, dit-il. J'ai même proposé aux Indiens de Mescalero de travailler dans le parc, une fois qu'il serait opérationnel. Ça aurait ajouté une touche d'authenticité. Mais ils ont refusé.

— Ils doivent être très contrariés que vous détruisiez leur ancien cimetière.

— Conneries. Cet endroit n'est même pas un ancien site sacré. C'est un tas de poussière perdu au milieu de nulle part. Il attire les mauvaises personnes. Regardez ce qui est arrivé à Bob.

Elle fait de son mieux pour paraître contrite.

— Encore une fois, je suis vraiment désolée.

La voix de Parker se fait tremblante.

— Plus vite cet endroit sera rasé, mieux ce sera.

Elle le remercie pour la boisson et ressort dans la rue. La bordure du trottoir ondule très légèrement. Elle essaie de faire le lien entre toutes ces informations. Le projet de Parker de construire un parc à thème peut être tenu en échec par la requête de Danny Borrego. La présence d'ossements indiens devrait sans doute aider ce dernier à plaider sa cause.

De trop nombreux noms tourbillonnent dans sa tête. *Mine de cuivre apache. Territoire inexploré.* Pourquoi Fort Rodman n'est-il marqué sur aucune carte moderne ? Et pourquoi Mike était-il si désireux d'en savoir plus sur tous ces sujets ?

Elle s'arrête. Une ombre, grande et large, plane devant elle.

Elle se retourne et étouffe un cri. Dwayne. Au milieu du trottoir. Il esquisse un sourire et elle sait instantanément qu'il l'observait, prenant plaisir à l'épier et à la surprendre.

— Salut, Joanie, dit-il. Toujours aussi belle. Même encore un peu plus, je dois dire.

Elle expire enfin.

— Dwayne, dit-elle faiblement.

Il la regarde fixement. Ses lèvres se détachent en un sourire froid et carnassier, semblable à celui d'un squale. Mais soudain il adopte une expression neutre et salue poliment.

— Madame.

Joanna se retourne pour faire face à Sheila Yates, une cigarette au coin des lèvres, le soleil se reflétant dans le verre de ses lunettes.

— Officier Riley, dit l'inspectrice à Dwayne. Vous interférez avec un témoin ?

— Je disais juste bonjour à ma femme, madame.

— Gardez ça pour la pause déjeuner, répond-elle. Retournez à votre poste, Riley.

— Bien, madame.

Dwayne se détourne, mais effleure l'épaule de Joanna de la main en partant, ses doigts pressant légèrement la partie la plus tendre, juste à la base du cou.

— Je viendrai te chercher demain, chérie, murmure-t-il. À la première heure, je te le promets.

— Oui, dit-elle, figée sous son contact. On… on se voit plus tard.

Il s'éloigne et l'inspectrice Yates roule des yeux.

— Riley, mais qu'est-ce qui se passe, bon sang ?

— Rien.

— Je croyais que tu en avais enfin fini avec cette raclure ?

— C'est le cas.

— Tu es sûre ? Parce qu'on a plutôt l'impression que tu vas te mettre à ramper à ses pieds, là.

Joanna déglutit. *Pas cette fois*, a-t-elle envie de dire. *Cette fois, ce sera différent.*

— Ça va aller ?

Non, hurle son instinct de flic. *Je suis en danger.* La table basse en verre, la poignée de porte en cristal. *Un jour, il me laissera me vider de mon sang, juste là, sur le sol du salon.*

Mais ses lèvres restent closes.

Sheila Yates soupire.

— Quoi qu'il en soit, j'ai quelque chose pour toi.

Elle lui montre plusieurs dossiers jaunis. Celui du haut a une empreinte de botte sur le dessus.

— J'ai trouvé ça dans le bureau du shérif, explique-t-elle. J'ai pensé que ça pourrait être intéressant pour votre… recherche, ou je ne sais quoi.

Joanna repère la date sur le premier dossier : *février 1934*.

— Qu'est-ce que c'est ? demande-t-elle.

— Celui-là a quelque chose à voir avec l'hôtel où tu es descendue. Le Stover's. C'est une déposition de témoin. Classée dans l'attente d'une enquête ultérieure qui, figure-toi, n'a jamais eu lieu.

— Comme l'affaire Eckerman.

— Exact, dit l'inspectrice Yates, les sourcils froncés. On dirait que le père Nickel aimait choisir ses investigations. Il semble avoir écarté les affaires qui ne l'intéressaient pas.

— Ou peut-être…

Joanna s'arrête. Mais Sheila Yates ne la laissera pas s'en tirer à si bon compte.

— Ou peut-être quoi, Riley ?

— Peut-être que le shérif était justement *trop* intéressé par certaines affaires.

— Tu veux dire qu'il aurait volontairement omis d'enquêter.

Elle acquiesce.

— Pourquoi ?

Joanna fait un pas vers Sheila Yates et baisse la voix.

— Je pense qu'il y a une mine d'or dans ces collines, dit-elle doucement. Les gens disent que c'est une légende, mais je crois qu'elle existe bel et bien. Une femme appelée Cornelia Stover, qui possédait le Stover's Hotel, l'aurait trouvée dans les années trente. Son compagnon indien, Lonan, a disparu à peu près à la même époque. Quelques années plus tard, des enfants ont trouvé des ossements là-haut, et…

— Riley…

— Et je ne peux pas m'empêcher de me demander si Cornelia Stover n'en a pas parlé à quelqu'un, à l'époque. Peut-être le shérif, le père de Bob Nickel. Peut-être que Josiah Nickel a interrogé Mme Stover sur la disparition de Lonan et qu'elle lui a parlé de la mine, et plus tard, son fils, Bob Nickel, a essayé de la retrouver…

— C'est ridicule. Pourquoi quelqu'un qui connaît l'emplacement d'une mine d'or n'irait pas l'exploiter lui-même ?

— Parce que…, dit-elle, puis elle réfléchit un moment. Parce que alors, leurs crimes auraient été révélés.

Elle s'approche de l'inspectrice :

— Le mystère qui plane autour de Cornelia Stover cache peut-être quelque chose d'inavouable et…

Yates recule d'un pas.

— Riley, tu empestes l'alcool.

Joanna s'arrête. Le regard de l'inspectrice, derrière ses lunettes de soleil, est indéchiffrable, mais son corps est tendu.

— C'est bien d'un bar que je t'ai vue sortir ?

— Le Grand Bonanza Hotel.

— Seigneur.

— C… c'était juste un verre.

— Ce n’est même pas l’heure du déjeuner.

— Je sais.

Le détective la regarde fixement.

— Tu vaux mieux que ça. Mets de l’ordre dans ta vie, Riley. C’est tout ce que je te demande.

Elle lui tend les dossiers et s’éloigne.

Chapitre 25
Joanna

De retour dans sa chambre d'hôtel, Joanna s'assied à son bureau pour étudier les dossiers que lui a remis Sheila Yates. Mais ses mains tremblent encore. Pour se calmer, elle allume une Virginia Slim et inspire trois profondes bouffées.

Elle passe sa main sur le tas de feuilles empilées sur le bureau. La première, datée du 4 juin 1933, est une déclaration faite par deux Amérindiens dont les noms sont épelés phonétiquement. Elle ne parvient à en déchiffrer qu'un seul, Donsay. Aucun nom de famille n'est indiqué. Il doit s'agir des deux hommes qui ont signalé la disparition de Lonan. Elle vérifie la date dans ses notes. Trois jours après le retour de Cornelia Stover de son premier voyage. *Seule.*

Le shérif a fait un semblant d'enquête, résumé dans une écriture à peine lisible. *La fouille de l'hôtel et des collines de la région le 5 juin 1933 n'a fourni aucun indice. L'affaire est classée sans suite.*

Fin de l'histoire.

Le second dossier a été signé en bas de page, de l'écriture pointue de l'adolescente qui a l'habitude d'aider à tenir les comptes de la famille. Il s'agit d'une déclaration de Geraldine Stover datée de 1934, deux semaines après la disparition de sa mère, et qui offre une lecture plus intéressante.

D'après Geraldine, Cornelia Stover est revenue de son premier voyage inquiète et tourmentée. Elle ne cessait de vérifier si les rideaux étaient tirés et les verrous fermés, et lorsque les clients rentraient tard, elle préférait rester debout toute la nuit, lampes allumées, plutôt que de leur laisser une clé sous le paillasson.

Cornelia Stover avait peur. Mais de quoi ?

La réponse se trouve dans le dernier paragraphe. Un soir, Geraldine a aperçu un homme debout sur la colline, à l'arrière de la propriété. Observant la maison.

Joanna écrase sa cigarette, en tire une autre du paquet et regarde au-dehors. Le soleil a commencé à descendre sur les collines, nimbant le sommet du promontoire où Mike est mort d'une lumière dorée. Elle se surprend à chercher une silhouette parmi les armoises, une ombre contre le ciel orange vif…

Il n'y a personne, mais quelque chose la pousse à tirer les rideaux avant d'examiner le dernier dossier.

Ce qu'il contient la surprend complètement. Sur la page de garde, il est écrit : « Déclaration des témoins – Shane et Walter Eckerman, Apt. 7 Balboa Rise, Rexburg, Idaho. Pièces jointes : transcription, carte. »

Le fichier manquant. Il n'avait donc pas disparu. Le shérif Josiah Nickel l'a simplement laissé pourrir dans un des tiroirs de son bureau. Il a menti au père de Shane, et pire, à la police d'État.

Elle le lit, fébrile. La déclaration est datée du 2 octobre 1941.

Shane et Walter Eckerman ont signalé au bureau du shérif la découverte d'un crâne humain à Fort Rodman, près de la borne kilométrique 29 de la route nationale 32. Le crâne a été retrouvé par le shérif Josiah Nickel le lendemain matin. Blessure par balle sur le front à quatre centimètres au-dessus de l'orbite droite. La signature dentaire ne correspond à aucun cas de personne disparue.

Il y a un blanc, puis un autre paragraphe, dans une écriture différente.

Addendum (1943) : Les restes sont remis aux Chiricahuas, l'emplacement de la découverte étant désormais l'objet d'un litige en vertu de la loi Wheeler-Howard. L'enquête est close.

Elle retient sa respiration. Une blessure par balle. Impossible que ces restes soient ceux d'anciens Indiens. Mais alors qui…

Lonan.

Son esprit retourne à Fort Rodman. Les douilles. L'anneau de fer dans le mur. Bob Nickel, les yeux dans la pénombre. *C'est une contrée sauvage, ici.*

La nausée l'envahit et elle se précipite dans la salle de bains. Lonan n'a pas disparu. Il a été assassiné. Parce qu'il avait trouvé la mine. Il savait où elle était, et donc…

Mais si Lonan est mort, qui diable Geraldine Weiland a-t-elle vu devant sa maison ?

Et d'ailleurs, où est la carte ? Wally Eckerman a mentionné le fait que son frère en avait dessiné une, mais qu'elle avait été confisquée par le shérif Josiah Nickel. Elle est censée faire partie du dossier.

Mais la carte n'est plus là.

Elle ouvre le robinet et boit à grandes gorgées. Sentir l'eau glacée dans sa gorge lui éclaircit l'esprit. Elle reprend la déclaration de Geraldine Stover. Une autre histoire court entre ces lignes. Le signalement d'un homme vu en train d'observer une maison dont la propriétaire a disparu peu de temps après aurait dû être de la plus haute importance pour les enquêteurs. Mais il semble que personne n'ait reparlé de cet homme à Geraldine.

Il est peut-être temps de rectifier cette omission.

Mme Weiland est à la réception, la tête penchée sur un livre de comptes. Elle referme sèchement le livre en apercevant Joanna. Ses traits sont tirés et de lourdes poches alourdissent ses yeux.

— Madame Riley, dit-elle un peu trop joyeusement. Comment puis-je vous aider ? Je pourrais vous préparer quelque chose à manger. Avez-vous pris votre petit déjeuner ?

— Merci, mais j'ai déjà…

— Je voulais que vous sachiez que les motards sont partis et que les jeunes hippies s'en vont aussi. Je… Je leur ai demandé de quitter les lieux, ajoute Mme Weiland dont les traits vacillent un instant. Vous devez avoir une terrible impression de notre ville, mais je vous assure que c'est l'endroit le plus paisible et sûr de toute l'Amérique.

Joanna réprime un petit rire amer. L'endroit le plus sûr ? Comme Walnut River Drive, Albuquerque ? *Comme une chambre partagée avec Dwayne ?* Elle rejoint la réception en cinq longues enjambées.

— Madame Weiland, je peux vous parler ? C'est à propos de votre mère.

Aussitôt, Geraldine arbore une expression professionnelle et détachée.

— Oh, pas cette vieille histoire. C'est une tragédie familiale, rien de plus.

— Vous en êtes sûre ?

— Oui. Croyez-moi, vous n'êtes pas la première à vous en inquiéter, mais il n'y a rien d'alarmant dans la disparition de ma mère. Elle… Elle n'avait pas vraiment toute sa tête. Tout le monde en ville le savait. Elle est partie dans les collines et… Eh bien, je suppose qu'elle n'a pas réussi à retrouver son chemin pour rentrer.

C'était une autre époque. Elle n'avait pas de cartes de la région, pas de radio, pas de…

Son visage est indéchiffrable. Joanna reprend :

— Vous avez vu un homme surveiller l'hôtel avant qu'elle ne disparaisse.

Mme Weiland émet un son, entre le souffle et le sanglot. Joanna a manifestement touché un point sensible. Et elle ne reculera pas. Sheila Yates a raison, il est temps de remettre de l'ordre dans toute cette histoire.

— Je ne sais pas comment vous avez appris ça, dit Mme Weiland, la voix tremblante, mais je n'ai aucune envie de parler de…

— En fait, ce n'était pas une question.

Joanna sort son carnet et désigne la cuisine du doigt :

— Suivez-moi. Je dois prendre votre déposition.

Geraldine Weiland grimace quand Joanna ferme la porte de la cuisine.

— Une déposition ? Vous n'êtes pas de la police.

— En réalité, si. Je travaille sous couverture.

— Mais comment…

— Je vous en prie, répondez à ma question. En 1934, vous avez vu quelqu'un observer la maison. Vous avez fait une déclaration au shérif, mais il semble que personne n'ait jamais donné suite.

Mme Weiland recule jusqu'à heurter la cuisinière.

— Il s'est avéré que ce n'était pas important.

— Alors qu'est-ce qui vous rend si nerveuse ?

— Je n'ai pas envie de parler de cette histoire.

— Vous avez fait une observation qui pourrait s'avérer capitale dans une affaire de disparition, en l'occurrence celle de votre propre mère.

— Que voulez-vous dire ?

— Les femmes ne disparaissent pas par hasard.

Mme Weiland respire difficilement.

— Ma mère a disparu alors qu'elle explorait les montagnes. Comme je vous l'ai dit, c'était une tragédie, mais personne n'est responsable.

— Elle cherchait le gisement de Tomkin.

— Comment le savez-vous ?

— Ça ne semble être un secret pour personne. Mais si vous voulez savoir, Wally Eckerman me l'a dit.

— W… Wally Eckerman ? balbutie-t-elle en blêmissant.

— Un des deux garçons qui ont trouvé ce crâne à Fort Rodman. C'était quelques années après l'expédition dans les montagnes de votre mère avec son compagnon. Compagnon qui n'est d'ailleurs jamais revenu. Mike s'est intéressé à cette histoire, lui aussi. Et maintenant, il est mort. Pensez-vous réellement qu'il puisse s'agir d'une coïncidence ?

— Cette mine n'existe pas. Ma mère a inventé cette fable pour convaincre les banques de lui prêter de l'argent. Je vous l'ai dit, elle n'était pas bien dans sa tête et…

— Elle existe, j'en suis convaincue. Mike en était sûr, lui aussi. Sinon, pourquoi se serait-il rendu aux archives municipales pour faire ces recherches ?

— Il est allé aux archives ?

— Oui. Mme Neto, la réceptionniste, me l'a confirmé. Il a consulté d'anciens numéros du *Boldville Bullet*, le journal qui a relaté l'expédition de votre mère, à l'époque. Il a aussi contacté un géologue pour en apprendre plus sur les gisements de minéraux de la région. Et il a interrogé Mary Parker.

Mme Weiland se mord la lèvre, puis secoue la tête.

— Je lui avais pourtant dit de laisser tomber cette histoire, dit-elle d'un ton froid.

— Laisser tomber quelle histoire ? Quel est le grand secret ?

— Mike… a toujours été fasciné par Boldville et son histoire. Quand Lauren et lui sont revenus de San Francisco, ils ne cessaient de parler de conflits générationnels et de purification spirituelle, ce genre de choses. Mike m'a posé des questions sur ma mère, et je lui ai dit la vérité : que l'enquête concernant cette histoire n'avait rien donné. Mais il a continué à m'interroger sans relâche… Je suppose qu'il a fini par se lancer dans ses propres recherches.

— Lauren a dit qu'il était furieux, la nuit de sa mort. Avez-vous une idée de ce qui aurait pu le mettre en colère ?

Mme Weiland déglutit.

— Oui, dit-elle, les yeux légèrement brillants. Il s'est beaucoup intéressé au compagnon de voyage indien de ma mère, qui a disparu lui aussi. Il m'a dit qu'il y voyait une injustice grave. Un Indien disparaît, et pas un semblant d'enquête n'est mené. Ça l'a mis dans une rage folle.

— Savait-il pour les ossements retrouvés à Fort Rodman ?

Un tremblement presque imperceptible.

— Oui. Ça fait partie d'une histoire de fantômes que les enfants se racontaient. Je me souviens d'avoir sermonné à Lauren à ce sujet, parce qu'elle ne cessait d'effrayer Mikey avec cette légende quand il était petit, dit-elle en se tamponnant les yeux. Je ne pensais pas qu'il se souviendrait de ces histoires idiotes. Ou qu'elles l'impressionneraient au point de finir par lui monter à la tête. Si j'avais su…

Elle émet un petit sanglot. Le cœur de Joanna se serre dans sa poitrine. Elle veut réconforter Mme Weiland, mais décide finalement de rester silencieuse.

Ça fonctionne. Mme Weiland soupire.

— Cette affreuse histoire n'en finira donc jamais ? demande-t-elle doucement. Pourquoi ne pouvons-nous pas simplement l'oublier ?

— Qui ça, nous ?

— Ma famille. Toute la ville. Il s'agit de ma *mère*, je vous le rappelle. L'autre jour, Lauren m'a parlé de traumatisme, et c'est bien de ça qu'il s'agit. C'est un traumatisme pour moi, et personne ne veut me laisser en paix avec ça.

Joanna essaie à nouveau d'adoucir sa voix :

— Résoudre ce mystère vous permettra peut-être de passer à autre chose.

Une lueur de colère brille dans les yeux de Mme Weiland.

— Il n'y a pas de mystère, madame Riley. Ma mère n'était pas en pleine possession de ses moyens. Elle a elle-même provoqué cette tragédie – pour son compagnon, pour elle-même et pour sa famille.

— Mais vous ne voulez pas savoir ce qui lui est arrivé ?

— Pas si nous risquons tous d'apprendre des choses que nous préférerions ne pas savoir.

Joanna fronce les sourcils.

— C'est pour ça que vous mettez votre fille à la porte ?

Mme Weiland s'affaisse contre la cuisinière.

— Je ne la mets pas… Je ne la mets pas à la porte. C'est juste… qu'il faut qu'elle parte.

— Pourquoi ?

— Elle était là quand le shérif s'est fait tirer dessus.

— Et vous pensez que ça la met en danger ?

Mme Weiland acquiesce.

Joanna inspire profondément et essaie de parler d'une voix grave, pour avoir l'air autoritaire.

— L'homme que vous avez vu surveiller l'hôtel juste avant la disparition de votre mère. C'était Lonan ?

Mme Weiland la regarde fixement. Elle semble vouloir poser une question à Joanna, mais elle se ravise.

— Lonan avait déjà disparu, dit-elle faiblement. Parfois, je pensais que c'était Ebenezer Tomkin lui-même.

— Mais il était mort.

— Je sais.

— Comment votre mère a-t-elle rencontré Tomkin ?

— Elle avait un faible pour… les excentriques. Pour les gens qui n'étaient pas assujettis aux mœurs sociales. Elle a recueilli Ebenezer Tomkin alors qu'il était dans le besoin et il a vécu avec nous pendant quelques années.

— Vous n'avez pas l'air d'approuver son choix.

— Je le détestais. Il buvait trop et racontait des histoires à dormir debout. Il était si… si…

Mme Weiland s'essuie les mains sur son tablier, soupire puis reprend :

— J'étais une adolescente à l'époque. Je voulais écouter la radio, apprendre à conduire et aller au cinéma. Je voulais la modernité. Mais Tomkin était toujours là, dans les parages, comme un homme d'un autre temps. Comme un mauvais souvenir du passé. Et j'avais peur que…

— Que quoi ?

— Qu'il nous fasse revenir en arrière, d'une certaine façon. Dans un monde où il n'y avait ni cinéma ni savon de supermarché, dit-elle en baissant la tête. Vous pouvez penser ce que vous voulez de moi, madame Riley, mais je l'ai vu. Au cours de cette nuit sombre et glaciale, j'ai regardé par la fenêtre et je jure que j'ai vu quelqu'un.

— Le fantôme des collines.

— Ne vous moquez pas de moi. Je l'ai vu. J'ai vu un homme là-bas. Qui attendait.

— Qui attendait qui ?

Mme Weiland lève la tête. Son regard est sombre et grave.

— Ma mère, dit-elle. Et finalement, elle a répondu à son appel.

Chapitre 26
Cornelia

28 mai 1933

Je vais me coucher, mais je doute de pouvoir dormir sereinement. Lonan s'est arrangé pour que le camp soit installé à bonne distance de la cabane. Je n'ai pas protesté.

J'ai exploré la zone tout l'après-midi, mais je n'ai aucune idée de l'emplacement de la mine. Lonan dit que nous devrions suivre le ruisseau car il est facilement accessible, même avec la mule. J'imagine une grotte au sommet d'un pic inatteignable, *mais Dieu sait à quoi nous devons nous attendre.*

Lonan ne paraît pas très excité à la perspective de trouver la mine de Tomkin. S'agit-il seulement du stoïcisme indien ? Ou d'autre chose ?

Un peu plus tard. Je n'arrive pas à trouver le sommeil. Le rictus de Prosperity Rogers vient me hanter à chaque fois que je ferme les yeux.

Je me réveille d'un sommeil trouble et profond, plus proche de la mort que du rêve. Mes yeux sont chargés de poussière et mes membres engourdis. Je me redresse lentement sur un coude et regarde autour de moi. *Lonan est parti.*

En soi, cela n'a rien d'anormal. Il aime se lever avec l'aube pour aller chasser un lièvre ou emmener la mule au ruisseau. Mais depuis hier, je suis sur les nerfs. La forêt est si épaisse, ici, les gorges si profondes et sombres. Il pourrait être à quelques mètres de moi sans que je m'en rende compte.

Au moins, il a fait du café. Je soulève le pot, en verse les dernières gouttes dans une tasse et bois une gorgée. Le goût est absolument ignoble. Un détartrant assez fort pour attaquer la rouille, c'est ce qu'aurait dit George.

Le soleil est bien plus haut dans le ciel qu'il ne devrait l'être. Je dois avoir trop dormi. Je suis probablement épuisée par toutes ces heures de marche. Par ce que nous avons trouvé ici. Et par ce que nous pourrions encore trouver en amont. La mine de Tomkin pourrait me mettre à l'abri pour la vie. *La femme la plus riche de ce foutu pays.*

Mais la vérité… c'est que je suis effrayée. Bêtement effrayée. *Mais par quoi ?* Dans la lumière crue du soleil, les montagnes semblent avoir été découpées à coups de rasoir. L'air est immobile. Le temps semble s'être arrêté. Dans le ciel, un rapace tournoie au-dessus de la cime des arbres. Je me cambre et tente d'apercevoir un signe de la civilisation, loin au-delà des montagnes. Mais il n'y en a pas.

Un frisson me parcourt les bras. Ce n'est pas comme dans les romans, où de courageuses héroïnes de Pennsylvanie ou de Providence suivent leurs maris à travers les plaines et se réjouissent des cieux ouverts, des paysages désertiques et du frisson permanent de la dangereuse proximité de la faune sauvage. En réalité, je me sens terrorisée. Dans ces grands espaces, nous ne sommes que des insectes. Propres à être balayés d'un revers de main.

— Mme Stover.

Paralysée par la peur pendant quelques instants, je finis par me retourner. Mais c'est seulement Lonan. *Bien sûr que c'est lui.* Il me fait signe.

— Par ici. Venez voir ça.

Nous pénétrons dans la forêt et commençons à gravir une pente rocheuse. Le ruisseau scintille entre les arbres alors que nous montons de plus en plus haut. La pente est raide et je dois faire attention où je pose mes pieds. Une fois là-haut, la vue qui s'offre à nous me coupe le souffle.

Nous sommes si haut que les gorges tout entières s'étalent devant nous comme un dessin d'écolier. D'ici, je peux distinguer les pins qui surplombent la cabane de Tomkin et, au loin, une sorte de brume qui obscurcit l'horizon, là où les plaines de l'Oklahoma suffoquent dans la poussière.

Lonan pointe du doigt l'endroit où le ruisseau forme une sorte de méandre.

— Vous voyez ce coude que fait la rivière ? Vous aviez parlé d'une flèche, c'est bien ça ?

Je regarde fixement le point qu'il désigne, émerveillée. Oui, ça pourrait bien être ça. Le ruisseau se ramasse sur lui-même et passe entre des rochers, formant un triangle aigu. Et au-dessus de lui…

Je fais un geste en direction du flanc de la montagne, là où il s'élève abruptement vers le ciel. On aperçoit une zone d'ombre, en partie dissimulée par des arbustes.

— Est-ce… une grotte ?

Il acquiesce.

— C'est possible. Il faudrait qu'on aille voir sur place.

Je n'entends même pas la suite, déjà lancée dans la pente pour rejoindre le ruisseau.

Plus tard, mon esprit refusera de se rappeler comment je suis rentrée à Boldville. Seule. Mais cette course à travers la forêt reste gravée dans ma mémoire. L'odeur des pins. Le silence. Le scintillement de la rivière bientôt visible entre les arbres.

De près, le coude du ruisseau n'a rien de particulier. L'eau s'écoule paresseusement le long d'une paroi rocheuse courbée. La berge semble à peine suivre la courbe et on ne décèle nul méandre en forme de flèche comme nous l'avons aperçu d'en haut. Une étrange distorsion de la perspective nous a sans doute fait paraître la courbe si nette…

Je scrute les environs. À ma gauche, de grosses pierres semblent avoir été déplacées de part et d'autre d'une ouverture dans les bois. Les racines et les gravats qui en forment le seuil sont patinés par l'usure. *Ça pourrait être un chemin.* Il est trop étroit pour être facilement repérable, mais assez large pour qu'une mule et deux hommes le suivent en file indienne.

Je grimpe. Le sentier – si c'en est un – me conduit le long du flanc de la montagne jusqu'à un épais bosquet de genévrier. J'écarte les branches qui s'accrochent à ma jupe et me penche pour passer sous un tronc d'arbre couché. Mes pieds se prennent dans quelque chose et je tombe au sol.

— Pour l'amour du ciel.

Lonan apparaît à mes côtés, à peine essoufflé. Il me tend la main, mais je me relève sans son aide, envoyant un coup de pied rageur à l'objet enfoui sous les herbes. C'est une barre rouillée, à moitié ensevelie dans le sol. Je la ramasse et la tends à Lonan, mon cœur battant à plein régime.

— Tu sais ce que c'est ?

Il secoue la tête.

— C'est un… un bourroir, dis-je, le souffle court. Pour compacter la poudre à canon dans un trou. Dans une mine.

Je regarde au-dessus de moi, repérant la zone d'ombre dans le flanc de la montagne, presque parfaitement dissimulée par les arbustes.

— Ça doit être là-haut, dis-je. Attends-moi ici.

— Qu'est-ce que vous allez faire ?

— Je vais grimper.

Il me regarde d'un air incertain.

— Mais, madame Stover, à votre âge…

Je fronce les sourcils.

— Je suis en pleine forme.

Je tire une épingle à cheveux de mon chignon ramolli et agrafe les pans de ma jupe ensemble mes genoux. Mais la roche est lisse comme de la peau de bébé et je ne peux même pas y prendre appui. Finalement, Lonan se met dos au mur et me fait la courte échelle. Il est assez fort pour me soulever d'un seul mouvement fluide. Si Mary pouvait me voir à cet instant…

Je me hisse le long de la paroi. La sueur coule dans mon dos, des pierres tranchantes me taillent les mains et mes muscles gémissent à chaque traction. J'avais raison, cependant. *Il y a bien quelque chose derrière les broussailles*. Une cavité dans la roche. Une entrée. Une obscurité pleine de promesses.

Je me glisse à l'intérieur. C'est une petite grotte. Un vieux seau est posé sur le sol, une planche cassée appuyée contre son flanc. Les murs sont nus, mais il est clair qu'on les a travaillés. Une forte odeur flotte dans l'air, vieille pierre et poudre à canon. Quelques mètres plus loin, l'obscurité devient totale.

J'essaie de craquer une allumette, mais mes mains tremblent tellement que les deux premières tombent par terre. Finalement, une flamme apparaît. Dans la faible lueur, je peux distinguer une ouverture pratiquée dans le mur du fond, élargie plus loin en tunnel.

Je sors une bougie de ma sacoche et l'allume. Avec précaution, je rampe en avant. La montagne pèse lourdement sur ma tête. Tout autour de moi, je repère des déchets visiblement anciens. Une pioche appuyée contre le mur. Une boîte de conserve cabossée dont la couleur s'écaille. Je l'écarte du pied tout en élevant la bougie.

Quelque chose scintille au-dessus de moi.

Mon sang commence à battre dans mes tempes. Une ligne scintillante et dentelée traverse le plafond du tunnel. Un trait de foudre fossilisé dans la pierre. Des larmes pleurées par le soleil lui-même.

L'or.

Mes joues sont humides. *C'était vrai.* Tout ce que Tomkin a dit était vrai.

J'essuie des larmes que je ne me souviens pas avoir pleurées. Doucement, je passe un doigt le long de la veine. Elle est lisse et froide. Je la gratte de mon ongle, lève la main et ris d'y voir scintiller de la poussière d'or.

Nous l'avons trouvé. *Non, je l'ai trouvé.* Je vais leur montrer à tous, à Lonan, à Mary et aux hommes de Boldville, à tous ceux qui pensent qu'une femme est incapable d'entreprendre quoi que ce soit de grand.

Derrière moi, des bruits de pas se font entendre. Je me retourne brusquement et me cogne la tête contre le plafond de la grotte. La flamme de la bougie vacille et se pose sur le visage de Lonan. Ses yeux brillent dans l'obscurité. Il tient toujours la baguette de bourrage, remplissant l'espace de sa présence.

— Oh, dit-il, et son expression est indéchiffrable.

Beaucoup, beaucoup plus tard, je suis assise près du feu, fatiguée, endolorie et étrangement énervée. Je dessine une carte de la mine dans la lumière mourante, sur une page que j'ai soigneusement datée, au cas où le bureau du cadastre exigerait des preuves. Trouver la bonne manière de faire n'est pas facile. Je suis étrangement réticente à envoyer ma revendication, de peur que les fouineurs ne trouvent la mine à leur tour…

Après notre découverte, j'ai envoyé Lonan vérifier l'état de la mule et chercher d'autres bougies pendant que je restais près du merveilleux filet d'or. Il ne voulait pas me laisser seul, me rappelant les cougars et les serpents. Mais je lui ai dit de ne pas s'inquiéter. Aucun animal n'osera s'attaquer à moi.

— Pas à la lumière du jour, en tout cas, a-t-il dit.

Ce sont ces mots qui m'ont laissée tendue et anxieuse. Parce que le jour s'est éteint et que le ciel est désormais parsemé d'étoiles, si froides et si lointaines que les regarder trop longtemps me perturbe.

Dès que Lonan a quitté la grotte, j'ai commencé à gratter la veine d'or à même la roche. J'ai utilisé tout ce que je trouvais : pioche rouillée, pierre pointue, ongles. Je l'ai griffée et grattée jusqu'à ce que mes paumes en soient meurtries et que mes doigts saignent. Dans l'obscurité, je ne me suis pas tout de suite rendu compte des dégâts.

Mes mains sont maintenant cachées dans mes gants. J'ai aussi caché d'autres choses. Un trésor étincelant dissimulé dans les plis de mon corset, comme un petit paiement d'avance. Le privilège du pionnier.

Je jette un coup d'œil à Lonan qui range le campement. Comme à son habitude, il se déplace avec une détermination tranquille. Rien à voir avec l'arrogance empressée des hommes de Boldville.

Il ne sait pas que j'ai déjà pris quelques pépites. Mais il est intelligent. Il fera le rapprochement. Et puis… *et puis…* Je pense aux mots de Mary. *Un Indien. Ce serait trop dangereux.*

Lonan ne me ferait jamais de mal. Impossible.

Mais Mary n'a peut-être pas tort. Le peuple de Lonan a pris de l'assurance, depuis la promulgation de Wheeler-Howard. La vie dans les réserves est misérable. Les Apaches meurent de faim en Arizona et une épidémie de choléra a dévasté Mescalero l'an passé. Il y a quelques mois, Mary et Emory ont pris le mauvais embranchement sur la route de Springerville et ont traversé la réserve indienne de Fort Apache. Elle a parlé de cabanes sans fenêtres, dépourvues de toute trace de confort moderne.

Je referme brusquement mon journal. Maintenant que Lonan sait ce qu'il y a ici, il pourrait revendiquer le terrain au nom de Wheeler-Howard. Mais j'ai ma propre revendication à déposer. Cela dépendra juste… *de qui arrivera le premier.*

Ma bouche est sèche et j'humecte mes lèvres d'un coup de langue. Lonan représente un danger, peu importe comment on tourne le problème. Il est légitime que je me protège.

Juste à ce moment-là, un coyote hurle au loin. Je me lève brusquement et mon dos émet un craquement.

— Lonan, dis-je. Je pense qu'on a besoin de plus de bois de chauffage.

Il jette le reste de notre dîner dans les flammes.

— Non. Nous allons le laisser s'éteindre avec la nuit.

— Pas avec ces bêtes qui rôdent dans les parages.

— Elles n'ont pas montré le bout de leur nez, jusqu'à présent.

— Mais la mule est nerveuse. Imagine qu'elle soit attaquée cette nuit. On ne ramènerait jamais l'or à Boldville.

Il jette un coup d'œil en direction des broussailles.

— Très bien, dit-il. Je vais en chercher.

Puis il allume la lanterne et met les bûches restantes dans le feu. Il ne prend pas son fusil. Je savais qu'il agirait ainsi. Il a besoin d'avoir les mains libres pour ramasser du bois.

J'attends que ses pas s'atténuent dans l'obscurité, puis je me dirige lentement vers ses affaires et ramasse la vieille Winchester. Deux cartouches y sont engagées, des cartouches en carton, enveloppées d'une fine couche de papier ciré, pour empêcher l'humidité d'y pénétrer.

Mes entrailles se serrent. Je ferme les yeux et, dans l'obscurité rougeoyante, je vois à nouveau Prosperity Rogers qui me sourit, un trou béant entre ses dents jaunies…

J'extrais les cartouches et en gratte la cire d'une main tremblante. Puis je remplis la cafetière d'eau. Je dépose les cartouches à l'intérieur et mélange le tout. Les bouts de métal s'entrechoquent contre les parois de la cafetière, produisant un bruit presque insoutenable. Mais aucun mouvement ne se fait entendre au-delà du feu.

Une fois les cartouches trempées, je les sèche à l'aide de ma jupe et les remets dans l'arme. Puis je m'allonge et fais mine de dormir.

Mais le sommeil ne vient pas, et mon esprit tourne à plein régime. *Un esprit sombre rôde en ces lieux.*

Chapitre 27
Glitter

— Tu devrais t'en souvenir, pourtant. C'était il n'y a pas si longtemps.

Glitter jette une canette de bière dans les buissons et Autumn lève les yeux au ciel.

— On était petites, meuf. Et c'était juste un après-midi.

— Mais c'était un jour spécial. J'étais tellement excitée… Je m'en souviens très bien.

— Apparemment, pas si bien que ça.

— Alors, aide-moi, dit-elle en s'accroupissant à côté d'Autumn. Écoute, je… j'ai la trouille. Si on ne résout pas ce mystère, qui sait ce qui va encore se passer.

Autumn pose son menton sur ses genoux. Ses yeux parcourent le campement, passent sur Leon et Sunhawk, sur l'hôtel, puis descendent vers Boldville.

— Je me souviens qu'on creusait autour des fondations, dit-elle lentement. Tu as dit que tu étais Daniel Boone, et j'ai pleuré parce que je voulais être un pionnier, moi aussi. Mais on ne retrouvait aucun autre nom.

— Il faisait si chaud.

Glitter ferme les yeux et laisse son esprit vagabonder vers cet après-midi, dix ans plus tôt. Vers cette autre époque de sa vie.

Autumn hausse les épaules.

— Qu'est-ce que ça a à voir avec ce qui est arrivé au shérif, de toute façon ? Qu'est-ce que ça a à voir avec Mike ?

— C’est à cause de ce qu’il a dit au tueur. Soit, tu me mets dans le coup, soit, je dis aux fédéraux ce qui est vraiment arrivé à ce gamin.

Autumn fronce les sourcils.

— Qu’est-ce que c’est censé vouloir dire, « tu me mets dans le coup » ?

— C’est sûrement à propos de la mine d’or. Souviens-toi, on jouait à la chasse au trésor presque tous les jours.

— Cette mine est une légende, dit Autumn. Et ce n’était rien qu’un jeu.

Rien qu’un jeu, bien sûr. Mais auquel ils jouaient tout le temps. Elle se revoit parfaitement avec Mike, Sid et Autumn – et tous ceux qu’ils pouvaient convaincre de sortir – courant partout dans Boldville au cours des chaudes soirées d’été. Elle revoit les mouches bourdonner autour d’eux tandis qu’ils allumaient leurs torches et pénétraient dans des trous de prospection envahis de broussailles, s’émerveillant devant les reflets chatoyants du mica. Ils se perdaient dans les broussailles et chuchotaient des histoires de mineurs barbus trébuchant dans les collines, des flèches apaches encore plantées dans les sacs bourrés d’or que transportait leur mule.

— Je crois que ma mère a flippé à cause de cette vieille histoire d’ossements. Je ne me souviens même plus qui nous en a parlé.

— Peut-être Sid, dit Autumn. Ou n’importe quel autre enfant. Personne ne garde un secret longtemps, à Boldville.

— Mais pourquoi ma mère était-elle tellement en colère ? Je me souviens juste qu’elle hurlait en disant que ta mère ne connaissait pas la vérité. Et ta mère a dit… qu’est-ce qu’elle a dit ?

— Elle a dit qu'elle savait, murmure Autumn. Que tout le monde à Boldville savait que Cornelia Stover était sortie des montagnes pour confesser son péché.

Glitter regarde le désert. Au bout de celui-ci, une bande blanc-bleu tremble sur l'horizon, le ciel scintillant à ses marges.

Elle essuie une larme de ses yeux.

— C'est… quelle merde.

— Le monde est merdique.

— C'est pour ça qu'il faut au moins qu'on règle cette histoire-là.

Elles restent silencieuses un moment. Autumn tend lentement sa main vers son amie. Glitter la prend dans la sienne et la presse doucement.

— Je suis désolée de t'avoir laissée là-bas, dit-elle. Au Ranch Synergia.

— C'est bon, t'en fais pas.

— Mais…

Son esprit revient à Altamo. Il faisait si froid, cette nuit-là. Au-delà de la peur, de la douleur et de l'horreur, elle a bien cru mourir de froid. Peut-être ne s'est-elle d'ailleurs jamais vraiment réchauffée depuis.

— Ça n'aurait pas dû arriver, dit-elle doucement. Parfois…

— Parfois quoi ?

— Parfois, je me demande pourquoi nous restons si silencieuses.

— Qu'est-ce que tu veux dire ?

— On passe notre temps à parler de vérité, mais c'est toujours le secret qui nous tient. Comme à Boldville. Je… Je ne sais même pas comment dire les… les choses les plus graves.

Autumn a l'air perdue.

— Hé, tu sais que tu peux tout me dire.

— Bon, alors…, commence Glitter en inspirant profondément. Tu te souviens d'Altamo ? Quand on a pris Dutch et qu'on s'est garés près de cette bande de motards, et…

— Merde.

Autumn se lève d'un bond. Une voiture vient de se garer dans la cour du Stover's. Une femme en sort, les cheveux parfaitement ondulés sous son élégant chapeau.

— Est-ce que c'est…

La voix d'Autumn s'éteint un instant, puis elle reprend :

— C'est Maman.

Tante Lorita lève les yeux dans leur direction. Elle referme doucement la porte de la voiture et remonte le chemin de terre, vacillant de temps en temps sur ses talons.

Vive comme une renarde, Autumn attrape Sunhawk Shiva sur les genoux de Leon. Elle plante ses deux pieds dans le sable et fait face à sa mère, ses yeux lançant des éclairs.

— Qu'est-ce que tu fous là ? crie-t-elle.

Lorita serre son sac à main comme un bouclier.

— Jeanelle, dit-elle. S'il te plaît. J'ai quelque chose à dire.

— Quoi ?

— Je…, commence tante Lorita d'une voix faible et fluette. Tu me manques, chérie. Tu me manques tellement.

Puis elle éclate en sanglots.

Ils aident Lorita à s'installer sur une chaise, dans la cabane. Ils lui offrent un vieux T-shirt pour se moucher et une barre chocolatée pour oublier son chagrin. Leon plaisante en disant qu'il a bien quelque chose de plus fort dans sa caravane, mais Glitter lui fait signe de la boucler.

Autumn s'attarde près de la porte d'entrée, la main de Sunhawk Shiva fermement maintenue dans la sienne. Ce dernier appuie sa tête contre ses jambes, refusant de croiser le regard de sa grand-mère.

Lorita s'essuie le visage avec le seul coin propre du T-shirt.

— Jeanelle, dit-elle doucement. Quand tu es partie, hier soir, j'ai vraiment eu le cœur brisé. Je suis venue te dire… Je suis là pour toi. Je veux être là pour toi et pour Si… pour Sunhawk. Au cas où vous auriez besoin de moi.

— C'est gentil de nous rendre visite, dit Ziggy.

Tante Lorita renifle.

— Je n'aurais pas dû t'enlever ton fils. Tu es sa mère.

— Et les mères savent mieux que quiconque, dit Moonbeam.

— C'est ce que je croyais, répond Lorita. Mais j'ai beaucoup réfléchi et… eh bien, en prenant du recul, je ne suis pas sûre de savoir quoi que ce soit.

Elle sanglote à nouveau. Autumn se dirige vers sa mère et pose une main sur son épaule.

— Hé. Maman, c'est…

Elle veut probablement dire que c'est bon. Mais ça ne l'est pas. C'est bien le problème, et Glitter ne le sait que trop bien. La société a creusé un tel fossé entre les parents et leurs enfants qu'il faudra une éternité pour le combler.

— Ça va aller, dit Autumn.

Sunhawk Shiva se tortille à nouveau. Autumn le prend dans ses bras et le place délicatement sur les genoux de Lorita. Au début, il s'agite, tout son petit corps tendu en direction de sa mère. Mais Autumn secoue la tête et sourit.

— C'est ta mamie, dit-elle simplement.

— Nana, dit Lorita en se désignant du doigt.

Sunhawk lui jette un regard suspicieux. Il répète :

— Nana.

Puis il pose sa tête contre l'épaule de Lorita, hors de vue de ses larmes.

Après quelques minutes, Autumn tend les bras vers lui, car c'est l'heure de la sieste. Lorita laisse Sunhawk la rejoindre sans rien ajouter.

Glitter s'assied près de la chaise de Lorita et allonge ses jambes.

— Merci d'être passée, dit-elle.

— Merci de m'avoir encouragée à le faire, Lauren.

— J'ai fait ça ?

Lorita essaie de sourire.

— Quand tu es venue au magasin, tu te rappelles ? Tu as dit que je devrais passer vous voir.

Glitter baisse la voix.

— Juste avant que tu arrives je parlais à Autumn du jour où tu nous as emmenées à Fort Rodman. Tu t'en souviens ?

Une ombre passe sur le visage de Lorita.

— Oui, je m'en souviens. C'était il y a longtemps.

— Je n'ai jamais vraiment compris ce qui s'est passé ce jour-là. Je me souviens que toi et Maman avez eu une grosse dispute et que je n'avais plus le droit de voir Autumn.

— Comme si on pouvait vous séparer, glousse Lorita. J'ai dit à Geraldine qu'elle ne faisait qu'empirer les choses. Mais elle était tellement furieuse. Je ne comprends toujours pas pourquoi…

— Empirer quelles choses ?

— Eh bien, tu parlais toujours de partir à l'aventure et de trouver des trésors. Ton père t'avait mis la puce à l'oreille à ce sujet, mais ta mère ne voulait pas que tu t'aventures dans les montagnes. Je comprends ça, mais… ce n'était que Fort Rodman.

— C'est là qu'ils ont trouvé des ossements. Tu te souviens que le Grand Bonanza exposait un squelette ?

— Bien sûr. Il y avait un crâne et quelques os. Mary Parker était furieuse d'accueillir une dépouille païenne sous son toit.

— Je me demande si c'était Lonan, l'ami de ma grand-mère.

Tante Lorita pâlit.

— Qu'est-ce qui te fait dire ça ?

— Il a disparu lors du premier voyage de grand-mère Cornelia dans les montagnes. Les gens se sont posé des questions. Tu m'as dit que le père du shérif Nickel avait arrêté Cornelia pour cette affaire, et que les Indiens avaient déposé une plainte, énonce-t-elle d'une traite. Ce jour-là, quand tu nous as emmenées au fort, tu nous as dit que des choses terribles s'étaient passées dans cet endroit. Je t'ai demandé pourquoi, mais tu m'as dit qu'il valait mieux que je ne le sache pas. Mais ensuite, quand tu t'es disputée avec Maman, tu as dit que grand-mère Cornelia avait confessé un péché.

— J'ai dit ça ?

— Oui. De quoi tu parlais ?

Lorita reste silencieuse. Sa mâchoire travaille pendant un moment avant que les mots ne sortent de sa bouche.

— Lauren, dit-elle d'une voix tremblante. Ta mère est chez elle ?

— Il me semble, oui.

— Je… Je crois que je devrais aller lui parler.

Sur le chemin du Stover's, Glitter exulte. Elle a d'abord arrangé les choses entre Autumn et Lorita, et maintenant elle va réconcilier sa mère et sa meilleure amie. Mike a toujours dit qu'on ne pouvait vaincre la haine que par l'amour. Et il avait raison.

Mais le visage de Lorita est tout sauf aimant. Elle pince ses lèvres si fort l'une contre l'autre qu'elles paraissent exsangues. Quand elle lève sa main gantée pour ouvrir la porte de derrière, Glitter voit ses doigts trembler.

Elle passe rapidement devant, au cas où il faudrait s'interposer entre Lorita et la colère de Maman.

— Geraldine, appelle-t-elle. Où es-tu ?

— Dans la cuisine, répond la voix de Maman, étrangement étouffée.

— Devine qui est là, lance Glitter en ouvrant la porte de la cuisine. C'est Lorita. On veut juste…

Elle s'arrête net. Joanna est assise à la table de la cuisine, le dos très droit, un bloc-notes à la main. Un pli profond creuse son front, et elle regarde Glitter comme si celle-ci avait interrompu un entretien privé.

Une multitude d'émotions traverse le visage de Maman : surprise, colère, méfiance.

— Ça, pour une surprise…

Tante Lorita agite sa main en l'air.

— Les filles ont besoin de réponses, Geraldine.

Maman secoue discrètement la tête.

— Ne fais pas ça, murmure-t-elle. S'il te plaît, ne le fais pas.

— Je crois qu'elles ont le droit de savoir.

Le regard de Glitter flotte entre sa mère et Joanna, passant de l'une à l'autre.

— De quoi vous parliez, toutes les deux ?

— Ta mère me parlait justement d'Ebenezer Tomkin, dit Joanna.

Glitter fronce les sourcils et prend une chaise.

— Très bien. Je veux savoir aussi.

Maman enfouit son visage dans ses mains.

— Je ne pense pas que nous devrions…

Lorita tripote son sac à main.

— Geraldine. Je t'en prie.

Les yeux de Maman se rétrécissent. Elle soupire.

— Je n'arrive pas à croire que tu viennes ici aujourd'hui, après toutes ces années…

— Les filles veulent savoir.

— Tu n'aurais jamais dû les emmener dans cet endroit.

Lorita baisse les yeux.

— Je… Je veux connaître la vérité, moi aussi. J'ai porté ce fardeau trop longtemps.

Maman déglutit, puis soupire à nouveau.

— Très bien. Je vais nous préparer du café.

Elles s'assoient et boivent leur café en silence, l'agrémentant de quelques biscuits au chocolat. Finalement, Maman pose sa tasse. Elle a l'air exténuée. D'épaisses poches lui alourdissent les yeux et sa peau a pris une teinte grisâtre. Le cœur de Glitter se serre. Maman se fait vieille.

— Ta grand-mère, Lauren, était une femme en avance sur son temps, commence-t-elle. Elle pensait avoir droit à sa part de fortune et d'aventure, comme n'importe quel homme.

— Ce qui veut dire ? demande Glitter.

— Elle a entendu parler du gisement de Tomkin. Elle est partie à sa recherche et elle l'a trouvé, j'en suis certaine.

Glitter presse une main sur sa bouche.

— Alors le shérif Nickel avait raison. Oh, mon Dieu, c'est du délire. Grand-mère Cornelia t'a dit où c'était ?

— Bien sûr que non. Elle ne m'a jamais rien dit à ce sujet. Mais je sais qu'elle a trouvé quelque chose dans la chambre de Tomkin, et qu'il lui a dit où chercher. Quand elle est revenue de son premier voyage, elle avait un sac à main rempli de pépites d'or. En cachette, je l'ai regardée les peser sur la balance de la cuisine. Elle a utilisé l'or pour payer ses créanciers et engager un avocat pour la revendication territoriale. Et c'est…

La voix de Maman faiblit :

— C'est là que les problèmes ont commencé.

Joanna lève les yeux du bloc sur lequel elle est en train d'écrire.

— Que s'est-il passé ?

— Dès que les gens de la ville en ont eu vent, ils sont allés jacasser chez le maire et le shérif. Ma mère a déposé une demande d'exploitation de la mine, mais les documents ont été perdus. Puis le bureau du cadastre a soudain eu besoin de plus de justificatifs qu'elle ne pouvait en produire. Elle disait qu'elle continuerait à se battre contre eux, mais elle a perdu courage. Elle s'est contentée de mettre les lettres qu'elle recevait dans le tiroir de son bureau et a commencé à tirer tous les rideaux de la maison de manière systématique.

Glitter réalise qu'elle vient de se ronger l'ongle jusqu'au sang et retire son pouce de sa bouche.

— Pourquoi ?

— Ils sont venus la voir. Le shérif et ses hommes. Je ne sais pas ce qu'ils lui ont dit, mais ça l'a complètement abattue. Elle est devenue… bizarre. Elle a commencé à se méfier de tout le monde. Et elle avait raison. Je n'ai pas fait le lien à l'époque, mais l'homme que j'ai vu surveiller l'hôtel cette nuit-là… c'était le shérif.

Joanna acquiesce.

— Il savait ce qu'elle avait fait à Lonan. Et il voulait qu'elle comprenne qu'ils savaient. La brigade.

— Oui, répond Maman.

Glitter sent tout espoir s'échapper de sa poitrine.

— Bon sang. Alors grand-mère l'a vraiment fait ? Elle a tué son partenaire ?

— Chérie, c'était une autre époque, répond, Maman le visage vide et triste.

— Josiah Nickel est venu voir mon père quelques jours après que les enfants Eckerman ont trouvé les ossements à Fort Rodman, dit tante Lorita. Bien sûr, ta mère et moi avons écouté à la porte. Geraldine, est-ce que je peux leur dire ce qu'on a entendu ce jour-là ?

— Vas-y.

— Il a dit quelque chose comme : « Ce satané Indien nous cause encore plus d'ennuis mort que vivant. »

— Mais il n'a pas dit que c'était grand-mère Cornelia qui l'avait tué ?

— Eh bien..., commence Lorita, puis elle soupire. Il a dit que Cornelia Stover avait ses torts, mais qu'il serait mal venu de révéler des choses que personne ne voulait entendre, maintenant qu'elle avait disparu.

— Comme la mort d'un Indien, dit sèchement Joanna.

— Je n'arrive pas à y croire.

Glitter pense à la photo qu'elle a mise dans sa poche, l'autre jour. Le regard sévère de grand-mère Cornelia, sa robe élégante. La fierté de son port.

— Tout ça semble si..., reprend-elle, mais Maman l'interrompt d'une voix douce :

— Lauren, c'est pour ça que je ne voulais pas que tu t'intéresses à cette histoire. J'ai dit la même chose à ton père quand il s'est mis en tête de retrouver cette mine.

Remuer les choses du passé n'apporte jamais rien de bon. C'était une autre époque, et c'est tout.

— Mais comment pouvez-vous être sûr que c'était elle ?

— Josiah Nickel aimait parler, dit tante Lorita. Tout le monde à Boldville le savait.

Glitter n'a pas besoin d'en entendre davantage. Elle aussi le savait, sans doute. Peut-être l'a-t-elle toujours su.

Chapitre 28
Joanna

Joanna observe les femmes présentes dans la cuisine. Les visages des deux filles lui rappellent ceux d'adolescentes délinquantes subissant leur premier interrogatoire. Elles essaient de prétendre qu'elles contrôlent la situation, mais au fond, elles savent qu'il n'en est rien.

Leurs mères, en revanche, ont le regard fatigué et abattu de celles qu'on a trop souvent incarcérées. Lorita Soros s'agite sur sa chaise, pas certaine de la gravité de la trahison qu'elle vient de commettre ni de l'ampleur du châtiment qui l'attend. En comparaison, Mme Weiland semble faire face. L'acier présent dans son regard met Joanna sur ses gardes.

Mais c'est Lauren qui brise le silence.

— Le journal de grand-mère ! Je l'ai trouvé. Il est dans ma chambre.

Elle bondit de sa chaise.

— De quoi tu parles ? demande Mme Weiland. Où as-tu…

— Il était dans la poche de son manteau de fourrure. On est montés au grenier et…

— Qui ça, on ?

— Écoute, Geraldine, ça n'a pas d'importance. J'ai trouvé le journal, et il y avait des indications sur les endroits où grand-mère est allée. C'est peut-être suffisant pour trouver la mine.

— Tu ne l'as pas…, murmure Mme Weiland d'une voix tremblante, tu ne l'as pas lu, alors ?

— Un peu. Pourquoi ?

— Parce que ça pourrait nous apprendre… ce qui est vraiment arrivé à Lonan.

Lorita Soros pose une main sur l'épaule de son amie.

— Oui. Je crois qu'il est temps de regarder la vérité en face.

Mme Weiland ouvre la bouche comme pour parler, mais elle se ravise. Elle pose ses deux coudes sur la table et enfouit son visage dans ses paumes jointes.

— Cette histoire a scellé son destin, poursuit Lorita. Personne ne sait vraiment ce qui s'est passé, bien sûr, mais les habitants de Boldville ne l'ont plus jamais regardée de la même manière. Quand Geraldine est venue vivre avec nous, le shérif Josiah Nickel et Emory Parker sont venus parler à mon père et lui ont dit que c'était peut-être mieux ainsi. Ils nous ont conseillé d'oublier cette affaire et de ne plus jamais en parler.

— Et c'est ce qu'on a fait, répond Mme Weiland.

— Je vais chercher le journal, dit Lauren.

Elle se lève, passe une main dans le dos de sa mère et ajoute :

— Découvrons ce qui s'est vraiment passé.

Elle sort de la cuisine en courant tandis que Jeanelle se lève, elle aussi.

— Je vais aller voir comment va le petit monstre, dit-elle.

Les autres femmes restent assises en silence. Joanna reprend son bloc-notes et date le haut de chaque page griffonnée. Puis elle trace deux lignes nettes en dessous du dernier bloc de texte. Interrogatoire terminé, le dimanche 10 mai à 14 h 34.

Elle allume une cigarette tandis que Mme Weiland pose un cendrier sur la table. Elle vient à peine de se rasseoir que Lauren revient en trombe dans la cuisine, vêtue d'un gigantesque manteau de fourrure. Elle s'assied sur une chaise et tend la main vers les cigarettes de Joanna.

— Je peux en prendre une ?

— Bien sûr.

Lauren allume sa cigarette et regarde sa mère. Mme Weiland serre les lèvres l'une contre l'autre, puis se penche sur la table, saisit le paquet et prend une cigarette, en proposant une à Lorita Soros, qui se dérobe :

— Oh, non ! Non. Ça fait vingt-cinq ans que…

Puis elle émet un petit rire et tire une cigarette du paquet.

Lauren fouille la poche de son manteau et en sort un petit agenda brun. Sans hésiter, elle le tend à Joanna qui commence à le feuilleter. Les dernières pages ont été arrachées, mais l'écriture oblique et soignée de Cornelia court sur toutes les autres pages. Ses entrées sont brèves mais précises, son langage succinct. Aucun signe d'un affaiblissement de l'esprit ou d'une perte de contrôle.

Joanna ouvre le carnet au mois de mai 1933, mais Lauren pousse un étrange glapissement avant même qu'elle ne commence à lire. Elle lève la tête, juste à temps pour voir les yeux de Mme Weiland s'écarquiller.

— Seigneur Dieu ! s'exclame Lorita, avant de se mettre à tousser.

Lauren tient quelque chose dans sa main. Les contours de l'objet sont doux et il produit un vif éclat dans la lumière crue de la cuisine. Une pépite d'or.

Joanna n'en a jamais vu, mais elle sait d'instinct que c'en est une. Un savoir hérité d'une sorte d'inconscient collectif américain, transmis par les pionniers, les westerns du samedi matin et les bandes dessinées à dix cents. Une pépite, lisse, brillante et précieuse comme le soleil d'hiver sur les prairies.

— Wow, souffle Lauren en la faisant rouler dans sa paume. Vous pensez que c'est une vraie ? Attendez, je sais comment en être sûre.

Elle mord dedans.

— Beurk, dit-elle. Regardez ça.

Joanna se rapproche et fixe intensément l'objet. Deux petites entailles sont apparues le long de la surface de la pépite : les empreintes des incisives de Lauren.

— C'est une vraie, murmure Lauren. Incroyable !

Joanna jette un coup d'œil au journal.

— Là où la flèche frappe l'œil du taureau, lit-elle à haute voix.

— Qu'est-ce que ça veut dire ? demande Lauren.

— Aucune idée.

Elle tourne la page et reste bouche bée. Ici, Cornelia a dessiné une carte grossière. On y voit des pics et une rivière. Un carré, dessiné en quatre coups de crayon précis, se trouve près du bas de la page. Fort Rodman. Joanna montre le carnet.

— Regardez. Est-ce que c'est… ce que je pense que c'est ?

Lauren manque de faire tomber la pépite.

— Fais voir.

Elle s'approche de la table et regarde par-dessus l'épaule de Joanna.

— Il y a un endroit nommé Black Bull Peak. Là, c'est quoi cette ligne ? Un sentier ?

La ligne traverse toute la page. Joanna la suit du doigt, jusqu'au carré tracé au bas de la page. *Encore cet endroit.*

— Il doit s'agir d'Owl Creek, dit Mme Weiland.

— Le journal de Cornelia mentionne une flèche courbée. Ce pourrait être ce méandre, juste là, propose Joanna.

— Mais comment retrouver l'endroit exact ?

— Je vais chercher l'atlas routier. Je reviens tout de suite, lance-t-elle en écrasant sa cigarette.

À son retour, les trois femmes sont rassemblées autour du journal, têtes baissées. Joanna ouvre l'atlas et cherche la page correspondante, avant de le poser sur la table. Mme Weiland a raison, elle doit bien l'admettre. Rien ne permet de situer la carte de Cornelia.

— Je ne retrouve pas le ruisseau dans l'atlas, dit-elle. Donc on ne sait toujours pas où…

Lauren l'interrompt d'un petit rire satisfait.

— Parce que ce n'est pas une carte de l'USGS.

— Une carte de quoi ?

— L'institut d'études géologiques des États-Unis. Leurs cartes sont beaucoup plus précises. Cet atlas est manifestement incomplet. J'étais en géologie à la fac, tu te souviens ?

— Si ton passage par l'université peut au moins servir à ça, dit Mme Weiland.

Lauren ignore la remarque de sa mère et repousse l'atlas du bout des doigts.

— J'ai une carte USGS de la région dans ma chambre. Attendez-moi là, je reviens.

Elle écrase sa cigarette dans la soucoupe et sort de la pièce au pas de course. Elle revient quelques minutes plus tard en brandissant la carte.

— C'est une carte topographique, dit-elle fièrement. Donc, si on considère que Black Bull Peak est l'endroit où se trouve l'œil du taureau, alors nous devons suivre le ruisseau jusqu'à trouver cette flèche courbée, et suivre la direction qu'elle indique. Ou quelque chose comme ça.

Mme Weiland ricane.

— Je crois que tu as regardé *L'Île au trésor* un peu trop souvent.

— Non, ça va marcher, répond Lauren, les yeux brillants d'excitation. Comme dans *Alice au ranch*. Alice la détective déchiffre les pétroglyphes indiens, et ils s'alignent avec sa carte pour révéler l'emplacement des lettres d'amour de Dirk Valentine.

Un sourire en coin se dessine sur son visage :

— Oui, je suis fan de la série Alice.

Joanna éclate de rire.

— Moi aussi, dit-elle. J'ai lu tous ses livres au moins deux fois.

— Vraiment ?

— Oui. Je crois que c'est grâce à elle que j'ai eu envie de m'engager dans la police.

— C'est génial.

— Tu es sérieuse ?

— Ouais, meuf…

La porte s'ouvre avec fracas. Jeanelle se précipite dans la pièce, les yeux exorbités, son fils dans les bras.

— Glitter, tu dois venir tout de suite.

— Quoi ? Lauren se lève. Qu'est-ce qui se passe ?

— Les flics sont là. Ils sont en train de tout détruire.

Lauren se précipite hors de la pièce, Joanna à sa suite. La cour de l'hôtel est pleine de voitures de police – elle en compte en tout cas au moins cinq. Un jeune flic à l'air terrifié, sa casquette légèrement de travers, s'agrippe à sa radio pour maintenir le contact avec le QG.

Elle prend une profonde inspiration. Elle aurait dû le voir venir. Un shérif est mort. Les flics sont furieux, et réclament vengeance.

Certains d'entre eux bloquent l'accès entre la route et la communauté. D'autres vident les tentes et les véhicules de leur contenu. Elle aperçoit un officier qui tente – sans succès – de défoncer la porte de la petite cabane.

Est-ce Dwayne ?

Elle commence à courir en direction de la colline. Elle *doit* rejoindre Lauren et ses amis. Elle doit les aider. Il faut qu'ils insistent pour voir le mandat de perquisition. Elle doit leur dire qu'ils ont le droit de garder le silence. Elle doit être là pour les protéger, parce que…

Parce que quoi ? Il s'agit juste d'une bande de jeunes hippies. Des ennemis de l'État et des marginaux. Elle ne devrait pas…

— Riley, par ici.

Elle s'arrête net. Debout sur un affleurement rocheux, son émetteur radio en main, Sheila Yates lui fait signe avec impatience.

— Inspectrice…, Joanna est essoufflée, la nicotine de la cigarette alourdissant son sang. Qu'est-ce que vous faites ici ?

— Retourne à l'hôtel, Riley. On n'a pas besoin de toi ici.

Joanna presse une main contre son cœur.

— Non. Je… Je…

Derrière ses grosses lunettes de soleil, l'expression de Sheila Yates est toujours indéchiffrable. Mais les contours de sa bouche se durcissent.

— Je t'ai donné un ordre.

— Je suis une civile. Une… citoyenne inquiète, objecte Joanna, et elle grimace en voyant la porte de la cabane être violemment arrachée. Pourquoi vous faites ça ? Ces gosses n'ont rien fait de mal.

Sheila Yates laisse son émetteur se balancer d'avant en arrière entre ses doigts.

— Ordres du chef. C'est ce qu'il aime appeler une fouille aggravée.

— C'est… injuste. Pourquoi vous ne poursuivez pas plutôt les Blood Brothers ?

— C'est ce qu'on a fait, répond l'inspectrice d'une voix sombre. Mais on est arrivés trop tard. Ce type qui se fait appeler Dutch a été contrôlé à la frontière avec quelques-uns de ses amis, mais ils n'avaient pas encore reçu notre avis de recherche là-bas, alors ils les ont laissés passer au Mexique. On ne peut plus rien faire contre eux, grogne-t-elle. Toujours la même histoire. Les gars sont à cran.

— Mais ce n'est pas la faute de la communauté.

— Riley, les hippies ont amené les Blood Brothers dans cette ville. Ils les ont laissés s'infiltrer dans leur connerie de happening. Le shérif l'a payé de sa vie. C'est à leur tour de payer.

— Ce n'étaient pas les Blood Brothers, s'exclame Joanna en levant les mains au ciel. La mort de Nickel n'a rien à voir avec eux, ni avec la drogue, ni avec ce que ces jeunes font ici. Les causes sont à rechercher bien plus en amont. J'ai essayé de vous le dire. Il y a une mine d'or ici et…

Sheila Yates fronce les sourcils, ses lèvres se retroussent légèrement.

Un cri retentit et Joanna se retourne. Deux officiers ont plaqué Leon, l'homme à la queue de cheval, au sol. Ils sont en train de le menotter. Moonbeam accourt vers eux en hurlant à pleins poumons. Elle donne un coup de pied à l'un des officiers, mais Dwayne passe derrière elle et lui ceinture les jambes, les tordant d'une manière par trop familière. Moonbeam s'écroule et hurle de douleur.

— Doucement ! crie Sheila Yates.

— Arrêtez-les, s'il vous plaît ! la supplie Johanna.

— Riley, bon sang, mais qu'est-ce qui te prend ? Tu sais que je ne peux pas arrêter une décision de justice.

Joanna serre les poings jusqu'à ce que ses ongles s'enfoncent dans sa chair.

— Ça n'a rien à voir avec la justice, crie-t-elle. Nickel est mort, d'accord, mais ce type était louche comme… Il a couvert la mort de Mike, il m'a menacée, et… Écoutez, il y a eu plusieurs meurtres dans cette ville, y compris celui d'un Amérindien, tous couverts par un mur de silence et…

À bout de souffle, elle respire profondément et termine :

— Si nous ne résolvons pas ces cas, nous ne retrouverons jamais le tueur de Nickel, ni celui de Mike. Nous ne saurons jamais la vérité.

Sheila Yates la regarde, bouche bée. Pendant un étrange instant, Joanna a l'horrible impression que l'inspectrice pourrait la frapper. Mais elle retire ses lunettes et révèle un regard las et fatigué.

— Riley, dit-elle doucement. Je comprends, mais je ne peux rien faire. Regarde-les, ajoute-t-elle avec un geste du bras vers les policiers. Je n'ai qu'un pouvoir limité ici.

Joanna s'effondre.

— La mine existe vraiment, reprend-elle à voix basse, et Mike…

Un autre cri l'arrête dans son élan. Il s'agit de Lauren, cette fois. Les officiers s'attaquent à son bus, qui se balance légèrement sous les assauts des hommes.

— Arrêtez ! hurle Lauren en agitant un porte-clés dans les airs. J'ai des clés, bande d'abrutis ! Arrêtez ça tout de suite.

La voix de Dwayne se fait entendre au-dessus du tumulte.

— Ça marche aussi bien comme ça.

Un grand bruit se fait entendre et le pare-brise éclate en morceaux. Trois autres flics se jettent de tout leur poids contre le bus, qui se renverse et s'écrase sur le côté. Les portes arrière s'ouvrent et des couvertures, des vêtements et des ustensiles de cuisine se déversent sur le sol.

— Inspectrice Yates, *s'il vous plaît*, supplie à nouveau Joanna d'une voix rauque. Appelez le chef. C'est trop.

Sheila Yates soupire.

— C'est vrai, dit-elle. Mais je ne peux pas m'opposer à ça.

Dwayne vise le réservoir d'essence rouillé du bus et lui assène un grand coup de matraque, provoquant une fuite de liquide irisé.

Les officiers reculent comme un seul homme tandis qu'une flamme jaillit contre les flancs du bus. Joanna n'a pas vu qui a craqué l'allumette, mais il ne faut que quelques secondes pour que le bus soit englouti par les flammes, une colonne de fumée noire s'élevant rapidement dans le ciel. Les hommes brandissent leurs poings en l'air tandis que les cris de Lauren se mêlent à l'âcre odeur du plastique brûlé.

Joanna se tourne vers Sheila Yates, mais l'inspectrice a le regard braqué vers l'horizon. Elle remet ses lunettes, le reflet du brasier dansant dans ses verres.

Chapitre 29
Glitter

Le feu s'éteint étonnamment vite, ne laissant que des traces de brûlure et une odeur piquante et nauséabonde. Les policiers quittent les lieux, de grands nuages de poussière dans leur sillage.

Glitter s'assied dans le sable et regarde la carcasse noircie de ce qui était sa maison. Ce vieux et stupide bus, toujours en train de s'agiter, de trembler et de perdre des pièces, parfois importantes. Un compagnon qui lui aura fait traverser le pays et passer de son ancienne vie à la nouvelle. Et dont il ne reste plus maintenant qu'une carcasse puante.

— Hé, *chica*.

Elle tourne la tête. Ziggy avance sur le chemin, les épaules basses. Il regarde la tente déchirée de Moonbeam, la cabane bringuebalante et le bus fumant.

— Seigneur, murmure-t-il. Quel bordel.

Glitter serre les poings.

— Où tu étais tu, bon sang ?

— Je me suis fait discret. La meilleure chose à faire, avec les flics. Tu aurais dû faire pareil.

La bouche de Glitter s'ouvre en grand.

— Tu… quoi ?

Ziggy lui lance un regard apathique.

— Relax, bébé. Qu'est-ce que tu me reproches ?

— J'avais besoin de toi ici.

— Pourquoi ? Il n'y a rien que j'aurais pu faire.

— Mais… Tu aurais dû… être ici. C'est le minimum. Si on ne fait rien parce qu'on pense qu'il n'y a rien à faire, alors…

Alors on ne changera jamais rien.

Et c'est exactement ce qui s'est passé, en réalité… tous leurs efforts n'ont rien changé. Des larmes roulent sur ses joues.

Le constat la frappe comme un coup de poing. Elle a donné deux ans de sa vie au Mouvement. Deux ans de sit-in, d'affichages, d'amour et de chants. Deux ans passés dans ce bus à diffuser des messages de paix, à prendre des autostoppeurs, à partager la drogue, à se défoncer et à se démener. Deux ans de ce qui semble être une vie entière, et pourtant la guerre fait toujours rage au Vietnam et le plastique pollue toujours autant les rivières, et la police peut arriver et mettre le feu à ce qui vous appartient, et personne n'en a rien à faire. Pas même l'homme qui vous appelle sa belle, quoi que ça puisse bien vouloir dire.

Elle a envie de lui crier dessus. De hurler sur le monde entier.

Mais elle n'a plus de force. Ses jambes se dérobent sous elle et elle s'agenouille dans la poussière. Rien n'a changé. Rien ne changera jamais.

Ziggy fouille dans la poche de sa veste.

— T'es dans un mauvais trip, Glitter. Tu veux de l'herbe ?

— Non, dit-elle en secouant la tête. Va-t'en.

— Quoi ?

— Je t'ai dit de partir, répète-t-elle dans un sanglot. Soit, tu es là pour moi… soit, tu te casses.

— Je suis là pour toi, dit-il, un air consterné se dessinant sur son visage. Mais bébé, tu dois te calmer un peu. T'as été pas mal à côté de la plaque, ces derniers temps. Pas bon, ça.

Ce sentiment étrange. Six mois se sont écoulés depuis Altamo, et il n'a même pas remarqué dans quelle douleur ça l'avait laissée.

Maladroitement, Ziggy pose une main sur son épaule.

— Glitter, commence-t-il. Je suis désolé pour le bus. Je vais t'en trouver un autre. Je vais voir si Dutch peut trouver une solution. Il…

— Ce n'est pas à cause du bus.

Elle se lève d'un bond et le pousse :

— Casse-toi. Va où tu veux, je m'en fous. Tu… tu n'as jamais été là pour moi.

Il lui lance un regard incrédule.

— *Chica.* Sors du sentier de la guerre, ma belle, et calme-toi.

— Je ne peux pas, souffle-t-elle, sa respiration est irrégulière et son cœur cogne dans sa poitrine. Je ne pourrai pas me calmer tant qu'il y aura des abrutis comme toi dans le coin.

Une ombre passe sur le visage de Ziggy.

— Hé, meuf. T'as perdu la boule. Je le savais. T'es vraiment folle, en vrai.

— Je ne suis pas folle.

— Si, tu l'es. Comme ta folle de grand-mère.

Lauren la folle. Elle secoue la tête. Dans sa poitrine, sa colère se ramasse et se fige.

— Je ne suis pas folle, dit-elle doucement. Je sais exactement ce que je fais. Tous ces minables de Boldville vont voir de quel bois je me chauffe. Je vais trouver cette mine et je construirai une vraie communauté, avec tout ce qu'il faut, et je leur montrerai à tous. Tu verras.

Ziggy met ses mains dans ses poches.

— Bon, d'accord. Si tu penses que c'est un bon plan, je te suis.

— Non, ce sera sans toi.

— Mais bébé, écoute…

— Non, c'est *toi* qui vas écouter. J'ai dit que je voulais que tu dégages.

— Hé, mais si je ne suis pas là, qui sera ton homme ?

— Certainement pas toi, en tout cas, dit-elle en s'éloignant.

Dans sa chambre, elle s'allonge sur son lit et suit le conseil rassurant de Mike. *Laisse tes émotions s'exprimer.* Les sentiments ont besoin d'être libres, eux aussi. Embrasse ce qui est en toi et laisse parler ta beauté.

Mais elle ne voit aucune beauté, ici. Son nez est plein de morve, sa poitrine est agitée par des spasmes et ses sanglots mouillent l'oreiller. Au-dessus d'elle, les Beatles sourient de leurs sourires crétins, encore et toujours *Yeah, Yeah, Yeah.*

Qu'ils aillent se faire foutre. Paul a quitté le groupe, et tout le monde sait que John est sur le point de faire pareil. Leur amitié s'est corrodée en quelques années sous l'effet conjoint de la gloire et de l'argent. *Let It Be.*

Mais on ne peut pas toujours laisser faire. Elle s'agenouille sur le lit et arrache le poster avant d'en faire des confettis. Puis elle s'attaque au papier peint à marguerites, celui qui a toujours été là, d'aussi loin qu'elle se souvienne. Mais il ne se détache pas si facilement.

On frappe à la porte. Rapidement, elle s'essuie le visage.

— Qu'est-ce que tu veux, Geraldine ?

— C'est moi, dit Joanna à travers la porte. On peut parler ?

Glitter se redresse rapidement et passe une main sur son jean. La pépite d'or. Elle est toujours là, dans sa poche.

— Oui, dit-elle. Entre.

La porte s'ouvre et Joanna entre dans la pièce. Elle hésite en voyant l'affiche déchirée, puis tire la chaise de bureau et s'assied.

— Je suis vraiment désolée pour ton bus, dit-elle. Si tu veux, je peux t'aider à déposer une plainte contre eux.

Les poings de Glitter se serrent.

— Putains de fascistes. On a seulement voulu manifester, c'était notre droit. Et regarde comme ils nous ont traités.

— C'est à cause de la mort du shérif Nickel.

— Ne leur cherche pas d'excuses. Tu as dit il y a quelques jours que l'Amérique n'était pas un État fasciste. C'est toujours ce que tu penses ?

Joanna a l'air fatiguée.

— C'est plus compliqué que ça. Ce n'est pas parce qu'il y a un dérapage que…

Glitter se laisse tomber sur le lit.

— Un seul dérapage, c'est déjà trop.

— Pour ce que ça vaut, dit Joanna faiblement, j'ai demandé à l'inspectrice Yates de les empêcher de brûler ton bus.

— Qui est l'inspectrice Yates ?

— Mon ancienne supérieure. Je lui ai dit qu'ils étaient en train de faire une erreur.

— Eh bien, ça n'a pas changé grand-chose.

— Je sais. Je suis désolée.

— Tu peux l'être. Tu aurais dû en faire plus.

— Comme quoi ?

Glitter sent de nouvelles larmes lui monter aux yeux.

— Je ne sais pas. Tu aurais pu intervenir. Dire à ces salauds ce que tu penses d'eux. T'asseoir devant le bus et ne pas bouger jusqu'à ce que…

— Ils m'auraient arrêtée aussi.

— Mais ce sont tes collègues. T'es une flic.

— Je ne suis pas flic, dit Joanna, la tête baissée. Je te l'ai dit, je…

— Si, tu en es une, renchérit Glitter en s'essuyant le visage. Tu fais tous les trucs de flics. Interroger les témoins, faire des recherches et poser des questions. Tu as découvert que Lonan a été tué, et qui l'a fait. Et tu es la seule à m'avoir crue pour Mike. C'est vrai ou c'est pas vrai ?

— Je ne sais même pas si je veux encore être flic un jour. Pas après ce qui s'est passé aujourd'hui.

— Alors tu dois faire changer les choses. Si ça peut te rassurer, entre ce salaud de Nickel et ta fasciste d'inspectrice, je pense que tu es la meilleure flic du secteur.

Elles se regardent un moment. Joanna serre ses lèvres l'une contre l'autre comme pour s'empêcher de dire quelque chose. Ou peut-être essaie-t-elle de ne pas rire. Ses yeux brillent et elle semble sur le point de pleurer.

— Danny Borrego, dit-elle sans transition. On doit le cuisiner.

— Le cuisiner ?

— Lui faire dire la vérité. Je suis persuadée qu'il sait, pour la mine. Il s'est disputé avec Mike le soir de sa mort, et il était à Boldville hier, quand le shérif a été tué. En plus de ça, je ne serais pas surprise qu'il sache ce qui est arrivé à Lonan, et comment ça a été couvert à l'époque.

Glitter sent son cœur se serrer.

— Je ne veux plus entendre parler de ça.

Joanna acquiesce avec compassion, mais son regard reste froid.

— Si on veut connaître la vérité, il faut connaître toute la vérité.

— Et rien que la vérité.

Elle sourit.

— Compris. Alors une petite visite à Breakwater Mining s'impose.

***

Pendant le trajet, Joanna parle à Glitter d'une série d'événements imbriqués ayant trait à la politique intérieure des années trente, aux casinos indiens et au stupide projet de parc à thème de Parker. Trop épuisée par la journée cauchemardesque de la veille, Glitter n'écoute pas vraiment.

Elles se garent sur le parking de Breakwater Mining et Glitter se recoiffe et réajuste son jean. Elle ne porte pas de chaussures, mais il est trop tard pour aller en chercher. Elle s'essuie quand même les pieds dans l'herbe en passant.

Joanna allume une cigarette et la fume en deux longues bouffées. Puis elle appuie une main sur son ventre, comme elle le fait parfois, et met un chewing-gum dans sa bouche.

— C'est parti.

À l'entrée se trouve une petite conciergerie avec une fenêtre et une porte de service. Un petit homme chauve est tassé à l'intérieur comme une tarte aux fruits dans une boîte. Il aperçoit Joanna et lui fait un large sourire.

— Re-bonjour, belle enfant. Comment puis-je vous être…

— Mon nom est Mme Riley, répond Joanna. J'aimerais m'entretenir avec M. Borrego.

— Oh. Malheureusement, M. Borrego n'est pas là actuellement.

— Où est-il ?

— Puis-je vous demander de quoi il s'agit ?

Joanna croise les bras.

— Je veux lui parler des gisements d'or qui semblent exister dans cette région.

— Oh, je vois. Cette vieille histoire.

— Vous en avez entendu parler aussi ?

Il se penche en avant.

— Difficile de faire autrement. M. Finetti, le directeur régional, a passé un sacré savon à Danny la semaine dernière à ce propos.

Joanna marque une pause.

— Et pourquoi ?

— Danny a amené un jeune dans les bureaux, il y a quelques semaines, et lui a montré nos cartes de dépôt. Il voulait lui prouver qu'il n'y avait pas d'or à des kilomètres à la ronde. Mais il s'agit d'un document confidentiel, vous savez ? M. Finetti était dans tous ses états.

— Pouvez-vous me décrire ce jeune ?

— Sale. Marginal.

L'homme regarde Glitter d'un air méprisant.

— Un peu comme elle.

— D'accord, dit Joanna. Et savez-vous quand M. Borrego sera de retour ?

— Aucune idée. Il est absent depuis ce matin.

— Oh ?

Il baisse la voix.

— Mlle Gruber, notre secrétaire, a appelé sa logeuse. Il paraît qu'elle ne l'a pas vu du week-end. Plutôt louche, si vous voulez mon avis.

— Pourquoi cela ? demande Joanna.

— Eh bien, voyez-vous…, commence le chef de chantier en se pinçant les lèvres. Mme Gruber et moi déjeunons parfois ensemble. Elle était présente et elle m'a tout raconté.

Il les regarde avec l'expression d'un chien qui espère une friandise. Joanna s'empresse de mordre à l'hameçon.

— Que vous a-t-elle raconté ?

— Samedi matin, Danny a reçu une lettre. Un recommandé. Quelques minutes plus tard, il a dit à Mme Gruber qu'il avait une course importante à faire et a sauté dans son pick-up, direction Boldville. Et c'est la dernière fois qu'on l'a vu.

Sur le chemin du retour, Joanna conduit fébrilement. Le ciel est d'un bleu si intense qu'il éblouit Glitter. La journée d'hier a été affreuse et elle aimerait pouvoir dormir, mais Joanna enchaîne les virages à une vitesse folle.

— Si Danny Borrego a montré les cartes à Mike, dit-elle, Mike a peut-être compris que les histoires sur le gisement de Tomkin étaient vraies. Danny m'a menti pendant tout ce temps.

— Pourquoi mentirait-il là-dessus ? demande Glitter.

Joanna hoche la tête.

— Parce qu'il était à la fête. Il a dû s'y rendre pour essayer de faire taire Mike. Alors ils se sont disputés, et ensuite…

Elle s'arrête un instant, essayant – en vain – de trouver des mots pas trop durs à entendre :

— Peut-être qu'il l'a tué en faisant passer ça pour une overdose. Le shérif a pu l'aider à étouffer l'affaire.

Glitter soupire.

— Peut-être. Mais qu'est-ce que Nickel y gagnerait ?

— Borrego a pu lui promettre une partie de l'or. Ce n'est pas ce que tu as entendu au commissariat ? Je vais en parler à Sheila Yates ce soir. On doit obtenir un mandat de perquisition pour fouiller le bureau de Danny à Breakwater, et après…, dit Joanna en lui jetant un bref coup d'œil. Après tu devrais essayer de trouver cette mine.

— T'es sérieuse ?

— Si elle existe toujours, tu pourras revendiquer la concession de ta grand-mère en utilisant sa carte. Tu résoudrais le mystère et tu serais riche.

Glitter sourit.

— Ouais, c'est vrai.

Mais ses pensées s'envolent vers Ziggy et son bus brûlé. Quoi qu'elle décide de faire avec cet argent, elle le fera seule.

Joanna la regarde.

— Tu vas bien ?

— Oui.

J'ai rompu avec Ziggy.

— Tu as l'air un peu… fatiguée.

— Je me sens juste bizarre.

Parce que je ne sais pas si on peut rompre avec quelqu'un si on n'a jamais vraiment été ensemble.

— Bizarre comment ?

— Comme quand tu te sens heureuse, effrayée et triste à la fois.

Et seule. Tellement seule.

Joanna acquiesce comme si elle comprenait parfaitement.

— Je suis vraiment désolée pour ton bus.

Glitter regarde fixement par la fenêtre.

— Très bien, dit-elle après un moment. Faisons ça. Allons explorer les montagnes et trouvons cette mine.

— Toi et moi ?

— Bien sûr. Qui d'autre ?

— Eh bien... Mon mari a dit qu'il passerait me chercher demain.

— Oh.

— Tu sais que ça n'a pas été facile entre nous.

— J'avais deviné, oui.

Joanna serre le volant si fort que ses articulations deviennent blanches.

— Je crois que je ne pourrai pas venir avec toi. Je... J'ai besoin de réparer mon mariage.

Une petite partie de Glitter veut relever le défi. *Peut-être que tu devrais d'abord te réparer toi-même. Fais ton truc de flic. Sois ta propre cheffe.*

Mais elle a elle-même eu un coup de foudre pour un homme qui n'a cessé de la laisser tomber. Et, en trois ans, elle n'a pas fait grand-chose. Alors qui est-elle pour donner des conseils ? Mieux vaut sans doute se taire. *Et laisser faire.*

Elle reste silencieuse jusqu'à la fin du trajet.

Chapitre 30
Joanna

Ne sachant quoi faire, Joanna retourne à l'hôtel et marche de long en large dans sa chambre. Elle devrait se rendre à Boldville et voir si Sheila Yates est toujours là. Mais comment la convaincre d'enquêter sur Danny Borrego ? La sonnerie du téléphone interrompt le fil de ses pensées. Elle se précipite sur le lit et décroche.

— Madame Riley, dit la voix de Mme Weiland, polie comme du verre, votre mari est là.

La pièce tourne autour d'elle. *Je viendrai te chercher demain, chérie. À la première heure, je te le promets.*

— Je ne suis pas disponible pour le moment, répond-elle d'une voix atone.

— Il a apporté de jolies fleurs pour vous.

— Oh…

La panique se répand dans sa poitrine, étouffante, brûlante :

— Je… Je descends tout de suite.

Elle raccroche et compte jusqu'à cent. Puis elle se traîne jusqu'à la salle de bains pour se laver le visage. La coupure sur son front est en train de croûter – la peau qui l'entoure est rose et boursouflée.

Elle se maquille et passe son chemisier bleu. Les coutures sont encore humides du rinçage de la nuit dernière et elle frissonne en fermant les boutons – *tous les boutons, tu ne vas pas sortir dehors habillée comme une pute.*

Il attend dans le hall avec son bouquet de roses. Il ouvre les deux bras et elle, ne sachant rien faire d'autre, se laisse couler dedans. Mme Weiland les observe et croise le regard de Joanna, avant de quitter précipitamment la pièce.

Dwayne l'embrasse sur le front, juste là où le foulard cache la croûte.

— Tu m'as manqué, chérie. C'était trop long.

Elle ferme les yeux, le corps entièrement raidi.

— Tu m'as manqué aussi.

Il resserre son étreinte. Elle peut sentir ses biceps comprimer son corps, la pression déclenche une pointe de douleur au niveau du coude.

— Joanie, s'il te plaît, murmure-t-il. Ne nous disputons plus. Je suis vraiment désolé. C'est juste parce que…

Je t'aime trop.

— Je t'aime trop.

Elle acquiesce. Qu'y a-t-il d'autre à faire ? Elle n'ira jamais assez loin. Il la retrouvera toujours. Il la poursuivra jusqu'au Canada, s'il le faut.

Mais quelque chose en elle la pousse à résister.

— Dwayne, chuchote-t-elle. J'ai encore quelques petites choses… à régler… ici.

Il ricane.

— Ne dis pas n'importe quoi. J'ai pris des jours de congé. Qu'est-ce que tu dirais d'aller faire un tour à Vegas ?

— Écoutez, j'enquête…

— Je vais chercher tes bagages et régler la note. J'espère que tu es restée raisonnable, chérie.

Il sonne la cloche de la réception et Joanna en profite pour sortir. Sur le parking, une rafale de vent soulève un nuage de poussière. Au loin, des voitures brillent dans le soleil du désert, et les montagnes se dressent tout autour, soudain fascinantes.

Elle aurait dû demander de l'aide. Elle aurait dû en parler à quelqu'un. Sheila Yates ou Mme Weiland, ou même Moonbeam. Elles auraient peut-être pu faire quelque chose.

Mais il est trop tard, désormais.

Un éclat de rire de Dwayne lui glace le sang. Il plaisante avec Mme Weiland, qui compte des billets d'un dollar. Il laissera un généreux pourboire. Dwayne aime donner des pourboires aux dames. Il aime les entendre dire « Merci ». Elle lève les yeux vers la communauté. Le squelette noirci du bus de Glitter se détache nettement dans la clarté de l'après-midi. Une fine traînée de fumée s'élève de la cheminée de la cabane. Jeanelle fait peut-être du café. Elle imagine les jeunes assis ensemble sur le lit, Glitter adossée à Ziggy, qui se moque qu'elle couche avec d'autres hommes et qui la laisse dire tout ce qu'elle pense, Sunhawk Shiva jouant à ce qu'il veut, sans que personne lui dise de se tenir tranquille, de faire moins de bruit ou de demander poliment.

Et Moonbeam est sans doute en train de faire quelques étirements de yoga, sa jupe remontant sur ses cuisses robustes, couvertes d'un fin duvet doré…

Cinq minutes plus tard, quand Dwayne arrive sur le parking, il le trouve désert.

— Vous devez m'aider, dit Joanna en se tordant les mains. Il est là.

Lauren, Moonbeam et Jeanelle la fixent comme si elle était un fantôme.

— Qui est là ? demande Lauren.

— Dwayne.

Jeanelle tire Sunhawk sur ses genoux.

— Qui est Dwayne ?

— Mon mari. Il est venu me chercher.

Elles froncent les sourcils, confuses.

— S'il vous plaît, dit Joanna qui sent les larmes lui monter aux yeux. Il… il va me tuer.

Les trois femmes la dévisagent d'un air ahuri.

— Quoi ? Mais pourquoi ?

— Seulement parce qu'il en est capable. Je… Je le sais, c'est tout. Ce n'est qu'une question de temps avant que…

Elle pose sa main sur son bras et reprend :

— Je vous en prie. J'ai besoin d'aide.

En deux enjambées, Moonbeam est à la porte et fait glisser le verrou.

— Yoyo. C'est du lourd. Pourquoi tu ne nous as pas dit…

Un coup sur la porte la fait sursauter. Dwayne secoue la poignée et crie :

— Joanna, tu es là ?

Elle se fige, comme elle le fait toujours. Vous pensez que vous pouvez courir, vous pensez que vous pouvez vous défendre. Mais à la fin, vous ne le faites pas. *Parce que vous savez que ça ne sert à rien.*

— Hé, c'est M. Riley ? crie Lauren. Qu'est-ce que vous voulez ?

— Je veux qu'elle sorte.

Il secoue la porte.

— Mais elle n'a pas envie, elle.

— J'en ai rien à faire.

— Mais nous, oui. Alors laisse-la tranquille.

— D'accord, d'accord.

Joanna respire par bouffées brèves et saccadées. Elles n'ont pas besoin de voir ça. Ces filles géniales, puissantes, qui n'ont pas peur de leur propre corps. Elles n'ont pas besoin de voir comme elle se défend mal – comme elle est facilement soumise.

Un grand fracas retentit alors qu'il tente d'enfoncer la porte d'un coup d'épaule.

— C'est bon, Dwayne, crie-t-elle, la voix tremblante. On va parler, d'accord ?

Elle dégage le verrou et sort.

Il la surplombe, tout son corps tendu vers elle, sa fureur prête à déborder. Il l'attrape par le bras, le mauvais, et la tire jusqu'à lui arracher un cri de douleur.

— Mais à quoi tu joues, putain ?

— Je…

— J'ai fait un effort, Joanna. Je t'ai acheté un putain de bouquet.

— Mais je…

— Tu me fais honte. Monte dans la voiture, maintenant.

— Non.

— Pardon ?

— Non ! hurle-t-elle à cause de la douleur. Je… Je ne veux pas.

— Tu es bien obligée, Joanna. Tu es ma femme.

— Elle n'est obligée de rien, dit Lauren, apparue dans l'encadrement de la porte. Elle doit faire ce qui la rend heureuse.

— Mais *je* la rends heureuse.

Moonbeam sort à son tour.

— Non, tu lui fais mal.

Il resserre sa prise sur le poignet de Joanna et le fait tourner.

— Elle l'a bien mérité, et croyez-moi, elle n'a encore rien vu. Je vais te ramener à la maison, Joanie, et tu vas avoir droit à une putain de bonne…

Leçon.

Joanna parvient à s'arracher à son emprise et lui donne un coup de genou dans l'entrejambe. Fort.

Mais pas assez fort.

— Espèce de petite salope.

Il l'attrape par les cheveux et la tire vers lui. Le foulard se détache et tombe dans la poussière.

— Fais ça encore une seule fois et je te…

Quelque chose heurte son flanc. Lauren. Dwayne recule et titube, les yeux écarquillés. Alors qu'il se retourne vers elle, elle le frappe en pleine mâchoire d'un coup rapide et puissant.

Dwayne glapit. Il lève le bras en arrière, mais Moonbeam s'y accroche, le déséquilibrant. Il trébuche et tombe dans la poussière. Joanna se sent tirée vers le haut : c'est Lauren qui l'aide à se relever. Puis, devenue fureur incarnée, la jeune femme vient s'interposer entre elle et Dwayne.

— Dégage, connard ! hurle-t-elle. C'est un havre de paix, ici.

Dwayne se tient la mâchoire. Ses yeux s'enflamment et il se lève d'un bond.

— P… putain de salopes. Je vais vous…

À ce moment-là, Jeanelle sort de la maison.

Elle tient un poêlon à deux mains et sa robe ondule dans le vent du désert. Les muscles de ses bras se tendent alors qu'elle la balance dans sa direction.

— Ne jure pas devant…, dit-elle, chaque mot distinctement prononcé, mon *putain* de gosse.

— Joanna, dit Dwayne en la regardant, les yeux fous. Ces filles sont tarées. Viens, il faut qu'on parte d'ici.

— Non…

Joanna s'accroche au bras de Lauren, Lauren qui est forte et rayonne de puissance.

— … Je… Je reste avec elles.

— Tu as complètement craqué, dit-il en gesticulant. Je le savais. J'ai parlé au Dr Weston. Il est d'accord pour dire que tu as un trouble mental. Il dit que tu devrais prendre un traitement. Si tu résistes, ce sera considéré comme un abandon de conjoint. Et c'est illégal, tu le sais.

Un sourire s'épanouit sur son visage :

— Je n'aurai plus qu'à demander aux gars de venir te chercher, et ils te ramèneront à la maison avec une camisole de force.

— Je n'irai nulle part avec toi.

Il ricane.

— Comme si tu avais le choix.

— Hé, abruti ! lui crie Lauren. Pourquoi ça veut pas rentrer dans ta tête de macho ? Elle ne veut pas partir avec toi.

La voix de Dwayne passe du vinaigre au miel.

— Joanie, chérie, s'il te plaît. Viens, maintenant. Laisse-moi te ramener à la maison, on va arranger tout ça.

Joanna le regarde droit dans les yeux.

— Va te faire foutre, chuchote-t-elle. Va te faire foutre, Dwayne.

Il rit. Un rire sombre, vide et plein d'orgueil.

— Comme tu veux, dit-il. Tu ne me laisses pas le choix. Je serai de retour demain avec quelques gars et le van spécial du Dr Weston. Dieu sait pourquoi je me donne tant de mal… mais, hé, qu'est-ce qu'on fait pas par amour.

***

Jeanelle décapsule une bouteille de limonade et la tend à Joanna.

— Tu pourrais déménager au Mexique, suggère-t-elle.

— Je n'ai pas d'argent.

— Vends la Datsun.

— Je ne peux pas, c'est la sienne.

Joanna ravale un sanglot en pensant au jeu de cuillères à thé, le seul bien qui lui appartienne vraiment.

— Tout est au nom de Dwayne, reprend-elle. La maison, la voiture, le compte en banque. Comment ferais-je pour subvenir à mes besoins ?

— Fais un prêt et ne le rembourse pas, dit Lauren. Ziggy a fait ça à Tucson.

— C'est une femme, dit doucement Moonbeam. Il faut un homme pour contresigner un prêt.

— Merde, c'est vrai.

— Tu n'as pas une amie chez qui habiter le temps de trouver une solution ?

— Il n'y a que Lacy. Et elle pense que Dwayne est tout ce qu'il y a de plus charmant. Elle ne cesse de me dire que c'est à moi de faire des efforts.

Lauren soupire.

— Tu peux rester ici si tu veux. On t'aidera pour la procédure de divorce.

Joanna passe un doigt sur son front. La blessure s'est rouverte et laissera probablement une cicatrice.

— Même si je voulais divorcer, il faudrait qu'il y ait une faute grave, dit-elle doucement. L'un des partenaires doit avoir commis une faute qui porte gravement atteinte au mariage. Comme une tromperie. Ou une escroquerie.

— Ou être reconnu coupable de violence conjugale, dit Moonbeam en soupirant.

— Oui, mais..., commence Joanna, mais quelque chose se coince dans sa poitrine et elle doit s'éclaircir la voix. Je devrai le dénoncer à la police. Dans notre commissariat. Tous les policiers là-bas sont ses amis. La plainte n'arrivera même pas jusqu'au procureur général, et si c'est le cas, j'aurai besoin d'un avocat, qui sera probablement un homme lui aussi.

— Trouve-toi une avocate.

Joanna essaie de rire, mais son rire meurt dans sa gorge.

— Je ne pourrai pas me permettre de payer qui que ce soit, de toute façon.

— Alors il n'y a qu'une seule chose à faire, dit Lauren. Partir pour les collines.

— Tu veux dire…

— Faisons-le. Allons chercher la mine. Il ne viendra pas te chercher là-haut. Et si on trouve le gisement, on partage en deux. La chance sourit aux audacieux, pas vrai ?

Son regard est intense et déterminé. Joanna l'observe un moment sans rien dire, puis réprime un petit rire.

— C'est vrai. C'est juste que… Je n'ai vraiment aucune audace, en ce moment.

— Même pas un peu de courage ?

— Non.

Elles regardent le soleil sombrer dans un silence morose. Finalement, Lauren fouille dans sa poche et en sort un morceau de papier aux motifs prédécoupés. Elle en déchire un carré et le glisse dans sa bouche. Puis elle fait passer la feuille.

— Tu devrais essayer ça.

Joanna fronce les sourcils en regardant le carré de papier, où une tête du canari du dessin animé de Titi et Grosminet est imprimée à gros traits. Lauren sourit et ouvre grand les bras :

— Faisons un trip ensemble. Juste entre filles.

— Lauren, je suis une ancienne flic.

— Allez, dit Moonbeam, en acceptant le buvard. Tu verras le monde sous un autre jour.

— Du genre kaléidoscopique, dit Jeanelle en souriant. Sérieusement, Yoyo, tu vas adorer.

— J'en doute fort.

Une fois, elle avait passé sa garde de nuit à surveiller une jeune junkie dans une de leurs cellules. La malheureuse avait passé la moitié du temps recroquevillée sur le sol, convaincue que les têtes tranchées des membres de sa famille étaient suspendues dans les arbres dehors, scintillant comme des guirlandes lumineuses.

Moonbeam déguste son comprimé d'acide en pinçant les lèvres, comme s'il s'agissait d'une friandise particulièrement affriolante.

— Dans tous les cas, tu seras plus riche d'une expérience, déclare-t-elle.

Quelque chose dans le velours de sa voix remue l'estomac de Joanna. Un petit morceau de papier comme une promesse. Une chance d'oublier tout ça. Dwayne, Sheila… jusqu'à son secret le plus intime.

— Qu'est-ce que je dois faire ? demande-t-elle.

— Mets-le sous ta langue et laisse-le se dissoudre.

— Je ne sais pas, vraiment…

Moonbeam la regarde avec intensité.

— On est avec toi. Tu es en sécurité avec nous. Ouvre la bouche.

Elle prend le papier de la main de Joanna et le place sous sa langue. Ses doigts effleurent le haut de ses lèvres. Une caresse de papillon. Le murmure des possibles.

Joanna ferme la bouche. Elle ne ressent rien de particulier. Elle a appris à l'école de police que le LSD peut mettre jusqu'à une heure pour faire effet. Elle essaie de ne pas trop bouger sa langue, mais doit finalement déglutir. Sa salive a un goût de vieux papier et de poche de jean de quelqu'un d'autre.

Elle prend une gorgée de limonade pour en chasser le goût. Quand elle lève les yeux, le soleil a changé la brume du désert en un nuage d'or fumé.

Moonbeam se tourne vers elle.

— On va faire un tour ?

Elles montent jusqu'à l'endroit où Mike est mort et contemplent le ciel. Quatre gros nuages brillent en orange fluo dans le coucher de soleil. Moonbeam expire profondément, un sentiment de libération parcourt tout son corps.

— Tu sens ça ?

Joanna hausse les épaules.

— Il ne se passe rien.

Moonbeam lui prend la main et lâche un petit rire.

— C'est ce que tout le monde dit justement quand ça vient. Regarde le ciel, Yoyo. Regarde et laisse-toi aller.

Joanna fait ce qu'on lui dit.

Alors, elle voit clair pour la première fois de sa vie.

Les nuages… les nuages sont des vaisseaux spatiaux. Grands et majestueux, luisant d'une vive lumière orangée. Ils ont parcouru la galaxie pour apporter leur lumière à l'humanité. *Bonjour Terrienne, me recevez-vous ?*

Elle lève les bras au ciel, attendant d'être téléportée.

Plus tard, les étoiles ont investi le ciel et le monde est vaste, neuf et clair. Il n'y a ni Dwayne ni guerre au Vietnam, seulement des couleurs si vives qu'elle peut presque en percevoir l'odeur. Elle comprend maintenant. Nul n'a besoin de rien d'autre que ce qui le rend heureux.

L'amour est ce qui nous rend heureux. Et elle veut se sentir aimée. Elle le désire avec tant d'ardeur.

Moonbeam apparaît à ses côtés. Quelque chose monte dans son regard émeraude comme une marée, quelque chose que Joanna a toujours connu, mais jamais accepté.

— Est-ce que tu penses à ce que je pense ? demande Moonbeam.

— Oui, répond Joanna, bien qu'elle n'en soit toujours pas sûre, parce que Moonbeam est une femme. Ce n'est pas censé arriver.

Ou bien est-ce le contraire ?

Moonbeam rit.

— Si tu veux un divorce, il faut qu'il y ait une faute…

Elle prend la main de Joanna et l'embrasse doucement sur les lèvres :

— Viens, Yoyo. J'adorerais être ta première faute.

Chapitre 31
Cornelia

28 mars 1934

Il est trois heures du matin et je ne dors toujours pas. Je me suis assoupie pendant quelques minutes, puis je me suis réveillée en sursaut. J'ai cru entendre la porte d'entrée claquer. Il n'y avait personne, mais j'ai fait le tour pour vérifier toutes les serrures.

J'ai tiré tous les rideaux, mais je n'ai pas allumé de bougie. Mieux vaut qu'aucun passant ne voie la lumière allumée à cette heure-ci. Ils parlent déjà tous dans mon dos. Ils ne savent pas ce que j'ai fait, mais ils le soupçonnent. Ils spéculent.

J'ai peur de ne jamais plus pouvoir dormir. Chaque fois que je ferme les yeux, je le revois. Je revois le sang. Tellement de sang. Les braises qui se consument sous le ciel béant.

C'est inutile. Je ne peux pas…

— Maman ?

Geraldine me regarde comme si j'étais un fantôme, alors que c'est elle qui s'est glissée en douce dans la cuisine. Son visage est sombre. Elle ressemble tellement à George quand elle est inquiète. Cette même détermination désespérée de ne rien laisser paraître.

Je pousse la lettre que j'étais en train de lire sous le livre de comptes.

— Qu'y a-t-il ? Je suis occupée, ma chérie.

— Il y a un couple à la réception, répond Geraldine en regardant ailleurs. Ils veulent une chambre.

— Dis-leur que nous sommes complets.

— Mais, Maman, le mari a dit qu'il paierait le triple.

Je me penche en arrière pour jeter un coup d'œil par la porte entrouverte. Le couple qui attend à la réception a l'air plein aux as. La dame porte des fourrures et l'homme, large d'épaules et doté d'un ventre proéminent, arbore l'air impatient des gens ayant l'habitude d'être servis.

La faible lumière de décembre accentue les cernes sous les yeux de Geraldine.

— Maman. Nous… nous avons besoin d'argent.

— Ça suffit.

Je me précipite vers la réception, où je claque mes deux mains sur le comptoir :

— Nous n'avons aucune chambre, dis-je d'une voix mal affermie. C'est complet.

Le couple me dévisage comme si j'étais un animal sorti des bois. La femme trouve ses mots en premier.

— Êtes… êtes-vous Mme George Stover ?

Je secoue la tête.

— Partez, je vous prie.

L'homme lève le menton et me regarde fixement.

— Pas si vite, madame. Mon nom est William Beresford, je suis avocat et je viens spécialement de Des Moines.

— Je suis navrée de l'apprendre, monsieur.

Il fouille sa veste et en sort une liasse de billets de cinquante dollars qu'il étale sur le bureau de la réception. Sa femme sourit avec enthousiasme et pose une main sur son épaule.

— Nous voulons louer une chambre ici, dit-il. Et si vous le voulez bien, j'aurai quelques questions à vous poser.

— Votre argent ne m'intéresse pas, dis-je, ma voix s'enrouant à l'idée du nombre de mois que cela nous ferait tenir.

— Comment ?

— J'ai dit que je n'étais pas intéressée.

M. William Beresford, avocat, scrute la pièce terne et la peinture à moitié achevée. Il sourit.

— Alors vous êtes réellement riche.

Je fronce les sourcils.

— Non, je ne le suis pas.

— Vous devez l'être. Autrement, vous accepteriez mon argent.

Les mots me manquent. Qu'y a-t-il à dire aux Bill Beresford de ce monde ? Seulement que tout finit toujours par tomber à l'eau, que vous ne le comprenez que quand ça arrive et qu'alors, il est déjà trop tard.

Je croise les bras devant tant de condescendance.

— Si vous ne quittez pas ma propriété immédiatement, j'appelle le shérif.

La colère gagne les traits de M. Beresford. Sa femme pose à nouveau la main sur son bras.

— Peut-être devrions-nous…

Il la repousse d'un geste nerveux.

— Tais-toi. Écoutez, madame Stover. J'exige que vous me répondiez. Où est cette mine ? Combien contient-elle ? Je suis prêt à vous payer une grosse avance sur les extractions futures si vous me cédez cinquante pour cent de vos droits.

Je dois faire preuve de tout mon sang-froid pour ne pas le frapper.

— Aucune concession n'est encore déclarée, dis-je lentement. Je viens de recevoir une lettre du bureau du cadastre. Rien n'est fait.

— Et c'est pour ça que vous ne voulez rien dire, hein ? Très bien, je vous paierai une avance, quoi qu'il en soit. Pour cinquante pour cent, sans garanties. Disons cinq mille dollars. Qu'en dites-vous ?

— J'ai dit non.

— Ce n'est rien pour moi, je pourrais tout aussi bien acheter l'endroit et vous laisser une belle retraite ! lance-t-il, désignant l'hôtel de la main. Qu'est-ce que vous en dites ? Qu'est-ce que vous voulez ? Une maison sur la côte Est ? Une bonne éducation pour votre fille ? Vous n'avez qu'à me le dire et vous…

Je m'agrippe à la surface du bureau de la réception.

— Monsieur Beresford. Je ne peux pas vous vendre quelque chose que je ne possède pas. Je n'ai rien d'autre à vous dire. C'est mon dernier mot. S'il vous plaît, pour le bien de votre femme, partez et ne revenez pas.

Il renifle bruyamment. Sa femme, un sourire figé au visage, tord les lanières de son sac à main.

— Je suis vraiment désolée, dit-elle prudemment. Nous ne voulions pas…

William Beresford, avocat, lui attrape le poignet et la tire vers la porte.

— Viens, Liz, grogne-t-il. Quittons cet endroit. Cette femme est complètement folle.

Au moment où leur voiture sort de la cour, j'enfouis ma tête dans mes mains. On me traite de folle si souvent que je commence presque à le croire. Cette cinglée qui est partie avec un Peau-Rouge. *Les montagnes lui ont fait perdre l'esprit.*

Peut-être ont-ils raison. *Regarde-toi.* Je vis recluse dans cette maison aux volets clos, gardant mes secrets comme un dragon son trésor. J'ai l'impression d'être observée. Le sentiment d'un danger omniprésent bien qu'invisible.

Mais je ne suis pas folle, et cet hôtel n'est pas un asile d'aliénés. *Ils sont là, dehors*. À cause de ce que j'ai fait.

Un coup sur la porte me fait sortir de mes pensées. Le cœur battant, je fixe la silhouette visible à travers les rideaux de dentelle. C'est seulement Mary. *Dieu merci.*

J'ouvre la porte. Mary Parker entre en trombe, en vison aujourd'hui, et pose une conserve de fromage et une boîte de biscuits sur le comptoir.

— Nous en avons trop commandé, dit-elle en guise d'introduction. J'ai pensé que ça pourrait vous faire envie.

— Merci.

Je regarde les boîtes de conserve, périmées, sans doute, mais difficile de faire la fine bouche. Mary tire une chaise et s'assied.

— Comment vas-tu, ma chérie ?

Je veux répondre, mais je vois l'étincelle d'inquiétude dans les yeux de Mary. Je dois avoir l'air d'une loque. Je ne suis pas allée en ville depuis un mois, aussi le petit déjeuner, le déjeuner et le dîner se composent de soupe instantanée et de thon en boîte. Je n'ai pas eu l'énergie de faire la lessive, maintenant que personne n'est plus là pour remplir le réservoir d'eau de la cuisinière. Tout ça semble si inutile quand de toute façon…

Mary se penche en avant.

— Nellie, qu'est-ce qui se passe ? C'est à cause de la concession ? Tu as eu des nouvelles ?

Je jette un coup d'œil vers la cuisine, où la lettre se trouve toujours sous le livre de comptes.

— Oui, eh bien… c'est compliqué. Ils disent que la revendication n'est pas automatique dans ce cas, et que les Indiens pourraient avoir leur mot à dire, étant donné que la mine se trouve sur leur ancien territoire.

— Oh, ceux-là. Comme s'ils n'avaient pas assez pris de terre comme ça.

Pendant un instant, je suis tentée de tout dire à Mary. Mais je m'arrête juste à temps.

— La revendication doit aller au cadastre et de là au bureau du maire pour un contreseing, dis-je prudemment. Je ne sais pas qui a pu y avoir accès entre les deux. Le maire Thorsten pourrait l'avoir divulguée aux Indiens, et ces derniers pourraient être en train de préparer une action en justice en ce moment même.

Mary me regarde, abasourdie.

— Oh. Ça semble un peu…

Paranoïaque ? Fou ? *Bien sûr que ça l'est. C'est pour ça que leur plan est si parfait.*

— Je dois déposer une autre revendication le plus rapidement possible, dis-je. Je dois trouver de l'argent pour engager un avocat. Avant qu'il ne soit trop tard.

Mary a l'air décontenancée. Puis une ombre trouble son regard.

— Je ne suis pas sûre de comprendre. Tu penses que le maire Thorsten a parlé aux Apaches de ta revendication ?

Je regarde l'ombre grandir, sans pouvoir exactement dire de quoi il s'agit. Du doute, peut-être. *Est-ce qu'elle doute de moi ?*

Je m'écroule sur une chaise.

— Oui.

— Quel serait son but ? Tu m'as dit que le formulaire de revendication ne donnait pas les détails exacts. Que tu devais faire venir un géomètre du gouvernement et lui montrer l'emplacement. Donc, même si les Indiens voulaient soumettre leur propre revendication, ils ne pourraient pas montrer au géomètre où trouver l'or. À moins, bien sûr…

Cette ombre, de nouveau. À *moins qu'ils ne sachent exactement où il se trouve.*

Mary sourit d'un air incertain. Et c'est ce sourire qui règle la question. Je ne peux pas lui dire. Jamais. Mary est ma meilleure amie, mais elle ne pourra jamais comprendre ce qui s'est réellement passé.

— Ils ne savent rien du tout, dis-je d'une voix rauque.

— Tu en es sûre ? Et Lonan ?

— Oh, tais-toi, dis-je, plus sèchement que prévu. Tu sais bien qu'il s'est enfui.

C'est ce que j'ai dit à Mary et à Geraldine, et à tous ceux qui m'ont posé la question. Même au shérif, qui a souri d'un air entendu en me libérant de ma garde à vue.

— Oui, répond Mary en baissant les yeux. Eh bien je t'avais prévenue qu'il ne fallait pas faire confiance à cet homme. Abandonner ainsi une femme en pleine nature… et tu as dû passer une nuit en cellule alors que tu étais absolument innocente.

C'en est trop. Je presse un doigt sur mes tempes. Je ne peux pas en supporter davantage. Cela doit cesser, d'une manière ou d'une autre.

— Mary, dis-je faiblement. Je vais peut-être devoir retourner à la mine de Tomkin. Toute seule, cette fois.

— Quoi ? lance Mary, à présent plus pâle sous sa poudre. Es-tu devenue folle ?

— J'ai besoin d'argent. Je dois prendre un avocat. Je vais devoir quitter la ville un moment. Tu ne le diras à personne, hein ?

— Je t'en prie, Nellie. C'est trop dangereux.

— C'est le seul moyen. J'ai dépensé tout ce que j'ai ramené la première fois pour faire cette revendication et pour l'hôtel.

Mary secoue la tête.

— Il doit y avoir une autre solution. Je pourrais te prêter de l'argent. Je pourrais demander à Emory ce soir.

Je me penche en avant.

— Non, ne fais pas ça. S'il te plaît. Personne ne doit savoir. Ça causerait une telle frénésie ! La moitié du pays serait sur mes traces, chacun essayant d'arriver le premier là-bas.

— Je comprends, mais…

— S'il te plaît, Mary. S'il te plaît, aide-moi. Je n'ai besoin que de quelques affaires. Et de la mule.

— Tu es sûre de toi ? Et si tu te perds ? Ou pire, si tu tombes sur des Indiens ?

— Ça ira, dis-je d'une voix blanche. Tant que tu ne dis rien, personne ne saura que je suis là-bas.

— Mais Cornelia… Nellie.

L'ombre obscurcit à nouveau les yeux de Mary. Et soudain, je la vois pour ce qu'elle est. Le doute, oui. Mais pas concernant mon histoire, mes projets ou même le problème de la revendication. Mary Parker, mon amie la plus proche, doute de ma santé mentale.

Ils ont fini par l'avoir, elle aussi.

Je me mords la langue pour chasser les larmes. *Ça a marché.* Les années d'insinuation. Les chuchotements dans mon dos. Les mères refusant d'inviter Geraldine aux anniversaires de leurs filles. Le pasteur Stevenson prêchant le Deutéronome. *Elle sera rendue folle par le spectacle qui lui sera présenté. Aucune femme ne doit exercer l'autorité.*

— Je dois y aller, dis-je sombrement. Et tu ne dois rien dire à personne.

— Nellie…

Mary serre sa fourrure contre elle. Puis elle cède :

— D’accord, je te laisserai à nouveau la mule. Seulement…

— Quoi ?

— S’il te plaît, promets-moi d’y réfléchir encore. J’ai le sentiment que rien de bon ne sortira de tout ça.

Une fois que Mary est partie, je me sers un whisky au bar. Maintenant que ma décision est prise, je devrais me sentir un peu mieux. Mais mon esprit s’agite et mon estomac, longtemps privé d’appétit, se contracte au moment d’accueillir la première gorgée.

Et Lonan ?

C’est le pire de tout. Lonan est mort en sachant tout ce que j’ai fait.

Je me tamponne le front où perlent des gouttes de sueur glacées. Si seulement il y avait un moyen de revenir sur ce que je lui ai dit, et sur ce que j’ai fait, seule sur la rive, en ce soir délavé, il y a de ça des siècles. Je reviendrais sur *tout*. Je ne laisserais jamais Tomkin, ce maudit meurtrier, franchir le seuil de mon hôtel.

Mais c’est impossible, et le souvenir des derniers mots que j’ai murmurés à Lonan restera à jamais gravé dans ma mémoire. Ma pitoyable tentative pour trouver une justification à mes actes – si ce n’était pour lui, au moins pour moi.

Je pensais que je pouvais te faire confiance.

Il a ouvert un œil ensanglanté, une dernière fois. Il n’y avait nulle haine dans son regard, nulle colère. Seulement de l’incrédulité. Sa voix, faible et rauque, en était pleine. *Madame Stover… moi aussi avant… j’avais confiance en vous.*

Chapitre 32
Glitter

Elles avancent longtemps dans les montagnes, jusqu'à ce que les pieds de Glitter deviennent trop douloureux. Les sandales qu'elle a décidé de porter à contrecœur lui blessent le pied, où de nombreuses ampoules sont apparues. À midi, la ligne sinueuse de la Route 180 est définitivement masquée par les collines. Le soleil finit par décliner et Joanna – bien plus en forme que ne devrait l'être une femme au foyer – décide qu'il est temps de s'arrêter pour la nuit.

Glitter propose d'allumer un feu de camp, mais elle ne parvient pas à le faire démarrer. Une demi-heure plus tard, l'obscurité est si épaisse qu'elles n'aperçoivent plus leurs propres mains, et elles continuent à s'acharner en vain sur un amas de brindilles noircies. Glitter secoue le briquet de Joanna.

— Je ne comprends pas pourquoi ça ne fonctionne pas. C'est juste un feu.

Joanna fronce les sourcils.

— Tu n'aurais pas dû mettre ces feuilles au-dessus. Elles sont trop humides. Et les branches que tu as ramassées sont trop fines. On devrait peut-être essayer une pomme de pin ?

— C'est pas une fête de Noël, lance Glitter en jetant le briquet. Pourquoi aurait-on besoin d'un feu, de toute façon ? Profitons pleinement de la nuit.

Joanna déchire une page de son cahier et la froisse.

— Je préférerais avoir un bon repas chaud. Ça ne peut pas être *si* difficile, non ? Ça fait un certain moment que la race humaine a domestiqué le feu.

— Mais elle a rapidement commencé à s'intéresser au chauffage central.

Une flamme jaillit du briquet, projetant une lumière crue sur le visage de Joanna. Ses yeux sont grands ouverts et un peu désespérés tandis qu'elle tente de mettre le feu au papier.

— Tu as peur ? demande Glitter. Dis-moi la vérité.

— Bien sûr que non.

— Tu devrais. Il y a probablement des loups par ici et…

— Arrête.

— Tu vois ?

— Lauren, s'il te plaît.

— Yoyo, ne t'en fais pas. Moonbeam dit que les femmes ont été socialisées pour craindre le noir, afin que la société puisse les maintenir confinées dans une prison domest…

Le hurlement d'un coyote s'élève depuis une vallée voisine. Ce cri, triste et menaçant, remue quelque chose au plus profond des entrailles de Glitter. Elle se rend soudain compte que si on s'en tient à l'essentiel, elle n'est elle-même rien d'autre qu'une proie esseulée en pleine montagne.

Le hurlement ne se répète pas, mais d'autres bruits se font entendre.

Des branches d'arbres qui se balancent. Une agitation dans les buissons. Des chuintements, des craquements et des échos lointains.

Joanna brise le silence d'une voix mal assurée.

— Est-ce… Est-ce que je dois rajouter du papier, tu crois ?

Glitter essaie d'avancer vers elle, mais constate que ses muscles ont du mal à répondre. Elle arrive à tendre une main.

— Oui. Donne-moi le briquet, je vais t'aider.

Il y a quelque chose d'incroyablement réconfortant dans le crépitement des flammes. Joanna ouvre une boîte de hot-dogs et repêche le sachet de sauce plongé dans la saumure. Elle la verse dans une tasse en émail cabossée qu'elle pose près du feu pour la réchauffer. Puis elle pique deux hot-dogs sur un bâton et le tend à Glitter.

— Comme à la communauté, dit Glitter. Il nous manque juste de l'herbe.

— Ça ira, merci.

— Ne me fais pas le coup de l'inspecteur clean, pas après le trip d'hier soir.

C'est peut-être juste l'éclat du feu, mais Joanna semble rougir.

— C'était juste une expérience.

— Et alors, c'était comment ?

Elle réfléchit un instant.

— Absurde. J'ai vu des vaisseaux spatiaux dans le ciel.

— Génial. Une fois, j'ai vu le Simms Building tomber des nuages. Je pensais que j'allais mourir, mais c'était surtout incroyablement drôle. L'impression d'avoir appris quelque chose de neuf ?

— Eh bien, je…

Pendant une fraction de seconde, on dirait que Joanna va se mettre à pleurer, puis elle reprend :

— Lauren, je peux te demander quelque chose ?

Glitter retourne ses hot-dogs.

— Bien sûr, chérie.

— Cette histoire d'amour libre… Comment vous faites pour que ça ne vous dérange pas quand Ziggy ou toi vous êtes… avec quelqu'un d'autre ?

Des éclats de souvenirs traversent l'esprit de Glitter. Un mur de chrome et d'acier. Une main qui lui arrache son jean.

— Il faut s'entraîner à se débarrasser de ses chaînes, dit-elle un peu plus fort que prévu. Ce qui doit arriver arrive.

Joanna prend une bouchée de hot-dog et continue à parler la bouche pleine.

— Mais est-ce que tu as déjà… Je veux dire…

— Déjà quoi ?

— Ça me semble si dangereux. Et si quelque chose t'arrive sans que tu saches si tu aimes ça ou non ?

Altamo. Le ventre de Dutch comprimant le sien, ses ongles écorchant ses tétons. Et puis son copain, et un autre, et encore un autre… scarabées noirs, carapaces de cuir. *Ça a semblé durer des heures.*

Soudain, elle a envie de le dire à quelqu'un. Parce que si elle dit toute la vérité, peut-être qu'elle comprendra enfin ce qui s'est passé.

— Il y a une fois, commence-t-elle prudemment. C'était à un concert. J'ai fait l'amour avec Dutch. C'était derrière les motos et je pensais… J'étais défoncée et j'étais plutôt bien avec l'idée. Mais après…

Joanna cesse de mâcher.

— Quoi, après ?

— Mais après, ses amis sont arrivés… Ils… se sont joints à nous.

— Comment ça ?

— Je suppose… qu'ils voulaient leur part…

Du butin. C'est ce que l'un d'eux avait dit. *Partage le butin, Dutch. Laisse-moi croquer.*

Des larmes lui montent aux yeux. Elle ne sait pas vraiment d'où elles viennent, mais elles ont une furieuse envie de sortir.

— Lauren.

La voix de Joanna est à la fois grave et compréhensive, et en l'entendant Glitter voit quelle bonne flic elle peut faire.

— Ce qui t'est arrivé est grave, reprend Joanna.

— Comme je l'ai dit, ce qui doit arriver arrive.

— Tu devrais tous les dénoncer.

— Pour quel crime ?

— Pour viol.

Le bâton de Glitter s'enflamme. Elle le secoue et un des hot-dogs tombe dans le brasier.

— Ce n'est pas comme ça que ça s'est passé. Ce n'est pas comme si…

J'avais dit non. Je n'ai même pas eu le temps pour ça.

— Si tu ne voulais pas que ça arrive, alors c'est un viol.

— J'ai dit que j'étais plutôt bien avec l'idée, au début.

— Ça ne suffit pas pour en faire quelque chose d'acceptable. Ziggy est au courant ?

Elle baisse la tête.

— Ziggy s'en fout. Il veut que les gens soient libres, sa nana la première.

— Mais être libre ne veut pas dire que Dutch et ses copains ont le droit de te violer.

Glitter retient ses larmes à grand-peine.

— Ce n'était pas un viol, dit-elle, si fort que la forêt lui renvoie un faible écho. Arrête de dire ça. C'était de l'amour libre.

— Tu le penses vraiment ?

— Ouais, meuf. C'est… c'est comme ça. Parfois, tu ne sais pas si tu aimes ou pas. Mais… ça ne veut pas dire… que…

Puis les digues cèdent et un torrent de larmes s'y engouffre. Un torrent impossible à retenir. Le feu, les montagnes et la forêt se fondent en un profond puits de douleur et elle pleure, pleure et pleure encore.

Et tout de suite, elle sent Joanna à côté d'elle qui l'entoure de ses bras, et qui attend simplement, jusqu'à ce que les sanglots s'arrêtent.

— Lauren, dit-elle doucement. C'est sérieux. Tu dois apprendre à te protéger un peu plus.

Glitter s'essuie les yeux. Elle se tourne vers Joanna et c'est là. La chose qu'elle déteste le plus. Le jugement. Glacial, définitif. Une fois de plus, ses choix sont transformés en erreurs. C'est toujours la même histoire.

— C'est toi qui dis ça, siffle-t-elle. Tu te laisses baiser par ton mari même si tu détestes ça. C'est du viol.

— Enfin… pas légalement. Nous sommes mariés.

Glitter secoue la tête.

— Pouah. Ça fait combien de temps que *tu* n'as pas pris soin de toi ? Tu voulais devenir flic, non ? Et au lieu de ça, tu as tout abandonné pour un homme qui te bat si fort que tu crains pour ta vie.

— Lauren, dit Joanna dont la voix tremble un peu. Écoute, je… on se raconte tous des histoires pour se rendre la vie supportable. J'ai fait la même chose pour mon mariage. Mais ces histoires sont des mensonges. À un moment donné, il faut regarder la vérité en face.

— Mais je n'ai *pas* été violée. Pourquoi tu dis une chose pareille ?

— Parce que je veux t'aider.

— Tu me juges.

— Tu me juges aussi, Lauren. Tu le fais tout le temps.

— Je ne juge jamais personne.

— Oh si, tu le fais.

Joanna détache un hot-dog de son bâton et le tend à Glitter.

— Tiens, dit-elle, tu devrais manger un peu.

— Et tu devrais arrêter d'imposer tes mauvaises vibes partout où tu vas.

— Je suis désolée. Mange un peu, ça va te faire du bien.

Les larmes reviennent et entravent la respiration de Glitter.

— Je n'ai pas faim, murmure-t-elle. Je vais me coucher.

Elle se roule dans son sac de couchage et s'endort le ventre douloureux, l'odeur de Dutch flottant autour d'elle.

Aux premières lueurs de l'aube, Glitter se rend au ruisseau pour se laver. Sa toilette faite, elle remonte vers le camp, glacée jusqu'aux os. Elle tente de ranimer le feu, mais il n'y a guère plus que des cendres.

Joanna, des cernes sous les yeux, se retourne dans son sac de couchage.

— Tout va bien ? Tu devrais te couvrir un peu.

— Ça va, répond Glitter en serrant les dents pour les empêcher de claquer. C'est… c'est le pied, pas vrai ?

En vérité, elle n'en pense pas un mot. La nature est rugueuse, brutale. Elle passe son sac à dos sur ses épaules et hurle presque de douleur. La peau de ses épaules est irritée et ses avant-bras sont brûlés par le soleil. Ses pieds sont en lambeaux, malgré les sandales.

Elles marchent pendant encore une demi-journée, mais cela lui semble une année. Glitter insiste d'abord pour tenir la carte, mais Joanna est toujours tellement en avance que finalement, elle la laisse s'en occuper. Autour d'elles s'élèvent des pins épais et lourds, et le sol est recouvert de grandes touffes d'herbe duveteuses. Dans l'après-midi, la végétation commence à devenir plus verte, mais de temps en temps, quand la masse des arbres se clarifie, on peut apercevoir la vaste étendue du désert miroitant au loin.

Glitter s'arrête un moment et prend une profonde inspiration. L'air est lourd et humide, mais la vue est à couper le souffle. Elle se demande si grand-mère Cornelia a vu ces mêmes paysages. Elle sort la photo de grand-mère et de Maman, toujours pliée dans sa poche avec la pépite et le joint trouvé dans la tente de Mike. Elle la tend en avant avec précaution.

— Tu te souviens de ça, Mamie ? C'est magnifique.

Tandis qu'elle fait lentement pivoter la photo pour offrir à sa grand-mère une vue d'ensemble, elle aperçoit une lueur argentée scintiller entre les arbres.

— Yoyo ! appelle-t-elle avant d'avoir bien compris ce qu'elle voyait. J'ai trouvé quelque chose.

Elle traverse le ruisseau, enjambe les herbes hautes et débouche dans une clairière. Ce qu'elle y voit l'arrête net.

Une bicoque en bois ne semblant tenir que par sa couverture de mousse est effondrée contre un pin. La porte pourrit dans l'herbe et une lanterne suspendue au pignon reflète la lumière du soleil en rais solitaires.

Joanna apparaît à côté d'elle, respirant bruyamment.

— Mon Dieu, Est-ce que c'est… la cabane de Tomkin ?

Glitter presse ses deux mains contre sa poitrine.

— Meuf. C'était vrai. Toute cette histoire était vraie. C'est énorme.

— Allons jeter un coup d'œil.

Joanna tend la carte à Glitter et se dirige vers la cabane. Glitter devrait la suivre, mais quelque chose la retient. Elle scrute les environs. La clairière, abritée par des pins et surplombée par un promontoire rocheux, est anormalement sombre malgré l'éclat du soleil.

Joanna éclaire la cabane avec sa torche. Il n'en reste pas grand-chose et le toit a presque complètement disparu.

— Viens jeter un coup d'œil.

— Non merci, répond Glitter qui serre ses bras autour de ses épaules. Je vais rester là, si tu veux bien.

Son regard est attiré par une petite remise adossée à la colline, de l'autre côté de la clairière. Ses cloisons en bois sont entièrement noires, recouverte de lichen et de pourriture. La nausée l'envahit, mais elle est incapable de détourner le regard.

Elle pose son sac à dos au sol, s'étire un peu puis se dirige vers l'appentis à pas lents et pose une main sur la porte. Contrairement à celle de la cabane principale, cette dernière est entière. Un cadenas est encore accroché au niveau du verrou. Elle tire un peu dessus et il cède, entraînant une fine pluie d'échardes avec lui.

Un mauvais pressentiment s'inscrit en creux dans sa poitrine. Elle prend une profonde inspiration et ouvre la porte.

Elle ne comprend pas tout de suite ce qu'elle voit. Des os. Des lambeaux. Deux orbites. Des doigts minces et frêles, gris de chair momifiée. Et des dents qui lui sourient dans l'obscurité.

L'horreur la frappe comme un coup de poing et la fait trébucher en arrière. Elle écrase la carte dans ses mains et tombe à genoux, haletante.

— Putain.

Joanna la dépasse et regarde par l'embrasure de la porte.

— Il semblerait que nous ayons trouvé Prosperity Rogers.

— Merde.

— Ouais.

Glitter prend une grande inspiration. Puis une deuxième, et une troisième. *Ce n'est qu'un corps.* Elle se relève en titubant. Joanna se tient au-dessus de Rogers, éclairant son crâne de sa torche. Avec son petit doigt, elle soulève un coin de son vêtement, qui se désintègre au toucher. Un chapeau noirci et effiloché gît dans un coin.

— On lui a tiré dessus, dit Joanna. L'os de l'épaule est explosé et un morceau de crâne est manquant.

— Nom d'un chien ! Qui a pu faire ça ?

Joanna reste silencieuse. Elles le savent déjà. Il n'y a qu'une seule réponse à cette question.

Glitter tente de déglutir malgré la sécheresse de sa gorge.

— Bon, d'accord. Alors *pourquoi* il a fait ça ?

— J'imagine qu'après avoir extrait assez d'or, Tomkin a finalement décidé de tout garder pour lui.

— Bon sang.

Ses yeux rencontrent ceux de Joanna tandis que Prosperity leur sourit depuis l'obscurité.

— Seigneur, dit-elle, agitée par un rire rauque. Rappelle-moi de rester dans tes petits papiers quand on aura trouvé la mine.

Joanna pouffe, vexée.

— Tu crois que je tuerais pour quelques pépites ?

Glitter rit à nouveau, mais un noyau d'incertitude demeure en elle. Joanna était flic, non ? *Ne jamais faire confiance à un flic.*

— Bon, reprend Joanna. On devrait…

Puis elle se fige, les yeux écarquillés. Glitter sent ses poils se dresser sur sa nuque. Il y a quelqu'un derrière elle. Le fantôme de Tomkin. L'esprit des collines venu pour les emporter, comme il a emporté les autres.

— Qu'est-ce que vous faites ici ? dit une voix.

Glitter presse la carte contre sa poitrine comme un bouclier et se retourne. Un homme se tient sur la rive opposée du fleuve. Vêtu d'un jean et de baskets souples, il a les cheveux noirs et le teint hâlé. Son visage n'a rien d'amical et il pointe le canon d'un fusil dans leur direction.

L'homme de la fête. *Danny.*

Glitter recule de plusieurs pas. Les mots s'imposent à elle, comme tirés d'une mémoire collective profonde. *Ne tirez pas, je vous en prie.*

Mais c'est Joanna qui lève d'abord les bras et sa voix tremble quand elle parle :

— Je… Je suis enceinte.

Il y a un moment de silence absolu. Danny baisse son arme, juste un peu.

Et l'instinct prend le dessus. Avant même de savoir ce qu'elle fait, Glitter se retourne et part en courant vers le sous-bois. Elle court, court à en perdre haleine, jusqu'à ce que la forêt se referme sur elle et qu'elle n'entende plus que sa propre respiration paniquée.

Chapitre 33
Joanna

— Je suis enceinte.

Les mots ricochent comme trois coups de feu, faisant voler le monde en éclats. Joanna presse ses mains contre son ventre. Son cœur bat à tout rompre. Une fois que la vérité a été dite, elle est là pour rester.

Je suis enceinte. Je porte un bébé.

Seigneur.

Danny Borrego maugrée quelque chose, l'air incertain. À côté d'elle, Lauren s'élance vers les arbres d'un mouvement rapide et disparaît dans un bruissement d'aiguilles de pin. Pendant une fraction de seconde, Joanna veut se lancer à sa suite, mais le fusil agit comme une épingle, la figeant sur place.

Danny Borrego baisse son arme, mais reste au bord du ruisseau, l'air méfiant.

— Vous êtes un peu loin de chez vous, dit-il.

— Oui, eh bien…, commence-t-elle d'une voix étrangement basse. Je marche depuis un moment, c'est vrai.

— Qu'est-ce que vous faites ici ?

— Il y a un cadavre dans l'appentis. Prosperity Rogers.

Danny fronce les sourcils. Il traverse la clairière et lui fait signe de s'écarter. Son pas est calme et il avance sans effort sur l'herbe tendre, fendant l'ombre des pins. Joanna sent son cœur accélérer à nouveau. Depuis combien de temps les suit-il ? Il les observait peut-être déjà la nuit dernière, sans qu'elles s'en rendent compte.

Il jette un coup d'œil dans l'appentis.

— Cette porte était mieux fermée.

Joanna déglutit.

— Vous… vous étiez au courant ?

— En quelque sorte. Pas comme si j'étais allé vérifier moi-même, mais l'emplacement de la cabane de Tomkin n'est pas vraiment un secret.

— Vous auriez dû le signaler à la police.

Il rit sèchement et referme la porte.

— Vous feriez mieux de venir avec moi.

Un frisson d'angoisse traverse le ventre de Joanna.

— Je… Je ne préfère pas.

— Rester ici me semble une mauvaise idée, en tout cas.

— Comment nous avez-vous trouvées ?

— Je ne vous ai pas trouvées. Je ne vous cherchais pas. Mais après tout ce qui s'est passé à Boldville, je m'attendais à ce que quelqu'un se montre ici tôt ou tard. Ce lieu n'est pas aussi secret que vous semblez le croire.

— Qui d'autre est au courant ?

— Les chasseurs, le shérif… La plupart des gens préfèrent l'éviter, cependant.

Elle essaie de sourire.

— À cause d'un esprit frappeur, peut-être ?

Danny reste de marbre et épaule son fusil.

— Quelque chose comme ça. La nuit tombe. Nous avons un camp de chasse à trois kilomètres d'ici, près de Leggett Peak. Vous pouvez y passer la nuit et nous raconter ce que vous faites vraiment ici.

— Qui ça, « on » ?

— Moi et ma sœur. Écoutez… Je ne compte pas vous faire le moindre mal, quoi que vous vous imaginiez. Vous pouvez me suivre sans crainte.

Elle n'a pas vraiment le choix.

— D'accord, répond-elle. Et Lauren ?

— Oh, oui. Venez, aidez-moi à la chercher.

Ils passent le sous-bois au peigne fin, l'appelant par son prénom, encore et encore. Mais aucune réponse. Finalement, Danny se tourne vers le soleil déclinant et désigne le sac à dos abandonné sur l'herbe d'un geste de la tête.

— Nous allons lui laisser un mot pour qu'elle sache où nous trouver. Vous avez un stylo et du papier ?

— Oui. Et une épingle à nourrice pour l'accrocher.

Il sourit.

— Parfait. Je suis sûr qu'elle nous aura rejoints d'ici ce soir.

Après une heure de marche silencieuse, ils arrivent dans une clairière bordée de genévriers. Un camion accidenté est garé sur une étendue d'herbe, bien qu'aucune route ne soit visible. Une cabane construite en contreplaqué et en tôle se niche à l'abri des pins. Un foyer en pierres est soigneusement disposé au milieu de la clairière alors que plus en arrière, entre les arbres, se trouvent plusieurs râteliers pour suspendre le gibier. Quoi qu'elle ait pu imaginer du camp de chasse indien typique, il ne s'agit pas de celui-là. Aucune tente en vue et aucun détritus nulle part. Pas d'enfants sales ni de bouteilles d'alcool de contrebande, comme on le voit dans les journaux. Le camp semble assez chaotique, mais d'une manière pratique et accueillante.

Danny appelle, mais personne ne répond. Il hausse les épaules.

— Rita doit encore être en train de piéger. Je vais la retrouver. En attendant, vous pouvez monter votre tente.

Joanna marque une pause.

— Je n'en ai pas. Lauren et moi avons pensé que ce serait plus facile de camper sous les étoiles.

— Quoi ? dit-il, les sourcils froncés. Les nuits sont fraîches, ici.

— J'ai eu l'occasion de m'en rendre compte.

— Et il y a des animaux sauvages dans ces montagnes. Des coyotes, des ours noirs et…

— Des ours ?

Il acquiesce.

—Et des cougars. Écoutez, vous allez vous installer avec Rita dans la cabane. Je vais utiliser la tente de secours.

— Non, s'il vous plaît, ne vous embêtez pas tant pour moi. Je… Je préfère la tente, pour être honnête.

— Comme vous voudrez. Voilà pour vous.

Du camion, il sort un sac de toile abîmé qui produit un bruit sinistre quand il le pose sur le sol.

— Vous pouvez l'installer là, précise-t-il. On reparlera de tout ça au dîner.

Il s'éloigne et le cœur de Joanna commence à battre plus vite. Si elle veut s'enfuir, c'est sa chance. Elle n'a aucune raison de faire confiance à Danny. Et plusieurs raisons de s'en méfier.

Mais où irait-elle ? Elle ne retrouvera pas le chemin de la cabane sans lui. Et elle n'a pas de carte. Le camion a l'air de pouvoir être démarré avec les fils, mais le bruit du moteur alerterait Danny, qui reviendrait en courant. Et il a toujours le fusil.

Il y a autre chose. Son instinct de flic se met en éveil. Danny savait pour Prosperity Rogers. Et il est parmi les dernières personnes à avoir parlé à Mike. Elle doit l'interroger.

Elle traîne le sac de toile jusqu'à l'endroit désigné et en sort ce qui semble être une quantité inutile de poteaux métalliques cabossés, dont certains sont maintenus entre eux par un fil élastique. La toile est lourde et semble s'épaissir à mesure qu'elle tente de la déplier. Les coins et les plis sont chargés de terre et de poussière.

Elle assemble les poteaux métalliques et tente de les faire passer dans les fourreaux selon un ordre logique, mais elle a beau tout essayer, rien ne fonctionne. Après une demi-heure de vaines tentatives, en sueur et épuisée, elle contemple la tente, un fouillis de cordes entremêlées et de tissu boueux. Danny réapparaît juste à ce moment-là en compagnie d'une femme portant un T-shirt au motif camouflage et une veste en jean. La femme lui jette un regard perplexe, puis entre dans la cabane.

Joanna attrape timidement son sac à dos. C'est deux contre une, maintenant, se dit-elle en se maudissant d'être restée dans le coin. Elle devrait partir, tout de suite, avant que… La porte s'ouvre à nouveau et Rita sort, deux tasses en émail fumantes à la main. Elle a troqué le T-shirt contre une robe rouge vif qui vient mouler un ventre légèrement arrondi.

— Je m'appelle Rita. Vous avez besoin d'aide ? demande-t-elle. Il faut passer ces piquets dans la doublure de la tente intérieure. Je vais vous montrer.

Rita pose les tasses et déploie la toile en quelques mouvements habiles. Puis elle prend plusieurs piquets dans la pile. En quelques minutes, elle les assemble pour créer une ossature en forme de maison.

Pendant le quart d'heure qui suit, Joanna doit maintenir les pièces d'une construction métallique en pleine expansion, tandis que Rita tire sur des longueurs de toile, enfonce des piquets de tente et tend des cordes. Elle se déplace rapidement et ses mouvements dégagent une impression de puissance subtile. Lorsque tout est terminé, la structure qu'elles ont échafaudée semble bien chétive face à l'immensité des montagnes qui les entourent. Mais pour Joanna, c'est un véritable palais.

Rita lui tend une tasse de café en souriant.

— Vous avez eu une rude journée, à ce qu'on m'a dit. Je vous offrirais bien un verre de whisky pour faire redescendre la pression, mais j'ai entendu dire que vous aussi…

Elle tapote son ventre arrondi.

— Oui, c'est vrai, confirme Joanna en saisissant la tasse tiède à deux mains.

— Pas que ça me regarde vraiment, mais est-ce que vous ne devriez pas éviter de vous balader dans les montagnes dans votre état ? J'aime le grand air moi aussi, mais bon sang, depuis que je suis enceinte, mon frère ne me laisse même pas grimper jusqu'à Morenci Ridge. Poser des pièges, je ne suis plus bonne à faire que ça, ces derniers temps.

Elle rit, mais son visage devient subitement sérieux :

— Vous avez l'air vraiment secouée.

— La cabane de Tomkin m'a un peu… traumatisée, je crois.

Rita secoue la tête.

— Danny m'a parlé du type mort dans la cabane. C'est un lieu mauvais. Je l'évite ces jours-ci. Je ne veux pas que mon enfant attrape un mauvais esprit, dit-elle, puis elle met une main sur sa bouche. Oh, désolée. Ce sont juste de vieilles histoires. Votre enfant ira très bien, j'en suis sûre.

Après un moment de silence, Rita se penche en avant et passe une main sur le ventre de Joanna. Sa paume, réchauffée par le café, se pose exactement sur l'endroit où se love le bébé. *Le bébé.* Dwayne Riley Junior. *Oh, Seigneur.* Elle ne peut pas faire une telle…

Non, elle n'est pas obligée. La pensée est tranchante, la douleur d'une plaie pas encore ouverte. Il y a bien quelque chose qu'elle peut faire pour se sortir de ce pétrin. Pourtant, le simple fait d'y songer la déchire comme jamais rien auparavant. Elle laisse tomber la tasse et enfouit son visage dans ses mains.

— Hé, murmure Rita en se rapprochant d'elle. Tout va bien ?

Joanna pose la main sur sa bouche.

— Désolée. Je… ne peux pas…

— Les hormones. Je connais.

— Ce n'est pas ça. Je… Je ne peux pas faire ça.

— Pas faire quoi ?

— Le bébé…, sanglote-t-elle. Je ne pourrai plus jamais lui échapper, après ça.

— Échapper à qui ?

— Mon mari. Si je quitte la ville, si je quitte même la maison – une mère qui abandonne son propre enfant… il me fera interner à coup sûr.

Rita fronce les sourcils.

— Vous ne pouvez pas rester avec vos parents ? Ou chez un ami ?

— Ça ne changerait rien. Dwayne va simplement me déclarer mentalement inapte, et on m'enverra chez les fous. Je vais… Je ne serai plus jamais libre, dit-elle dans un nouveau sanglot. Je crois que je préfère…

Avorter, murmure-t-elle dans un souffle.

Rita passe lentement ses mains sur son propre ventre et balance sa tête de gauche à droite.

— C'est votre choix, bien sûr, dit-elle doucement.

— Ce n'est même pas un choix. C'est horrible. Quoi que je fasse, ça me hantera toute ma vie.

— Peut-être…, dit Rita.

Elle vide sa tasse de café puis passe sa main dans le dos de Joanna. Une main chaude, douce et rassurante.

— … mais peut-être pas. Ma sœur est passée par là quand elle avait dix-sept ans. Elle est allée le faire au Mexique, et ça a été un soulagement pour tout le monde.

— Mais c'est différent.

Rita sourit.

— Vous pensez ? Je ne suis pas sûre. Allez, venez. Il est temps d'aller dîner.

Danny ouvre une bière pendant que Rita remplit une poêle de viande de lièvre et la place sur les charbons. Elle a assaisonné les filets avec des poivrons séchés pilés au mortier.

Bientôt, une odeur alléchante s'échappe du feu. Viande juteuse, fumée et paprika.

Joanna se tourne vers Danny.

— Pourquoi avez-vous quitté Breakwater ?

— Je n'ai rien quitté. J'ai juste pris quelques jours de congé.

— Pour prendre l'air de la montagne ?

Il sourit.

— J'ai trop remué les choses. Le combat que nous menons… ne doit pas être révélé au grand jour.

— L'opposition à l'accord foncier de Parker.

— Comme je vous l'ai expliqué.

— Parker vous a menacé ?

Rita ricane.

— Ce n'est qu'un lâche. Mais les héritiers du colonel Carleton… ont une façon bien à eux de vous mettre en garde.

— J'ai reçu une lettre au bureau, dit Danny. Avec le cachet de la poste de Boldville. Elle contenait un mouchoir rouge.

— Qu'est-ce que ça veut dire ?

— Mangas Coloradas. C'est un avertissement, répond Rita d'une voix froide et métallique.

Il faut un moment à Joanna pour se rappeler ce qu'elle a lu sur la base de la statue de Carleton.

— Le chef mescalero qui a combattu contre James Henry Carleton.

— En fait, c'était un Tsokaende, précise Danny. Son nom espagnol se traduit très approximativement par « manches rouges », mais nous l'appelons Dasoda-hae. Il a pris le sentier de la guerre après le massacre de plusieurs familles tsokaende par une bande de mineurs blancs dans la région, dans les années 1860. Il a combattu aux côtés de Geronimo et de Baishan…

— Sa fille a épousé Cochise, dit Rita.

— Les Blancs n'ont jamais réussi à le soumettre, poursuit Danny. Finalement, ils lui ont proposé un accord de paix. Il est allé à leur rencontre près de Fort McLane. Il portait un drapeau blanc.

Joanna déglutit. *Si les Indiens envoient un drapeau de trêve…*

— Carleton et ses hommes l'ont emprisonné. Ils l'ont ensuite poignardé avec leurs baïonnettes. Mourant, Dasoda-hae a rampé vers la porte. Ils ont fait passer ça pour une tentative d'évasion et lui ont tiré une balle dans la tête.

Le feu crépite et projette une pluie d'étincelles dans le ciel nocturne. Rita, le visage éclairé par la lueur du brasier, retourne la viande sur la poêle.

… vous n'avez pas pour ordre de faire la paix, mais de les tuer partout où vous les trouverez.

Joanna déglutit. Y a-t-il quelque chose à dire dans ces moments-là ? Que c'était il y a très longtemps, que les choses sont différentes aujourd'hui et que Dasoda-hae avait probablement tué de nombreux hommes de Carleton.

— Je suis vraiment désolée, murmure-t-elle.

Puis une pensée lui vient, sombre et effrayante. Fort Rodman. Les mots de Mme Weiland. *C'était une autre époque.*

— Est-ce… est-ce que quelque chose de similaire est arrivé à Lonan ?

Rita lui lance un regard indéchiffrable.

— Ah. Je n'avais pas entendu ce nom depuis bien longtemps.

— J'aimerais que vous me disiez ce que vous savez sur cette histoire, dit doucement Joanna par-dessus le grésillement du jus de viande qui coule dans les flammes. Sur Cornelia Stover et Lonan, et sur ce qui s'est passé à Fort Rodman. J'aimerais connaître la vérité. Une fois pour toutes.

Danny dit quelque chose en langue apache et Rita acquiesce. Elle ouvre une glacière et en sort un paquet de tortillas jaunes et épaisses, qui semblent faites maison. Elle les étend sur une pierre plate près du feu et, une fois réchauffées, les tend à Danny qui les remplit de viande.

Joanna en prend une bouchée et les épices chantent délicieusement sur sa langue.

Elle mange avec tant d'entrain que de la graisse de lièvre coule le long de son poignet. Elle la lèche sans réfléchir tout en pensant à Lauren. Pourvu qu'elle trouve son chemin jusqu'ici.

— Commençons par le commencement, dit Danny. La légende de la présence d'or dans les Gila remonte aux conquistadors espagnols. Après avoir définitivement pillé les Aztèques, les conquistadors sont venus ici à la recherche d'or. Mais ils n'ont jamais rien trouvé. Puis, environ deux cents ans après, vers les années 1880, la ruée vers l'or a commencé. C'est à cette époque-là que Tomkin et Rogers ont tenté leur chance, avec succès ou pas, c'est une autre histoire. Cinquante ans plus tard, Cornelia Stover et Lonan sont venus ici à la recherche de la mine. Je ne sais pas comment elle a convaincu Lonan de se joindre à elle, mais elle y est arrivée. Notre grand-père nous a raconté son histoire, dit-il en se tournant vers Rita.

Elle pousse un long soupir et prend la suite.

— Oui. Trouver du travail était difficile à l'époque. Les Blancs n'aimaient pas que les Indiens sortent de leur réserve. Quand mon père était enfant, la police déposait tout Indien trouvé sur une terre blanche à la frontière, en plein désert, quelles que soient l'heure ou la période de l'année.

Elle secoue la tête d'un air désapprobateur et poursuit :

— Lonan et Cornelia Stover sont partis dans les montagnes. Quelques années plus tard, un squelette a été retrouvé à Fort Rodman.

Joanna enfonce ses doigts dans ses genoux.

— J'ai l'horrible soupçon que… eh bien, que Cornelia Stover n'a pas voulu partager l'or avec Lonan. Le Wheeler-Howard Act venait d'être promulgué. Lonan aurait été en droit de revendiquer cette terre.

Rita acquiesce.

— Cornelia Stover avait bien assez de raisons pour le tuer.

— L'avidité réveille ce qu'il y a de pire en nous, dit Danny.

Joanna secoue la tête.

— Je n'aurais jamais cru qu'une femme puisse être capable de tuer son compagnon de sang-froid.

— Vous voulez parler de Lonan ?

— Oui. Et puis il y a le fait que son corps ait été ainsi… exposé. C'est tellement…

Danny secoue la tête.

— Vous faites erreur.

— À propos de quoi ? Ils ont trouvé ce corps à Fort Rodman, puis l'ont exposé au Grand Bonanza.

— Oui, dit gravement Rita. Mais ce n'était pas le corps de Lonan. C'était celui de Cornelia Stover.

Chapitre 34
Glitter

Glitter fait une halte dans une clairière. Une montagne se dresse soudain devant elle, formant un mur insurmontable. Elle se glisse dans une crevasse et tend l'oreille, mais les arbres restent silencieux. Personne ne l'a suivie jusqu'ici.

Quelle scène ! Danny braquant son fusil sur elles et Joanna les mains en l'air, comme dans les films. L'adrénaline fait toujours pulser son sang.

Elle regarde autour d'elle. La lumière orangée du soleil projette de longues ombres sur l'herbe, illuminant Black Bull Peak d'un éclat mordoré.

Loin en dessous, le ruisseau scintille entre les arbres. Les mots de grand-mère Cornelia lui reviennent en mémoire. *Là où la flèche courbée frappe l'œil du taureau.*

Une rafale de vent lui arrache la carte des mains, la faisant traverser la clairière. Elle se lance à sa poursuite et finit par la piétiner, grimaçant quand elle se déchire. Le vent devient de plus en plus froid. Une brise nocturne qui promet ombres et ténèbres. C'est presque comme si quelque chose – *quelqu'un* – voulait vraiment qu'elle se perde.

Elle enroule ses bras autour de ses épaules et murmure :

— Je n'ai pas peur.

Mais elle *a* peur. Terriblement peur. Qu'est-il arrivé à Joanna ? Comment va-t-elle ?

Elle lisse la carte et essaie de s'orienter. Elle retrace leur itinéraire et repère le coude de rivière où se trouve la cabane de Tomkin. De là, elle a couru vers l'ouest, pas vrai ? En direction des hauteurs, et après…

Elle sursaute. Sur la carte, la clairière n'est qu'une masse de petits arbres abstraits. Mais si on regarde vers le nord, en direction de l'eau, il y a ce coude dans le ruisseau, si serré qu'on pourrait croire que le cours d'eau se retourne sur lui-même. Elle plisse les yeux et, oui, si l'esprit y a été préparé, alors…

— C'est ça, dit-elle à haute voix. La flèche courbée.

Quelque chose commence à brûler au fond de sa poitrine. Un feu. Un désir ardent. Le frisson de la chasse. Elle court jusqu'au ruisseau et s'y jette, l'eau alourdissant son jean. La rive opposée est couverte d'armoise, mais à bien y regarder il *semble* y avoir une piste, laquelle semble monter en direction de Black Bull Peak. Un secret parfait.

Elle se jette dans les fourrés. Des brindilles s'accrochent à son T-shirt, une branche de genévrier déchire la peau de son bras avant de se casser. Peu importe, désormais. Elle écarte les derniers buissons et se retrouve face à une paroi rocheuse. Une vieille pelle est appuyée contre un monticule de pierres, et une bouteille de whisky vide brille dans l'herbe. Elle la repousse d'un coup de pied et lève les yeux.

Pas d'erreur. Quinze mètres plus haut, un trou dans la montagne semble avoir été élargi par des mains humaines. Une entrée. Une obscurité pleine de promesses.

Elle jette la carte dans l'herbe et commence à grimper. Ses doigts et ses pieds cherchent des prises. Ses muscles brûlent sous l'intensité de l'effort et son sang bat dans ses tempes. Mais elle est jeune et forte. La montagne n'est pas de taille à l'arrêter.

L'obscurité, dans la cavité, est totale. Elle s'y engouffre et reste là un moment, recroquevillée, comme un fœtus dans un ventre de pierre. Lentement, ses yeux s'accoutument à l'obscurité et le sang reflue de sa tête. Des formes apparaissent dans l'ombre.

Un seau jeté dans un coin. Quelques bâtons de dynamite pendant le long d'une poutre en bois. Au fond, un tunnel mène vers le cœur de la montagne.

Elle sort la pochette d'allumettes du Grand Bonanza de sa poche arrière. Son cœur bat à tout rompre tandis qu'elle craque une allumette et rampe plus avant dans le tunnel. La flamme s'éteint avant qu'elle n'atteigne le bout, mais lorsque l'obscurité retombe, une lueur semble persister.

Une illusion d'optique ? Ses doigts tremblent comme des feuilles dans la brise et les deux allumettes suivantes se brisent. Allongée sur le ventre, elle parvient enfin à en enflammer une et la brandit en direction du plafond.

C'est alors qu'elle le voit. Une ligne brillante et ciselée traversant le tunnel. Un trait de foudre enchâssé dans la pierre…

L'or.

Fascinée, elle craque allumette après allumette, juste pour revoir cette beauté. La lueur terne, l'étincelle dans la roche. Elle passe ses doigts sur la veine et constate que de la poussière d'or s'y est déposée. Au moment de gratter la dernière allumette, elle se fige. Combien ont déjà souffert à cause de cet endroit ? Mike est mort à cause de lui. Et Lonan aussi. Ils méritent d'être honorés.

Elle sort le joint trouvé dans le sac de couchage de Mike de sa poche. Il est un peu froissé, mais elle parvient à lui redonner forme. Elle craque l'allumette, le moment est sacré. La flamme projette sa lueur sur la pierre sombre. La première inhalation, profonde, la connecte au flux universel.

Elle fume jusqu'à ce que l'air de la mine se charge de fumée. C'est une herbe puissante. Elle flotte avec la roche, aussi légère qu'un nuage.

Après un moment, elle sort la photo de grand-mère Cornelia, mais il fait beaucoup trop sombre pour qu'elle puisse voir son visage.

Bon sang, grand-mère mérite qu'on fasse valoir ses droits. Tout en lâchant un petit rire irrépressible, elle se dirige vers l'entrée. Le crépuscule est tombé et le ciel est d'un profond bleu pourpre. Les lucioles clignotent dans les buissons, vaquant à leurs occupations. Le monde est vaste, frais et clair.

Elle s'efforce de trouver un bon endroit pour poser la photo quand ses mains touchent un objet lisse et de brillant. Elle le tient en l'air dans la lumière mourante, peinant à rassembler ses idées. C'est un objet qui ne devrait pas être là. Lisse, plastique et incongru.

Une perceuse électrique.

N'est-ce pas… bizarre ?

La situation passe de bizarre à effrayante lorsqu'elle réalise que les bâtons de dynamite sont reliés à un détonateur. Elle en a fait exploser quelques-uns pendant sa première et unique année à l'université. Mais ces choses n'existaient pas à l'époque de Tomkin.

Elle ouvre le cache du détonateur. *Nom d'une pipe en bois.* Cet engin est amorcé et couplé à un allumeur électrique.

Elle se fige un instant. Quelque chose bouge dans l'obscurité. Elle retient son souffle. Est-ce que c'est… Bigfoot ? Ou le fantôme, venu l'emporter ? La peur glace presque instantanément ses membres. Elle envisage de retourner dans la grotte en rampant. Là, elle sera en sécurité. Mais elle n'aura aucun moyen de sortir. Bon sang, elle n'arrive pas à réfléchir correctement. Peut-être qu'elle devrait…

Un bruissement attire son attention. Quand elle lève les yeux, Eugene Parker masque la lune.

— Lauren, dit-il. Bon Dieu, mais qu'est-ce que tu fais là ?

Un peu plus tard, Glitter est assise près d'un feu de camp aux côtés de Parker et du mari de Joanna. Elle aussi a demandé à Parker ce qu'ils faisaient là, mais elle n'a obtenu aucune réponse. Et Dwayne Riley s'est mis à harceler Parker au sujet de Joanna dès qu'ils l'ont rejoint.

— Détendez-vous, monsieur Riley, dit Eugene Parker en affichant un large sourire. On va aller chercher votre femme bientôt. Mais j'ai d'abord quelques questions à poser à celle-là.

Glitter se frotte les yeux et regarde autour d'elle. Un camion de police est garé sous un arbre, quelques cartons aplatis posés à ses côtés. Une cabane de chasse, grossièrement construite, se trouve à proximité. C'est de là que Parker a sorti les bières et quelques barres de chocolat. Il en tend une au mari de Joanna.

Le mari de Joanna ?

Elle essaie de recentrer son esprit, mais l'amoncellement de questions qui le travaillent lui donne le vertige.

Elle mord dans sa barre de chocolat et demande :

— Il se passe quoi, ici, les gars ?

Parker soupire.

— Tu es entrée sur une propriété privée par effraction, Lauren. Cet endroit m'appartient, maintenant.

Elle n'y comprend toujours rien.

— Vous êtes au courant pour la mine. Mais… comment ? Comment avez-vous découvert la mine de Tomkin ?

Parker soupire à nouveau.

— Lauren. Je suis le shérif adjoint. Je sais tout ce qui se passe ici.

— Vous alliez tout faire sauter.

— La mine est finie. Il ne reste plus d'or. Et elle a causé assez de problèmes comme ça.

Elle se frotte encore les yeux, gênée par la fumée du feu.

— Où est Yo… Joanna ?

Le mari de Joanna la regarde fixement.

— On pensait qu'elle serait avec toi.

Il jette sa canette de bière vide dans les buissons, en ouvre une autre et ajoute :

— Ces temps-ci, elle traîne avec n'importe qui.

Parker sourit jovialement.

— Lauren, tu as laissé ton sac à dos à la cabane de Tomkin. On l'a trouvé avec un mot de Danny Borrego épinglé dessus. Il la détient.

L'information s'infiltre lentement dans sa mémoire, noire comme du goudron.

La cabane délabrée. L'homme mort. Les yeux de Joanna, écarquillés de peur, alors que Danny braquait son fusil sur elles.

— Danny…, dit-elle doucement. Merde, et il est armé, en plus.

Parker et Riley échangent un regard.

— On doit aller la chercher, grogne Riley. Tout de suite.

Parker hoche la tête d'un air fatigué.

— Lauren, est-ce que Mme Riley sait pour la mine ?

Glitter hoche la tête de manière un peu trop marquée.

— Bien sûr. Elle n'y est pas encore allée, mais je lui ai montré sur la carte.

— Je vois. Et que sait-elle d'autre ?

Elle se retient de parler tout de suite. Elle parle toujours trop quand elle est défoncée, et elle ne fait pas confiance au mari de Joanna. Mais Parker est un type bien. Il va l'aider à la retrouver.

— On a fini par deviner, figurez-vous. Lonan, l'Amérindien qui travaillait pour ma grand-mère à l'époque. Il a été assassiné. Nickel aussi. Mais ça n'a rien à voir avec ces satanés Blood Brothers. Le type qui a abattu Nickel doit être le même que celui qui a tué Mike. Il n'a pas fait d'overdose, j'en suis sûre, maintenant. Et Joanna pense la même chose.

— C'est ce qu'elle pense ?

— Oui. Et si j'étais vous, j'arrêterais ce type, ajoute-t-elle en désignant le mari de Joanna. Il la bat et il l'a menacée. C'est un vrai connard.

Parker tire un pistolet de sa ceinture.

— Monsieur Riley, si vous voulez bien m'excuser, je vais m'occuper de votre femme. Je serai de retour avant l'aube.

— Ça va pas, non ? lance le mari de Joanna en agitant sa canette de bière. Je viens avec vous.

Parker jette un œil à Glitter et une lueur inquiétante s'allume dans son regard :

— Vous devriez rester ici et surveiller la fille.

— Vous avez une arme, non ? Je peux vous emprunter ton camion et des menottes ?

Glitter jette un regard à Dwayne Riley. Je n'ai pas oublié, enfoiré. *Je n'ai pas oublié comment tu nous as attaquées. C'est moi qui t'ai fait ce bleu sur la mâchoire.*

Le souvenir jaillit depuis la brume de son esprit. La facilité avec laquelle il a tiré Joanna par les cheveux. Il était en colère, alors ; désormais, il est furieux. Rester seule avec lui… pas moyen.

— Vous ne pouvez pas y aller un peu plus tard, monsieur Parker ? demande-t-elle docilement.

Parker secoue la tête.

— Je dois régler tous les problèmes que toi et ton cousin avez créés, dit-il, et sa voix se fait plus sévère. Vous avez *violé* ma propriété, vous avez *gâché* mon discours et maintenant vous essayez de détruire mon parc.

Elle déglutit.

— Je n'ai pas… Je veux dire, j'ai juste…

Parker la fixe intensément.

— Ferme-la.

Il prononce ses mots très lentement, maintenant :

— Je vais m'occuper de cette femme, et ensuite je reviendrai pour m'occuper de toi. Franchement, il est temps que quelqu'un te donne une bonne leçon.

Avant qu'elle ne comprenne ce qui se passe, il la tire par le bras et la traîne vers la cabane branlante. Il referme la porte sur elle et pousse le verrou. Quelques minutes plus tard, elle entend le camion démarrer et s'éloigner dans la montagne ; son rugissement semble mettre une éternité à s'éteindre.

Elle prend trois profondes inspirations. L'intérieur de la cabane sent le renfermé, comme si elle n'avait pas été ouverte depuis longtemps. Les murs sont recouverts de posters de pin-ups et de gibier. Il y a deux lits et une cuisinière, tous sales et en désordre.

Par la fenêtre grillagée, elle observe le mari de Joanna retourner près du feu, où il s'ouvre une autre bière. Les flammes projettent leurs ombres sur son blouson d'officier, dont le cuir lui fait penser à une peau de rapace.

Elle sent sa gorge se serrer. Elle a trop parlé. Parker a raison, il est peut-être temps qu'elle reçoive une bonne leçon.

Mais elle connaît deux ou trois choses sur le mari de Joanna. C'est un connard de première. Il a probablement une voiture tape-à-l'œil et un crédit immobilier sur vingt-cinq ans. Les gens comme lui ont tous la même faiblesse. L'argent.

Elle ouvre la fenêtre et passe un doigt à travers le grillage.

— Monsieur ? Il faut que je vous dise quelque chose. C'est à propos de Parker.

Il grogne, mais se lève et s'approche de la fenêtre. Il braque sa lampe de poche à travers le grillage et elle est frappée par l'odeur répugnante de son haleine.

— Qu'est-ce que tu veux ?

— Vous savez qu'il y a une mine d'or là-haut, pas vrai ?

— Parker m'a mis au courant.

— Je vais être une femme riche une fois que toute cette histoire sera terminée.

— Quoi ? dit-il en la regardant fixement. T'as pas entendu M. Parker ? Le filon est épuisé.

— Non, il ne l'est pas. Joanna et moi allons la revendiquer et partager les bénéfices.

— Ne m'embrouille pas, fillette. Parker dit que la mine est vide.

Elle secoue la tête.

— Il ment. Parker veut garder tout l'or pour lui, c'est tout.

— N'importe quoi. Va te coucher, maintenant.

Elle sort la pépite de sa poche et la tient entre son index et son pouce, l'orientant pour la faire briller dans le faisceau de la lampe.

Ses yeux s'écarquillent.

— Putain ! Laisse-moi voir.

Elle passe la pépite à travers le grillage.

— Parker est en train de vous rouler.

— Impossible.

Elle secoue la tête.

— C'est pourtant bien le cas. Écoutez, si vous me libérez, on peut faire une revendication commune. Mais il faut y arriver avant lui.

— Merde, grogne-t-il. Je ne vais sûrement pas croire une foutue camée.

— Alors vous croyez que je l'ai trouvée où, cette pépite ?

Elle sourit d'un air innocent, le même sourire de petite fille qui leur a permis, à elle et à Mike, d'échapper à bien des corrections.

— Allez, qu'est-ce que ça coûte d'aller jeter un coup d'œil.

Il la fixe un moment.

— Je ne sais pas. Je suis censé rester ici et te surveiller.

— Vous pourrez me surveiller là-bas. J'aurai besoin de votre aide, de toute façon. J'ai une carte, mais je n'arrive pas à la lire correctement, dit-elle en baissant la tête.

— Une carte ? Montre !

Il se penche plus près. Elle sort le journal de sa poche arrière et le tient juste hors de portée de sa torche.

— Tout est là.

Il appuie son visage contre la grille.

— Donne-le-moi.

— Non. Je ne suis pas stupide.

— Écoute-moi bien, sale petite droguée. Donne-moi ce carnet, maintenant.

— Non. Je préfère que vous veniez ici pour m'aider à lire la carte.

Il grogne un peu, mais fait le tour de la cabane et en déverrouille la porte. Il avance une main, l'autre restant posée sur son arme.

Glitter hésite un instant, puis elle lui passe le journal, ouvert à la page de la carte. Il louche dessus, légèrement tremblant.

— Je n'arrive pas à lire ces gribouillis. Tiens-moi la lampe.

Elle prend la lampe de poche et la braque sur les pages, puis effectue lentement deux pas en arrière. Il soupire.

— Je… Je n'y comprends pas grand-chose.

— Il faut juste suivre la rivière.

— Tu es sûre ?

— Ouaip, dit-elle sur un ton léger, avant de se précipiter dehors et de claquer la porte derrière elle.

Elle réussit à faire glisser le verrou une milliseconde avant qu'il ne s'écrase contre la porte en bois.

— Petite salope ! hurle-t-il, et sa voix se brise sous l'effet de la colère. T'es devenue folle, ou quoi ?

Glitter éteint la lampe torche et fixe l'obscurité qui l'entoure, jusqu'à ce que les arbres, les rochers et le ciel étoilé apparaissent dans son champ de vision.

— Je dois y aller, murmure-t-elle.

Chapitre 35
Joanna

— Cornelia Stover a été assassinée, dit Danny. Par Emory Parker, Josiah Nickel et Jack Fenn. Ils l'ont enterrée près du fort.

Seuls les crépitements du feu viennent briser le silence. Joanna a la tête qui tourne. *La brigade.* C'est ce à quoi Mary Parker a fait allusion. *J'ai vu les lumières s'allumer dans la montagne. Mais nous n'en parlons jamais. Jamais.*

Et Eugene Parker était si fier d'eux, de leur sens de la justice, de son père. *Quels autres crimes ont-ils pu commettre au fil des ans ?*

— Pourquoi personne n'a prévenu les fédéraux ?

Danny et Rita restent silencieux. Aucune réponse n'est nécessaire.

Joanna ferme les yeux. Encore un autre meurtre resté impuni. *Tu dois faire quelque chose, Joanna. C'est ton job. Ça* devrait *être ton job.*

Elle prend une autre tortilla.

— C'est ce que vous avez raconté à Mike ce soir-là ?

— Oui. Il était contrarié par la façon dont Lonan avait été traité, et par la manière dont on l'avait oublié. Alors je lui ai dit la vérité. Je ne sais pas pourquoi, au fond. Je crois que j'en avais assez de cette omerta, dit Danny en baissant la tête. À aucun moment je n'ai pensé que Mike irait demander des comptes à Parker.

— Parker ?

— Après ce que je lui avais dit, il était… furieux. Il avait cette flamme dans les yeux. Il a dit que tout devait être révélé au grand jour. Pour que justice soit faite et que la famille Weiland trouve la paix. Je ne pensais pas qu'il parlait sérieusement, alors je n'y ai pas prêté attention. Mais cet après-midi-là, Parker est passé à Breakwater et m'a invité à venir à la fête. Il a dit que Mike avait parlé d'une mine d'or dans les collines, près de l'endroit où son parc était censé se trouver. C'était bien la dernière chose dont j'avais besoin.

— Pourquoi ?

Danny soupire.

— Nous revendiquons ces terres au nom du Wheeler-Howard Act, sur la base de la découverte de restes indiens à Fort Rodman. C'est ce que disent les documents officiels concernant l'affaire et nous ne voulons pas changer cela. Mais si Mike avait parlé, tout aurait été révélé. J'étais prêt à aller lui botter le cul moi-même.

— Il avait raison, cependant, dit prudemment Joanna. Votre demande se base sur un mensonge historique.

— C'est vrai. Mais puisque Cornelia Stover avait causé tant de mal à Lonan… Appelez ça une juste réparation. Elle l'a abandonné sur le chemin du retour et est allée demander de l'aide à la brigade de Boldville. Ils ont capturé Lonan et l'ont emmené à Fort Rodman, où ils ont utilisé tous les moyens possibles pour lui faire révéler l'emplacement de la mine. Puis ils l'ont laissé pour mort.

— Donc… les gens de Boldville connaissaient l'emplacement de la mine depuis le début ?

Rita sourit.

— Non. Lonan a tenu bon. C'est pour ça qu'ils s'en sont pris à Cornelia Stover.

Joanna déglutit, n'ayant plus aucun appétit désormais. Tout s'emboîte parfaitement.

— Eugene Parker a cherché à vous piéger, dit-elle doucement. Il savait que vous aviez parlé à Mike plus tôt dans la journée, alors il vous a fait venir à la fête avec lui en sachant que vous auriez vite l'air coupable. Il a probablement pensé qu'il ferait d'une pierre deux coups, si Mike était mort et que vous étiez incarcéré à sa place.

— Vous pensez donc que Parker a tué Mike ?

— Oui. Il devait le faire, s'il voulait sauver son parc et la réputation de son père. Parce qu'une fois que tout le monde aurait appris ce qui était arrivé à Cornelia Stover, il y aurait eu une enquête. Et certaines révélations auraient nécessairement suivi, sur Herb Eckerman et la brigade, et peut-être même sur lui. Dans tous les cas, ses plans seraient tombés à l'eau. Je pense qu'il a tué Mike en le frappant avec une pierre, et qu'il a ensuite déguisé la scène pour faire croire à une chute.

Danny la regarde fixement.

— Tout ça pour construire un parc de loisir.

Il attise le feu avec son bâton, puis fronce les sourcils :

— Au fait, je me demande pourquoi Lauren n'est toujours pas là.

Lauren.

— Oh, mon Dieu. Nous devons aller la chercher.

— Demain. Si elle ne s'est pas montrée d'ici là.

— Je n'arrive pas à croire qu'elle soit partie comme ça.

Le regard de Danny s'assombrit.

— Elle avait peut-être sa propre destination.

— Que voulez-vous dire ?

— C'est une enfant de Boldville, dit-il. Et elle a du sang Stover dans les veines. L'or appartiendra à celui qui trouve la mine. Je ne serais pas surpris qu'elle vous ait laissé tomber pour trouver la mine toute seule.

Plus tard, dans la tente, Joanna ne trouve pas le sommeil. Elle s'allonge sur le dos et passe une main le long de son corps. La ligne de ses hanches commence à s'étoffer. Elle semble gagner en quelque chose, même si elle ne sait pas vraiment en quoi.

Elle est allée le faire au Mexique, et ça a été un soulagement pour tout le monde.

Dwayne ne la laissera jamais partir s'il découvre qu'elle est enceinte. Peut-être qu'un bébé pourrait l'adoucir… Il l'aime, après tout. Il le répète sans cesse.

Et elle a aimé Moonbeam elle-même, pendant quelques heures au moins. Elle rougit violemment dans l'obscurité.

Tu seras plus riche d'une expérience.

Elle se retourne et essaie de penser à autre chose. Les deux meurtres récents, ceux de Mike Weiland et de Bob Nickel. Le bus brûlé. Le sourire carnassier de Prosperity et la façon dont Lauren l'a regardée pendant cet étrange moment, à la cabane. Comme si, pendant un instant, elle n'avait pas vu une amie, mais une concurrente.

Elle enfonce sa tête dans le pull qui lui sert d'oreiller. Ce n'est pas ce soir qu'elle va régler les choses. Mais les pensées continuent à tourner dans sa tête. Et au fond de son ventre, des cellules grandissent et se combinent pour former quelque chose de nouveau, de terrible et de merveilleux.

Elle se réveille et elle est en train de mourir. Quelqu'un est lourdement agenouillé sur elle. *Dwayne ?* Il plaque une main sur son nez et sa bouche. Elle tente de respirer, mais pas un atome d'oxygène ne passe. *Essaie de te dégager. Bats-toi !* Elle donne des coups de poing et des gifles, mais son instinct de survie s'est réveillé trop tard. Il est plus fort, de toute façon. Il l'étouffe jusqu'à ce que des vagues rouges viennent obstruer son regard et emportent ce qui lui reste de conscience.

***

Eugene Parker fait passer les menottes dans un anneau de fer profondément fixé dans la paroi et les referme sur ses poignets.

— Ça fera l'affaire.

Joanna essaie de crier, mais un ruban adhésif est fermement plaqué sur sa bouche.

Elle a repris conscience sur le siège passager de son camion, déjà ligotée et bâillonnée. Il l'a maintenue d'une main pendant qu'il conduisait, puis l'a traînée sur un kilomètre en direction du cœur de la montagne, comme un chien en laisse. Elle s'est débattue, âprement. Mais il était plus fort. *Ils le sont toujours*.

Il semble maintenant occupé à bricoler quelque chose à l'entrée de l'étrange petite grotte dans laquelle ils sont. Il lève le bras et récupère un paquet de bâtons attaché à une des poutres du plafond.

Leur enveloppe jaune brille faiblement à la lumière de sa torche.

Le cœur de Joanna se fige et la peur s'engouffre au plus profond de ses os. Elle a déjà vu ça à la télé. *De la dynamite.*

Elle essaie de crier à nouveau, mais ne parvient qu'à gémir.

Parker se déplace dans la grotte et son ombre masque le ciel nocturne. Elle l'observe, horrifiée, tandis qu'il presse le bouton d'une petite boîte métallique, produisant un léger clic. Sa torche parcourt la grotte une dernière fois.

— Adieu, dit-il.

Puis il disparaît.

Joanna a du mal à respirer. Cette boîte. Ça doit être un minuteur. *Il va tout faire sauter.*

Garde ton calme. Il lui faudra atteindre une certaine distance de sécurité avant de pouvoir déclencher l'explosion. Elle a encore quelques minutes devant elle. La voix de Sheila Yates se fait entendre dans sa tête. *Tirer sur les menottes ne sert à rien.* Ça ne fera que faire gonfler tes poignets.

On peut réussir à ouvrir des menottes avec une épingle à cheveux recourbée. On leur a appris à le faire, à l'école de police.

Ses mains tremblent tandis qu'elle se contorsionne pour atteindre sa tête. Dieu merci, elle n'a pas retiré ses épingles avant de s'endormir. Elle en trouve une, mais elle glisse de ses doigts moites et tombe hors de portée. Elle parvient à en récupérer une autre et la presse contre le mur pour la faire plier, sans résultat. Elle pousse plus fort et la tige de métal se rompt.

Bon sang ! Combien de temps reste-t-il ? Combien de temps avant que…

Elle agite ses mains, faisant racler la chaîne des menottes contre la pierre.

— Au secours !

Ses mots sont étouffés.

— Au secours, je vous en supplie !

Des taches rouges dansent devant ses yeux. Combien de temps ? Cinq minutes ? Cinq secondes ? *Et après ?*

Une grande explosion et sa vie se terminera. La vie qu'elle n'a jamais vraiment commencé à vivre. Et celle du bébé, aussi.

Désolée, petit. Elle sent les larmes couler le long de ses joues. *Désolée de ne pas avoir voulu de toi. Mais je ne veux pas te perdre non plus. Pas comme ça.*

— Pssst.

Elle tourne la tête dans tous les sens, affolée. Il y a quelqu'un dans la grotte. Le faisceau d'une torche court sur le mur, puis éclaire faiblement un visage. Lauren. La lumière l'entoure comme un halo.

— Hé, Yoyo. C'est moi.

— *Lauren. Par ici, vite*, dit-elle, mais le bâillon transforme ses paroles en un marmonnement incompréhensible.

— Qu'est-ce que tu dis ? répond Lauren en libérant la bouche de Joanna.

— Cours. Il va tout faire sauter.

— Ne t'inquiète pas pour ça.

— Sauve-toi ! Vite ! hurle Joanna à pleins poumons.

— Détends-toi, Yoyo, répond Lauren avec un petit sourire. Tu devrais essayer d'être un peu moins nerveuse, je te l'ai déjà dit, ajoute-t-elle en brandissant un petit tube en verre qui contient deux fils reliés à une tête jaune et bulbeuse.

— Qu'est-ce que c'est ?

— Le détonateur. Je l'ai retiré. Mes années de fac finissent par me servir, après tout.

— Mais comment…

La grotte tourne autour d'elle. Joanna s'effondre contre le mur et ferme les yeux. Un unique sanglot jaillit des profondeurs de sa poitrine.

Lauren retrouve l'épingle à cheveux tombée au sol et Joanna lui explique comment actionner le verrou des menottes, qui finissent par s'ouvrir. Joanna se frotte les poignets.

— On doit sortir d'ici, balbutie-t-elle. Avant que Parker revienne.

Elles se précipitent vers la sortie, glissent contre le flanc de la montagne et courent le long de la paroi rocheuse. Le ciel est d'un bleu sombre et profond et les sommets se dressent contre les étoiles déclinantes. Joanna se sent comme étrangère à elle-même. Attendre l'imminence de la détonation l'a tendue au-delà des mots.

Au niveau du ruisseau, Lauren l'arrête.

— Hé, tu trembles de tout ton corps. Tu devrais t'asseoir un moment.

— On doit continuer à avancer.

— Dis-moi ce qui s'est passé.

— Pourquoi tu ne me le dis pas d'abord ?

L'intérieur de sa poitrine passe d'un grand vide à une colère brûlante :

— Pourquoi tu t'es enfuie ?

— J'ai trouvé la mine, Yoyo. La grotte dans laquelle tu étais, c'est là. Le gisement de Tomkin. Je l'ai trouvé. Puis Parker est arrivé et m'a enfermée dans cette cabane. Ton mari était là.

— Dwayne ?

Le visage de Lauren se décompose.

— Oui. Parker et lui te cherchaient. Je leur ai raconté notre rencontre avec cet homme, Danny Borrego, et… je leur ai un peu parlé de la mine et du gisement. Merde, j'étais défoncée… Je n'ai pas vraiment réfléchi.

Les genoux de Joanna faiblissent. *Pas vraiment réfléchi ?* Sans doute la pire excuse qu'elle ait entendue de sa vie.

Ses poings se serrent.

— Mais tu joues à quoi, au juste ?

— À rien, Yoyo. Qu'est-ce que tu veux dire ?

— Tu… Tu as mis Parker et Dwayne sur ma piste.

— Non, je…

— Lauren, il a essayé de me tuer. Oh, j'aurais dû m'en douter, dit-elle en respirant avec difficulté, cherchant son air. J'aurais dû me méfier.

— Mais de quoi tu parles ?

Elle repense encore à Prosperity Rogers, à ce sourire terrible. Une balle en plein crâne. Un siècle de cupidité et de mort, concentré dans cet instant précis.

— Ta grand-mère, dit-elle d'une voix grinçante. Elle n'a pas trouvé la mine toute seule. Ils l'ont trouvée ensemble, avec Lonan. Mais il n'a pas pu en profiter. Elle l'a trahi, puis a été trahie elle-même, et tuée. Tout comme Tomkin a trahi et tué son partenaire.

— Grand-mère Cornelia a été tuée ?

Joanna acquiesce.

— Oui, elle a été tuée. Par la brigade du père de Parker. Le même Parker qui vient de…

Elle s'arrête, le souffle court. Danny a peut-être raison. Lauren est une enfant de Boldville. Elle fait partie de ce monde, qu'elle le veuille ou non.

— Est-ce que tu as dit à Parker où me trouver ? demande-t-elle lentement.

Les yeux de Glitter s'écarquillent.

— Non, bien sûr que non. Il a trouvé une note épinglée à mon sac à dos. À la cabane de Tomkin.

Joanna s'appuie contre un arbre. Ses mains tremblent violemment.

— Tomkin. Le grand secret, le péché originel de cette ville. C'est la vraie raison pour laquelle tu m'as demandé de t'aider, n'est-ce pas ? Pas pour résoudre le meurtre de Mike, mais pour trouver cette maudite mine d'or ? Parce que c'était l'objet de mes recherches depuis le début.

Parce que dans cette ville, on a beau regarder les choses sous tous les angles, on en revient toujours à l'or.

— Joanna, supplie Lauren, des larmes dans la voix. Tu tripes complètement. Si j'avais voulu la mine pour moi toute seule, je… je ne serais pas venue te trouver à l'instant.

Mais Joanna s'est déjà détournée. Elle doit quitter cet endroit avant qu'il ne soit trop tard. Elle trébuche à l'aveuglette le long du ruisseau. L'eau rejoint toujours une vallée, et dans la vallée, elle trouvera une route. De là, elle pourra retrouver sa voiture et s'éloigner de Lauren, de Moonbeam et de Dwayne aussi vite que possible. Il doit bien y avoir un endroit où elle pourra enfin se sentir en paix. Elle trouvera cet endroit. Quoi qu'il lui en coûte.

Elle ne court que quelques minutes, mais ces dernières lui semblent des heures. Enfin, le ruisseau fait un coude, signe qu'elle approche de la cabane de Tomkin. L'endroit de la trahison originelle. Si seulement le soleil pouvait se lever enfin et brûler cet endroit jusqu'à ce qu'il n'en reste plus qu'un tas de cendres fumantes.

Elle s'arrête net. Un homme se tient debout dans l'ombre, un chapeau de cow-boy sur la tête. Ce pourrait être Prosperity Rogers, finalement revenu pour se venger.

— Joanna, appelle Danny Borrego qui la rejoint sur la rive. Bon sang, je suis content de vous voir.

Elle trébuche et le percute.

— Faites-moi sortir d'ici.

Il la regarde, effaré.

— Seigneur. Qu'est-ce qui s'est passé ? On a entendu un camion partir en trombe et votre tente était vide…

— C'est Parker. Il est là.

C’est la seule explication dont Danny a besoin. Il l’entraîne sous le couvert des pins. Ses yeux scrutent les environs du ruisseau et il pose un doigt sur ses lèvres.

— Parlons à voix basse. Il est seul ?

— Non. Mon mari est avec lui.

— Où est Lauren ?

Joanna déglutit.

— Plus haut. Parker m’a enlevée dans la tente et m’a enfermée dans la mine. Il a essayé de tout faire sauter à la dynamite. Avec moi dedans.

— Merde, dit Danny, puis il murmure quelque chose entre ses dents avant de prendre son arme en main et d’ajouter plus haut :

— C’est décidé. Quelqu’un doit le chasser de nos terres pour de bon.

Joanna le fixe, hagarde, tandis qu’il commence à remonter la rivière. Et soudain, la flic en elle prend le dessus. *Non. Ce n’est qu’un simple citoyen. Ce n’est pas son travail.*

Mais avant qu’elle ait pu lui dire quoi que ce soit, un cri venu des hauteurs déchire le silence de la nuit. C’est Lauren. Qui appelle à l’aide.

Joanna se met à courir. *C’est ton devoir. De te battre pour ce qui est juste.*

Elle rejoint Danny, essoufflée, et tend sa main vers lui.

— Donnez-moi cette arme.

— Quoi ? répond Danny qui la regarde fixement. Mais qu’est-ce que vous…

— Je suis un représentant de la loi et je réquisitionne votre arme.

Il réfléchit un moment, puis enclenche la sécurité avant de lui remettre son fusil.

Elle saisit l'arme à deux mains et prend une seconde pour apprécier le contact réconfortant de l'acier froid et poli. Puis elle fait volte-face et remonte le ruisseau en courant.

Chapitre 36
Cornelia

Je fixe mes doigts, qui sont couverts de sang. Les murs de la grotte tournent autour de moi. Du sang sur les mains. À nouveau…

J'attrape la bouteille de whisky et la finis d'un trait. Le feu se répand dans mon estomac, atténuant la douleur. Je reprends mes grattages et mes martelages, mais l'or de Tomkin ne s'offre pas aussi facilement. J'ai travaillé pendant deux jours sans pause ni nourriture, et j'ai à peine réussi à détacher quelques kilos de pierre.

L'or se faufile dans l'obscurité comme autant de traînées d'espoir.

Je taille directement dans la veine, mais je n'obtiens souvent qu'une poudre mêlée de poussière. J'ai dégagé quelques pépites, cependant, que j'ai fourrées dans mon soutien-gorge.

Ce n'est pas ce qu'il m'avait promis. *La fille la plus riche de ce foutu pays.* Il n'y a pas de trésor incroyable dans cette grotte. Seulement des miettes de trésor. Assez pour s'imaginer un avenir meilleur, mais trop peu pour le réaliser.

Mes souvenirs de l'année dernière ressurgissent. Pendant deux jours, Lonan et moi avons travaillé côte à côte, homme et femme, amis, ébréchant, martelant et grattant. Nous n'avons pas récupéré énormément d'or, mais cela aurait pu suffire à financer la revendication, à acheter du matériel et à engager quelques hommes pour revenir et lancer une véritable opération.

Oui, j'allais faire ces choses. J'allais financer l'opération, les hommes et l'équipement, et il…

Je pensais que je pouvais vous faire confiance.

Les larmes brouillent ma vision. J'ai besoin de boire un peu plus, mais cette maudite bouteille est vide. Je la jette hors de la grotte, où je l'entends atterrir dans les sous-bois. J'ai été trop impatiente, trop avide. Je me suis enfuie et je suis allée parler au shérif. Il m'a dit de ne pas m'inquiéter. Puis il a rassemblé la brigade.

Je pensais qu'ils allaient juste l'emprisonner pendant quelques jours. Sans aucune raison, bien sûr, juste le temps pour moi de déposer la revendication à mon nom. Je n'imaginais pas… ça.

Mary a frappé à ma porte cette nuit-là et m'a dit qu'Emory et ses hommes le retenaient à Fort Rodman. J'y suis allée aussi vite que possible, mais c'était déjà trop tard. Je suis tombée sur sa Winchester. Elle était là, dans la poussière, impuissante. Son chargeur obstrué par de la poudre humide.

Il ne leur a pas dit où se trouvait la mine. J'ai vu les coupures, les brûlures et les cendres encore chaudes, et il n'a pas soufflé mot.

Jusqu'à ce que je le prenne dans mes bras et qu'il ouvre un œil injecté de sang…

Un peu plus tard, un journaliste du *Boldville Bullet* est venu pour me prendre en photo.

Je lève les yeux vers les hauteurs. La lumière diminue déjà derrière Leggett Peak, et un orage semble se former à l'horizon. Je rassemble le fruit de ma journée de travail et le soupèse dans ma paume. Je pousse les pépites dans mon soutien-gorge et les croûtes de mes mains s'ouvrent à nouveau, tachant le tissu de traînées rouges.

Le fantôme apparaît pour la première fois le jour suivant. Pendant un instant, je le vois distinctement. La silhouette d'un homme à la lisière des arbres, scrutant les alentours.

Tomkin. Je fixe intensément les arbres. La nature sauvage, la faim et les deux semaines passées sans parler à quiconque me donnent peut-être des visions.

J'accélère le pas et la mule me suit d'un trot boudeur, déçue peut-être par la légèreté de son fardeau. J'ai décidé de renoncer à mes droits sur la mine. Je vais vendre l'hôtel, inscrire Geraldine dans une bonne université, et peut-être me restera-t-il assez d'argent pour acheter une petite maison à Providence ou à Long Island, où je serai à l'abri de l'immensité de ce monde sauvage, de cette beauté rude et bestiale.

Ces pensées me poursuivent à travers une nuit d'insomnie, d'éclairs et de pluie battante. Le lendemain, je continue à descendre toujours plus bas, et mon estomac cesse de ressentir la faim. Le soleil est aveuglant, impitoyable, et pourtant il semble incapable de réchauffer mes membres, qui souffrent le martyre. Je descends dans un brouillard de souffrance, la douleur me tiraillant à chaque pas. Je ne mérite rien de moins…

Je m'arrête, le souffle court. Devant moi, plusieurs pins sont couchés en travers du ruisseau en crue. La mule, cette vieille carne stupide, s'enfuit au trot en voyant la rivière déchaînée.

Je la poursuis et la gifle de toutes mes forces.

— Stupide jument. Avance un peu.

Mais cette satanée bête refuse de bouger, bien que je tire sur ses rênes de toutes mes forces.

Eh bien, soit. Je vais devoir faire un détour. Vers le sud, puis vers l'est à nouveau. Je devrais atteindre la route de Boldville d'ici la fin de la journée.

Un autre mouvement attire mon attention, et je suis sûre de moi, cette fois. Un homme se tient là, près des rochers, ramassé dans l'ombre. Son visage est masqué par les branches basses.

Des vagues de vertige voilent mes yeux. Je m'agenouille au bord de la rivière et me lave le visage, puis je bois de l'eau à grandes gorgées. Cela me donne un coup de fouet et je reprends mes esprits : je suis simplement déshydratée, exténuée et affamée. Rien d'autre. *Il n'y a personne ici. Nul fantôme d'un mineur mort depuis longtemps.*

Ce n'est que le fruit de mon imagination.

Je ne réalise vers où je m'achemine qu'une fois le soleil presque éteint. Je m'arrête net et la mule me rentre dedans, me faisant trébucher en avant.

Fort Rodman. Je presse mes mains sur mes yeux comme Geraldine le faisait quand elle était petite. Si tu ne peux pas le voir, c'est que ce n'est pas réel.

Oh, mais ça l'est. Je suis revenue ici. Comme cette nuit tant redoutée. Ils avaient même eu le culot de venir à ma rencontre sur la route. Une simple réunion entre amis, avait dit Josiah Nickel, mais je savais pertinemment que la brigade avait été convoquée. *Madame Stover, calmez-vous. Suivez-moi, une nuit en cellule vous remettra les idées en place. Et si vous savez ce qui est bon pour vous et pour votre fille, vous allez oublier ce que vous avez vu ici.*

J'ai essayé. Je suis restée assise dans le noir toute une nuit, puis ils m'ont laissée partir et ont classé l'affaire. Le journaliste est venu et m'a prise en photo. Le maire Thorsten m'a serré la main et j'ai vu qu'il y avait des dépôts brun rougeâtre sous ses ongles, comme s'il n'avait même pas pris la peine de se nettoyer…

Je passe une main sur mes joues mouillées. Si je n'avais pas été si arrogante, si je n'avais pas pensé avoir le droit de réclamer mon dû… Si j'avais été douce et raisonnable, si je m'étais assurée que les hommes aient leur part, l'auraient-ils laissé en vie ?

La mule s'arrête à nouveau et émet un grondement. Maudite créature. Je le gifle et je hurle, mais ma gorge est trop sèche pour produire le moindre son.

Quand je me retourne, ils sont de nouveau là, adossés au mur de l'ancienne cellule de la prison.

— Madame Stover, dit Emory Parker, une ombre contre le ciel pourpre. Nous vous attendions.

— Non, dis-je dans un murmure. Je vous en prie, non.

— Vous êtes partie un moment, cette fois, lance le shérif Josiah Nickel.

Il se détache du mur en ruine, avance vers moi et reprend :

— On était tous très inquiets. Et si un accident vous était arrivé dans ces montagnes, sans que personne ne sache où vous étiez allée ? J'ai même dû réunir la brigade pour vous retrouver.

Le maire Thorsten balaie la mèche de cheveux qui lui recouvre les yeux et sourit.

— La plus célèbre enfant de Boldville est de retour. Où donc étiez-vous, madame ?

Je fais un pas en arrière.

— Laissez-moi, dis-je faiblement. Allez-vous-en.

Parker se déplace d'un pas rapide. En quelques secondes, il a tiré un couteau et coupé la corde de la sacoche, qu'il fouille avec avidité.

— Maudite femme, grogne-t-il, ses yeux noirs comme du goudron. Où est l'or ?

— Je ne vois pas de quoi vous voulez parler.

— Conneries.

Nickel s'approche de moi et son badge produit un éclair aveuglant.

— On va la secouer un peu, les gars. Jack, viens là.

Il y a un flottement parmi les hommes. Une barrière invisible existe toujours autour de moi. Un cocon façonné par une vie où l'on m'a ouvert des portes, où l'on m'a offert des sièges, où l'on m'a envoyé des roses enveloppées de délicats nœuds de dentelle.

Puis la barrière se fissure. Parker me saisit le bras et le tord, et pour la première fois de ma vie d'adulte je hurle de douleur. Nickel arrache mon manteau et en retourne les poches. Il trouve le bouchon de la bouteille de whisky et ricane méchamment. Puis il vide mon sac à main, qui ne contient que cinquante-sept cents et une photo de George, qu'il jette dans la poussière.

— Rien ? demande Parker d'une voix calme. Nellie, où est l'or ?

— Vous n'aurez rien. Jamais.

Je m'écroule sur les genoux, rampant pour récupérer mon sac. Un coup de pied me frappe et me renverse dans la poussière. Il n'est même pas si fort, mais il brise quelque chose en moi. Mon humanité peut-être. La barrière s'effondre complètement et ils laissent libre cours à leur haine.

Quelqu'un me tire vers le haut. C'est Nickel, le shérif, au service de la justice et du droit. Ses yeux froids me transpercent.

— Et une ivrogne, aussi. Une putain de salope.

Il me gifle violemment et je tombe à nouveau à terre.

— Qu'est-ce que c'est que ça ? dit Jack Fenn. Regardez.

J'ouvre les yeux. Des étincelles luisent dans le sable noir, échappées de ma poitrine. L'or. *Mon or.*

Soudain, on me tire à nouveau vers le haut, et cette fois c'est Parker qui rapproche son visage du mien, toujours en me tordant le bras.

Ses yeux sont ceux d'une bête féroce et ses doigts s'enfoncent dans ma peau comme des griffes.

— Foutue salope, murmure-t-il.

Le maire Thorsten s'avance.

— Allons, Emory. Tu parles à une dame.

— Oui, ajoute Jack Fenn en souriant. Avec de l'or plein son soutien-gorge.

Ils arrachent les pépites à mon intimité, leurs ongles mal taillés griffant ma chair. Puis je me retrouve à nouveau au sol, exposée au regard de tous. Comme une putain française un soir de cabaret.

Ils s'esclaffent et leurs rires claquent comme des coups de tonnerre, leurs poings serrés autour des pépites que j'ai arrachées à la roche jusqu'à m'en faire saigner les mains.

Thorsten se tient debout, les mains sur les hanches.

— Où est la mine ? dit-il. Allez, Nellie, où ? Choisis la bonne voie, ma fille.

— Soyez maudit, dis-je dans un souffle. Vous ne la trouverez jamais. Jamais.

Lonan était fort. Rien de ce qu'ils lui ont fait n'a pu le briser. Il n'a pas lâché un mot, même aux portes de la mort. Je ne suis pas comme lui. Je suis faible et lâche. Je me brise sous la violence de leurs coups, la malice de leurs rires. Le monde devient un tourbillon d'ombres, de hurlements et d'insultes. *Pour qui tu te prends ? Misérable traînée.*

Il est temps que quelqu'un lui donne une bonne leçon.

Je murmure finalement l'emplacement de la mine à travers mes lèvres éclatées, le sang écumant sur ma langue. Nickel me tire vers le haut par mon bras cassé. Sa voix est dure comme l'acier et couvre froidement mes gémissements.

— Parle, salope.

Emory Parker attrape mon autre bras. Du coin de l'œil, je peux voir Jack Fenn qui fixe ma poitrine exposée. *L'humanité.* Disparue dans un nuage de poussière.

Ma gorge est chargée de sable et de terre.

— Black Bull Peak. Suivre… Owl Creek. Un coude dans la rivière. Plus au nord. Là où la flèche frappe… l'œil du taureau.

— De quoi parle-t-elle ? dit Fenn en regardant Nickel, puis Parker. L'œil du taureau ? C'est pas le moment de faire des devinettes.

— Je crois que je sais, dit Parker. Mais les gars, va falloir garder ça entre nous, d'accord ? Pour la ville.

— Entendu, dit Thorsten. Mais n'oubliez pas ma part.

— Tu l'as bien mérité, répond Parker. Sans toi, sa revendication aurait abouti.

— On va en déposer une pour nous ? demande Fenn.

— Non, répond Nickel. Si on le faisait, le gouvernement nous mettrait le fisc au cul.

Mes muscles lâchent complètement. Je me tiens là, sans vie, dans leurs bras, comme un sac prêt à être jeté aux ordures.

— Je…, dis-je dans un murmure. Je suis tellement désolée.

Quatre paires d'yeux se tournent vers moi.

— Quoi ?

Je voulais seulement me protéger.

La vérité doit être dite, même si c'est la dernière chose que je fais.

— Assassins, dis-je dans un croassement. Tous autant que vous êtes. Vous avez tué Lonan, je le sais.

Jack Fenn glousse.

— Regardez-moi ça. C'est que le vieux matou a encore des griffes.

— Je… j'ai saboté son fusil, dis-je tout bas. Mais c'est vous qui l'avez tué.

Parker se frappe la cuisse.

— C'était toi ? Tu aurais dû voir sa tête, Nellie. Il est devenu tout blanc, le Peau-Rouge. Ce salopard a bien essayé de nous tirer dessus, mais tout ce qu'il a gagné, c'est un nuage de fumée.

Nickel rit bruyamment.

— Travailler pour une femme. Pas étonnant que ça lui ait porté malheur.

Pourtant, vous devriez travailler pour moi. Vous êtes le shérif. Vous êtes censé me protéger.

— C'est vous qui m'y avez poussé, dis-je dans un sanglot. Avec vos soupçons et vos préjugés.

Le shérif sourit.

— T'es complètement cinglée, Nellie. J'ai bien envie d'en parler aux Peaux-Rouges, tiens. On verra ce qu'ils te feront. Œil pour œil, hein ?

— Assassins, je murmure encore. Justice sera faite un jour. Laissez cet or à son peuple. Je n'en veux plus.

— Voilà qui serait gaspiller quelques bonnes pépites, répond Parker d'une voix froide et calme. Mais Nellie, madame Stover, sois rassurée. Tu n'auras plus *jamais* à t'en soucier.

Les hommes se regardent les uns les autres, puis acquiescent. Parker se tourne vers moi et arme son fusil.

Et la vérité meurt sur mes lèvres.

Chapitre 37
Glitter

Oh, mon Dieu. Glitter enfouit sa tête dans ses mains. Tout est allé de travers. Cette expression dans les yeux de Yoyo. Comment a-t-elle pu penser qu'elle, Glitter, l'avait dénoncée ? Jamais elle n'a voulu que tout ça arrive.

Mais c'est bien arrivé, pourtant, et maintenant elle doit aller jusqu'au bout. Mike avait raison. Tant qu'il n'y aura pas de guérison complète, elle restera possédée par cet endroit. Parker lui sourira de son horrible sourire chaque fois qu'elle le croisera au magasin général. Il la laissera peut-être devenir serveuse au Grand Bonanza. Elle servira le café aux habitants de Boldville sans jamais les regarder dans les yeux. La guerre du Vietnam prendra fin et Hollywood se chargera de déformer la vérité, quatre ou cinq ans plus tard, au point de la rendre totalement méconnaissable. Elle épousera un certain Jake et passera le restant de son existence à s'inquiéter de sa coupe de cheveux et à s'engoncer consciencieusement dans des vêtements trop petits pour elle.

Et tout ce qui restera de son grand projet de changer le monde sera un jean maculé de gribouillages d'enfant fourré au fond de son armoire.

Une ombre se glisse le long de la paroi rocheuse. Un sombre souvenir – un autre fantôme du passé.

Elle prend une décision. Elle ne veut plus détourner le regard. *Bon sang, plus jamais.*

— Parker, dit-elle en mettant ses mains autour de sa bouche comme un porte-voix. Je sais que vous êtes là. Cessez d'agir comme un lâche et montrez-vous !

Il apparaît derrière un peuplier. Son chapeau est de travers, ses vêtements froissés. Sa chemise bleue, habituellement impeccable, semble sale dans la pénombre. Son expression, cependant, lui est étrangement familière. Elle a déjà vu ce regard sur les visages des Blood Brothers, quand ils se défonçaient à la bière et aux amphétamines. Il a soif de sang.

— Lauren, répond Eugene Parker d'une voix rauque. Où est Mme Riley ?

— Elle est en sécurité. Je veux que vous me disiez la vérité.

Glitter place ses mains sur ses hanches et l'étudie en détail. Il ricane, exposant ses canines blanches.

— Retourne à la cabane. Il y a quelque chose que je dois régler avant.

— Je n'irai nulle part tant que vous ne m'aurez pas dit ce qui est arrivé à ma grand-mère.

— Fous-moi la paix avec ta satanée grand-mère.

Elle secoue la tête.

— C'est comme ça que ça s'est toujours passé, pas vrai ? Tout le monde vous laisse en paix et regarde ailleurs. Mais je ne le ferai pas, cette fois. Dites-moi ce qui lui est arrivé.

— Tu n'en imagines même pas la moitié, Lauren.

Son sourire disparaît brusquement. Il passe sa main sous sa veste et sort son arme :

— D'abord Mike et maintenant toi. Pourquoi les gosses sont-ils si compliqués de nos jours ?

Merde. Glitter fronce les sourcils et recule de quelques pas. C'est Eugene Parker, après tout. Parker, qui distribuait des pommes d'amour à Halloween et payait des baskets à l'équipe d'athlétisme quand elle se qualifiait pour les championnats nationaux. Parker, qui tient le stand de gaufres à la foire des associations et qui met toujours un dollar dans la boîte des scouts, peu importe que vous passiez devant le Grand Bonanza pour la cinquième fois de la journée.

Son regard, cependant, raconte une autre histoire. Une histoire de foi en Dieu comme dans le second amendement, de respect suprême pour ce droit à posséder une arme et à tirer sur quiconque se mettra en travers de son chemin.

Elle s'apprête à crier, mais se tait en s'apercevant qu'il braque le pistolet vers elle.

— Ton cousin Mike était trop intelligent, ça ne lui a pas servi, grogne-t-il. Il a découvert l'histoire de ta grand-mère et celle de la mine. C'était assez stupide de sa part de s'être rendu chez ma mère en courant, par contre. Et puis ce satané Indien lui a raconté le reste.

— Qu'est-ce que vous voulez dire ? dit Glitter en reculant.

Mais Parker avance vers elle.

— Que tu le saches ne change plus rien, maintenant. La brigade s'est occupée d'elle. Mon père, Josiah Nickel et Jack Fenn. Ils lui ont donné ce qu'elle méritait.

Glitter secoue la tête.

— Non. C'est impossible.

— Ta grand-mère était folle. Elle pensait qu'elle pouvait renier Boldville, qu'elle pouvait revendiquer une mine d'or pendant que le reste de la ville pourrissait sur pied. Puis elle a voulu tout donner aux Indiens. Eh bien, elle a elle-même fini par pourrir dans le désert. Comme elle le méritait.

— Vous mentez.

— C'est la vérité, dit-il en souriant. Tu as parlé à ma mère, hein ? Non pas que cette vieille bique ait jamais vraiment su ce qui s'était passé. Mais elle s'en doutait. Plutôt une bonne chose qu'elle déraille, finalement.

Glitter prend de grandes inspirations.

— Alors pendant tout ce temps… vous saviez aussi pour la mine ?

Ses yeux s'assombrissent.

— Mon père me l'a montrée. Une récompense pour un travail bien fait. Elle nous a bien servi. Le trésor de Tomkin appartient à Boldville et à personne d'autre. Dommage que le filon n'ait pas été plus important.

— Vous… vous êtes malade.

— J'ai utilisé le reste de l'argent pour acheter toutes les terres des alentours. Mais il a fallu que tu viennes t'en mêler, en bonne petite emmerdeuse.

Glitter recule et trébuche. L'eau du ruisseau infiltre son jean, glacée comme la mort.

— Monsieur Parker, je vous en prie…

Soudain, Parker se fige. Glitter jette un coup d'œil en aval et aperçoit quelque chose qui la laisse pantoise. Joanna est revenue. Elle tient un fusil de chasse armé contre son épaule, le canon pointé vers Parker. Les premiers rayons du soleil accrochent les mèches de cheveux qui flottent autour de sa tête, la couronnant de feu et d'or.

— Lâchez votre arme, crie-t-elle. Ici l'officier Joanna Riley, de la police d'Albuquerque. En l'absence du shérif local, je vous arrête pour les meurtres de Michael Weiland et Bob Nickel, et pour tentative d'homicide sur Lauren Weiland et moi-même. Vous avez le droit de garder le silence. Tout ce que vous direz pourra être retenu contre…

— Ferme-la !

Parker attrape Glitter avant qu'elle n'ait le temps de réagir et presse le canon de son arme contre sa gorge :

— Ferme-la, salope !

Le cours du temps semble ralentir. La bouche de Joanna forme un petit rond. Un geai se détache d'un pin voisin et s'élève pour devenir une ombre bleue contre le ciel rosé. Quelque part à proximité, le vrombissement d'un camion s'éteint, laissant place au silence.

— T'es aussi folle que ton mari me l'a dit, hurle Parker dont l'haleine pue la bière. Tu n'aurais jamais dû mettre un pied dans ma ville. Je te préviens, si tu fais un pas de plus…

Glitter étouffe un sanglot.

— Monsieur Parker, lance Joanna d'une voix calme et maîtrisée. Laissez-la partir. C'est fini.

— Jamais de la vie.

Il traîne Glitter en arrière, faisant racler ses talons contre le lit du ruisseau, et reprend :

— Tout ce que j'ai à faire, c'est me planquer un moment le temps que ton mari te mette au pas. Il a le feu vert du médecin. Une vraie folle, plus qu'à mettre le tampon.

Joanna épaule le fusil et le met en joue.

— Si vous la laissez partir, j'oublierai que vous avez essayé de me dynamiter.

— Une sacrée chance que tu as eue, ma belle, grogne Parker. Mais même la plus insolente des chances finit par trouver une limite.

— Monsieur Parker, ne faites pas l'imbécile. Même si vous parvenez à fuir, la police vous poursuivra et vous retrouvera. Vous ne serez jamais…

Il sourit malicieusement.

— Je *suis* la police. Maintenant que Nickel est mort, je suis aux commandes. Vous…

— Parker ! crie une voix d'homme depuis la forêt de pins. Où tu es, putain ?

Parker essaie de tirer Glitter en arrière, mais elle le ralentit en enfonçant ses pieds dans le lit de galets. Les pierres de la rivière lui entaillent la peau. La douleur monte jusqu'à ses talons et son sang rosit l'eau environnante.

Sorti de nulle part, le mari de Joanna apparaît sur la rive. Pendant un instant, tout le monde s'arrête. Dwayne Riley est le premier à trouver ses mots.

— Bon sang, Joanie, mais qu'est-ce que tu fais ?

— Boucle-la, Dwayne, lance Joanna qui ne lui jette même pas un regard. Va chercher des renforts.

— Riley, raisonne un peu ta femme, tu veux, dit Parker. Elle est dangereuse.

Dwayne Riley jette un regard à Parker, puis à Joanna, avant de se tourner vers Glitter. Il n'y a pas un soupçon de compassion dans ses yeux, mais il est clairement confus.

— Qu'est-ce que la fille a à voir avec ça ? demande-t-il.

La sensation du métal froid contre sa gorge fait frissonner Glitter. Elle se mord la lèvre. C'est sa chance. Si elle a appris une chose du vieux Tomkin, c'est que l'or n'apporte que des ennuis, et que plus on veut de l'or, plus les ennuis s'amoncellent.

— Monsieur Riley. Aidez-moi. S'il vous plaît.

— Écoute, l'ami, ce n'est pas ce que tu crois, dit Parker. Je t'avais dit de ne pas la laisser sortir de la cabane.

— Elle dit qu'il y a de l'or dans la mine.

— Il n'y en a pas. Ce filon est épuisé depuis des années, pas vrai, Lauren ?

— Ce truc est bourré d'or, dit Glitter. Des veines et des filons partout.

Le regard de Dwayne Riley passe de Parker aux montagnes, la colère déformant ses traits. Puis il fouille dans sa poche et en sort la pépite. La lumière du matin la fait scintiller et tous la fixent, hypnotisés.

— La mine est vide. Elle n'a jamais pleine, d'ailleurs, reprend Parker, et l'odeur de sa sueur devient de plus en plus âcre. Écoute, mon pote. Retire cette arme à ta femme, et après on parlera.

Riley fronce à nouveau les sourcils en direction de Joanna. Mais pour une fois, il ne semble pas savoir quoi dire.

Joanna l'ignore et avance vers lui en gardant son arme à l'épaule.

— Parker, j'aimerais que vous me parliez de Herb Eckerman.

Glitter se tend. Le moment paraît mal choisi pour le mettre en colère. Mais Joanna lui lance un bref coup d'œil, assorti d'un léger hochement de tête. *C'est bon,* semble-t-elle dire. *Je sais ce que je fais.*

— Celui-là compte pour rien, dit Parker, la voix altérée. J'ai fait ce que mon père m'a dit de faire. C'était pour le mieux.

— Herb Eckerman, répète Joanna. Vous venez de dire à Lauren que votre père vous avez montré la mine en récompense d'un travail bien fait. De quel travail parliez-vous ?

Parker laisse échapper un soupir.

— Je ne voulais pas le faire, mais nous devions garder le secret. Ces maudits gamins… Shane et machin-chose. Ils ont dit à leur père ce qu'ils avaient trouvé. Herb Eckerman nous a menacés, disant qu'il dénoncerait Josiah Nickel aux fédéraux si nous ne l'emmenions pas à la mine. Papa m'a dit que si… je ne le faisais pas… On était déjà dans le collimateur des flics de Silver City.

Il serre Glitter plus fort dans le creux de son bras, l'étouffant à moitié, et conclut :

— De toute façon, ce n'est pas comme si Herb Eckerman avait encore beaucoup de raisons de vivre.

Joanna l'étudie.

— Qu'est-ce que vous lui avez fait ?

— On l'a emmené là où il voulait aller. Moi et Bob Nickel. On l'a emmené à Fort Rodman. Et ensuite… ensuite on s'est occupés de lui, dit Parker, ses yeux luisants comme de l'acier. Bob s'est pissé dessus, vous auriez dû voir ça. Mais j'ai gardé mon sang-froid. Les Parker ont toujours dû faire le sale boulot pour que cette foutue ville ne s'écroule pas. Oh, cesse de pleurnicher, Lauren. Ne fais pas comme si tu étais toute blanche.

— Je vous en prie, dit faiblement Glitter. Je vous en prie, je ne sais rien du tout…

— Tu es aussi mauvaise que ta mère. Et que ta folle de grand-mère. Vous, les femmes, vous prétendez toujours être des saintes, mais vous avez fermé les yeux bien souvent.

— Vous parlez de Lonan, dit Joanna.

Parker émet un rire guttural.

— Moi et Bob, on a suivi nos pères pour voir ce qu'ils allaient lui faire. On l'a vu se vider de son sang dans la poussière. J'ai couru chez ma mère et tout ce qu'elle m'a dit, c'est de ne rien raconter à personne. « Ne parle pas de choses que personne n'a envie d'entendre. », dit-il, puis il secoue la tête. Mais elle a dit à mon père qu'on les avait espionnés en douce, et lui l'a dit à Josiah Nickel, alors ils ont su qu'on savait. Et ils ont fait en sorte qu'on le paie cher.

— Pourquoi ne pas être allés voir la police ?

Il grogne.

— La police, c'étaient nos parents, vous vous souvenez ? Le shérif et sa brigade. Ils pouvaient faire ce qu'ils voulaient.

Un frisson le secoue.

— Pourquoi avoir tué Bob Nickel ?

— C'était un lâche. Il demandait de l'or, toujours plus d'or. Pour financer ses stupides campagnes électorales. Mais il n'y avait plus rien, et il ne voulait pas me croire. Il a menacé de me dénoncer pour ce que j'avais fait à Mike.

— J'ai toujours du mal à le croire…, dit Joanna avec un soupir. Pourquoi tuer un jeune homme innocent pour un crime du passé ?

— Vous ne comprenez pas. Nous avons eu ce Peau-Rouge sous notre toit, au Bonanza, pendant des années. Chaque jour, son maudit crâne me fixait de son sourire.

Glitter retient son souffle tandis que Joanna fait deux pas de plus, les yeux pleins d'une détermination mortelle.

— Ce squelette, dit-elle doucement, ce n'était pas Lonan. C'était Cornelia Stover.

Parker la fixe intensément.

— Vous mentez.

— C'était bien elle. Votre père l'a mise là en guise de trophée.

— Mon père n'aurait jamais… Non, il n'aurait jamais fait ça à une dame. C'était un homme bon. Un grand homme.

— Il l'a exposée aux yeux de tous. Il savait depuis le début de qui il s'agissait vraiment. La petite blague entre eux. Ceux de la brigade. Votre père était malade, monsieur Parker. Ne faites pas les mêmes erreurs que lui.

Dwayne Riley met un pied dans le ruisseau, puis le retire.

— Parker, crie-t-il. Où est l'or ?

Joanna grimace.

— Dwayne, va chercher de l'aide, s'il te plaît. C'est la dernière fois que je te le demande.

Dwayne souffle.

— Je veux une part de ce qu'il y a dans cette mine.

— Il n'y a rien dedans, imbécile ! hurle Parker. Je te l'ai dit, elle est vide.

— Et ça ? crie Dwayne Riley.

Il avance dans le ruisseau en brandissant la pépite :

— Où est cette foutue mine ?

— Recule, enfoiré ! lance Parker qui agite son arme.

Le mari de Joanna lève un poing rageur.

— Je veux l'or, Parker !

Le doigt de Parker se crispe et Glitter se sent tomber. *Je suis morte.* C'est sa première pensée. Le bruit est si puissant qu'elle a l'impression que son cerveau vole en éclats, puis elle se sent enveloppée d'eau glacée.

Mais Parker la tire hors de l'eau. Elle crache, tousse, et essuie l'eau de ses yeux. Puis son regard tombe sur le mari de Joanna. Une rose de sang a fleuri au niveau de son épaule.

Son regard est vide, son poing toujours levé, et la pépite étincelle au soleil.

Chapitre 38
Glitter

Horrifiée, Glitter voit Dwayne Riley se replier sur lui-même, sa mâchoire remuant comme s'il essayait de former les mots qui pourraient donner un sens à ce qu'il ressent. Mais les mots ne viennent pas. Il tombe à genoux, et le sang suinte à travers sa chemise.

Joanna devient livide. Elle se tourne vers son mari et baisse le fusil, juste un peu.

Parker ricane Dans un déclic métallique, il réarme son pistolet et le dirige à nouveau vers le cou de Glitter. Mais il a desserré son étreinte. Il est trop sûr de lui.

Il la retient d'un bras et vise le dos de Joanna avec son arme.

— Putain de cinglée, murmure-t-il.

Le sang de Glitter bat dans ses tempes. Mike et M. Eckerman. *Non.* Il ne va pas s'en sortir comme ça, cette fois.

Elle se jette en arrière de tout son poids. Ce n'est pas beaucoup, mais c'est suffisant. Parker est vieux, enrobé et lent. Il perd l'équilibre.

Le coup de feu part dans les airs. Parker trébuche et tente désespérément de retrouver son équilibre. Mais le lit du ruisseau est difficile à négocier, couvert de cailloux glissants et pointus. Il perd pied et tombe à l'eau. L'arme s'envole dans les airs et se perd dans une éclaboussure.

Le temps s'arrête. Glitter sent tous les muscles de son corps se tendre. Fuir ou rester ? Se battre ou esquiver ? Elle se fige.

Parker se lève lentement. Il a perdu son chapeau, qui flotte joyeusement en aval. Son visage est livide et déformé par la colère.

— Espèce de sale petite garce, grogne-t-il.

Soudain, Joanna est juste à côté, son fusil braqué sur lui.

— Vous êtes en état d'arrestation, dit-elle.

Parker a l'air incertain. Les yeux de Joanna sont noirs et sa posture dégage une puissance sereine. Glitter la reconnaît. À ce moment, elle n'est plus seulement Yoyo. Elle est la déesse Karma, venue pour réclamer son dû.

Parker émet un son étrange, quelque part entre le gargouillis et le sanglot. Il regarde Joanna, puis Glitter. Pendant un bref instant, elle a le terrible sentiment qu'il pourrait se jeter sur elle et la prendre à la gorge.

Mais il est trop lâche, et il se tourne plutôt pour fuir.

— Parker ! Arrêtez-vous immédiatement.

Le cri de Joanna fend l'air du matin, mais l'homme poursuit sa course. Presque au ralenti, Joanna épaule son arme et verrouille sa cible.

— Arrêtez, crie-t-elle à nouveau, puis elle fait feu.

La détonation est fracassante. Glitter presse ses deux mains sur ses oreilles. Mais la balle se perd dans la rivière, juste devant lui. Effarée, elle regarde Parker continuer à courir, déséquilibré par son ventre.

Il est presque arrivé à la ligne des arbres. Presque, mais pas tout à fait, car à ce moment-là, Danny Borrego s'avance et lui bloque le passage.

Parker s'arrête net. Ses yeux parcourent les montagnes en tous sens.

— Toi. Tu n'as pas le droit d'être sur mes terres.

— Tes terres ? répond Danny en secouant la tête. Pas si j'ai mon mot à dire.

— Je vais… Je vais…

Parker s'élance, mais Joanna est plus rapide. Elle traverse la clairière comme un éclair bleu et enfonce le fusil entre les omoplates de l'adjoint du shérif.

— Vous êtes en état d'arrestation, répète-t-elle.

— Vous n'oseriez pas, souffle Parker.

— Ne me tentez pas.

Les genoux de Glitter s'affaissent et elle s'enfonce dans l'eau, en sanglots.

— Passe-moi des menottes, lui crie Joanna. Dwayne doit en avoir sur lui.

Fébrile, Glitter se précipite vers Dwayne Riley et pose une main sur sa poitrine. Son visage est gris cendré. Le sang jaillit de sa blessure en pulsations rapides.

— Yoyo, appelle-t-elle, Joanna, aide-moi. Il saigne vraiment beaucoup.

Joanna tressaille.

— Les menottes.

Elle dit autre chose, mais sa voix est étouffée par un grondement sourd provenant des montagnes.

Le son devient de plus en plus fort et Glitter ramène ses mains à ses oreilles. Un hélicoptère de la police s'élève au-dessus de la ligne des arbres. Il est noir et redoutable, tel un ange vengeur.

Le pilote porte des lunettes de soleil et se penche par la fenêtre ouverte.

Joanna le regarde intensément, comme si l'archange Gabriel lui-même venait de descendre des nues. Elle fait un grand geste de son bras gonflé.

— Au sud. La cabane. Vous pouvez vous poser là-bas.

Le pilote acquiesce. L'hélicoptère fait demi-tour et descend un peu plus bas. Le copilote ouvre la portière et passe sa tête à l'extérieur. Malgré le bruit, Glitter peut entendre le cri de soulagement poussé par Joanna. Elle semble un moment au bord des larmes, mais finit par saluer.

— C'est l'inspectrice Yates, crie-t-elle. Ne t'inquiète pas, Lauren. Tout ira bien.

Chapitre 39
Joanna

Sheila Yates observe attentivement Eugene Parker, désormais menotté, se faire embarquer dans l'hélicoptère.

— Une sacrée série de meurtres que vous avez là. À quand remonte tout ce merdier ?

— 1934, répond Lauren. Beaucoup plus longtemps si l'on en revient au Far West et à Prosperity Rogers.

— Il devrait être enterré, dit Danny Borrego.

Joanna acquiesce. Oui. Prosperity mérite de trouver le repos, après tout ce qui s'est passé ici. Elle se tourne vers l'inspectrice.

— On peut envoyer quelqu'un chercher un corps ? Il est dans la cabane près de laquelle vous avez atterri.

— Bien sûr, acquiesce Sheila Yates. Où devons-nous le livrer ?

Elle jette un coup d'œil à Lauren, qui a l'air abattue.

— Je ne suis pas sûre qu'il ait encore de la famille, répond-elle.

L'inspectrice se tourne vers Danny Borrego.

— C'est vous qui nous avez appelés ?

— Oui, répond Danny. Quand on a découvert que Joanna avait été enlevée, j'ai passé un appel radio. On dirait que vous êtes arrivés juste à temps.

— Riley, tu me dois une explication, dit Sheila Yates. Tu as dit que dans les années trente, le shérif et sa brigade se sont mis d'accord pour tuer Cornelia Stover ?

— Oui, répond Lauren. Elle savait qu'ils avaient maquillé un meurtre. Et ils voulaient l'empêcher de prendre possession de la mine et de partager l'or avec les Indiens.

— L'Apache, ajoute Joanna, je veux dire le Tsako…

— Tsokaende, dit Danny en souriant. C'est notre tribu.

Les yeux de Lauren se mettent à briller.

— C'est génial. Tu as aussi un nom tribal, alors ?

— Eskaminzin, dit-il.

— Et mon nom tribal est Glitter, dit fièrement Lauren. On est tous une même et grande famille.

— Si… si tu le dis.

Danny lance un regard à Joanna.

— Glitter, répète Sheila Yates en retirant ses lunettes de soleil. Alors tu fais partie du Mouvement, c'est ça ?

Lauren rayonne.

— Ouaip. Je crois au Flower Power. À la paix et à l'harmonie. Au karma. C'est pour ça que je te pardonne d'avoir laissé tes flics brûler mon bus. Merci d'être venue nous sauver.

— D… d'accord, répond l'inspectrice, puis elle jette un coup d'œil à sa montre. Et les autres morts ? Vous avez dit qu'il y en avait d'autres.

Joanna jette un coup d'œil à l'hélico, où Parker est assis sans bouger.

— Parker et Bob Nickel sont responsables du meurtre de Herb Eckerman, l'homme qui a porté plainte contre le père de Nickel. Le vieux Parker a obligé les deux garçons à emmener Eckerman à Fort Rodman, en leur faisant comprendre qu'il ne devait pas revenir.

— Quel merdier.

— Exact.

Pendant un moment, chacun reste silencieux. Puis Lauren prend la parole :

— N'oubliez pas Lonan. Lui aussi est mort.

— Il a *failli* mourir.

Danny garde le regard fixé au sol.

— Que voulez-vous dire ?

Il sourit.

— Ces criminels l'ont gravement blessé. Mais il a survécu. Il a déménagé à White Mountain et a épousé une femme là-bas. Il faudrait demander à Rita, mais je crois que sa fille vit à Silver City.

— C'est vrai ? dit Lauren dont le visage s'éclaire comme un lever de soleil. C'est dingue !

Au niveau de la cabane, deux officiers sont en train d'installer Dwayne sur une civière. Le tir de Parker n'était pas mortel. Dwayne survivra.

— Et Mike ? demande Lauren. Tu crois que le shérif était dans le coup depuis le début ?

— Il l'était sans doute, répond Joanna. Parker a tué Mike le soir de la fête, mais je pense toujours que c'est Nickel qui a placé le Quaalude sur lui. Puis il s'est mis en colère parce que Parker ne pouvait plus acheter son silence. Alors…

— Il y a tellement de victimes… Ça paraît sans fin, murmure Lauren.

Sheila Yates frappe dans ses mains.

— Je ne suis pas d'accord. Ça se termine ici. Riley, tu viendras me voir dans mon bureau un de ces jours ? Je veux te parler de ton avenir.

— Qu'est-ce que vous voulez dire ?

L'inspectrice prend Joanna à part et baisse la voix.

— Écoute. Je ne sais pas ce qui t'est arrivé, mais tu étais une bonne recrue. Je t'offre une seconde chance.

— Je… Je ne peux pas.

— Pourquoi ? la presse Sheila Yates. Si c'est à cause de ton connard de mari, je peux t'obtenir une couchette à la caserne. Et j'ai quelques amis avocats qui te feront un bon prix. C'est à toi de voir.

— Merci, mais…

Elle serre les poings. Comment peut-elle dire l'indicible ? Que même sans Dwayne et le bébé, ce serait si difficile. La condescendance quotidienne. Les regards narquois et les ricanements. Les remarques à voix basse sur les seins, sur les hormones. La pression pour ne jamais être trop lente, trop faible ou trop sujette aux larmes. Elle déglutit :

— C'est une vie si difficile. Je ne sais pas si j'en suis capable.

Elle s'attendait à des moqueries. À de la dérision, même. Ne jamais montrer sa faiblesse. Les hommes te le feront sentir pour le restant de tes jours.

Mais Sheila Yates sourit.

— Écoute, Riley. Je connais ça. Il y a des jours où j'ai envie de jeter l'éponge et d'ouvrir un magasin de crochet sur Romero Street. Mais ce n'est pas la solution, et tu le sais. En vérité, ça nous manquerait. Tout comme à Amy, Louisa et Deb. Bien sûr que parfois, on regrette notre choix. Puis, de nouveau, ce n'est plus le cas.

— Oui, dit Joanna en ravalant ses larmes. De nouveau, ce n'est plus le cas.

— Je vais te promettre une chose. Si tu reviens, tu devras faire face à pas mal de merde. Mais tu n'auras pas à y faire face seule, Riley. Réfléchis-y.

Sheila Yates la salue d'un bref signe de tête et retourne vers l'hélicoptère.

Une fois l'engin parti, Joanna cherche Lauren. Elle la trouve marchant sur la rive du ruisseau, le regard fixé au sol.

— Tout va bien ?

— Je cherche la pépite.

— Tu es devenue capitaliste, finalement ?

Lauren lève les yeux, mais ne sourit pas.

— C'est tout ce qui me restait de grand-mère.

— On va la retrouver.

Elles pataugent toutes les deux dans l'eau. Joanna plisse les paupières. On voit parfois mieux les choses avec les yeux mi-clos. Un vieux truc de flic. Le genre de truc qui marche à tous les coups. Au bout d'un moment, elle repère l'étincelle révélatrice à un mètre en aval, puis la ramasse.

La pépite est froide et lisse dans sa main. Elle la tend à Lauren, qui sourit devant sa beauté.

— Merci, Yoyo.

— De rien. Pas si difficile à repérer, si tu…

— Non, je veux dire, *merci*.

Et tout à coup, Lauren se jette dans ses bras. Elles se serrent pendant un long moment, peau contre peau. Les cheveux de Lauren sentent le bois et l'eau, sa silhouette est svelte et forte, et le cœur de Joanna s'enflamme. Si elle avait une fille comme ça, une fille qui porte le poids du monde avec une telle aisance… ça compenserait tout. *Vraiment tout.*

Après un moment, Lauren relâche son étreinte.

— Qu'est-ce que tu vas faire pour…, dit-elle avec un geste vers le ventre de Joanna. Pour ça ?

Il y a un moment de silence.

— Je n'ai pas encore décidé, dit Joanna. Je vais devoir y réfléchir sérieusement.

— Quoi que tu décides, ne laisse personne te dire que tu as fait le mauvais choix.

— Merci, Lau… Glitter. Tu m'as beaucoup appris.

— Une sacrée aventure, meuf.

Joanna acquiesce et sourit.

— Qu'est-ce que tu vas faire maintenant ?

Lauren fait tourner la pépite entre ses doigts.

— J'ai un petit capital de départ. Je vais reconstruire la communauté. Nous ferons de Boldville un lieu de rassemblement pour les gens qui se soucient de la paix et du sort de la planète. Je pense que grand-mère aurait aimé ça.

— Bonne chance, dit Joanna. Pas de retour à l'université, alors ?

Lauren hausse les épaules.

— Peut-être plus tard. On n'arrête jamais d'apprendre, de toute façon.

Elles reviennent sur la rive. Danny Borrego est assis là, son fusil en bandoulière.

— Tout va bien pour vous ? J'ai décidé d'attendre pour qu'on puisse redescendre ensemble.

— Vous retournez au travail ?

Il acquiesce.

— Ouaip. Pas mal de paperasse en vue. J'imagine que cette histoire de parc vient de tomber à l'eau. Peut-être une nouvelle chance pour nous.

— Au moins jusqu'à ce que Dwayne parle de l'or à tous ses collègues, dit Joanna avec un soupir. Les gens ne voudront jamais croire que le filon est épuisé, et cette folie va continuer encore et encore.

— Ouais, lance Lauren.

Elle glisse la pépite dans son jean puis hésite, fouille à nouveau sa poche et en ressort son poing fermé. Elle l'ouvre, révélant un petit tube de verre rempli de fils.

Ils l'examinent un moment, et une compréhension mutuelle se fait. Lauren a un sourire plus large que le ciel.

— Faisons sauter cette maudite mine.

— Le filon est définitivement épuisé, dit Danny qui sort de la mine et brosse son jean pour en éliminer la poussière. Les veines que vous voyez sont seulement des impuretés. De minuscules particules d'or qui ne valent pas un centime. Il pourrait y avoir un autre filon à proximité, bien sûr, mais d'après ce que je vois, il n'y a plus une once d'or dans cet endroit.

— Parfait.

Lauren s'affaire autour du détonateur, puis s'arrête. Elle ramasse une vieille photo sépia au sol et l'adosse à une pierre.

— Tu vas laisser ça ici ? demande Joanna.

— Oui. Tout ça lui appartient.

Danny programme le détonateur et le porte aussi précautionneusement qu'un nourrisson. Ils longent ensuite la paroi rocheuse et montent sur un promontoire plus élevé, où Danny tend le boîtier en plastique à Lauren.

— Je crois que l'honneur te revient.

— Tu es sûr ? C'est ta terre.

— Vas-y, insiste-t-il en souriant. J'ai l'habitude de faire sauter des trucs tout le temps.

Lauren pose son pouce sur le bouton.

— C'est parti. Pour ma grand-mère. Pour Cornelia Stover.

Elle presse le bouton.

Pendant quelques dixièmes de seconde, rien ne se passe. Puis une puissante détonation se fait entendre. La terre elle-même tremble sous l'onde de choc. Les oiseaux s'envolent, les nuages se déchirent et le ciel renvoie l'écho de l'explosion comme une riposte.

La poussière de ce qui était le gisement de Tomkin s'élève majestueusement, étincelant dans les airs. Joanna pose une main sur son cœur, puis sur son ventre.

— Groovy, conclut Lauren, et elle ouvre grand les bras, prête à embrasser le monde.